**UWE GARDEIN**
Die letzte Hexe –
Maria Anna Schwegelin

KEMPTEN, IM APRIL 1775. Fürstabt Honorius von Schreckenstein, der ganz im Zeichen der neuen Zeit eine aufgeklärte Kirche zu forcieren versucht, steht vor der schwersten Entscheidung seines Lebens: Das Volk will die Landstreicherin Maria Anna Schwegelin auf dem Scheiterhaufen brennen sehen. Nach ihrem Geständnis, mit dem Teufel Unzucht getrieben zu haben, scheint ein Hexenprozess und damit ihr Todesurteil unabwendbar.

*Uwe Gardein lebt in Unterhaching. Er ist Autor von Büchern, Drehbüchern, Theaterstücken und Zeitungsartikeln. 1989 erhielt er das Förderstipendium für Literatur der Landeshauptstadt München. Er hält regelmäßig Vorträge über bayerische Geschichte und ist Literaturrezensent der Reihe »Reden über Bücher«.*

**UWE GARDEIN**

# Die letzte Hexe –
# Maria Anna Schwegelin

*Historischer Roman*

*Bibliografische Information*
*der Deutschen Bibliothek*
Die Deutsche Bibliothek verzeichnet diese
Publikation in der Deutschen Nationalbibliografie;
detaillierte bibliografische Daten sind im Internet
über http://dnb.ddb.de abrufbar.

Die automatisierte Analyse des Werkes, um daraus Informationen insbesondere über Muster, Trends und Korrelationen gemäß § 44b UrhG (»Text und Data Mining«) zu gewinnen, ist untersagt.

Bei Fragen zur Produktsicherheit gemäß der Verordnung über die allgemeine Produktsicherheit (GPSR) wenden Sie sich bitte an den Verlag.

Gefällt mir!

Facebook: @Gmeiner.Verlag
Instagram: @gmeinerverlag
Twitter: @GmeinerVerlag

Besuchen Sie uns im Internet:
www.gmeiner-verlag.de

© 2008 – Gmeiner-Verlag GmbH
Im Ehnried 5, 88605 Meßkirch
Telefon 0 75 75/20 95-0
info@gmeiner-verlag.de
Alle Rechte vorbehalten
6. Auflage 2022

Lektorat: Claudia Senghaas, Kirchardt
Umschlaggestaltung: U.O.R.G. Lutz Eberle, Stuttgart
unter Verwendung eines Bildes von Giampietrino: Salome (Detail)
Druck: Zeitfracht Medien GmbH, Industriestraße 23,
70565 Stuttgart
Printed in Germany
ISBN 978-3-89977-747-5

# 1

DER WIND TRÄGT den Frostgeruch von den Eisgletschern der Alpen durch das Tal der Iller hinab zu den Menschen. Der Wald steht erstarrt und die Tiere in ihm heben aufmerksam die Köpfe. In der Dunkelheit hält eisige Kälte die Füße an der Erde fest. Da erschüttert ein Schrei aus Schmerz und Elend die Luft. Dann ist es wieder still. Kurz darauf ein erneutes Kreischen, wieder der Schrei und ein entsetzliches Röcheln, als läge einem Menschen der zugezogene Strick um den Hals.

Die Frau in der Dunkelheit stemmt sich mit beiden Armen und all ihrer Kraft gegen eine Eiche. Sie steht breitbeinig da, etwas vorgeneigt, und atmet kurz und pfeifend. Für diese kalte Nacht ist sie völlig unzureichend bekleidet. Nur ein geflicktes Wollkleid, dicke Strümpfe und ein Leinentuch um den Kopf trägt sie. Sie denkt nicht an die Kälte. Ihr einziger Gedanke gilt dem Schmerz, der endlich aufhören soll. Es ist genug. In dem Gedanken liegt ein Vorwurf. Sie ist es, die den Schmerz zu ertragen hat, und sie ist es, die ihn nun nicht mehr will. Nie hatte sie es ausgesprochen, doch von nun an, das schwört sie bei der Heiligen Maria Mutter Gottes, würde sie es tun. Er war es, ihr Mann, der immer wieder an sie heranrückte und ihr in das Ohr flüsterte: »Ach komm, ach komm.« Nun hat er sie wieder einmal fortgeschickt, damit sie das gesegnete Haus mit ihrem Blut der Sünde nicht beschmutzen kann.

»Geh, Frau«, hatte er gerufen, »verdirb die Burschen nicht, geh!«

»Gott steh mir bei«, antwortete sie, »dieses Kind werde ich dir noch geben, aber ich flehe dich an, lass es dann genug sein.«

Sie hatte ihre Kinder geküsst und war gegangen.

Es ist sehr kalt zwischen den Bäumen. Die Luft scheint das Eis der hohen Gletscher in den Wald zu tragen. Vom Schrei der Eule und den Rufen der Tiere der Nacht vernimmt sie nichts. Sie dreht sich um, verlässt den Baum und kämpft sich durch das Unterholz. Gefrorene Zweige schlagen ihr ins Gesicht und zerbrechen. Sie folgt ihrem Instinkt, denn es ist die Hand vor den Augen nicht zu erkennen. Angst kommt in ihr auf. Hoffentlich ist es nicht schon zu spät und sie muss mitten im Wald niederkommen. Wo soll sie nur hin? Wenn ihr die Kraft verloren geht, sind sie und das Kind dem Tod ausgeliefert. Sie bleibt stehen und tastet nach ihren zerrissenen Strümpfen. Nun geht sie langsamer und versucht, nicht zu tief einzuatmen, weil ihr sonst die beißende Kälte zusätzliche Schmerzen verursacht. Als sie ein Geräusch hört, bleibt sie stehen. Sie versucht, die Ursache des Geräusches zu ergründen, aber es gelingt ihr nicht. Das Geräusch kam unerwartet von der Seite, dann von hinten und war wieder vor ihr. Mit einem Mal sieht sie die gelb glühenden Augen aus der Nachtschwärze auf sich gerichtet. Erstarrt vor Angst, rührt sie sich nicht vom Fleck. Wenn sie sich nicht bewegt, bewegen sich auch die glühenden Augen nicht. Ich muss beten, denkt sie. Sie umfasst ihre Hände und versucht, nicht vornüber zu stürzen. Ihr Herz hämmert in ihrer Brust. Trotz der eisigen Kälte beginnt sie zu schwitzen. Sie spürt den Schweiß auf ihrer Haut und wagt einen vorsichtigen Schritt zurück. Die glühenden Augen bleiben an der gleichen Stelle in der Dunkelheit. Noch einen kleinen Schritt riskiert sie, dann beginnen ihre Beine zu schlottern. Sie presst ihre Lippen aufeinander, damit ihr kein Schrei entfährt. Was ist das nur, was sie so durchdringend anstarrt? Schnell wagt sie noch zwei, drei Schritte zurück und prallt mit Wucht gegen die schorfige Haut eines Baumes. »Gott vergib mir!«, stammelt sie hilflos.

Die drohend auf sie gerichteten gelben Augen verformen sich. Aus den runden Augen werden plötzlich scharfe Pfeilspitzen.

»Du gehörst nicht hierher!«, schreit sie aus Leibeskräften. »Fort mit dir, du gehörst hier nicht her!«

Dann bricht sie auf die Knie und beginnt zu beten: »Heilige Mutter Gottes, Jungfrau Maria, hilf mir. Ich schwöre, wenn ich und das Kind am Leben bleiben, dann werde ich das Kind mit deinem Namen schützen, gleichgültig, ob es ein Bub oder ein Mädel wird. Amen.«

Sie hebt den Kopf in den Nacken und schaut direkt in die glühenden Augen, die sie noch immer scharf fixieren.

Dann töte mich endlich, denkt sie, aber quäle mich nicht länger.

Sie hat das Gefühl, eine Hand legt sich um ihre Kehle und drückt ganz langsam zu. Ohne Gegenwehr lässt sie es geschehen.

Die gelben Augen verschwinden so, wie die Nacht verschwindet. Ein weiches Licht tut sich auf und aus der beißenden Kälte wird ein wärmender Frühlingstag. Jemand lacht. Während sie aufhört zu atmen und ihr Herz aussetzt, lacht etwas schrill und teuflisch. Dann geschieht es. Ihr Hals ist zermalmt und am Himmel dreht sich ein buntes Feuerrad. Schwarz ist der Tod, wie die Untiefen der Nacht. Der folgt ein Rot von sprühender Kraft und Wärme. Grün bläst der Wind über die Felder. Azur und grell brennt das Licht des Himmels über dem Fluss, dass sie die Hände schützend vor die Augen legen muss. Eine Hand schlägt ihr auf den Rücken. Wieder ertönt ein schriller Schrei, danach ist es still. Der Teufel ist gegangen.

Als sie die Augen aufschlägt, hat sie das bunte Feuerrad und das Licht vergessen. Sie hört einen Hund bellen. Es ist immer noch sehr kalt neben dem Baum auf dem Boden. Sie schaut in ein schwankendes Licht direkt vor ihrem Gesicht und riecht den verbrennenden Tran. Dann hört sie, wie jemand ihren Namen sagt.

»Anna. Anna, hörst du nicht? So steh doch auf!«

Sie hebt müde ihre Arme und lässt sie schlaff wieder fallen. Schlafen will sie, nur noch schlafen.

»Anna, du wirst erfrieren, wenn du nicht sofort hochkommst.«

Sie spürt, wie kräftige Frauenarme an ihr ziehen und heftig an ihr rütteln. Aus dem Mund der Frau kommt kräftiger Zwiebelgeruch. Jetzt begreift sie, dass sie wieder im Leben ist.

»Tröscherin, bist du das?«

Sie steht auf zittrigen Beinen, und sie versucht, sich bei der Angesprochenen festzuhalten. Es gelingt ihr nicht und sie beginnt zu schwanken.

»Halt dich, Anna! Du musst einen Fuß vor den anderen setzen. Lass uns gehen, es ist nicht weit.«

Die Tröscherleute bewohnten eine Hütte direkt am Waldrand. Weil der alte Tröscher ein begehrter Treiber bei den Jagden der Herrschaften war, hatte man der Familie erlaubt, dort zu wohnen. Die Tröscherin hatte acht Kinder geboren, von denen nur noch zwei lebten.

Anna lässt sich mehr ziehen, als aus eigener Kraft voranzugehen. Ihr kommen die gierigen gelben Augen wieder in den Sinn, aber sie schweigt lieber. Hatte sie den Teufel gesehen? Er soll Feuer speien können und eine behaarte Zunge haben. Es ist ihr gleichgültig, denn im gleichen Moment kommen die Schmerzen zurück.

»Oh Gott«, sagt sie nur und atmet zischend aus.

Sie bleibt stehen und versucht, einen raschen Blick auf das Gesicht der Tröscherin zu werfen. Vielleicht täuscht sie der Teufel in Gestalt der Nachbarin und führt sie direkt ins Verderben. Sie hatte davon gehört, dass Hexen Blut von ungeborenen Kindern trinken. Sie schreit auf.

»Nicht doch«, flüstert die Tröscherin. »Mein Alter wird dich noch hören.«

Anna kann das Gesicht der Nachbarin nicht sehen. Die Tranfunzel beleuchtet nur spärlich den gefrorenen Boden, mehr kann sie in der Dunkelheit nicht erkennen. Der ziehende Schmerz in ihrem Leib lenkt sie nur kurz ab von ihren Gedanken. Der Teufel könnte ein Wolf mit gelben Augen gewesen sein und sich nun in die Nachbarin verwandelt haben. Wenn er eine behaarte Zunge hatte, könnte er auch einen Pelz tragen und Hauer besitzen, die sich in ihren Nacken bohren könnten. Als sich das Kind in ihr bewegt, kommt ihr der Gedanke, dass es direkt aus der Hölle in sie hineinkam. Bei keinem der Burschen, die sie geboren hatte, gab es diese Umstände. War sie verrückt geworden? Sie braucht einen klaren Kopf. Es gibt nichts, was sie an ein Fegefeuer oder des Teufels Hölle erinnert. Nur ihre Qualen sind da und die Tröscherin.

»Nun komm, Anna, du bist schon kalt wie ein Eiszapfen.«

Sie denkt an das Sterben. Viele Frauen sterben an ihren Kindern. Sie sieht das Gesicht von Johannes, als sie zur Tür gegangen ist. Ihre Burschen lagen auf dem Stroh und schliefen. Johannes hatte sie nicht mehr angesehen. Gesagt hatte er auch nichts. Nun sollte noch ein Esser in die armselige Bretterbude kommen, wo es durch alle Ritzen zog, Mäuse und Ratten herumliefen, und sie selbst täglich kämpfen musste, dass etwas Essbares in den Topf kam. Was also soll sie am Leben halten?

Sie hat einen kranken Mann, das weiß sie. Eines Tages wird er auf dem Feld zusammenbrechen. Johannes ist ein ständig hustendes Skelett. Wozu leben sie eigentlich?

»Anna, du bist keine Salzsäule, also spute dich!«, schimpft die Tröscherin.

Anna denkt an das, was die alte Fischerin ihr einmal über den Teufel erzählte, den sie auf dem brachen Feld hockend

Eier legen gesehen hatte, die so groß waren wie Kindsköpfe. Die Fischerin hatte das bei allen Heiligen geschworen. Es soll am hellgrauen Morgen gewesen sein, kurz vor Allerheiligen.

»Wir dürfen keinen Lärm machen«, sagt die Tröscherin.

Sie wäre jetzt lieber alleine gewesen, wollte der Tröscherin aber keinen Vorwurf machen, denn schließlich kümmerte sie sich um sie, was sonst keiner der Nachbarinnen in den Sinn gekommen war. Wenn sie ihren Bauch betrachtet und zu wissen versucht, ob das da drin leben soll, dann ist es doch besser, dass sie nicht alleine ist. Ihr ist zumute, als müsse sie einen langen Weg mit schweren Holzscheiten auf dem Rücken hinuntergehen, und am Ende ihres Lebens angekommen, lauert ihr jemand auf, der ihr alles rauben würde. Sie muss sich wieder zwingen weiterzugehen.

Im fahlen Licht der Ölfunzel erkennt sie den Vorratsschuppen der Tröschers. Der alte Tröscher hatte ihn zwischen Büschen und Bäumen errichtet, damit er nicht so leicht zu entdecken war. Jetzt war alles Grün dahin und der Schuppen stand ungetarnt am Waldrand.

Sie müssen einige Holzstufen hinaufgehen, um an die Tür zu gelangen. Zu ihrem Erstaunen ist die nur angelehnt. Als die Tröscherin sie öffnet, knarzen die Scharniere und sie hält einen Moment inne.

»Komm jetzt, Anna!«

Sie schlurft über die glitschigen Bretter, die uneben auf dem Boden liegen, und muss sich vorsehen, dass sie nicht stolpert und hinfällt. Gleich neben der Tür steht angebunden eine Ziege. An den Wänden hängen Käfige mit ein paar Hühnern. Neben der Ziege hat die Tröscherin Stroh aufgehäuft, dazu wirft sie noch einige Hand voll Heu und legt dann ein Kuhfell darüber.

»Hock dich hin, Anna«, sagt sie freundlich.

Sie wundert sich, dass die Tröschers noch so viel an Vorrat haben. Sogar eine Ziege gibt es, die ihnen Milch und Käse beschert. Als sich das Kind wieder mit heftigen Tritten meldet, legt sie sich bereitwillig auf das gemachte Lager und schaut auf die Funzel, die nun direkt über ihrem Bauch von der Decke baumelt. Die Schmerzen kommen zurück und sie bekommt keine Luft mehr. Schwer atmend hält sie inne. Sie spürt, dass sie mit der Tröscherin nicht alleine ist. Die Tür ist nicht verschlossen, und niemand lässt seine Wintervorräte ungeschützt. Was hat die Tröscherin mit ihr vor, was wird geschehen? Erneut tritt das Kind hart gegen ihre Bauchdecke. Sie zuckt zusammen und will gleichzeitig die Augen offen halten. Aber es ist zu dunkel, trotz der Funzel, neben die soeben eine weitere gehängt worden ist. Sie kann die schweren Hände der Tröscherin sehen, wie sie sich an den Funzeln zu schaffen macht. Sie beginnt, sich zu fürchten. Etwas in ihr warnt sie. Doch sie kann nicht aufstehen und davonlaufen. Sie beginnt zu zittern und sie spürt, wie der Schweiß auf ihrer Haut kalt wird. Ihr fällt ein, wie die Tröscherin einst von der Zubereitung der Hexensalbe erzählt hat. Sie waren mit den Frauen der Familien des Dorfes im Wald beim Beerenpflücken und Bucheckern suchen, als sie plötzlich davon angefangen hatte. Ganz genau konnte sie sich daran erinnern, denn sie hatten eine ertragreiche Stelle im tiefen Wald gefunden, wo es ihr allerdings auch recht unheimlich gewesen war. Dort hatte die Tröscherin davon erzählt, dass ihr eine alte Frau einmal berichtet habe, sie sei einmal von einer Hexe entführt worden und die habe das Fett eines toten Säuglings gekocht und diesen Sud mit Alraunwurzeln, Bilsensamen, Belladonna und noch vielen Zutaten ergänzt und daraus, unter Anwendung von Fledermäusen und kleinen Schlangen, auch einer Menge Schmalz, eine Salbe hergestellt. Am Abend wären dann viele andere Hexen gekommen und hätten sich an allen Stellen eingeschmiert, an denen ihre

Körper Haare hatten. Danach haben sie mit viel Lärm um ein Feuer getanzt und hätten nach dem Teufel gerufen. Plötzlich habe es dann furchtbar gestunken und mitten im Feuer habe ein großer Ziegenbock gestanden, der in einer fremden Sprache mit den Hexen gesprochen hat. Die Erzählerin sei daraufhin in Ohnmacht gefallen und erst wieder aufgewacht, als ihr Mann sie am alten Mühlbach liegend gefunden habe. Sie sei halb tot gewesen und hätte danach niemals wieder richtig leben und arbeiten können.

Mit heftigen Stößen macht sich das Kind erneut bemerkbar. Ihr Zittern wird noch stärker als zuvor, weil sie nun der Überzeugung ist, dass die Tröscherin mit den Hexen im Bunde ist und ihr Kind für den Kochtopf der bösen Frauen bereithalten wird. Jetzt will sie nicht erleben, dass das Kind aus ihr herauskommt. So viele Vorräte hat die Tröscherin, das kann nicht mit rechten Dingen zugehen.

Die ganze Zeit der Schwangerschaft bekam sie keine Gefühle zu diesem Kind in ihr. Nun aber, in dieser bedrohlichen Situation, fühlt sie, dass sie um ihr Kind kämpfen will. Ohne Gegenwehr wird sie es den verdammten Hexen nicht überlassen. Wäre sie nur nicht so kraftlos und würden ihr die Schmerzen nicht so zusetzen, sie würde einfach aufstehen und davonlaufen. Ihre Augen gewöhnen sich an das Zwielicht und sie spürt etwas.

Sie sieht, da ist eine weiße Frau. Aus der Dunkelheit des hinteren Raumes kommt sie auf sie zu. Fremde Finger streichen ihr etwas auf die Lippen. Sie schließt die Augen und spürt eine tiefe Zufriedenheit. Still liegt sie da und kann es sich nicht erklären. Der Duft frischer Frühlingsblumen steigt ihr in die Nase. Wie schön das ist, denkt sie. Sie beginnt, ein Lied aus ihrer Kindheit zu summen.

»Anna, es ist soweit«, flüstert die Tröscherin. Sie legt ihr ein kühlendes Tuch über das Gesicht und streift ihr die Kleiderlumpen vom Bauch. Sie spürt, wie jemand von hinten an sie herantritt und ihr mit zarten Fingerspitzen die Schläfen zu massieren beginnt. Es ist gut, alles ist gut.

Wie aus kleinen blauen Flammen reflektiert die Sonne ihre Strahlen in den Weinkelchen auf dem Tisch am Fenster. Von der Decke des riesigen Raumes hängen Tücher in den Farben des Regenbogens, so, als schweben sie ungebunden und frei in der Luft. Über ihr leuchtet ein silberner Stern nur für sie. Sie streicht sanft mit beiden Händen über die kostbaren Bezüge des Bettes, in dem sie liegt, und muss mit den Augen blinzeln im Angesicht des mit Blattgold geschmückten Bettrahmens, und der Himmel über ihrem Schlaflager ist aus kostbarem Brokat gewebt worden. Hier will sie liegen bleiben und nie mehr aufstehen. Aber eine unbekannte Energie hebt sie hoch und lässt sie durch den Raum schweben, bis sich ein Fenster öffnet, und alle Menschen vor dem Schloss unter ihr fallen auf die Knie und bekreuzigen sich. Sie ist im Himmel angekommen. Die Wärme der Sonne am Mittag lässt sie behaglich schweben, und von dem nagenden Schmerz des Hungers spürt sie nichts mehr. Sie hält ihre Hände und Arme gegen das Licht. Durchsichtig wie Glas sind sie und sie kann ihr pulsierendes Blut durch die Adern fließen sehen. Das Land unter ihr ist blau eingefärbt bis zum Horizont und die Sonne trägt einen glühenden Goldrand. Sie will nie mehr auf die Erde zurückkehren. »Lass mich hier bleiben!«, ruft sie, aber ihre Stimme ist nicht zu hören. So sehr sie sich auch bemüht, ihre Stimme bleibt unhörbar. Als sie an sich herunterschaut, sieht sie, dass sie in einem nackten Mädchenkörper steckt, der sich noch im Frühling der Jungfräulichkeit befindet. Er trägt keinerlei Spuren der Geburten und keine Male der vielen Wunden, die ihr die schwere Arbeit geschlagen hat. Sie ist schön anzuschauen. Glücklich und zufrieden greift sie sich einen Sonnenstrahl und lässt sich von ihm wärmen. Jemand ruft ihren Namen, doch sie weiß nicht mehr, dass sie einmal so gerufen worden ist. Sie wartet auf die Begegnung mit der Heiligen Jungfrau Maria. Ihr ganzes Leben lang hat sie gebetet, die Heilige Jungfrau Maria möge ihr den Weg für ein freundliches Leben ebnen. Nun ist ihr Flehen in Erfüllung gegangen und sie will sich bedanken. Sie durchschwebt einen Wald aus blühenden Kirschbäumen, deren weiße Blüten ihr ein duftiges Kleid webten, damit sie vor die Herrin der Welt treten kann. Endlich ist sie tot.

Die Landschaft unter ihr verändert sich. Ein langer Schatten, wie von einem riesigen Vogel geworfen, liegt über dem Land. Die Bäche und Seen beginnen grün zu funkeln. Schwere Wolken segeln heran und es kommt ein leichter Wind auf. Das kann nicht das Paradies sein, da ist sie sich ganz sicher. Wieder hört sie, wie jemand ihren Namen ruft.

»Anna!«

Hufe schlagen auf dem Boden auf und ein Pferd schnaubt laut und unüberhörbar. Anna begreift, dass sie auf einem fahrenden Wagen liegt. Das neugeborene Kind hat man ihr direkt auf die Haut gelegt, es schläft. Sie spürt unter sich einen Sack mit Stroh und tastet ihre Kleidung ab. Es ist nicht mehr ihre Kleidung. Auf ihr liegen mehrere wärmende Decken. Sie riechen frisch gewaschen und fremd. Ihr beginnen, die Tränen über die Wangen zu laufen. Warum darf sie nicht dort bleiben, wo es ihr so gut gefallen hat? Der Kopf schmerzt und ihr Unterleib brennt wie Feuer. Was ist mit ihr geschehen? Nein, darüber sollte sie besser nicht nachdenken. Sie erinnert sich, wie die zarten Fingerspitzen ihre Lippen und Schläfen berührt hatten und sie danach einfach davongeflogen ist. Was geschah mit der Nachgeburt? Besser ist es, sie würde niemals mehr daran denken. Wer weiß, was sonst mit ihr geschehen wird.

Der Wagen fährt ratternd und schwankend über den holprigen Weg. Anna blickt auf den Rücken des Kutschers, der über ihr auf einem Brett hockt und das Pferd antreibt. Über seine Schultern hat er eine Wolldecke geworfen, die genau jenen entspricht, mit der sie zugedeckt auf dem Wagen liegt. Sie wirft einen Blick in den hellen Himmel. Es ist also Tag und sie hat ihr Kind geboren, das nun still neben ihrer Brust schläft. Die Tröscherin war nicht mehr da und diese unheimliche weiße Frau auch nicht. Wohin soll sie gebracht werden? Sie kann sich nicht daran erinnern, dass man ihr schon einmal erlaubt hat, auf einem Wagen mitzufahren. Bisher hatte sie in ihrem Leben alle Wege zu Fuß bewältigen müssen. Ist sie tot? Dachte man, sie sei gestorben und fährt sie nun zu ihrem Grab? Sie will sich aufsetzen, aber es fehlt ihr die Kraft dazu. Warum kann sie sich nicht mehr an das Paradies erinnern? So sehr sie es auch versucht, es sind keine Bilder mehr vorhanden. Wie ausgelöscht, so fühlt sie sich und sie denkt an die zarten Finger an ihren Schläfen. Jetzt kommt ihr überraschend noch etwas aus der Erinnerung zurück. Sie hatte gespürt, wie man ihr mit sanften Strichen etwas Klebriges auf die gespannte Bauchhaut strich. Nun war sie sicher, dass die Tröscherin eine weise Frau an ihre Seite gestellt hatte. Wenn sie eine Hexe gewesen war, dann wird sie die Nachgeburt für ihre Zauberei verwenden. Sie beißt sich auf die Lippen und schwört, niemals darüber ein Wort zu verlieren. Wenn sie jemand auf die Geburt ansprechen sollte, wird sie sagen, es war wie immer. Das bedeutet, sie hat das Kind alleine zur Welt gebracht. Sie wird sagen, ich habe dieses Kind alleine zur Welt gebracht. Sie will das Kind nicht anschauen, denn sie fürchtet sich vor ihm. Dann gibt sie doch ihrer inneren Stimme nach und schiebt das Bündel über ihren Busen und öffnet das Brusttuch. Anna versucht ein herzensgutes Lächeln. Sie stellt fest, dass das Kind, bis auf einige rote Flecken im Gesicht, ganz normal wirkt. Sie denkt, vielleicht ist dieses Kind doch wie ein himmlisches Wesen und ich soll Gott dafür dankbar sein. Sie zieht das Tuch ein wenig zur Seite und sieht, dass sie ein Mädchen geboren hat. Diese

Nachricht wird ihren Johannes nicht sehr erfreuen. Mädchen konnten nicht so arbeiten, wie es die Burschen können. Sie lässt sich zurück auf den Strohsack fallen und beginnt, wie aus dem Himmel gelenkt, ihr Kind zu streicheln. Jetzt will sie an nichts mehr denken. Nie in ihrem Leben hat sie eine Entscheidung treffen dürfen, das hatten immer andere für sie getan. Anna schließt die Augen und starrt in ihre innere Leere. Besser ist es, nichts zu denken, sie bekommt schon Kopfschmerzen.

Der Winter zieht kräftig über das Land und die Kälte wird fühlbarer. Anna hat sich ein wenig erholt, als sie die Augen wieder öffnet. Der erlittene Blutverlust und die Nachwirkungen der Geburt verursachen nicht nur ihre körperliche Schwäche, sondern geben ihr auch Gedanken in den Kopf, wie sie in ihrem üblichen Leben nie da gewesen sind. Kunterbunt purzelt es durch ihren Kopf, dass sie nicht auf den Weg achtet und ihre sonst so starke Furcht vor allem und jedem spurlos verschwunden ist. Im Gegenteil, sie bleibt der Gegebenheit gegenüber gleichgültig, und wohin sie der Kutscher bringen wird, ist ihr einerlei. Einzig die aufkommende Kälte macht ihr Sorgen. Sie weiß nicht, wie sie ihr Kind davor schützen kann, ohne ihre eigene Körperwärme. Eine Elster hebt sich in die Lüfte. Die bauchigen Wolken eilen über den grauen Himmel. Die Sonne hat sich längst in eine andere Welt zurückgezogen. Nun wird es leicht, sich vorzustellen, wie der Schnee sich über das Land legt, wie die Wasser zu Eis werden, wie die Erde nach und nach ermüdet und einschläft, die Bäume kraftlos ihre Äste baumeln lassen und die Menschen geduckt und trübsinnig umhergehen. Die dunkle Jahreszeit ist die Zeit des Todes, und in vielen Häusern wird ihm der Hunger helfend zur Hand gehen.

Anna ist erneut schläfrig, aber sie versucht, dagegen anzukämpfen. Was geht nur vor in ihr? Wenn sie ihren Arbeiten nachging, dachte sie an nichts und am Abend war sie zu müde, um irgendetwas zu denken.

Es wird daran liegen, dass ich hier auf dem Wagen kauere, statt etwas Richtiges zu tun, sagt sie sich und richtet sich ein wenig auf. Der kalte Wind schlägt ihr ins Gesicht. Sie sieht die Blutbuche am Feldrain stehen und erkennt durch sie die Gegend. An den Feldern des Meierhofes fahren sie also vorbei, und sie bekommt eine Gänsehaut bei dem Gedanken an den alten Meierbauern, der nur brüllend und wütend die Arbeit auf den Feldern begleiten kann. Mit Johannes hatte sie für ihn bei den Ernten gearbeitet und immer darum betteln müssen, dass sie auch etwas für ihre Arbeit bekamen. Zumeist gab es einen Korb mit Esswaren, selten nur landeten ein paar Münzen in ihren Händen.

Ein paar Schneeflocken schweben durch die Luft und gleich darauf beginnt ein kräftiges Schneetreiben. Die Räder des Wagens ziehen Spuren durch das frische Weiß. Vom Poltern der Räder aufgeschreckt, flieht ein Hase in wilden Sprüngen über die leeren Felder.

Anna neidet ihm seine Freiheit, und sie muss an die Blutbuche denken, die sie hinter sich gelassen haben. Sie weiß, sie hat eine Erinnerung an ein Ereignis im Zusammenhang mit diesem Baum, aber es fällt ihr nicht gleich ein. An ihren schrundigen Händen platzt die Haut auf und blutet. Schnell versteckt sie ihre Arme unter die Decken. Ohne eigenen Willen beginnen ihre Hände zärtlich ihr Kind zu streicheln. Anna schaut in den verschneiten Himmel und denkt wieder einmal, es ist besser, nicht zu denken. Jemand wird wissen, warum sie das Kleine liebkost. Dabei denkt sie, nie wieder ein Kind, nie wieder.

Anna wischt sich die kleinen Flocken aus dem Gesicht und richtet sich ein wenig auf. Schnell zieht sie ihren Kopfschal tiefer in die Stirn, um nicht zu nass zu werden. Nur wenige Meter vor ihnen führt eine Eichenallee hinüber zu den Gebäuden des Meierhofes und sie sagt sich, dort möchte ich aber bestimmt nicht hin, als der Kutscher eine scharfe Kehre fährt und genau diesen Weg nimmt. Allein der Gedanke an den alten Meierbauern lässt sie zittern. Sie hat dort doch absolut nichts verloren. Das alles verheißt ihr nichts Gutes.

Der Kutscher lenkt den Wagen in den Hof und stößt einen scharfen Pfiff aus. Sofort erscheint eine Magd, die Anna vom Wagen hilft und sie in das Wohngebäude führt. Noch nie war sie in einem solchen Gebäude. Die Scheune hatte sie betreten dürfen, auch die Ställe, aber doch niemals das Wohnhaus. Sie wird in die Küche geführt und bleibt ängstlich an der Tür stehen. Vor ihr sitzt der Pfarrer am Tisch, der einen Bierkrug zum Mund führt, einen tiefen Schluck nimmt und sich die Lippen mit dem Ärmel abwischt. Neben ihm hockt die alte Meierbäuerin, die ihr mit ihrem harten Mund und ihren bösen Augen Furcht einflößt. Am Fenster steht, zum großen Erstaunen Annas, die Tröscherin. Neben ihr, am alten Küchenherd, lehnt die Frau des Jungbauern. Kaum hat Anna den Raum betreten, werden die Mägde hinausgewiesen.

Der Pfarrer betrachtet Anna und beginnt zu sprechen.

»Ich hörte, der Herr hat dich noch einmal mit einem gesunden Kind beschenkt. Danken wir dem Herrn für seine Güte.«

»Amen«, sagen die Anwesenden und bekreuzigen sich.

»Wie soll es denn gerufen werden?«, fragt der Pfarrer.

Soeben war Anna noch in ihrer furchtsamen Enge die Luft abgeschnürt worden, doch bei dieser Frage schießt ihr die Antwort direkt aus dem Mund.

»Maria Anna«, antwortet sie sehr leise.

Der Pfarrer nimmt noch einen Schluck aus dem Bierkrug, wischt sich erneut mit seinem Ärmel den Mund ab und sieht sie wieder an.

»Gut so. Das ist der Name unserer Mutter Gottes und es ist der Name der Mutter unserer Mutter Gottes. Sehr, sehr schön.«

Es entsteht eine kleine Pause, weil der Pfarrer nichts weiter sagt. Die Tür schlägt Anna mit einem kräftigen Schwung in den Rücken, weil eine Magd dampfendes Essen hereinträgt und auf den Tisch hebt. Eine zweite Magd, die ihr direkt folgt, stellt eine Kanne Bier auf den Tisch, fügt einen Krug hinzu, den sie mit dem frischen Bier füllt, und verschwindet wieder.

»Iss nur!«, sagt der Pfarrer und wischt diesmal über sein ganzes Gesicht.

Anna steigt der Duft dieses Mahls in die Nase und erst jetzt wird ihr bewusst, dass sie seit Tagen vor der Geburt nichts gegessen hat. Vor Hunger verliert sie völlig den Respekt vor den Anwesenden, und in kurzer Zeit hat sie diese wundervoll schmeckende Mahlzeit verschlungen. Erst als sie ihren Kopf wieder hebt und in die Augen der alten Meierbäuerin schaut, erkennt sie wieder, dass sie hier nicht unter Freunden weilt. Die betagte Bäuerin nimmt ihr jeden Bissen übel und in ihrem Gesicht kann jeder lesen, was sie von dieser Veranstaltung hält.

Die Tröscherin ist es, die sie plötzlich am Ärmel hinauszieht und über den Flur schleift. Gleich neben dem Hauseingang öffnet sie eine Tür, hinter der ein Säugling kreischend schreit. Neben seiner Wiege steht eine hilflose Magd mit angstvoll geweiteten Augen. Die Tröscherin gibt ihr ein Zeichen zu verschwinden, was die Magd gerne befolgt.

»Die Frau vom jungen Meier ist so trocken wie ein alter Brunnen«, flüstert die Tröscherin. »Der Wurm wird sterben, wenn nicht schnell Änderung eintritt.«

Langsam begreift Anna, weshalb man sich um sie gekümmert hat. Mit ihren Burschen gab es nie Probleme, konnte sie die Knaben doch bis weit nach der Geburt stillen und ihnen so die Armseligkeit der leeren Teller ersparen. Auch jetzt war ihr die Milch lange schon eingeschossen.

Die Tröscherin hebt das schreiende Bündel aus der Wiege und geht mit ihm auf und ab. Das gibt Anna Gelegenheit sich umzuschauen. Gleich neben der Wiege befindet sich ein gemauerter Ofen und an der breiteren Wand steht ein schwerer, schwarzer Schrank. Die schmalere Wand wird durch eine fein gearbeitete Truhe geschmückt, über der ein Kruzifix hängt. Selbst der Boden ist mit starken Eichenholzbrettern ausgelegt.

So ein schöner Raum für ein einziges Kind, denkt sie. Sie bleibt einfach schweigsam und wartet. Nach einigen Schritten hin und her durch den Raum, reicht die Tröscherin ihr das fremde Kind.

»Setz dich, Anna, und leg das Gespenst an. Mach einfach die Augen zu.«

Aber Anna will nicht die Augen verschließen und erschrickt heftig, als sie in das Gesicht des Kindes schaut. Tatsächlich sieht es aus wie ein Gespenst, so abgehärmt und dünnhäutig, wie es ist. Sie nimmt ihre Tochter an die Brust, die sich nicht lange bitten lässt, aber das Gespenst macht gar keinen Versuch zu trinken. Konnte es passieren, dass sie ihre Milch verliert, wenn auf diesem kalten Wesen ein Fluch liegt? Schnell will sie es von sich stoßen, doch die Tröscherin vereitelt diese Absicht sofort.

»Bist du närrisch? Du siehst doch, dass es bald verhungert und verdurstet ist. Versuche es, dann wird es dein Schaden nicht sein, Anna!«

Es klopft an der Tür und die Tröscherin öffnet. Jetzt fällt Anna auf, dass die Tröscherin ein neues Kleid trägt. Eine Magd stellt zwei prall gefüllte Körbe in den Raum und verschwindet wieder. Anna sieht geräucherten Schinken, einen frisch abgezogenen Hasen, Eier, Brot und weitere Esswaren, die ihr Herz höher schlagen lassen.

»Das gehört dir, wenn du hier bleibst!«, sagt die Tröscherin. »Wenn es anfängt zu trinken und wächst, bekommst du mehr und dann kannst du zu den Deinen zurück. Der Meierbauer braucht einen Erben, also wird er dich mit dem Pferdewagen abholen und zurückbringen lassen.«

Anna schaut auf den armseligen Wurm, der sie mit trüben Augen ansieht.

»Und wenn ich nicht mag?«

Die Tröscherin stemmt ihre Hände in die breiten Hüften und schnauft.

»Nichts da!«, sagt sie. »Am Tisch reden die Meiers schon davon, dass jemand ihre Schwiegertochter verhext hat und ihr die Milch gestohlen wurde. Auch vom Exorzisten haben sie schon gesprochen. Und du, Anna, du hast Milch für mehr als zwei Säuger. Was glaubst du, was der alten Meier in den Kopf kommt? Bei der Ernte habt ihr euch hier keine Freunde gemacht, der Johannes und du. Sie haben euch im Verdacht, dass ihr mit dem Teufel im Bunde seid und durch Blitzschlag die Blutbuche angezündet habt. Mach dich nicht unglücklich, Anna!«

Was soll sie antworten? Sie ist durch die unverhohlene Drohung dermaßen verängstigt, dass sie kein Wort mehr herausbringt. Anna laufen die Tränen über das Gesicht.

»Ich werde die Körbe mit den Leckereien zu deinen Leuten bringen, Anna, das verspreche ich dir. Aber du musst mir schwören, dass du dieses Kind rettest, sonst wird der alte Meier uns alle ins Verderben stürzen. Was sind wir schon gegen die Meierfamilie?«

Die Antwort kennt Anna und nickt nur. Die Tröscherin geht hinaus und kommt mit der alten Meier, ihrer jungen Schwiegertochter und einer Magd zurück, die einen Strohsack mit Decken auf den Boden legt und eine Kanne Bier mit Krug neben Anna stellt. Die Tröscherin sieht sie lange an und gibt ihr schließlich ein Zeichen. Anna nimmt eine ihrer Brüste in die Hand und lässt einen Strahl Milch über das Gesicht des Gespenstes spritzen. Schweigend drehen die Meierfrauen sich um und gehen. Die Tröscherin nimmt die Körbe und verschwindet ebenso wortlos. In dieser Angelegenheit gibt es nichts mehr zu sagen.

Anna ist mit den beiden Kindern alleine. Ihr Herz klopft wie wild vor Angst. Sie ist eingesperrt und kann sich nur in ihr Schicksal fügen. Sie hat nichts mit dem Teufel zu tun. Warum lässt Gott den Teufel überhaupt gewähren? Das begreift sie nicht. Gott könnte ihn töten.

Vom kleinen Fenster aus schaut sie hinüber zum Schweinestall, dessen Tür vom Wind hin und her gerissen wird. Sie bleibt lange stehen und lauscht dem Rauschen des Windes. Grau ist der Tag. Eine Krähe zieht schreiend über den Hof. Noch nie in ihrem Leben hat sie einfach nur an einem Fenster gelehnt und geschaut.

Der Mond tritt auf und lässt zuweilen Wolken silbern blinken. Drüben geht sie vom Schweinestall zur Wasserpumpe, trägt die vollen Eimer in das Haus. Der Wind weht scharf von Westen und rüttelt heftig an den schwachen Holzwänden der Stallungen. Eine Katze verschwindet hastig hinter dem großen Misthaufen. Anna sieht sich zu, wie sie, als Dienerin Anna, vorsichtig die Tür des Stalls aufschiebt und über den Hof schaut. Dann schleicht sie im Schatten der Stallungen hinter das Haus und verlässt das Anwesen. Alles nur ein Traum. Sie gehört nicht hierher, aber fliehen kann sie auch nicht. Anna trägt die beiden Kinder in den Armen und setzt sich auf einen Stuhl. Die Bilder in ihrem Kopf machen ihr noch mehr Angst, denn nun erinnert sie sich auch wieder, was es mit der Blutbuche auf sich hatte. Damals hatte ihr der Meierbauer eine Arbeit gegeben und ihr befohlen, die Schweine nicht alleine zu lassen, weil die Zeichen am Himmel auf ein kommendes schweres Gewitter hindeuteten. Aber sie wollte zu ihren Kindern, die auch voller Angst waren, und sie musste ihnen doch etwas zu essen geben. Deshalb stahl sie sich davon und wollte quer über die Felder laufen, sich den Weg dadurch verkürzen, und so schnell es ging, wieder auf den Meierhof zurückkehren. Aber dann kam das Wetter.

Anna versucht, diese Erinnerung wegzuwischen und beschäftigt sich mit den Kindern. Wenigstens hat sie erreicht, dass das Kind der jungen Meierfrau nicht mehr schreit. Sie hält es an ihr Ohr und lauscht seinen Herztönen. Auch wenn es so leicht wie eine Feder ist, hört sie seinen Herzschlag.

Die Luft ist voller Echos ferner Donnerschläge. Signale kommen auch von den schweren Wolken und den Feueraugen hinter dem Himmel. Grün leuchtet die Erde, aber sie bückt sich tief und abwartend unter der Drohung des kommenden Wetters. Geheule der Dämonen war aus dem nahen Wald hinter dem Meierhof zu hören.

Anna sieht, wie das Vergangene aus dem Nebel der Erinnerung heraustritt. Wie ein furchtsames Wild hatte sie Witterung aufgenommen und sich an den Bäumen und Sträuchern vorbeigeschlichen. Ihre Gedanken hatten sich nur mit ihren Kindern beschäftigt, denn sie wusste, sie würden sich voller Angst aneinanderkrallen.

Jetzt durchlebt sie die Vergangenheit, als wäre sie auferstanden. Da war der Mond, der blässlich zwischen einem dünnen Wolkengewebe hindurchschien. Der Sturm wurde schärfer und riss an ihren Kleidern. Dann schlug ihr ein Schwall Wasser mitten ins Gesicht und sie suchte schnell Schutz. Dampfend tanzte der Regen auf dem freien Feld. Anna sah die Blutbuche vor sich und eilte unter deren starke Äste. »Die Buchen sollst du suchen«, flüsterte sie, »die Buchen sollst du suchen.« Sie wusste, sie würde es nicht mehr zu ihren Kindern schaffen, zu nah war das Wetter schon bei ihr. Sie fühlte die Nässe bereits auf ihrer Haut. Intensiv spürte sie die Furcht vor den immer näher kommenden

Blitzschlägen. Sie war innerlich aufgewühlt wie im Fieber. Schwer beladen hingen die Wolken wie greifbar über ihr. Der Sturm hatte den Mond vertrieben, sprang wild hin und her, sodass sie gar nicht reagieren konnte, um der Nässe zu entgehen. Wie graue Tücher wehten die Regenschauer über die Äcker, undurchschaubar und gruselig. Als die Blitze zuckten, warf sie sich auf den klebrig nassen Boden. Dann hörte sie das Nachtgespenst wie irrsinnig brüllen, dazwischen ein böses Lachen und ein wieherndes Pferd. In Todesangst hob sie den Kopf, um dem Teufel in die Augen zu sehen. Wer konnte es anders sein, als Lucifer, der bei diesem leuchtenden Gewitter seinen Spaß hat? Sie sah den Kopf des Pferdes und dann die Augen, diese bösen Augen, die direkt gegen sie gerichtet waren. Es war nicht der Teufel. Der älteste Sohn des Meierbauern, der wieder einmal gewildert hatte, stand vor ihr. Das frisch erlegte Reh lag quer über dem Pferderücken. Am Boden kriechend, blieb sie hilflos und musste mit ansehen, wie er seinen kurzen Spieß zog, um sie, die Zeugin, zu töten. Der Meierbauer musste seinen Sohn endgültig verstoßen, wenn der wieder einmal im Klosterforst gewildert hatte. Anna sah die blutigen Hände, die kurz zuvor noch das Reh ausgenommen hatten und nun ihr Leben beenden wollten. Nicht einmal beten konnte sie noch. Dann kam ein fürchterlicher Blitz, und hell durchleuchtet stand er vor ihr. So durchleuchtet, dass sie sein klopfendes Herz sehen konnte. Mit einem Mal schlugen Flammen aus seinen Füßen und der ganze Mann stand im Feuer. Anna sprang auf und rannte um ihr Leben. Sie umlief die Gebäude und kletterte durch eine Lücke zurück in den Stall. Später stand der Meierbauer auf dem Hof und hielt das Pferd fest. Es musste noch vor dem Blitzschlag geflohen sein. Das erlegte Reh lag am Boden. Dann kam ein Knecht mit einer Schubkarre, auf der die verbrannte Leiche lag. Der Meierbauer stand breitbeinig neben dem am Boden liegenden Reh und schaute auf seinen

Sohn. Anna steckte ihren Kopf aus der Tür, und just in diesem Augenblick drehte sich der Bauer um und schaute in ihr Gesicht. »Hexe!«, brüllte er. Der Mann stand da und richtete die Fäuste fluchend gegen den Himmel. Es hatte aufgehört zu gewittern und der Himmel klarte auf. Die Vögel zwitscherten wieder.

Anna sitzt auf dem Stuhl und zittert. Sie sieht die Augen des Sterbenden.

Der Alte verdächtigt sie, mit dem Tod seines Sohnes zu tun zu haben.

Maria Anna liegt auf ihrem Schoß. Mit einem Finger benetzt sie die Lippen des kalten Kindes mit ihrer Milch. Es trinkt nicht. Könnte sie doch einfach gehen. Sie streicht in Trance Milch über die Lippen des kalten Kindes und beginnt, ein Lied zu summen. Sie will die Nacht über kein Auge schließen.

»Gott steh uns bei, Maria Anna«, sagt sie. »Gott steh uns bei.«

## 2

Neben der Blutbuche stehen zwei Weidenkörbe am Boden. Die Tröscherin erhebt sich langsam und streckt ihre strapazierten Glieder. Sie bricht ein Stück Brot vom Laib ab und schiebt es vorsichtig in ihren zahnlosen Mund. Maria Anna arbeitet still weiter und denkt an das, was sie von der Tröscherin erzählt bekommen hat. Sie hat keine rechte Vorstellung von ihrer Mutter. Ihre Brüder hat sie seit dem Tod der Eltern nicht mehr gesehen.

Erneut kommt der Reiter quer über die abgeernteten Felder und treibt sein Pferd zu immer höherem Tempo an. Schweißnass und schnaubend gehorcht der Rappe dem Jungen. Bei der Buche lässt er das Pferd eine Kehre machen und sprengt laut juchzend wieder davon.

»Er wird das Pferd noch zuschanden reiten«, schimpft die Tröscherin.

Maria Anna sieht dem Jungen nach, dessen weißes Hemd sich im Tempo des Ritts aufbläht. Er ist kräftig und der einzige Sohn am Meierhof.

Sie kann nicht glauben, dass Georg der verhungerte Säugling gewesen sein soll, der mit ihr zusammen an der Brust ihrer Mutter gelegen hat. Aber das ist es eigentlich gar nicht, was sie so sehr beschäftigt. Ihr laufen immer wieder kalte Schauer über den Rücken, wenn sie daran denkt, dass genau an dieser Stelle der Bruder des Meierbauern vom Blitz getötet worden war. Er wäre der Herr des Gehöftes geworden und nicht der jetzige Meierbauer, dessen Sohn Georg war, und der von seinem Vater dieses schöne Ross geschenkt bekommen hat. Maria Anna schaut auf die Blutbuche und geht einige Schritte aus Furcht zur Seite, als könnten die Äste des Baumes sie greifen und verschwinden lassen. Sie will die Tröscherin nach dem Toten fragen, aber sie traut sich nicht. Man schweigt über ihn. Und wenn einer nur das Wort ›Wilderer‹ ausspricht, konnte es passieren, dass jemand aus der Meierfamilie zuschlug. Einfach so, weil das Wort ›Wilderer‹ verboten war. Maria Anna sieht den Meierbauern, wie er mit dem Wagen über die Eichenallee hinaus auf die Felder fährt, um die letzten gebundenen Ähren aufzuladen und dann zum Dreschen in den Hof zu bringen. Sie zischelt der Tröscherin etwas zu, die sofort aufspringt und versucht, die mageren Halme aufzuklauben und zu binden. Es ist jederzeit möglich, dass der Meierbauer sie davonjagt. Sie ist alt und kann natürlich längst nicht mehr soviel schaffen wie die Jungen. Maria Anna arbeitet an ihrer Seite doppelt, damit die alte Frau weiterleben kann und nicht verhungern muss. Doch der Meierbauer beachtet sie gar nicht, sondern fixiert seinen Sohn Georg, der erneut quer über die Felder gepreschst kommt und aus purem Übermut bei der Blutbuche Maria Anna mit seiner Gerte schlägt. Der Bauer brüllt etwas Unverständliches und sofort hält Georg seinen Rappen an. Das Spektakel ist vorbei. Mit gesenktem Kopf reitet Georg die Eichenallee Richtung Meierhof davon. Er muss an dem alten Meierbauern vorbei, der auf einem Stuhl am Feldrain hockt und dem der Speichel aus dem Mund rinnt.

Die Gerte hat Maria Anna leicht im Gesicht verletzt. Die Tröscherin nimmt ein Tuch, gießt ein wenig Wasser aus einem Tonkrug darüber und wischt Maria Anna die Wange vom Blut sauber.

»Er ist so ein dummer Junge«, sagt die Tröscherin, und es klingt nicht wie ein Vorwurf.

Maria Anna sieht Georg hinterher. Noch nie hat der sie nach ihrer Mutter gefragt. Ohne die Tröscherin würde sie die Geschichte ihrer Mutter nicht kennen. Von Westen her ziehen einige Schäfchenwolken heran. Wenn Maria Anna traurig ist, dann legt sie sich gerne irgendwo in die Wiese und schaut in den Himmel. Aber dann ist es kein Tag wie heute, an dem sie den beißenden Hunger spürt und trotzdem keinen Drang hat, in das alte Brot der Tröscherin zu beißen. Vielleicht bekommt sie am Abend etwas im Meierhof zu essen? Was das sein könnte, das weiß sie nicht, aber häufig, wenn sie am Küchenfenster vorbeigeht, duftet es schon so kräftig, dass ihr das Wasser im Mund zusammenläuft.

Ein Vogel schwebt über die leeren Äcker und sucht nach Beute. Maria Anna staunt immer wieder darüber, wie gut die Vögel aus großer Höhe sehen können, um am Boden Beute zu machen. Das letzte Ährengebinde ist fertig aufgestellt und Maria Anna lehnt sich an den Baum, um sich etwas auszuruhen.

Einige Monate später, sie ist inzwischen auf dem Hof des Bauern Hösch untergekommen, trägt Maria Anna zwei schwere Wassereimer vom Brunnen zum Stall, als ihr jemand einen Stein in den Rücken wirft. Sie muss sich nicht umdrehen, um zu wissen, dass es der Bauer gewesen ist, dem sie wieder einmal zu langsam läuft. Schneller kann sie nicht gehen, denn dann wird das Wasser überschwappen und auch das würde eine Strafe nach sich ziehen. Sie hat es beim Höschbauern mehr als schlecht getroffen, aber sie muss die Zähne zusammenbeißen. Eine andere Arbeit gibt es nicht für eine wie sie. Und dann geschieht es doch, dass sie einfach fortgeschickt wird. Sehr früh an einem grau durchwirkten Morgen, an dem der Himmel sich einfach nicht öffnen will, jagt sie der Hösch in den Wald hinter dem kleinen Mühlbach, den alle nur Marienforst nennen. Vorüberfahrende Händler hatten vor langer Zeit die Heilige Maria über die Bäume schweben sehen. Seitdem gilt der Wald als geweihte Stätte und niemand wagt es, sich dort aufzuhalten oder gar einen Baum zu fällen. Aber genau das hat der Höschbauer vor, und mit drei Knechten und einem Gespann mit zwei schweren Ochsen macht man sich auf den Weg. Seit Maria Anna auf dem Höschhof lebt, hat sie ihren Schlafplatz über dem Schweinestall mit Marianne geteilt, die wie sie keine Eltern mehr hat und ebenso versucht, sich irgendwie durchzuschlagen. Natürlich hatte der Höschbauer ihnen nichts davon gesagt, dass er im Marienforst einen Baum schlagen will. Sie laufen voraus und als sie am Rande des Waldes angekommen sind, bleiben sie einfach stehen. Der Bauer brüllt laut und zwingt sie, tiefer in den Wald hineinzugehen. Maria Anna und Marianne bekreuzigen sich und wagen kaum zu atmen. Sie glauben, noch niemals in einem Wald gewesen zu sein, in dem es so still ist wie in diesem. Maria Anna sagt, sie riecht Weihrauch und bekreuzigt sich erneut. Dem Höschbauern geht das alles viel zu langsam, also schlägt er nach den Mädchen. An einer kleinen Lichtung schauen sie auf einen Baum, der in Mannshöhe eine frische Kerbe im Stamm trägt. Es ist eine Eberesche, die kerzengerade in die Höhe gewachsen ist und nun umgeschlagen werden soll. Die Knechte mit ihren langstieligen Äxten und den schweren Seilen kommen herbei und stieren stumpf auf den Baum. Maria Anna spürt genau, dass sie ebenso furchtsam sind wie sie selbst. Es ist ein Frevel, im Wald der Heiligen Maria einen Baum zu fällen, da ist sie sich ganz sicher. Außerdem gehört der Wald dem Grafen Hohenstein. Der Höschbauer entreißt einem seiner Knechte eine Axt und drischt wie von Sinnen auf den Baumstamm ein, als habe er mit ihm eine alte Rechnung zu begleichen. Dabei flucht er laut und beschimpft die Knechte als Hasenfüße und stinkende Ochsen. Dann schlagen sie im Rhythmus ihrer ausschwingenden Bewegungen gegen den Stamm, sodass große Späne weit davongeschleudert werden. Der Höschbauer befiehlt den Mädchen, die Späne sorgfältig aufzuklauben und bloß keinen zu übersehen. Doch so sehr die Männer auch schwitzen, die Eberesche will nicht fallen. Tief klafft eine große Wunde im Holz und Maria Anna fürchtet sich davor, dass Blut aus dieser Wunde austreten wird. Sie bekreuzigt sich erneut und bekommt dafür vom Höschbauern einen Schlag ins Gesicht, dass sie der Länge nach zu Boden fällt. Sofort rappelt sie sich wieder hoch und setzt ihre Arbeit fort. Marianne hält sich abseits und tut so, als suche sie fleißig nach Spänen. Plötzlich schreit der Baum auf und fällt langsam zur Seite um. Zu Tode erschrocken werfen sich die beiden Mädchen zu Boden und halten sich an den Händen. Die Männer rufen und der Höschbauer stößt einen Fluch nach dem anderen aus. Aber ihm ist nichts geschehen. Auch der Knecht neben ihm, der bleich wie der Sensenmann ist, bleibt aufrecht stehen. Die zwei anderen Knechte hat der Baum mit seinen Ästen gestreift. Einer, der nur der Ursch gerufen wird, liegt mit einer blutenden Wunde am Kopf am Boden. Er ist klein und stämmig, hat wohl deshalb mehr Glück gehabt als der Pirm, den sie Österreicher rufen, der schlank und groß ist. Über dessen linkem Bein liegt ein schwerer Ast, der ihm das Bein gebrochen hat. Er schreit nicht, liegt nur da und schaut mit weit aufgerissenen Augen zum Himmel hinauf. Der Höschbauer flucht weiter und schimpft, weil es nun schon Mittag geworden ist und wenn sie nicht alle solche Idioten wären, hätten sie den Baum längst unbeschadet auf den Hof geschafft. Der Ursch reißt sich einen Ärmel seines Hemdes ab und bindet sich den Stoff um den Kopf. Die drei Männer versuchen, den schweren Ast vom Bein des Liegenden anzuheben und zur Seite zu drehen. Das gelingt erst, nachdem der Höschbauer den Ast mit der Axt durchschlagen hat. Der Österreicher stöhnt laut auf und bittet um Wasser. Maria Anna taucht die Kelle in den Krug und gibt ihm zu trinken, was den Höschbauern erneut in Wut bringt.

»Schütte ihm doch gleich den Krug über den Kopf«, schimpft er, »dann bleibt eben nichts mehr übrig.«

Sie tragen den Österreicher zur Seite und beginnen, dem Baum die Äste abzuschlagen. Dabei müssen auch die Mädchen helfen, die mit ihren kleineren Äxten aber nicht zur Zufriedenheit des Bauern arbeiten. Sie sehen sich nur an, um sich gegenseitig zu bestätigen, weshalb das Unglück geschehen ist. Erst am späten Nachmittag kann das Ochsengespann zum Einsatz kommen. Sie haben nun die schwereren Äste beseitigt und die starken Tiere reißen mit dem zehn Meter langen Baumstamm eine Schneise in den Wald. Der Österreicher wird über einen der Ochsen gelegt und so machen sie sich auf den Heimweg. Die Abenddämmerung zieht hinter ihnen langsam am Himmel herauf und der Verletzte wimmert leise vor sich hin. Niemand spricht ein Wort. An der Weggabelung kommen ihnen zwei Mönche entgegen, deren Köpfe in großen Kapuzen stecken, sodass ihre Gesichter nicht zu erkennen sind. Marianne stößt Maria Anna in die Rippen. Es ist ein Zeichen der bösen Tat, dass sie nun auch noch den zwei Mönchen begegnen.

Auf dem Hof angekommen, befiehlt der Höschbauer Maria Anna, zur Tröscherin zu laufen und ihr zu sagen, sie muss sofort kommen. Dann lässt er den Mädchen jeweils einen kleinen Sack mit Lebensmitteln reichen und drückt jeder eine Münze in die Hand.

»Ihr braucht nicht mehr zurückkommen«, sagt er und verschwindet im Haus.

Marianne schließt sich Maria Anna an, die ein zügiges Tempo anschlägt, damit sie nicht in die Nacht geraten. Maria Anna ist froh, den Weg nicht alleine gehen zu müssen, zumal Marianne mit ihren 16 Jahren zwei Jahre älter als sie ist. Über das Geschehen im Marienforst verlieren sie kein Wort. Das bringt Unglück. Doch beide sind fest davon überzeugt, für diesen Frevel noch büßen zu müssen.

Beim Laufen bemerkt Maria Anna, dass sie sich im Marienforst das Kleid zerrissen hat. Wenn das ihre Strafe sein soll, dann wäre sie damit sofort einverstanden. Ein Windstoß weht ihnen den Geruch von feuchtem Waldboden zu. Der Moorgeruch zeigt an, sie sind nicht mehr sehr weit von der Tröscherhütte entfernt. Sie müssen sich sputen, denn die Nacht steht schon über dem Land. Irgendwo in der Ferne kräht ein Hahn. Endlich sind sie angekommen und Maria Anna ruft nach der Tröscherin. Gleich darauf wird die Tür geöffnet und die alte Frau winkt die Mädchen zu sich herein.

»Der Österreicher hat sich im Marienforst ein Bein gebrochen«, sprudeln die Worte aus Maria Anna heraus, »und der Hörschbauer hat mir aufgetragen, du sollst sofort kommen.«

Von der umgehauenen Eberesche erzählt sie lieber nichts. Die Mädchen dürfen es sich an der Feuerstelle bequem machen. Über der Glut hängt ein rußgeschwärzter Topf mit einer Suppe. Es riecht nach Rüben und Kohl. Die Tröscherin nimmt zwei Tonschalen und gießt den Mädchen etwas von der Suppe hinein.

»Esst nur, ihr seht schon aus wie zwei Hungerleider.«

Maria Anna greift in ihren Beutel und zieht einen Kanten Brot heraus. Er ist sehr hart. Sie beißt einige kleinere Stücke ab und lässt sie in die Suppe fallen, damit sie aufweichen. Der Raum ist dunkel. Das matte Licht der Glut unter dem Topf ist die einzige Lichtquelle. Es riecht stark nach Rauch und Maria Anna muss deshalb husten.

»Ihr werdet hier übernachten. Morgen werden wir weitersehen.«

Die Tröscherin zieht sich in die Dunkelheit zurück.

Die Wärme in ihrem Bauch tut gut und Maria Anna stellt die leere Schale neben die Feuerstelle. Ein Huhn springt von oben herab auf den Boden und gackert. Erst jetzt erkennt Maria Anna den Tröscher, der, auf seine Arme gestützt, zu ihnen hinüberstarrt. Sie muss wieder husten und ist froh, dass nichts gesprochen wird.

Die Mädchen legen sich neben die Feuerstelle auf den Boden, kuscheln sich aneinander und warten auf den Schlaf.

Draußen geht der Wind um die Hütte und spricht. Maria Anna würde gerne wissen, wie der Wind aussieht. Sie glaubt an einen großen und kräftigen Mann, ähnlich dem Hörschbauern, nur noch schwerer, der durch die Wälder streift und dabei kräftig aus den Lungen bläst, oder auch nicht, denn es war nicht immer windig. Marianne sagt, der Wind wird von vielen kleinen Engeln gemacht. Die Mädchen lauschen hinaus und schlafen ein, ohne es zu merken.

Der Morgen ist ungewöhnlich dunkel und kühl. Schwer liegen die tief hängenden Nebel in den Bäumen. Ein Fuchs streift durch das Gelände, verharrt kurz und verschwindet schließlich zwischen den Bäumen.

Maria Anna stolpert schlafverstört aus der Hütte und schüttelt sich. Die Tröscherin treibt die Mädchen sogleich zur Eile an.

»Schnell hinaus! Hinter dem Hof des Höschbauern lauft ihr am alten Mühlbach vorbei bis zur Landstraße.« Sie hebt drohend den Zeigefinger. »Auf der anderen Seite müsst ihr darauf achten, dass ihr nicht zu lange am kleinen See entlang geht, sonst verirrt ihr euch. Ihr müsst durch das Birkenwäldchen und dann am braunen Bach den Berg hinauf bis zur Quelle.«

Die Tröscherin beginnt hart zu husten und legt sich ihren Schal um den Hals.

»Die Hunde vom Hösch werden nicht anschlagen, weil sie euch kennen. Also seid schön brav und macht, was ich gesagt habe.«

Die Mädchen nicken. Marianne gefällt es, durch die Wälder zu streifen, und sie freut sich schon darauf, wie sie Maria Anna mit ihren schaurigen Geschichten erschrecken kann.

»Hier«, sagt die Tröscherin. »Jede von euch bekommt einen Flusskiesel. Den zeigt ihr vor, wenn ihr angekommen seid, denn dann weiß Ursula, dass ich euch schicke und was sie euch mitgeben soll.« Maria Anna drückt den Kiesel fest in ihre Faust und zittert bei dem Gedanken, dass die Tröscherin sie zu einer wahren Hexe schickt, denn nichts anderes ist diese Ursula für sie. Das war so, weil sie den Namen Ursula in diesem Zusammenhang schon gehört hat. Mehr als einmal hatte sie Frauen darüber flüstern hören, dass hinter dem Marienforst auf dem Berg eine Hexe lebt.

Kurz vor dem Höschhof kommen ihnen die zwei Mönche vom gestrigen Tag entgegen. Sie müssen beim Hösch übernachtet haben, denkt Maria Anna und senkt den Kopf. Aber die Mönche sind gedankenversunken in ein Gespräch vertieft, sodass sie die Tröscherin und die vorübergehenden Mädchen gar nicht zu bemerken scheinen. Wenig später verabschiedet sich die Tröscherin und schärft den Mädchen noch einmal ein, nur ja nicht vom rechten Weg abzukommen. Maria Anna und Marianne laufen am Höschhof vorbei und tatsächlich schlagen die Hunde nicht an. Marianne schaut auf die spindeldürre und blasshäutige Maria Anna, mit ihren fransigen Haaren und den immer aufgeplatzten Lippen. Vielleicht sieht sie ja genauso aus? Sie hat sich noch nie in einem Spiegel gesehen. Von einem Baum ruft ein Vogel eine Warnung in den Wald, den die Mädchen nun betreten.

»Hörst du«, sagt Marianne, »was der Vogel ruft: Keiner liebt dich! Keiner liebt dich!«

Maria Anna sieht Marianne an und versteht nicht, warum sie das sagt. Der Vogel ist ein Vogel und kann nicht sprechen. Marianne sieht in das ungläubige Gesicht Maria Annas und lacht ihr helles Mädchenlachen.

»Still«, flüstert Maria Anna, »hast du schon vergessen, was die Tröscherin gesagt hat?«

Sie betreten die schmale Landstraße, die den Marienforst vom Hexenwald trennt. Kaum hat Maria Anna ihre Warnung ausgesprochen, da sprengen zwei Reiter von Süden her auf sie zu. Marianne unterdrückt einen Schrei. Sie rennen über die Straße in den Wald und versuchen, den Männern zu entkommen. Ihre panische Flucht mussten sie nicht verabreden. Über die Pferdeburschen auf den Landstraßen sprechen die Frauen zwar nur hinter vorgehaltener Hand, aber was mit gefallenen Mädchen geschieht, das hatten sie beide schon erlebt. Die Burschen nehmen sich das Mädchen, welches ihnen über den Weg läuft, und amüsieren sich köstlich, auch wenn die Mädchen noch so jammern und flehen. Die Reiter eskortieren Kaufleute, die ihre kostbare Fracht vor Räubern oder Neidern schützen lassen, denen es aber gleichgültig ist, was neben der Straße geschieht. Der Weg führt zu einer größeren Straße, die wiederum in eine Landstraße mündet, die in der Stadt Augsburg endet. Diese Stadt kennt Maria Anna nicht. Die kleine Straße führt von Kempten nach Memmingen und das waren Namen, die sie gehört hatte, ohne die Orte zu kennen. Atemlos rennen die Mädchen zwischen den Baumstämmen entlang. Es zahlt sich für sie aus, dass sie durch Wälder zu rennen gelernt haben. Da ging es allerdings um ihre Furcht vor Tieren oder eingebildeten Gespenstern, nicht um die Flucht vor wilden Burschen. Als sie endlich zur Ruhe kommen, haben sie keine Orientierung mehr und laufen einige Zeit im Kreis. Zwar sind sie sicher, dass ihnen die Reiter nicht folgen werden, denn die lassen ihre Pferde niemals zurück. Doch nun beginnt ihre Furcht vor dem Unbekannten im tiefen Wald in ihnen zu rumoren. Auf einer Lichtung setzen sie sich auf den Boden und schnaufen. Maria Anna laufen Tränen der Anstrengung über das Gesicht und als sie ihren Handrücken benutzt, um sie wegzuwischen, sieht sie Blut. Offensichtlich hat sie sich an einem der Äste im Gesicht verletzt. Mariannes Arme sind zerschrammt und in ihren Haaren stecken Nadeln von Koniferen. Das Lachen ist ihr vergangen.

Vor ihnen zeigt sich ein Weiher, an dessen Ufern hohe Birken wachsen.

Dahinter erhebt sich ein schwarzer, bedrohlich wirkender Wald. Einige Blesshühner beleben das Wasser. Marianne streichelt Maria Anna über die Haare und will ihr sagen: ›Komm, lass uns weitergehen!‹, als hinter ihnen Holz splittert. Kurz darauf vernehmen sie wie mit wuchtigen Schlägen Äste von Bäumen gehackt werden. Als sehr nahe beim Birkenhain ein Pferd wiehert, wissen sie, dass sie sich in der Annahme, die Reiter hätten aufgegeben, geirrt haben. Wie kleine Marder flitzen sie am Weiher vorbei und verschwinden zwischen den dunklen Stämmen der modrig riechenden Bäume. Sie müssen bald einsehen, dass es in diesem dicht bewachsenen Wald kein Davonlaufen geben kann. Als sie aufgeben und sich ängstlich dem von einer Seite einfallenden Licht nähern, sehen sie, wie die beiden Reiter ihre Pferde im Weiher saufen lassen. Die Männer halten kurze Äxte in den Händen und unterhalten sich. Einer schaut zum Waldrand. Sie sprechen miteinander und gehen dann getrennt auf ein jeweils anderes Waldstück zu. Jener, der auf die Mädchen zukommt, trägt eine grüne Jacke und einen speckigen, farblosen Hut mit Feder. Er hebt den Arm und zeigt mit dem Finger auf den Boden. Der andere Kerl hebt etwas auf. Es ist ein Stück Brot, das Maria Anna aus dem Beutel gefallen ist. Der Mann in der grünen Jacke ruft laut und drohend nach ihnen. Die Mädchen erbleichen, denn er hat in ihre Richtung gezeigt. Er kommt so nahe an sie heran, dass sie seine schlurfenden Schritte hören. Maria Anna will aus Angst schreien.

»Wenn du schreist, sind wir tot«, wispert Marianne, als hat sie die Empfindung Maria Annas spüren können.

Maria Anna kneift die Augen zusammen und drückt ihr Gesicht fest auf den Boden. Die Mutter Erde hilft, hatte die Tröscherin ihr einmal gesagt und sich gleich darauf verbessert, die Mutter Gottes hilft, aber eigentlich sind sie eins, die Mutter Erde und die Mutter Gottes.

Könnte sie doch nur hineinkriechen in die Mutter Erde. Maria Anna beginnt, am ganzen Körper zu zittern. Fasst da nicht schon eine Hand nach ihr? Greifen nicht die Finger des Reiters an ihren Hals? Sie liegen einige Zeit fest gepresst auf dem Waldboden, bis die Männer endlich den Weg aus dem Wald nehmen, auf dem sie gekommen sind. Als die Blesshühner sich wieder im Wasser tummeln, trauen sich die Mädchen auch hinüber. Marianne läuft als Erste durch den Birkenhain zum Wasser, nimmt einen Stein, den sie geschickt über die leichten Wellen hüpfen lässt, bis er stumm versinkt. Sie schaut auf Maria Anna, die wie ein winziges Vögelchen vor der hohen Wand aus Bäumen steht. Marianne schöpft eine Hand voll Wasser und spült ihr Gesicht. Maria Anna geht zu einem kleinen Plateau, unter dem sich der Hügel absenkt, und entdeckt den braunen Bach zwischen hohen Tannen. Der Bach fließt still durch den Wald. An seinem schmalen Ufer werden sie laufen können. Sie winkt Marianne, weil sie sich nicht zu rufen traut.

»Ist das da drüben nicht der braune Bach, von dem die Tröscherin erzählt hat?«

Marianne ist sich nicht sicher, aber bleiben will sie auf keinen Fall. Also nickt sie einfach und nach wenigen Metern stehen sie am Rand des dunklen Waldes. Marianne blickt zum Himmel, um die Tageszeit zu bestimmen. Die Wolken lassen das nicht zu. Sie laufen still hintereinander und müssen sich hüten, auf dem glitschigen Bachufer nicht auszugleiten und ins Wasser zu fallen. Mit jedem Schritt tiefer in den Wald wird es dunkler und unheimlicher. Von einer kleinen Höhe aus sehen sie die weit unter ihnen liegende Straße und die schweren Lastwagen der Kaufleute. Auch ihre zwei Verfolger erkennen sie dort.

»Warum tun Männer das?«, fragt Maria Anna.

»Das ist in ihnen«, antwortet Marianne altklug. »Die Magdalena vom Neuerhof haben die Bauern fortgeschickt, weil sie sich am Mühlenfeld vor einem Treiberburschen hat bücken müssen«, erzählt Marianne, die ruhiger wird, weil sie ihre eigene Stimme hört. »Jeder hat sie dann eine Hure geschimpft und mit Steinen haben sie nach ihr geworfen.«

Maria Anna nickt, denn sie hat die Geschichte auch gehört. Marianne kann das nicht sehen, weil sie vor ihr läuft.

»Der Steff war das. Er hat ihr ein Auge ausgeschlagen, weil sie sich nicht bücken wollte«, erzählt Marianne weiter. »Jetzt will sie keiner mehr haben.«

Maria Anna weiß nicht genau, was es mit dem Bücken auf sich hat, aber die furchtbaren Konsequenzen, die kannte sie aus vielen Erzählungen. Niemals durfte man eine Hure genannt werden.

»Sie ist fort, die Magdalena, niemand weiß, wohin.«

Maria Anna wagt gar nicht zu fragen, was die beiden wilden Burschen mit ihnen vorgehabt hatten. Wahrscheinlich wäre sie danach auch eine Hure gewesen.

Der Anstieg zur Quelle des braunen Baches erweist sich zwar als schwierig, aber er ist keineswegs so steil, wie die Mädchen befürchtet hatten. Dennoch bringen sie der unbequeme Weg und ihr eingeschlagenes Tempo an den Rand der Erschöpfung. Hinter einer jungen Eiche zeigt sich plötzlich ein Fasan. Der versucht sich in den Himmel zu heben, was ihm der dichte Wald nicht erlaubt. Die Mädchen bleiben stehen, weil sie noch nie einen Fasan gesehen haben, der zu Fuß geht. Gleich darauf wissen sie, weshalb sich der Vogel hinter dem Baum versteckt hat. Über einer kleinen Lichtung schwebt suchend ein Falke am Himmel. Dann bleibt der Fasan rüttelnd stehen und bewegt seinen Kopf. Die Mädchen betreten vorsichtig die Lichtung und rennen auf die andere Waldseite zu. Immer noch treibt sie die Angst an. Neben einem Holunder liegt eine tote Wildgans. Ihr Bauch ist aufgerissen und sie ist zur Hälfte aufgefressen worden.

»Ein Wolf«, sagt Marianne ehrfurchtsvoll, damit sich Maria Anna noch mehr fürchtet.

»Kein Wolf«, sagt Maria Anna fachmännisch. »Erst fraß der Fuchs und danach die anderen Nager. Ein Wolf hätte die Gans einfach zerrissen.«

Marianne macht ihr eine lange Nase.

»Was du schon weißt!«

Der spöttische Ton reizt Maria Anna zu Widerworten.

»Du denkst, du bist mit allen Geschichten immer besser als ich. Aber so eine Geschichte wie die von der Müllerfrau, die kennst du nicht.«

Sie spreizt sich und stellt ihren schmalen Körper direkt vor Marianne, sodass sie nicht mehr weitergehen kann.

»Die Müllerfrau hieß mit Namen Mechthild und war recht hübsch anzusehen. Eines Tages, es war kurz vor dem Johannisfeuer, kam sie von der Beichte zurück und nahm, weil es schon spät war und der Müller mit der Arbeit wartete, den kürzeren Weg am Mühlbach entlang, dort wo die 13 Ulmen stehen. Sie hätte doch wissen müssen, man geht nicht an einer 13 vorbei, ohne Schaden zu nehmen. Zwei Männer sprangen hinter den Bäumen hervor, rissen sie zu Boden und schnitten ihr die Brüste ab. Einer steckte ihr seinen Wanderstab in ihr Frauengeheimnis und fast wäre sie ausgeblutet, hätte die Tröscherin sie nicht schreiend gefunden. Bei der Tröscherin war sie, bis sie wieder laufen konnte, und weil der Müller sie nicht mehr wollte, haben sie die Nonnen in ihr Heim aufgenommen. Es heißt, sie kreischt nur noch und spuckt.«

Mit einer solchen Geschichte kann Marianne nicht aufwarten und so gibt sie sich geschlagen.

»Puh«, sagt sie, »die Männer vorhin hatten Äxte. Lass uns schnell weitergehen.«

Maria Anna gruselt sich von ihrer eigenen Erzählung und schließt sich dem Wunsch Mariannes gerne an. Hinter den schwarzen Bäumen macht der Bachlauf einen Bogen und die

Mädchen müssen durch das Bachbett waten, weil es sonst kein Weiterkommen gibt. Als sie endlich wieder das Ufer erreichen, setzen sie sich auf einen umgestürzten Baumstamm und reiben ihre eiskalten Füße mit den Händen.

»Was ist eigentlich mit dem alten Tröscher?«, fragt Marianne.

Maria Anna zögert einen Moment, aber warum sollte sie es nicht erzählen?

»Seine Augen«, sagt sie. »Er kann nicht mehr richtig sehen. Eine Nonne vom Kloster hat ihn verhext, weil er sie beim Pinkeln beobachtet hat. Das weiß ich genau, weil die Höschtochter es mir erzählt hat.«

Marianne muss lachen, hält sich aber schnell die Hand vor den Mund, damit es nicht so laut wird.

»Papperlapapp! Die Höschtochter ist blöder als eine Ziege.«

Maria Anna ärgert sich heftig.

»Die Tröscherin hat ihm eine Augensalbe aus der Galle eines Katers und dem Fett einer schneeweißen Henne zubereitet und genützt hat es gar nichts. Sie sagte, eine Heilung konnten nur die Heiligen Nonnen mit ihrem Zauber verhindern.«

Marianne geht einfach weiter und Maria Anna folgt ihr nach. Sie laufen einige Taubenrufe lang schweigend, bis Marianne abrupt stehen bleibt.

»Dorthin können wir nicht gehen. Siehst du die drei Eichen? Dahinter beginnt der heilige Wald. Niemand darf ihn betreten. Du bist schuld.«

Maria Anna bleibt verdattert stehen.

»Wieso das?«

Mit erhobenem Zeigefinger dreht Marianne sich zu ihr um.

»Weil du von den Heiligen Nonnen geredet hast und von ihren Zauberkräften. Jetzt haben sie uns den Weg zur Ursula verstellt, weil die eine Hexe ist. Du bist schuld.«

Sie bleibt stehen und rührt sich nicht mehr vom Fleck. Maria Anna hat keine Ahnung, was es mit den drei Eichen auf sich hat, doch zunächst einmal muss sie Mariannes Pfeifen stoppen. Immer wenn sie ängstlich wird, spitzt Marianne die Lippen und pfeift. Nicht sehr laut, aber sie pfeift immerhin. Sie bemerkt nicht einmal, wenn sie es tut. Maria Anna zupft sie am Ärmel.

»Mädchen, die pfeifen, und Hennen, die krähen, denen wird man beizeiten die Hälse umdrehen.«

Marianne reißt sich los, macht aber keinen Schritt weiter.

»Mädchen, die pfeifen, zaubern wilde Stürme herbei«, sagt Maria Anna.

Über ihnen hockt ein schlafendes Käuzchen. Maria Anna zupft Marianne erneut am Ärmel und weist stumm mit dem Finger zu dem Ast.

»Ach, du«, sagt Marianne, schaut dann aber doch zu dem Vogel, der mit geschlossenen Augen auf einem Buchenast hockt.

»Ich kann keinen Wind herbeizaubern«, sagt Marianne. »Ich pfeife ja nicht mit Absicht. Die Ursula kann das bestimmt. Und ich weiß, dass sie gar nicht Ursula heißt.«

Maria Anna dreht neugierig ihren Kopf zu Marianne.

»Wie denn dann?«

»Beata! Das ist nämlich ein richtiger Hexenname. Und du weißt nicht einmal, was die drei Eichen zu bedeuten haben. Mit dir kann man nichts anfangen, pah!«

Mit diesem Ausruf ist das Gespräch zunächst einmal beendet. Wie gebannt starrt Marianne auf die drei Eichen, während Maria Anna etwas gekränkt unter die Buche mit dem Käuzchen tritt.

Wenige tiefe Atemzüge später öffnet sich am Himmel ein schmaler Spalt. Das Licht fällt genau zwischen die Eichen. Im Hintergrund weichen die Bäume des heiligen Waldes zur Seite und ein weißer Hirsch mit einem riesigen Geweih tritt hervor. Mitten durch sein Geweih scheint die Sonne mit feuerrotem Kreuz.

Marianne ist in Ohnmacht gefallen. Sie öffnet die Augen und sieht das Gesicht Maria Annas, die mit weit aufgerissenen Augen, kreidebleich und blutig gebissenen Lippen zu den Eichen starrt. Marianne richtet sich ein wenig auf und sieht maskierte Menschen, die langsam, wie wippend, die kleine Anhöhe heraufkommen. Erst vier, dann sind es zehn. Es werden immer mehr. Die Mädchen kriechen auf dem Bauch zurück in den Wald. Maria Anna denkt, das Totenreich hat sich geöffnet und die Verstorbenen sind auf dem Weg zum heiligen Wald.

»Sie tragen eine geschnitzte Figur vor sich her«, flüstert Marianne. »Es wird die Heilige Maria Mutter Gottes sein.«

Maria Anna sieht die Figur auch, die von zwei Menschen getragen wird.

»Warum soll es die Mutter Gottes sein?«, fragt sie.

Marianne tippt sich mit dem Zeigefinger an die Stirn.

»Du weißt aber auch wirklich gar nichts. Weil sie zu den drei Eichen gehen.«

Nun war sie einmal mehr die Dumme, die nichts weiß und der man alles Mögliche erzählen kann. Maria Anna hält den Mund und starrt auf die Inszenierung beim heiligen Wald. Sie weiß nicht, wie viele Menschen das sind, weil sie nicht zählen kann, aber so viele hat sie schon lange nicht mehr zusammen gesehen.

Marianne will ihre vorlauten Worte wiedergutmachen.

»Siehst du die drei Eichen? Das sind Jungfrau, Mutter und Greisin, die dreifaltige Göttin Maria Mutter Gottes. Und wenn von ihnen eine Taube aufsteigt, dann bringt sie eine arme verstorbene Seele in den Himmel oder es ist der Heilige Geist. Die anderen Seelen warten im Wald. Gib acht, bei den Eichen werden sie sich auf die Erde werfen und sie küssen.«

Die Prozession zieht langsam den Hügel hinauf. Ihre grauen und braunen Umhänge und ihre Masken geben dem Bild einen schauerlichen Anstrich. Nur ein ständiges Gemurmel ist zu hören und dann der Ruf eines Vogels.

Maria Anna hat nachgedacht und ihr ist etwas eingefallen, das ihr der Pfarrer einmal gesagt hatte.

»Das dürfen die nicht.« Sie sagt es bestimmt und mit Nachdruck. »Es ist verboten, die Mutter Erde als Göttin zu verehren. Es ist auch kein Priester bei den Leuten, oder siehst du einen? Das sind Ketzer, lass uns gehen, mir wird angst und bange.«

Die Gruppe erreicht die Eichen, und die geschnitzte Mutter Gottes wird in die Mitte zwischen die Bäume gestellt. Aus dem ständigen Gemurmel wird Gesang, ein Chor voller Inbrunst, der so schnell, wie er begann, auch wieder abbricht. Die Menschen stürzen gemeinsam zu Boden und rühren sich nicht mehr. Dem folgt ebenso plötzlich ein gemeinsamer Schrei, wie aus einer Kehle geschleudert.

Große Mutter, hilf!

Die Mädchen erschauern und kriechen noch ein Stück weiter in den Wald zurück. Doch wie gebannt, als würden sie sich von dem Szenario nicht mehr lösen können, starren sie weiter auf die liegenden Menschen.

»Wenn der Teufel erscheint, lache ich«, flüstert Marianne zitternd.

Maria Anna versteht den Sinn der Worte nicht.

»Wenn du laut lachst, kann der Teufel nichts gegen dich tun«, erklärt Marianne ihre Aussage.

Im Zusammenhang mit den am Boden liegenden Menschen versteht Maria Anna das Gesagte nicht.

»Die Jungfrau Maria lässt den Teufel nicht raus«, wispert Maria Anna.

Es ist kein Regen, den sie spüren. Ein Spinnennetz aus Feuchtigkeit berührt sie und sie haben keine Erklärung dafür. In ihrer Situation ist alles sehr geheimnisvoll und unerklärlich. Sie schauen wie gebannt zu den Menschen hinüber und achten nicht auf den Tag. Der Himmel verändert sich bereits und von Osten her schieben sich die ersten grauen Schleier des aufkommenden Abends heran. Wenn die Mädchen nicht bald wieder den Weg finden, werden sie die Nacht im dunklen Wald verbringen müssen. Doch die Faszination dieser merkwürdigen Gruppe beherrscht sie völlig.

»Warum tragen sie Masken?«, fragt Maria Anna.

»Damit die Götter sie nicht erkennen und bestrafen können«, flüstert Marianne und bemerkt, dass sie nicht im Sinne dessen geantwortet hat, was man ihr beibrachte. »Also, Gott kann jeden erkennen, weil er alle Menschen kennt, aber die Jungfrau Maria oder der Erzengel Gabriel, die können das nicht.«

Maria Anna ist nicht klar, was der Erzengel Gabriel damit zu tun hat, aber sie sagt nichts weiter dazu. Ihr Blick zum Himmel gibt ihr eine Warnung. Sie dreht den Kopf ein wenig zurück und schaut hinter sich in den Wald. Zwischen zwei starken Baumstämmen sieht sie einen dunkelroten Strauch. Sie kann sich nicht erinnern, ihn zuvor schon gesehen zu haben. Es ist eigentlich auch kein Strauch, eher schon ein dunkelroter Fleck. Ihre Gedanken werden schnell abgelenkt, denn einige aus der Gruppe haben damit begonnen, ein Loch zu graben. Bald schon steht einer von ihnen bis zu den Hüften darin und wirft Erde nach oben auf das Gras. Kurz nachdem er die Grabungsstelle wieder verlassen hat, tritt eine kleine Gestalt an das Loch und hebt einen braunen Tonkrug hoch über seinen Kopf. Die Mädchen hören wieder ein Singen und Summen, können aber kein Wort verstehen. Der Krug wird zögerlich geleert und Blut strömt hinab in das Erdloch. Kurz darauf erscheint eine zweite Person, hebt eine schwere Kanne an und entleert Milch in das Loch.

»Sie beten für die Fruchtbarkeit der Erde und eine gute Ernte«, flüstert Marianne aufgeregt.

Maria Anna spürt ein tiefes Unbehagen und kann ihre Neugier doch nicht verhindern. Wieder und wieder muss sie hinüberstarren und sie wünscht auch, dass die Erde Frucht tragen wird, damit niemand verhungern muss.

Vorsichtig schielt sie über die Schulter in den Wald. Der braunrote Fleck ist noch immer vorhanden. Wahrscheinlich hat sie sich geirrt, als sie dachte, er wäre zuerst nicht dort zwischen den Bäumen gewesen.

Sie deutet auf den Himmel.

»Marianne, der Tag ist bald vorbei, wir müssen uns sputen.«

Die Angesprochene rührt sich nicht vom Fleck. Die Gruppe bei den Eichen umläuft das Erdloch und jeder von ihnen wirft einen Apfel hinein.

Drei von ihnen schütten das Loch wieder zu. Danach bleiben sie stehen, recken ihre Arme zum Himmel und rufen:

»Maria Mutter Gottes, verlass uns nicht!«

Maria Anna, die sich nun endlich von den Ketzern trennen will und unruhig wird, weil sie der dunkler werdende Himmel warnt, dreht sich um und sieht, dass der rotbraune Fleck inzwischen vor den beiden Baumstämmen zu sehen ist. Kann ein Strauch wandern? Immer noch nicht lässt sich erkennen, was das wohl für ein Busch oder Gewächs ist. Sie stupst Marianne an und gibt ihr ein Zeichen, sich einmal umzuschauen. Genau in diesem Moment löst sich der dunkelrote Fleck vom Boden. Ein roter Kapuzenmantel öffnet sich und eine Hand, in der ein armlanges Messer blinkt, zeigt auf die Mädchen. Mit einem infernalischen Schrei springt Marianne auf und flieht blindlings in den Wald, Maria Anna folgt ihr direkt auf den Fersen und bis zum Herzrasen erschreckt.

Die Gruppe der betenden Menschen bei den Eichen erklärt sich den Schrei völlig anders; nämlich als Aufschrei der Mater Dolorosa, und so liegen sie wieder der Länge nach auf der Wiese und küssen den Boden.

Erst als sie eine Gruppe Rehe aufschrecken und zur Flucht antreiben, bleiben die Mädchen stehen und versuchen, wieder normal zu atmen.

»Es war ein Zwerg«, sagt Marianne.

Maria Anna nickt. Sie hat die Bewegungen genau beobachtet und gesehen, wie aus dem dunkelroten Fleck ein Gnom wurde. Aber es war kein Mensch, es war ein Waldzwerg.

»Ein böser Zwerg war das«, sagt Marianne.

»Wie groß war er?«

»Er war klein«, sagt Marianne.

»Und ein Messer hat er.«

»Ein Schwert war das und er wollte uns töten«, sagt Marianne.

Sie stehen vor einem Wall aus umgestürzten Bäumen, den sie nicht durchdringen können. Maria Anna steigt einige Stämme hinauf. Bis zum Ende ihres Sichtfeldes liegen umgestürzte Bäume. Eine Ewigkeit würden sie benötigen, um auf die andere Seite zu kommen.

»Ein Sturm wird sie umgehauen haben«, sagt Maria Anna.

Marianne steht ratlos unter ihr und hebt traurig die Arme.

»Es ist aus. Ich habe meinen Beutel verloren«, sagt sie.

»Zurück können wir aber nicht mehr!«, ruft Maria Anna.

Sie steigt wieder zu Marianne hinab und schaut sich um. Vielleicht gibt es doch eine Lösung. Einige Baumstämme sind so gefallen, dass sie sich gegenseitig aufgehalten haben und wie ein Spalier aussehen. Sie müssen sich nur tief genug bücken, dann müsste es ein Durchkommen geben. Maria

Anna macht es vor und Marianne folgt ihr nach. Nur wenig später müssen sie auf den Knien über den Waldboden rutschen.

»Ich mag nicht mehr«, sagt Marianne, »außerdem habe ich Hunger.«

Maria Anna gibt ihr keine Antwort. Sie haben beide nichts mehr zu essen und in ihrem Tuch, das sie sich umgebunden hat, krümeln ein paar Käsereste, und nur der Stein von der Tröscherin, den sie ihr für die Ursula mitgegeben hat, gibt dem Tragetuch überhaupt noch einen Sinn.

Der Boden riecht sehr intensiv und unangenehm. Es ist feucht und dauernd stößt sich eine von ihnen den Kopf an. So kommen sie nicht recht voran und Marianne will aufgeben. Aber wohin sollen sie sich wenden? Der Himmel wird ihnen kein Licht mehr spenden. Nur die Angst davor, in dieser Wildnis die Nacht verbringen zu müssen, treibt die Mädchen weiter. Als Nächstes müssen sie über einige zusammengerollte Baumstämme klettern. Am unteren Baum bleibt Maria Anna an einem Ast hängen und stürzt. Marianne will sie auffangen, doch es gelingt ihr nicht. Maria Anna rollt über den Boden und verschwindet plötzlich in einem Loch. Marianne bleibt wie vom Schlag gerührt stehen. Sie will nach Maria Anna rufen, aber es kommt ihr kein Ton über die Lippen. Was soll sie denn machen, wenn sie alleine zurückbleibt? Sie kann ihre Angst kaum noch zügeln, da steht Maria Anna vor ihr und zieht sie weiter. Wenige Schritte nur und hinter dem Erdloch öffnet sich ein höhlenartiger Gang. Die Dunkelheit zwingt die Mädchen, sich an den feuchten Lehmwänden entlangzutasten. Bald liegt dieser unheimliche Weg hinter ihnen und sie stehen auf einer kleinen Wiese, die rundherum von niedrigen Bäumen umsäumt ist. In der Nähe plätschert Wasser, das sie in Bewegung setzt, um ihren Durst zu stillen. Der nächste Schreck ist nicht geringer als jener, den der Zwerg verursacht hatte. Direkt vor ihnen steht plötzlich ein mächtiger Eber. Marianne zittert so sehr, dass man ihre Zähne aufeinander schlagen hört. Obwohl sie auch vor Angst gelähmt ist, versucht Maria Anna, einen Fluchtweg zu entdecken. Sie ist darin geübt, in Gefahrensituationen schnell zu reagieren. Aber das hier ist dann doch anders. Der Eber bleibt stehen und wischt seine Nase durch den Dreck. Maria Anna hat schon so häufig mit Schweinen zu tun gehabt, dass ihr dieses Verhalten des Tieres seltsam vorkommt. Warum flieht er nicht oder greift an? Es gibt dafür nur eine Erklärung. Er muss an die Nachbarschaft von Menschen gewöhnt sein. Außerdem nimmt sie einen intensiven Kräutergeruch wahr. Ein Eber, der nach Waldkräutern riecht? Vom Haus der Tröscherin kennt sie einen ähnlichen Duft. Nicht so kräftig, aber immerhin. Als sie ihren Kopf wendet, sieht sie eine Frau mit einer Fackel unterhalb des Berghanges stehen. Am Himmel verwischen sich langsam die letzten hellen Spuren des Tages und der Vollmond zeigt bereits ein kräftiges Gelb. Es ist nicht mehr viel von der Gegend zu erkennen.

»Was habt ihr hier zu suchen?«

Marianne stürzt auf die Knie. Wie von Sinnen beginnt sie zu beten. Maria Anna dagegen ist viel zu überrascht vom Anblick der Frau, als dass sie überhaupt reagieren kann. Sie sieht die Hütte im Rücken der Frau, die kaum noch zu erkennen ist. Halb ist sie in den Boden gearbeitet, halb steckt sie im Felsen. Über ihr wachsen einige Birken, und das Dach ist vollständig mit Moosflechten bedeckt. Maria Anna greift nach dem Stein der Tröscherin und geht auf die Frau zu. Die trägt ein wallendes Kleid aus Leinen, darüber eine Schürze und einen gestrickten Schulterschal. Maria Anna bleibt abrupt stehen. Jetzt beginnt ihr Herz wieder zu rasen. Auf dem Moosdach der Hütte hockt der Zwerg in seinem roten Umhang. Maria Anna reicht ihr schnell den Stein und geht sofort wieder einige Schritte zurück, um sich neben Marianne zu stellen.

Der Eber schnauft und läuft zur Hütte.

»Wer schickt euch?« Die Frau beschaut den Stein und steckt ihn dann in ihre Schürze.

»Die Tröscherin«, stottert Maria Anna.

Der rot gekleidete Zwerg richtet sich auf und zeigt sein Messer. Die Frau geht langsam auf die Mädchen zu. Sie sieht aus wie eine Bäuerin, denkt Maria Anna, nicht wie eine Hexe.

»Tröscherin? Wer ist das? Ihr müsst wieder gehen. Hier könnt ihr nicht bleiben.«

Marianne beginnt zu jammern. Auch Maria Anna ist nahe daran zu weinen, aber sie versucht sich zu beherrschen. Sie ist erschöpft und durchgeschüttelt von den Ereignissen des Tages. Die Frau bewegt ihren Kopf, und auch Maria Anna schaut hinauf zum vollen Mond, der sie alle beleuchtet wie ein kaltes Feuer. Irgendwo im Wald kracht es. Maria Anna durchläuft ein ununterbrochenes Zittern, als der Zwerg hinter der Frau erscheint. Ihr Herz hat sich aufgelöst und sie befindet sich im Strudel der rasenden Bilder des Tages. Das Ungewisse bringt sie dazu, sich aufzugeben, abwartend, was die Frau mit ihnen tun wird.

»Sohn, bring die Mädchen ins Heu. Dort können sie die Nacht verbringen. Aber bevor ich morgen früh auch nur ein Auge öffne, sind sie verschwunden, hast du mich verstanden?«

Der Zwerg nickt. Die Frau dreht sich um und geht auf ihre Hütte zu.

»Wartet noch«, sagt sie und verschwindet im Haus.

Schnell ist sie wieder da und reicht den Mädchen je einen Teller Linsengrütze und ein kleines Stück harten Käse. Dann ist sie wieder fort.

Der Zwerg geht wortlos voran. In der Nähe der Stelle, an der sie vorher den großen Eber gesehen hatten, finden sie die Quelle des braunen Baches. Maria Anna ist sich sicher, dass es die Quelle ist, von der die Tröscherin gesprochen hat. Sie gehen einige Schritte in einen jungen Wald. Zwischen den Bäumen sehen sie im Schein des Mondlichts einen kleinen Heuschober, der auf mehreren zugeschlagenen Baumstämmen steht und an den Stümpfen befestigt ist. Der Zwerg zieht eine Leiter zwischen Büschen hervor und gibt den Mädchen ein Zeichen. Sie sollen hinaufklettern. Schon ist er verschwunden. Die Mädchen essen und stellen dann die Leiter an die Baumhütte, klettern hinauf und finden aufgeschichtetes Heu, auf dem sie sich ausstrecken können. Es ist sehr eng, aber dafür riecht es gut. Marianne schläft sofort ein. Maria Anna denkt daran, dass sie eigentlich am Abend zurück bei der Tröscherin sein sollten. Und nun hat diese Frau gesagt, sie sei keinesfalls die Gesuchte. Maria Anna ist vom Ablauf des Tages so durcheinander, dass sie gar nicht einschlafen kann. Sie denkt an den Zwerg und daran, dass die Hexe seine Mutter ist. In ihrem Dorf hätten sie eine Frau mit einem solchen Wesen nicht leben lassen. Gott hat uns nach seinem Ebenbild erschaffen und alle anderen Gestalten müssen daher von jemand anderem erschaffen worden sein, hatte ihnen der Priester gesagt. Wenn aber der Zwerg ein Teufelskind ist, was er wohl war, würde sie darüber niemals sprechen.

Maria Anna ahnt nicht, dass über ihren Ausflug nie wieder gesprochen wird. Die Tröscherin wird nichts sagen und nichts fragen, und Marianne wird so tun, als wären sie niemals gemeinsam unterwegs gewesen. Eines Morgens wird Maria Anna aufwachen und glauben, sie hat ihre unheimliche Reise durch den heiligen Wald geträumt. Sie weiß, nur so bleibt sie geschützt vor der göttlichen Strafe, die sie erleben muss, wenn sie mit einer Hexe und einem Zauberzwerg Kontakt gehabt hat, ohne es dem Pfarrer zu gestehen. Aber sie weiß auch, dass die Menschen aus dem Dorf den Zwerg steinigen würden.

# 3

Wie soll er mit diesen Schmerzen zurechtkommen? Sie durchziehen ihn mit einer Macht, dass er befürchtet, den Verstand zu verlieren. Das Gefühl, trotz hohen Fiebers zu erstarren, erlaubt ihm keinerlei Bewegung. Es ist ihm bewusst, er wird der Länge nach stürzen, wenn er den Versuch wagt, sich zu erheben. Also bleibt er auf der Kante seiner Liege hocken und wartet.

In den letzten Wochen hatte er immer häufiger an seine frühe Zeit gedacht. Kindheit wollte er sie nicht nennen, denn er war als Säugling vor einer Kirchentür gefunden worden. Kajetan, so hatten sie ihn gerufen, nach dem Namen des Gotteshauses, vor dessen Tür man ihn entdeckt hatte. Mehr wusste niemand und somit auch er selbst nicht über sich und seine Herkunft. Er hatte einmal die Vermutung äußern hören, ein gefallenes Mädchen habe sich mit einem der Bauarbeiter aus Piemont eingelassen, der an Sankt Kajetan mitgebaut habe, und ihn deshalb dort vor der Kirchentür abgelegt. Er selbst hatte sich für seinen Lebensweg den Namen Emmeram gegeben, mit dem er nun bereits bald 50 Jahre lebte. Nach langen Widerständen hatten sie ihm im Kloster erlaubt, diesen Namen zu tragen. Vor einigen Wochen hatte er St. Kajetan in München besucht und sich gefreut, wie schön der Bau inzwischen vorangekommen war. Natürlich hatte seine Reise in die kurfürstliche Residenzstadt einen anderen Grund gehabt. Er hatte nach einem Buch Ausschau gehalten und es schließlich tatsächlich auch erwerben können. Nun war er schon sehr lange zu Gast bei den Brüdern in Ottobeuren und seine Weiterreise nach Augsburg verschob sich von Woche zu Woche.

Vielleicht hatte er sich auch deshalb so häufig an seine angebliche Herkunft erinnern müssen, weil die Bauleute keinerlei Scham zeigten, wenn sie junge Frauen sahen.

Er hätte gerne mehr Zeit, um zu meditieren. Auch die Lektüre kam in den letzten Wochen zu kurz. Schwer atmend stützt er sich auf die Bettkante und drückt sich hoch. Kalter Schweiß und die Schmerzen hindern ihn letztlich nicht daran, sich auf seinem kleinen Arbeitstisch abzustützen und so das Morgengebet zu sprechen, wenn er sich schon nicht mehr hinknien kann. Zufällig wirft er danach einen Blick aus dem Fenster und sieht, wie zwei junge Frauen volle Wassereimer zu den Bauleuten tragen. Die ganze Woche hat er überlegt, woher er das Gesicht der einen jungen Frau kennt.

Es klopft an der Tür. Emmeram weiß, dass es sein junger Bruder Alto ist, der ihm ein Stück Brot und einen Krug Wasser bringt. Er muss nichts sagen, denn nach dem dritten Klopfen tritt Bruder Alto ein, so hatten sie es vereinbart. So bleibt er am Fenster und schaut in den Hof des Klosters. Bruder Alto tritt ein, nickt grüßend, stellt das Mitgebrachte auf den Tisch und wartet.

Die Brüder sind nicht erfreut darüber, dass Frauen an der Baustelle sind. Sie verwirren die Männer nur.

Emmeram streicht mit seiner linken Hand durch seinen Bart und lässt sich dann langsam auf den Stuhl sinken.

»Gut«, sagt er, »wenn die Brüder dieser Meinung sind, dann müssen sie die Frauen ernähren, Bruder Alto. Damit hätten sie das Problem gelöst.«

Alto rückt die Schreibutensilien zurecht und setzt sich auf den zweiten Stuhl. Da Emmeram zurzeit nicht schreiben kann, diktiert er dem jungen Mönch.

»Dann werden schnell aus zwei Frauen vier, dann 40 und dann 400. Ihr wisst, das geht nicht, Bruder Emmeram. Es gibt zu viele Arme im Land.«

»Das ist wohl wahr«, sagt Emmeram und trinkt einen Schluck Wasser. »Ich frage mich gerade, woher ich das Gesicht dieser einen jungen Frau kenne. Ich habe ein gutes Gedächtnis, trotz meines Alters, aber es will mir nicht gelingen, mich zu erinnern.«

Dann ist der Schmerz wieder da. Erneut beugt sich Emmeram nach vorne, als könne er ihn so vermeiden. Er will vor dem jungen Bruder nicht als alter, kranker Mann erscheinen und zwingt sich aufzustehen. Ein Blick auf das Blatt auf dem Tisch genügt, um ihm zu zeigen, dass es heute wieder einmal keinen Sinn haben wird. Mehr als die Anrede zu diktieren, war ihm in den letzten Tagen nicht gelungen.

»Im Sprechzimmer wartet ein Bauer. Er heißt Lechner und will sich über seinen Priester beschweren. Angeblich weigert der sich, die Tochter des Lechners zu trauen.«

Emmeram holt tief Luft.

»Was geht es mich an, Bruder? Alle Bauern haben Zwistigkeiten mit ihrer Kirche, sonst wären sie keine Bauern.«

Bruder Alto hatte den Auftrag, Emmeram zu dem Lechner zu schicken.

»Die Brüder denken, du wirst die rechte Art und Weise wissen, wie man den Mann wieder aus dem Kloster bekommt«, sagt Alto und lächelt. »Der Bauer war sehr großzügig bei der Sammlung für das Kloster. Ohne die Spenden hätte man hier nicht bauen können.«

Emmeram versucht, seinen Ärger zu unterdrücken.

»Man kann sich den Zutritt in ein Kloster nicht erkaufen, Bruder Alto. Was hat er denn überhaupt vorzubringen?«

Alto wird ernst und versucht, präzise zu sein mit seinen Worten.

»Die Tochter will an einem Freitag heiraten, es muss ein 13. sein. Das verweigert ihr der Pfarrer.«

»Gut«, sagt Emmeram. »Natürlich hat er recht. Sie wollen Christen sein und feiern am Tag der Heidengöttin Freya

Hochzeit, weil das Glück bringen soll. Dazu noch der 13. Auch die 13 ist eine Glückszahl des Heidenglaubens. Also hat unser Pfarrer recht getan, sich zu verweigern. Wie wäre deine Antwort, Bruder Alto?«

Alto will sich nicht auf das Glatteis führen lassen und holt daher lieber ein wenig länger aus.

»Nun ja, die Freya gilt ihnen als Göttin der Ehe. Müssten wir nicht den Freitag abschaffen? Das Gleiche gilt aber auch für den Sonnabend, den Tag vor der Anbetung der Sonne am Sonntag. Ebenso wäre der Mondtag anders zu benennen. Da haben wir den Dienstag, der dem Heidengott Tyr gewidmet ist. Wodanstag heißt Mittwoch und Donnerstag gilt für den Donnergott. Der ganze Himmel dieser Heiden, in einer Woche zusammengefasst, muss abgeschafft werden.«

Emmeram muss lächeln, weil er den Zorn des jungen Bruders spürt.

»Oh ja«, sagt er, »wir können die gesamten Wochentage umbenennen, aber sie begehen ihre alten Feste auch unter dem Kreuz, lieber Bruder Alto. Sie glauben das eine und machen das andere auch, weil es ja nicht schaden kann, wenn man sich nach mehreren Seiten absichert. Sie denken, wir merken es nicht, wenn sie am Freitag, den 13., heiraten müssen und mit einem deftigen Polterabend am Abend zuvor die bösen Geister vertreiben wollen. Und sie lieben die Dreizehn als Symbol ihrer von alters her verehrten Mondgöttin. Also sagt die Kirche, nein, nicht mit uns.«

Emmeram macht eine Pause, nimmt einen Schluck Wasser und tupft sich den kalten Schweiß von der Stirn.

»Was wäre das Endresultat, lieber Bruder Alto? Sie würden es weiter so treiben und das Haus Gottes meiden. Es ist mühsam, einen Esel davon zu überzeugen, dass er durch einen Bach laufen kann, ohne zu ertrinken. Aber genau das ist unsere Aufgabe. Sie sind die Schafe und wir sind die Hirten, Bruder Alto.«

Alto nickt und ist doch nicht vollends überzeugt. Er plädiert für noch schärfere Maßnahmen gegen den überall vorhandenen Aberglauben.

›Dann müssen wir sie alle töten‹, hatte ihm Emmeram einmal geantwortet.

»Ich werde dem Lechner einen Brief für seinen Pfarrer mitgeben und ihn selbst um Einsicht bitten.« Emmeram will gerne das Thema wechseln.

Alto bleibt aber beim Lechner.

»Man sagt, da soll ein großer Ackerbauer einen noch größeren Waldbauern heiraten. Der Lechner und der Waldbauer sollen Monate um die Mitgift und das Erbrecht geschachert haben. Und dann haben sie den Vertrag unter einer Blutbuche geschlossen. Es kann auch eine Eiche gewesen sein.« Altos Stimme vibriert vor Ärger.

Emmeram kennt die Tendenz so vieler junger Brüder, sich rigoroser gegenüber diesen heidnischen Riten zu benehmen.

»Wir müssen Geduld üben, lieber Bruder Alto. Es bleibt eine Frage der Erziehung. Die Alten werden wir nicht mehr ändern.«

Emmeram will den Dialog abbrechen und sich ein wenig im kleinen Garten bewegen. Vielleicht hilft ihm das, ein wenig Abstand von den Schmerzen zu gewinnen. Mit seinem schweren Stock begibt er sich zur Wendeltreppe und steigt unter quälenden Schmerzen ins Erdgeschoss hinab. Von dort läuft er in den Kräutergarten, während Alto zum Lechner geht.

»Er soll glauben und beten, sag ihm das.« Emmeram kommt die alte Blutbuche in den Sinn. Er weiß, warum. Es muss Jahre her sein, dass er dieses eine Mädchen, das den Arbeitern Wasserkrüge zuträgt, bei der Blutbuche gesehen hat. Es war in der Nähe eines Bauernhofes, dessen Namen er vergessen hat, aber an das kindliche Gesicht dieses Mädchens erinnert er sich genau. Es hatte sich nicht verändert.

Wie viele Jahre mag das her sein? Er erinnert sich nicht. Emmeram steht da und schaut auf die Kräuter, ohne sie zu sehen. Kann es sein, dass die Kirche doch zu nachsichtig ist mit diesen zu verdammenden Ritualen im Volk? Aber was kann sie machen? Ist es nicht die Wahrheit, dass selbst die Inquisition es nicht vermochte, die Menschen davon abzuhalten?

Der Aufschrei einer Frau bringt Emmeram in den Tag zurück. Auf der anderen Seite der Mauer hat eine Frau geschrien. Emmeram schleppt sich zu einer versteckten Pforte und stößt sie mit einem heftigen Stoß auf. An der Mauer des Klosters liegt eine Frau strampelnd am Boden. Ein zerlumpter Mann kniet neben ihr, während ein zweiter Kerl versucht, ihre zappelnden Beine zu bändigen. Emmerams Erscheinen schlägt sie in die Flucht. Wie die Hasen rennen sie davon.

»Ist dir etwas geschehen? Was wollen die Kerle von dir?«

Die Frau erhebt sich und streift mit ihren Fingern durch die verklebten Haare. Sie sieht ziemlich heruntergekommen aus und ist dünn wie eine Bohnenstange. Sie glaubt nicht, dass der Mönch nicht weiß, was die Kerle vorhatten, und grinst.

»Gekitzelt haben die mich«, sagt sie frech.

»Ordne deine Kleider!«

Sie sieht Emmeram an, als habe sie sich verhört.

»Was gibt es da zu ordnen?«

Emmeram überhört den vorlauten Ton. Frauen sollen nicht dort arbeiten, wo Männer in großer Zahl vorhanden sind, wie es bei der Baustelle im Kloster der Fall war.

»Ich habe dich vom Fenster aus gesehen«, sagt er, »da warst du in Begleitung. Wie ist dein Name und wie alt bist du?«

Die Angesprochene zögert, als wolle sie auch gleich davonrennen, gibt dann aber doch eine Antwort.

»Man hat mich Marianne getauft. Wie alt ich bin, weiß ich nicht. Vielleicht so alt und noch etwas.«

Sie hält zweimal die Hände hoch und spreizt ihre schmutzigen Finger.

Also wird sie um die 20 Jahre alt sein, denkt Emmeram und nickt ihr freundlich zu.

»Die andere heißt Maria Anna, und die ist fast so alt wie ich.«

Emmeram kommt eine Idee. Er könnte dem Lechner die beiden Frauen mitgeben. So könnte er sie aus der gefährlichen Situation, unter diesen unbeherrschten Kerlen leben zu müssen, befreien. Die Bauernhochzeit wird Wochen der Vorbereitung benötigen und genügend Arbeitskräfte brauchen.

»Du wirst jetzt die Maria Anna holen und ihr beide werdet bei der Klosterpforte auf mich warten. Ich glaube, ich habe etwas für euch. Es wird bestimmt nicht euer Schaden sein.«

Mit diesen Worten geht er wieder zurück zu der kleinen Durchgangstür und trifft im Garten auf Bruder Alto.

»Ein unerfreulicher Mensch, dieser Bauer«, sagt dieser und schaut auf den gebeugt gehenden Emmeram. »Woher kommst du, Bruder?«

»Betet er?« Emmeram antwortet mit einer Gegenfrage, da er sich nicht sicher ist, ob die Mädchen sich an der Pforte einfinden werden. Warum soll er zu früh darüber sprechen?

»Der und beten?« Alto zieht seine Kutte zurecht und faltet die Hände, damit er keine Faust macht. »Eher noch beten seine Ochsen.«

»Bitte geh und schreib ein paar Zeilen an den Pfarrer. Nimm die Worte aus der Bibel, die aufgeschlagen an meinem Bett liegt. Die Zeile lautet: So gehe der Herr mit uns, denn es ist ein halsstarrig Volk. Er wird schon verstehen, wie es gemeint ist.«

Als Alto im Haus verschwindet, setzt sich Emmeram auf eine Bank und betrachtet die Kräuter. In seinen Gedanken beschäftigt er sich mit der Marianne. Die Art und Weise, wie sie versucht hatte, ihm ihr Alter zu offenbaren, macht ihn traurig. Auch er konnte nicht sagen, wie alt er war. Man hatte ihm erklärt, als man ihn damals bei der Kirche des Heiligen Kajetan bei den Theatinern zu München fand, wurde dort noch kräftig gearbeitet. Später hat man ein Datum eingesetzt, das dem Tag seiner Geburt vielleicht nahe kam. Es hatte ihn nicht beschäftigt. Selbst während seiner Zeit in Rom gab es keine Gedanken zu seiner Geburt. Er hatte ein Taufdatum und das genügte. Erst in den letzten Jahren beschäftigte ihn die Unwissenheit heftiger und er spürte in seiner Erinnerung herum, natürlich, ohne zu einem Ergebnis zu kommen. Wie sollte das auch geschehen können? Der Herr müsste ihn erleuchten, aber wozu wollte er es unbedingt erfahren? Dennoch lässt es ihn nicht mehr los. Als er vor einigen Tagen seine Aufzeichnungen überarbeiten wollte und die Jahreszahl 1755 schrieb, kamen sofort wieder diese Gedanken. Vielleicht hing das auch damit zusammen, dass in Ottobeuren an einer prächtigen Klosterkirche gebaut wird und er dieses Ereignis mit der Fertigstellung von Sankt Kajetan zu München in Verbindung bringt? Aber wer weiß schon, warum man denkt, was man denkt? Wenn er 1690 auf diese Welt gekommen war, dann hatte ihm der Herr bereits ein sehr langes Erdenleben geschenkt. Er hatte einen Vater, wozu machte er sich Gedanken über seine leiblichen Eltern? Es blieb sinnlos zu grübeln.

Als Bruder Alto mit dem Dokument erscheint, erhebt sich Emmeram und sie gehen gemeinsam zur großen Pforte. Mächtig werden sich bald die zwei Türme der Klosterkirche von Ottobeuren in den Himmel erheben. Weit ins Land werden sie schauen und den Menschen sagen, hier ist das Haus des Herrn.

Emmeram betrachtet den auf seinem Kutschbock hockenden Bauern. Die beiden angespannten Ochsen kauen gleichmütig wieder. Der dunkle Teint des Lechners erinnert ihn an die vielen dunklen Gesichter in Rom. Auch die Nase scheint ihm römisch zu sein. Vielleicht war er ein Nachfahre römischer Legionäre, die lange in dieser Gegend zu Hause gewesen waren? Lechner ist ein muskulöser, sehniger Kerl. Emmeram nimmt die Augen von ihm, weil er im Hintergrund die beiden jungen Frauen stehen sieht. Er winkt sie heran, während er den Lechner anspricht.

»Ich glaube, mit diesem Brief wirst du deine Tochter an dem gewünschten Tag verheiraten können.« Emmeram hält ihm das Papier unter die Nase, ohne es loszulassen. »Da gibt es einen kleinen Wunsch von meiner Seite. Die beiden jungen Frauen hier sind gut für jede Arbeit und benötigen dringend ein christliches Dach über dem Kopf. Du wirst vor der Hochzeit viele Hände brauchen. Bist du einverstanden?«

Der Bauer versteht. Er wird ohne den Brief fahren müssen, wenn er nicht dem Wunsch des Benediktiners entspricht. Also nickt er. Emmeram reicht ihm den Brief und segnet die beiden jungen Frauen. Mit Bruder Alto geht er zum Klostereingang. Als er sich umschaut, muss er sehen, wie der Ochsenwagen die Allee entlang fährt und der Lechner die beiden jungen Frauen laufen lässt.

»Ich habe das nicht anders erwartet«, sagt Bruder Alto. »Der Bauer wird sie nicht gut behandeln.«

Emmeram hat keine andere Meinung.

»Dennoch«, sagt er, »sie werden beim Lechner geschützter sein, als sie es auf der Baustelle sein würden.«

Alto führt Emmeram in die Klosterbibliothek. Immer wieder steht Emmeram staunend in dieser Halle der Gelehrsamkeit und bewundert die Leistung der Baumeister. Emmeram will seine Schmerzen durch konzentriertes Arbeiten überwinden. Doch am zweiten Arbeitstisch sitzt der Abt des Klosters, der ihn sofort wieder hinausführt. In einem kleinen Schreibzimmer kommt der Abt gleich zum Thema.

»Der Fürstabt von Kempten wünscht einen wissenschaftlichen Rat und eine theologische Bestätigung. Leider sind mir die Hände gebunden und es gibt zu diesem bewussten Thema auch keinen gelehrteren Bruder als dich, lieber Bruder Emmeram. Sie werden eine bequeme Kutsche schicken und es dir an nichts fehlen lassen. Was meinst du, Emmeram, kann ich dir diesen Weg aufbürden?«

Emmeram weiß sofort, es geht einmal mehr um das leidige Thema Hexen. Lange Jahre arbeitete er wissenschaftlich daran und betete zu Gott, er möge die Richter endlich erhellen. Doch bisher hatte die Debatte die vielen bösen Taten nicht verhindern können.

»So Gott will, werde ich die Reise überstehen und meinen Rat geben«, sagt Emmeram.

»Woher nur stammt dieser Stumpfsinn?«, fragt der Abt. »Sind wir noch immer so weit entfernt von den Seelen und den Köpfen?«

Emmeram rückt einen Stuhl zurecht und setzt sich. Mit beiden Händen stützt er sich auf den Gehstock und antwortet:

»In diesem wunderbaren Kloster Ottobeuren gibt es gelehrte Brüder und die vielen Bücher weiser und gelehrter Männer. Wir können sie lesen und damit umgehen.«

»Ich verstehe.« Der Abt zieht einen Hocker heran und setzt sich neben Emmeram. »Das Volk ist gelähmt im Glauben an ihre Götzen. Wir lehren sie den rechten Glauben und ihre Reaktion ist die Stagnation. Die Wissenschaft, Bruder, wird nie das tägliche Brot der Menschen werden. Dazu lassen sie sich zu gerne ablenken und hüpfen lieber zu quietschender Musik über den Tanzboden. Ich glaube nicht, dass es etwas ändern wird, wenn sie lesen und schreiben können.

Vielleicht würde sich manches verbessern, aber ändern werden sie sich nicht.«

Der Abt holt Luft.

»Sie sind Gottes Kinder.« Emmeram sieht in das straffe Gesicht des gelehrten Mannes.

Dieser Satz Emmerams lässt die alten Männer schweigen. Emmerams Gedanken laufen Jahre zurück und bleiben bei Bildern aus seiner frühen Jugend stehen. Damals wusste er bereits, er würde das Geschehene nie mehr wieder aus seinem Kopf entfernen können. Der sehr junge Emmeram lief in dem Ort Freising eine Gasse hinab, um einen Brief abzugeben. Er wusste, in diesem Brief war eine überaus gute Beurteilung seiner Fähigkeiten enthalten, aber das konnte seine nachdenkliche Miene nicht erhellen. Zufällig hatte er die Worte eines Bruders gehört, der gesagt hatte, er sei zu klug für den Orden. Einem Denker würden leider Gebete und Demut nie genügen. Darauf hatte ein zweiter Bruder erwidert, dass er mit seinen Talenten bei ihnen besser aufgehoben sei als bei ihren lutherischen Feinden. Emmeram wollte mit all diesen Spitzfindigkeiten nichts anfangen. Er musste in den Orden aufgenommen werden und er wollte weiter nichts, als dienen, lernen und lehren.

Plötzlich befand er sich inmitten einer johlenden Menge. Sie rissen ihn mit sich, stießen ihn voran, bis er dahinschwappte wie ein Blatt auf dem Wasser eines reißenden Flusses. Schließlich landete er, der Länge nach hinschlagend, im Staub eines Platzes. Die Meute schrie und jubelte.

Der Abt hebt seinen Kopf, denn Emmeram spricht ihn an.

»In Freising tobte die Meute und kreischte. Lähmendes Entsetzen durchlief mich. Just in diesem Moment führten sie die Delinquenten direkt an mir vorüber. Das Feuer loderte bereits und ihre Leben würden beim nächsten Schlag der Glocken zu Ende sein. Von diesem Moment an ging ich schweigend neben mir. Ich sah mich stehen bleiben und in den Himmel starren. Eine unbekannte Unruhe erfasste mich, und gleichzeitig schaute ich ganz ruhig auf den Pöbel. Da wusste ich, ich würde die Wissenschaft wählen und mein Leben lang studieren.«

»Was war der Grund dieser Entscheidung? Ich verstehe nicht?«, fragt der Abt nach.

»Es waren Kinder, ähnlich jung wie ich, die mit weit aufgerissenen Augen und schrundigen Gesichtern ins Feuer geführt wurden. Man nannte sie Zauberbuben. Ich sah in ihren Augen das Elend dieser Welt und das tiefe Tal der Tränen, das wir Menschen zu durchschreiten haben. Aber ich fand in diesen entsetzten Augen keinen Grund, der mir ihren nahen Tod erklärte. Ich wagte es nicht, Gott danach zu fragen.«

Der Abt zupft an seinem Ärmel.

»Wir haben hier davon gehört, lieber Bruder.«

Emmeram hebt die Hand.

»Oh nein, nicht ihr Sterben war der endgültige Anstoß für mich, die jubelnden Menschen waren es. Sie glaubten nicht, dass es sie am nächsten Morgen ebenso treffen könnte. Der Tag des Todes dieser Kinder gab ihnen keinen Anlass, über das eigene Leben nachzudenken.«

Emmeram schnäuzt sich und will aufstehen.

»Es sind einfältige und verwirrte Toren, lieber Bruder, die sich nicht mit den Dingen des Himmels und der Erde beschäftigen«, sagt der Abt.

Emmeram hebt beide Arme zum Himmel.

»Lieber Bruder Abt, Einfalt und Verwirrung gibt der Herr den Guten. Diese Menschen erfreuen sich am Feuertod von Kindern. Man darf ihnen nicht erlauben, sich am Schaden anderer zu ergötzen und sich zum Spaß im Elend der Mitmenschen zu suhlen.«

Emmeram ist erregt und laut geworden, was gar nicht in seiner Absicht steht.

»Jesus Christus ist auch für sie gestorben und auch bei seinem Tod hat der Pöbel gejubelt. Es ist eine Schande, dass sie sich noch immer jubelnd am Tod von Menschen laben«, sagt der Abt. »Es bleibt eine Frage des Glaubens und der Erziehung.«

Emmeram nickt und stimmt dem Abt zu.

»Wir haben es allerdings nicht in unseren Händen. Viele gibt es noch in unseren Reihen, die den Feuertod als Ultima Ratio sehen. Es ist aber wohl eher so, dass sie den Teufel mit dem Beelzebub austreiben. Wenn der Glaube fehlt, reinigt auch kein Feuer.«

Der Abt schaut zum Fenster und wartet mit seiner Antwort.

»Müssen wir befürchten, dass Gottes Kinder niemals nur den einen Weg gehen werden?«

Emmeram möchte das Gespräch beenden. Er ist müde und wäre gern für sich.

»Zu viele Menschen fürchten Gott, statt ihn zu lieben.«

Der Abt faltet die Hände und räuspert sich.

»Du bist ein weiser Mann, Emmeram, dessen Anwesenheit unser Kloster schmückt.«

Emmeram wehrt das Lob ab.

»Weise, lieber Abt, ist der Einfältige und Demütige, denn er schadet niemandem bewusst. In jedem Gedanken aber steckt der Zwiespalt. Gut oder Böse? Niemand von uns wird je vom Baume der Erkenntnis essen. Es bleibt alles nur ein Versuch. Wir haben dieses Leben zur Probe bekommen für die Antwort darauf, ob wir es wert sind, ins Paradies aufgenommen zu werden. Das erfahren wir erst, wenn wir von dieser Welt Abschied genommen haben. Wer alles zu wissen glaubt und alle Antworten weiß, den sollten wir fürchten. Das Böse kennt keine Zweifel und der Teufel ist zu klug, als dass er sich nicht jedem nähert, der mit großen Worten das Volk betören kann.«

Emmeram beugt sich über den Tisch, um dem Schmerz zu entkommen. Es ist an der Zeit zu schweigen. Der alte Mönch schließt die Augen und sieht jene wieder, von denen er soeben erzählt hat. Er sieht diese weit aufgerissenen Augen des Jungen, der in seiner Not der Todesangst kein Wort mehr hervorbringt. Gleich wird er bei lebendigem Leib verbrennen und niemand wird ihn beschützen.

Es wird an die Tür geklopft. Ein Bote tritt ein und reicht dem Abt ein Schriftstück. Ein Blatt mit wenigen Zeilen. Der Abt legt die Nachricht auf den Tisch.

»Die Reise nach Kempten ist nicht mehr erforderlich. Das Urteil wurde gesprochen und bereits vollstreckt.«

Emmeram kommt aus seinen Erinnerungen zurück und versteht nicht gleich, was der Abt meint.

»Ein weiteres Todesurteil? Fast habe ich es erwartet. Es ist so leicht, das vom Pöbel Erwartete zu tun, aber wie viel schwerer ist es, den Zweifel zu wagen. Wir stehen mit in der Schuld, lieber Abt. Der Tod ist kein Bruder, sondern er sollte am Ende eines Lebens die Erfüllung sein. Stattdessen wird getötet, getötet, getötet. Ich will erzählen, was ich damals sah und warum es mir nie wieder aus dem Kopf kommt. Gott sprach zu Kain: ›Deines Bruders Blut schreit zu mir von der Erde.‹ Dort hielten sie ein Kreuz hoch über die Delinquenten, aber niemand schrie: ›Deines Bruders Blut wird von der Erden zu Gott schreien!‹ und niemand fragte: ›Kain, wo ist dein Bruder?‹ Ich hätte es rufen müssen. Da lag ich im Staub des Platzes und brachte kein Wort heraus. Ich war nicht meiner Brüder Hüter. Das Feuer loderte inmitten des Freisinger Platzes und das Volk amüsierte sich. Ich wagte nicht, mich dagegenzustellen. Die Burschen wurden teils gezogen, teils vorangestoßen. Es waren ihrer fünf, kaum dem Leben gegeben. Dann schritt der Henker vor und schlug dreien von ihnen die Köpfe ab, während zwei dabei zusehen mussten. Schließlich wurden die Toten dem Feuer übergeben, während die beiden übrig Gebliebenen kräftig mit Ruten geschlagen und anschließend davongejagt wurden. Sie hatten nach der Folter gestanden, dem Teufel gedient zu haben.«

Der Abt erhebt sich und bleibt an der Tür stehen. Er hat genug gehört und will nicht auch noch in eine Debatte eintreten.

»Mir ist, als wärst du ein Gefangener deiner eigenen Bilder geworden, Emmeram. Die traurigen Ereignisse mögen deinen Blick bestimmt haben, doch du willst über die Wahrheit der Existenz Satans debattieren, während das große Heer der aufrechten Gläubigen gegen das Böse kämpft. Über die Hölle darf es keine Debatte geben.«

Der Abt öffnet die Tür und will direkt zum Bruder Alto gehen, um ihm den Umgang mit Emmeram zu untersagen. Für einen Zweifler ist das Kloster nicht der rechte Platz.

»Dann sage mir, was das Nützliche daran ist, Kinder zu töten und zu verbrennen, die aus Dummheit nach dem Teufel riefen?«

Der Abt kann Emmerams letzte Worte schon nicht mehr hören, denn er hat die Tür zugeworfen und eilt hinüber zu den Zellen der Mönche. Emmeram staunt über die scharfe Replik des Abtes. Hatte er tatsächlich die Existenz des Teufels angezweifelt, weil er die Geständnisse unter Folter der Freisinger Kinder in seine Kritik an den Hinrichtungen mit einbezog? Er wird in Zukunft vorsichtig sein, was sein Reden in diesem Kloster betrifft. Jeder macht sich seinen eigenen Reim. Es ist nicht ausgeschlossen, dass jemand mehr gehört haben will, als wirklich gesagt wurde. Emmeram muss sich eingestehen, dass er sich in den Ansichten des Abts geirrt hatte. Oder hatte der ihn sogar zur Auskunft über seine Meinung verleitet? Nun gerät er in Sorge, man könne seine Zelle absuchen und jenes Buch finden, mit dem er nach Augsburg reisen wollte. Er hatte es in München erstanden und es, so hofft er, gut versteckt.

Denn der Autor ist nicht nur ein absoluter Gegner der Hexenprozesse, sondern außerdem auch noch ein Lutheraner. Beides würde ihm große Probleme bereiten, würde das Buch entdeckt werden. Emmeram eilt durch die Gänge des Klosters und findet das Buch so eingewickelt in einen alten Umschlag eines Textes des Augustinus, wie er ihn präpariert und hinterlegt hatte. Durch die kurze Aufregung sind die Schmerzen wie verflogen. Der Mönch verlässt seine Zelle wieder und will, um sich zu sammeln und seinen weiteren Weg zu bedenken, ein wenig an den Feldern außerhalb des Klosters entlang spazieren. Draußen stürzt etwas direkt aus dem Himmel. Wie ein Felsstück, von der Faust eines Riesen herausgeschleudert, fällt es direkt auf ihn zu, sodass er blitzartig den Kopf einzieht. Pfeilschnell schießt ein Falke an ihm vorbei und verkrallt sich in eine Taube, die gerade vom Acker aus in den Himmel hinauf wollte. Emmeram bleibt stehen und schaut in die Wolken. Ist das ein Zeichen? Er will sich nicht unnötig beunruhigen und läuft ein Stück weit hinaus. Während er vor sich hinsinniert, fällt ihm ein Name ein: Balthasar Miesenpäck. So hieß einer der Burschen, den sie in Freising hingerichtet hatten.

Ein lang gezogenes Pfeifen des Windes schwebt durch die Luft. Der Acker wird schmal und endet direkt an einem Wald. Über dem Wolkenball schauen blaue Blitze heraus, so wie es manchmal bei schweren Hammerschlägen des Schmiedes mit glühendem Eisen geschieht. Dahinter ist es grau und auch schwarz.

Emmeram bleibt stehen und reibt sich die Augen. Nicht das Augenlicht, denkt er. Nimm mir nicht das Augenlicht, Herr. Völlig in Gedanken betritt er den Wald und geht einfach weiter. Er hört das kesse Lachen dieser Marianne und denkt an die beiden jungen Frauen. Es gibt in diesem Waldstück keinen rechten Weg und das Lachen kommt aus seiner Erinnerung. Wie häufig einfältige Menschen lachen. Der

Mönch schlägt das rohe Buschwerk auseinander und läuft tiefer in den Wald hinein.

Aber Marianne lacht nicht. Der Bauer hat ihr mit der flachen Hand in das Gesicht geschlagen. Dabei hat sie doch gar nichts angestellt. Einige Tage waren sie und Maria Anna schon auf dem Lechnerhof und noch immer haben sie die zukünftige Braut nicht gesehen. Es ist verboten, in das Wohnhaus des Bauern zu gehen. Sie hat einen kleinen Blick wagen wollen. Nun läuft sie schnell zum Kuhstall, um nicht eine weitere Watsche zu riskieren.

Maria Anna schaut durch das kleine Kuhstallfenster hinaus und sieht den Pfarrer kommen, denn sie blickt genau zum Hofeingang. Im Stall ist es stickig und finster. Sie wischt sich den Schweiß von der Stirn. Der Pfarrer wirkt unbeholfen auf dem Pferd, obwohl er schlank ist und beweglich scheint. Als er sein Pferd anbindet, ist noch immer niemand der Lechners aus dem Haus gekommen. Da steht er etwas unbeholfen, geht zum Brunnen und zieht einen Eimer Wasser für sein Pferd nach oben.

Von den Lechners lässt sich niemand sehen. Marianne steht nun neben Maria Anna und reibt sich die Wange. Die jungen Frauen hatten von Anfang an den Eindruck, da stimmt etwas nicht. Weder haben sie die junge Braut gesehen, noch hatte sich bisher der Bräutigam blicken lassen.

»Gleich kommen die Mägde zum Melken. Schnell, Marianne, der Dreck muss in die Bottiche und auf den Mist gebracht werden.«

Marianne denkt an den Schlag vom Lechner und sputet sich. Der Kuhmist ist schwer und sie werden daran arg zu schleppen haben. Erschöpft und verschwitzt stehen sie erneut an dem kleinen Fenster und lauschen. Der Pfarrer steht vor einem der beiden Küchenfenster und wird etwas lauter.

»Wenn deine Tochter nicht zur Beichte erscheint, dann wird das nichts mit der Trauung.«

Die jungen Frauen ziehen die Köpfe zurück. Der Pfarrer sitzt auf und reitet davon. Maria Anna bindet den Kühen die Schwänze hoch, damit sie den Mägden nicht ins Gesicht schlagen können, während die sie melken.

»Es gibt am Lechnerhof ein Geheimnis«, flüstert Marianne.

Sie laufen durch den Kuhstall zu der Tür, die zu den Schweinen führt, und setzen dort ihre Arbeit fort. Maria Anna befürchtet, dass sie den Hof verlassen müssen, wenn es keine Hochzeit gibt. Aber wohin sollen sie dann gehen? Marianne, die Leichtfertige, denkt nicht nach, sie will das Geheimnis lösen.

»Vielleicht mag sie ihn nicht?«, sagt Maria Anna fragend.

Marianne schiebt die Schweine zur Seite, damit sie den Kot wegfegen kann.

»Du lieber Gott! Er ist der Sohn vom reichsten Bauern der Gegend und sie ist die Tochter vom reichsten Bauern hier am Ort. Was will sie denn? Einen König?« Marianne muss kichern. »Vielleicht sollte ich doch noch einmal lauschen gehen.«

Der Eber steigt hoch und schaut über das Holzgatter zu den Säuen. Maria Anna schlägt ihm kurz auf die Nase, was ihn zum Rückzug bewegt. Sie nimmt zwei Birkenstangen und erhöht das Gatter, damit er nicht hinüber kann.

»Dann schlägt dich der Lechner tot.«

Auf dem Hof mag sie niemand. Die Mägde sehen in ihnen gefährliche Konkurrentinnen, die sie schnell wieder loswerden wollen, und die Familie des Lechners beachtet sie nicht. Nur der Lechnerbauer hat aufgepasst, wie sie arbeiten und seitdem nichts weiter gesagt. Deshalb will Maria Anna um keinen Preis auffallen und sich lieber aus dieser Familienaffäre heraushalten.

An einem Sonntagabend, der Himmel färbt bereits den Abend ein, kommt der Lechner mit seinen beiden Söhnen von einem Saufgelage zurück. Maria Anna will gerade den Eber vom Gehege in den Stall treiben, als der jüngste Lechnersohn mit einem Stein nach einer Ratte wirft und sie an den Hinterbeinen verletzt. Die Ratte schreit auf und flüchtet in das Gehege, wo der Eber wild auf sie losgeht. Mit einer Bewegung aus seinem kräftigen Nacken schleudert er sie gegen die Stallwand, stürzt dann auf sie und zermalmt die Ratte mit seinen scharfen Zähnen. Die Lechnersöhne amüsieren sich köstlich, und Maria Anna erkennt in den Augen der Burschen jenen Ausdruck, der in ihr angstvolles Erschrecken auslöst. Endlich ist der Eber im Stall, aber sie hört die Burschen lachen. Vorsichtig schleicht sie durch den Kuhstall und klettert eine Leiter hinauf bis unter das Dach, wo im Sommer das frische Heu eingelagert wird. Von dort steigt sie auf das Dach und balanciert zu der Eiche am Brunnen, deren starke Äste bis über die Schindeln reichen. Sie zieht sich hinauf auf einen der Äste und rutscht vorsichtig weiter zum Stamm, von wo sie wieder hinabklettert. Dann muss sie springen und sie springt. Sie versteckt sich hinter dem Brunnenrand und wartet. Die Dunkelheit muss ihr helfen. Erst wenn es richtig dunkel ist, kann sie es wagen, quer über den Hof auf die Gänsewiese zu laufen, wo der Heuschober steht, in dem Marianne und sie schlafen. Als sie es wagt, hört sie die Burschen bereits im Heu toben. Sie kann nicht hinauf. Aber wo ist Marianne? Hoffentlich hat sie sich tief genug eingegraben, sonst wird es ihr schlecht ergehen, denkt Maria Anna und läuft über die Gänsewiese zu den Apfelbäumen. Sie legt sich in eine Mulde auf die feuchte Erde und wartet. Erschöpft von der schweren Arbeit, fallen ihr immer wieder die Augen zu, aber sie darf nicht einschlafen, dazu sind die Nächte bereits zu kühl. Mit einer Krankheit im Körper würde man sie sofort wegschicken. Aber es dauert. Um wach zu bleiben, kniet Maria Anna sich hin und betet. Sie fleht Gott an, die Burschen mögen Marianne nicht finden. Würden sie ihre Freundin erwischen und der Lechnerbauer erfuhr davon, dann konnte sie ihr Bündel schnüren und gehen. Niemand erlaubt einer Hure die Anwesenheit auf einem christlichen Hof. Maria Anna hatte noch keinen Hof kennen gelernt, auf dem die Bäuerin nicht mit allen möglichen Drohungen davor gewarnt hatte, sich mit einem Burschen einzulassen.

Hier hatte es der Lechner gesagt und ihnen beiden gleich noch eine Watsche gegeben, damit sie es nicht vergaßen.

Maria Anna ist stehend, an den Baum gelehnt, eingeschlafen. Sie rafft sich auf und findet die Leiter umgestürzt vor dem Heuschober. Kaum noch reicht ihre Kraft aus, um das Holzgestell vor die Öffnung zu bekommen. Endlich hat sie es geschafft und sie klettert hinauf. Sie hört etwas rascheln, dann ist es wieder still. Weil sie nichts sehen kann, nimmt sie ihren ganzen Mut zusammen.

»Marianne«, flüstert sie und wartet. »Ich bin es, die Maria Anna.«

Marianne hatte sich tief in das Heu eingegraben und umarmt Maria Anna.

»Sie sind fort.«

Marianne zittert.

»Fast hätten sie mich erwischt. Aber sie waren zu betrunken.«

Die jungen Frauen ziehen die Leiter hinauf und legen sich endlich schlafen.

Der nächste Tag wird für sie eine Überraschung bereithalten. Sie verschlafen beide die Fütterung und erwachen durch lautes Geschrei und Gefluche. Schnell rutschten sie die Leiter hinab und rennen, so schnell sie können, in den Hühnerstall. Sie müssen nicht lange schauen, um festzustellen, dass man die Eier bereits geholt hat. Bei den Schweinen steht das Futter noch in den Eimern und sie kippen es zügig in die Tröge, um zu den Kühen zu eilen und das erste Melken vorzubereiten. Erst im Kuhstall merken sie, dass sich niemand um die Tiere und dadurch auch nicht um sie kümmert. Plötzlich hören sie das Rufen und den Namen Magdalena. Es ist die Stimme der Bäuerin. Eine Magd antwortet ihr, der Bauer sei mit den Söhnen schon im Wald. Die Bäuerin schreit weiter nach Magdalena. Marianne sieht Maria Anna an und sie wissen beide, dass die Bauerstochter geflohen ist. Maria Anna will nicht glauben, dass das Mädchen in den Wald gelaufen ist. Sie selbst steckt voller Furcht und weiß daher, wohin man als junge Frau bestimmt nicht fliehen wird.

»Sie will sich umbringen«, sagt Marianne überzeugt.

Maria Anna späht durch das kleine Fenster und reicht dann Marianne einen der Milcheimer. Sie beginnen die bereits stöhnenden Kühe zu melken, denen die prallen Euter längst Schmerzen bereiten.

»Niemand ist mehr im Hof«, flüstert Maria Anna.

Schon können sie die ersten beiden Eimer mit Milch in den Zuber entleeren. Die Arbeit geht ihnen wie selbstverständlich von der Hand und in ihren Gedanken sind sie bei Magdalena. Während Marianne darüber grübelt, weshalb ein Mädchen wie Magdalena, der es an nichts fehlt, sich weigern kann, einen Bauernsohn zu heiraten, bei dem es ihr noch besser gehen wird, denkt Maria Anna an etwas anderes. Wie mag es sein, wenn der Vater den Bräutigam bestimmt und die zukünftige Braut lieber von einem anderen Mann träumt? Maria Anna sieht einen kräftigen Schimmel mit einem prächtigen Reiter, einen Prinzen von königlichem Blut, der über die Felder kommt und die sehnsüchtig wartende Magdalena auf sein Pferd zieht und davonreitet, um für immer mit ihr glücklich auf einem herrlichen Schloss zu leben. Sie erzählt Marianne nichts von ihren Träumen, weil sie sich in Wahrheit selbst auf dem Pferd des Prinzen sitzen sieht.

Der Tag vergeht so schnell, dass die jungen Frauen kaum mit ihrer Arbeit nachkommen. Niemand hilft ihnen, denn die Lechnerfamilie und das Gesinde sind auf der Suche. Am Abend bei den Kühen wirft die Müdigkeit Maria Anna um. Sie hockt auf dem Melkschemel und lehnt schlafend mit dem Oberkörper am warmen Bauch der Kuh. Durch die Unruhe des Tieres wacht sie wieder auf. Sie fettet sich die Hände ein und beginnt zu melken. Schweiß überzieht ihre Haut und sie wundert sich, weil sie dabei fröstelt. Zu schlucken fällt ihr schwer und sie spürt Schmerzen im linken Ohr. Fast hat sie deshalb die getrockneten Gräser im Milcheimer übersehen. Sie fischt mit den Fingern danach und sieht sofort, dass sie vom oberen Bereich des Stalls hinuntergefallen sein müssen. Maria Anna entleert den Eimer und melkt eine Kuh nach der anderen, wobei sie sich auf unbekannte Geräusche konzentriert. Sie benötigt nicht sehr lange, um zu wissen, dass oben unter dem Dach ein Mensch ist und sie braucht auch nicht zu überlegen, wer das wohl sein könnte. Es ist nämlich genau der Platz, an den sie auch geflüchtet wäre.

Als Marianne aus dem Schweinestall zu ihr kommt, bewegt sie nur den Kopf in die bestimmte Richtung. Kaum hat sie es getan, klettert Marianne wie eine Katze die schmale Leiter hinauf und schwingt sich über den Querbalken ganz nach oben. Dann folgt ein Schrei. Maria Anna entleert noch den letzten Eimer mit Milch, dann folgt sie Marianne nach, die vor einem Mädchen kniet, das sich die Hände vor das Gesicht hält, damit niemand es sehen kann. Wie sie vermutet hatte, ist es Magdalena. Ihre prallen Rundungen und der pausbäckige Kopf verraten ihre gutbäuerliche Herkunft. Sie ist 16 Jahre alt und schluchzt wie ein kleines Mädchen. Marianne kann nicht anders, als sie in ihre Arme zu schließen. Magdalena wird heftig von Weinkrämpfen geschüttelt. Marianne versteht nicht, wie ein Mädchen aus dieser reichen Bauernfamilie so unglücklich sein kann.

»Warum sagst du deinem Vater nicht, dass du ihn nicht willst?«, fragt Marianne.

Magdalena wischt sich mit der Schürze ihre Tränen ab.

»Ich will ihn ja heiraten, aber es geht nicht.«

Maria Anna schaut auf Magdalena, die offenbar aus einer fremden Welt stammt. Wie glücklich wären Marianne und sie selbst, wenn ihnen eine solche Hochzeit bevorstünde. Und dieses Mädchen hockt am Boden und greint. Sie lauscht nach draußen, ob sich im Hof etwas tut, aber es ist still wie auf dem Kirchhof. Im Gegensatz zum kindhaften Verstand Maria Annas ist Marianne in Frauenangelegenheiten bestens bewandert. Sie hat immer Augen und Ohren offen gehalten, wenn sie Frauengespräche belauschen konnte. Daher schwant ihr auch, was Magdalena zu ihrer Flucht gezwungen haben könnte. Sie sagt aber zunächst etwas anderes.

»Der Bauer wird dich finden, so oder so.«

Magdalena ballt die Fäuste.

»Dann werde ich nicht mehr da sein. Der Vater würde mir die Schande nie verzeihen.«

Nun hat sie es ausgesprochen. Das ist die Wahrheit, an die Marianne bereits gedacht hat. Die erste Nacht der Ehe würde ans Licht bringen, dass Magdalena keine Jungfrau mehr ist. Marianne hatte den Lechnerhof aber so kennen gelernt, dass es eine klare Trennung zwischen den Frauen und den Männern gab. Wie also sollte Magdalena in die Schande geraten sein, wenn sie gar keine Männer zu Gesicht bekam?

Die Antwort bekommt sie sofort.

»In einer dunklen Nacht kam ein Kerl durchs Fenster?«, fragt Marianne.

Maria Anna sieht sich furchtsam um und versteht die Worte nicht, während Magdalena stumm nickt.

»Er hatte starke Hände, drehte dein Gesicht um und drückte es in die Kissen, dabei sprach er kein Wort«, sagt Marianne.

Magdalena staunt, denn genau so hat es sich abgespielt. Sie hatte ein Geräusch an ihrem Fenster gehört, da war es schon zu spät. Die Großmutter schlief mit in ihrem Zimmer und doch war es geschehen.

»Man kann den bösen Geist vertreiben«, sagt Marianne altklug.

Maria Anna hockt noch immer verständnislos da und fürchtet nur, dass unten im Kuhstall die Tür auffliegt und sie erwischt werden. Dann konnten sie ihr Bündel packen und sehen, was mit ihnen geschieht.

Marianne umarmt Magdalena und flüstert ihr etwas ins Ohr.

»Das darf ich nicht tun!«, antwortet Magdalena.

Marianne schüttelt die Antwort ab.

»Bist du dumm! Jede würde das tun. Es ist nicht deine Schuld gewesen. Warum sollst du für etwas büßen, was du gar nicht getan hast?«

Das leuchtet Magdalena ein.

»Aber es ist verboten, mit solchen Frauen Umgang zu haben.«

Marianne fühlt sich obenauf. Noch nie hatte sie etwas bestimmen oder lenken dürfen. Immer musste sie das tun, was man ihr befahl. Jetzt ist es anders. Magdalena braucht sie und Marianne kostet die Süße der Macht.

»Der Schmerz fragt nicht, wem die helfenden Hände gehören«, sagt sie und kommt sich sehr klug vor. Irgendwo hatte sie diesen Satz aufgeschnappt und ihn sich gemerkt.

Magdalena, die bisher in einem goldenen Käfig lebte, hatte noch nie eine Freundin und fühlt sich zu der scheinbar allwissenden Marianne hingezogen, obwohl sie das Verbot kennt, sich nicht mit dem Gesinde einzulassen.

Maria Anna hat zu viel Angst vor den Konsequenzen, als dass sie genau auf das hört, was Marianne zu erzählen hat. Erst als der Name Ursula fällt, schrickt sie hoch und schüttelt automatisch den Kopf. Marianne, die sich in ihre Rolle bereits zu tief hineingelebt hat, muss nun den Weg benennen, wie aus Magdalena wieder eine Jungfrau werden kann und da ist ihr als Ausweg nur die Ursula eingefallen.

»Es ist kein Zauber«, sagt Marianne schnell zur Beruhigung Magdalenas. »Nur eine Sache unter Frauen.«

Marianne muss nachdenken, um einen Weg zu finden, ihre kühne Idee auch in die Tat umzusetzen. Sie hatte in ihrem Leben immer wieder Tage erlebt, in denen es um das nackte Überleben ging, da wird sie doch für dieses Problem auch eine Lösung wissen. Überzeugt von sich, stemmt sie die Hände in die Hüften.

»Wir machen es so: Magdalena und ich gehen zur Kirche und verstecken uns dort, bis der Pfarrer erscheint. Dann sagst du«, sie schaut Magdalena an, »nun willst du die Beichte ablegen und dass du Tag und Nacht gebetet hast. Das gefällt ihm bestimmt. Da kann dir der Bauer auch nichts machen, wenn du vom Pfarrer zurückkommst. Und Maria Anna läuft zur Ursula.«

Oh nein! Maria Anna ist damit überhaupt nicht einverstanden und schüttelt heftig den Kopf. »Ich gehe nie mehr in diesen verwunschenen Wald und schon gar nicht alleine. Es ist bald dunkel und ich fürchte mich.«

Marianne starrt sie mit aufgerissenen Augen an.

»Du willst der armen Magdalena also nicht helfen?«

Maria Anna hat bereits geahnt, dass sie gegen Marianne nicht ankommt, und schluchzt nur.

»Ich habe so Angst vor den Geistern im Wald.«

Magdalena, die inzwischen hellwach und aufgeregt ist, zeigt nach unten und sofort eilen die drei jungen Frauen hinab zu den Kühen, nicht ohne noch schnell einen Blick in den Hof zu wagen.

»Maria Anna kann meinen Hund mitnehmen, der passt gut auf sie auf.«

Marianne legt nachdenklich den Kopf zur Seite.

»Aber der Hund weiß doch gar nicht, wo die Ursula zu finden ist?«

»Ich auch nicht«, sagt Maria Anna schnell. »Außerdem, was soll ich der Ursula denn sagen, wenn ich sie finde?«

Marianne schüttelt Maria Anna kräftig.

»Sei nicht dumm. Du wirst den Weg zu den drei Eichen suchen und von dort aus wirst du sie schon finden. Und du sagst ihr nur, die Lechner Magdalena hat eine Jungfrauensache, sie versteht dann schon.«

Magdalena stellt sich neben Marianne.

»Mein Hund kennt den Weg zu den drei Eichen. Du musst nur immer wieder Mater Dolorosa zu ihm sagen.«

»Mater Dolorosa?« Maria Anna versteht nicht, was das bedeuten soll.

»Ist doch ganz einfach«, sagt Marianne. »Du sagst das und der Hund führt dich, basta.«

Die drei jungen Frauen schleichen um den Kuhstall und verstecken sich bei den Obstbäumen, hinter der Mauer des alten Brunnens. Magdalena zieht eine kleine geschnitzte Flöte aus ihrer Schürzentasche und lässt einen sehr hohen Ton erklingen. Es dauert nicht lange und aus dem nahen Wald kommt ein großer dunkler Hund angerannt. Er war offenbar mit den Lechners unterwegs und hat seine kleine Herrin nicht verraten. Nun eilt er über die Wiesen und bleibt wenige Meter vor der kleinen Gruppe stehen und legt sich dann schwanzwedelnd ins Gras. Maria Anna erstarrt vor Furcht. Sie kennt den Hund natürlich, ist ihm aber bisher erfolgreich ausgewichen. Magdalena hat ihn vor gut einem Jahr aus dem nahen Bach gefischt, wo ihn wandernde Händler in einem Jutesack ersäufen wollten.

Nun ist er größer als ein Schäferhund, bewegt sich aber ähnlich. Auch sein Körperbau gleicht dem eines Wolfshundes. Der Bauer will ihn nicht auf dem Hof haben, aber wie fast immer hat Magdalena ihren Kopf gegen ihren Vater durchgesetzt. Sie hockt sich neben das Tier und flüstert mit ihm. Maria Anna sieht nur seine gelben Augen und glaubt fest daran, dass unter dem dichten Fell ein unheiliger Geist haust.

Maria Anna betrachtet die Welt wie durch einen Schleier, so durcheinander ist sie. Fast wäre sie über den Hund gestolpert, der tief abgeduckt im Gras liegt. Zum Wald sind es nur mehr wenige Meter. Sie hört, wie ein Zweig zerbricht, und schon liegt sie ebenfalls der Länge nach im Gras. Der Hund hat die Leute gehört und verharrt wie in einer Muskelstarre. Maria Anna schaut auf die drei Männer am Waldrand. Sie tauchen auf und verschwinden in die andere Richtung. Es ist der Lechnerbauer mit seinen Söhnen. Kaum sind sie außer Sichtweite, läuft der Hund weiter. Sie suchen immer noch nach Magdalena. Maria Anna sieht Nebelschleier und muss sich übergeben. Der Hund wartet, bis sie sich wieder nähert, und rennt weiter. Die Bäume sind weiß bestäubt, wie der Boden, über den sie geht. Nein, sie geht ja gar nicht selbst. Jemand trägt sie. Seine Schultern sind breit, sein Haar hängt über den Nacken und die helle Farbe seiner Haut unterscheidet ihn deutlich von den Menschen der Gegend. Maria Anna fühlt sich sicher auf dem Rücken von Gevatter Tod. Ihr Herz beginnt zu rasen und sie muss husten und spuckt Schleim. Als sie bei den drei Eichen ankommt, weiß sie nicht mehr, was sie tun soll. Sie hockt sich ins Gras, um zu urinieren, und sieht, wie die Bäume in einem heftigen Orkan hin und her schwanken, aber sie spürt den Sturm nicht. Plötzlich steht sie alleine am Oberlauf des Baches und weiß nun endgültig nicht mehr weiter. Wo ist der Hund? Sie dreht sich im Kreis, aber von dem Tier gibt es keine Spur mehr. Wenige Augenblicke später zweifelt sie, ob überhaupt ein Hund in ihrer Nähe war. Sie spürt, dass sie gleich zusammenbrechen wird. Eine tiefe Müdigkeit befällt sie und nichts wird sie mehr auf den Beinen halten. Durst brennt in ihr und sie kann nicht schlucken. Immer wieder spuckt sie aus, und über dem Boden verteilt, brennen kleine Feuerinseln. Ich muss sterben.

Maria Anna bemerkt nicht, dass sie einfach immer weitergeht. Die kleine Anhöhe hinauf, fast bis zur Quelle des Baches läuft sie, ohne es zu wissen. Dort verharrt sie und starrt auf den Höhleneingang. Vor diesem hockt ein Mönch und reibt sich mit einer Creme, die er aus einem Tiegel mit den Fingern greift, die Fuß- und Kniegelenke ein. Er hockt auf einem Schemel und scheint sie gar nicht zu bemerken. Plötzlich kippt sie zur Seite und fällt um.

Emmeram springt auf und bemerkt, dass er mit seiner hochgezogenen Kutte nicht laufen kann.

»Frau!«, ruft er, »seht doch, dieses Mädchen da, es ist einfach umgefallen!«

Aus dem Kräuterfeld eilt Ursula herbei und legt ihre Hand auf die Stirn von Maria Anna.

»Sie hat fürchterliches Fieber.«

Mit einem zupackenden Griff bringt sie Maria Anna in ihre Arme und trägt sie zum Haus. Eine junge Frau, die so gut wie nichts wiegt, denkt Ursula, als Maria Anna für einen Wimpernschlag die Augen öffnet.

»Ich soll ausrichten, die Lechner Magdalena hat ein Jungfrauenproblem.«

Sie wird ohnmächtig. Ursula ruft nach ihrem Sohn und kurz darauf steht auch Emmeram in der Tür.

»Irgendwoher kenne ich dieses scheue Kind«, sagt er.

Ursula rennt mit Maria Anna in den Armen zur Quelle. Ihr Sohn folgt ihr, so gut er es eben mit seinen kurzen Beinen kann. Er trägt einige Tücher und eine Decke. Vorsichtig legt Ursula die junge Frau in das kalte Quellwasser. Emmeram, hilflos herumstehend und auch peinlich berührt ob der Szene, dreht sich um und läuft langsam zur Höhle zurück, in der er die letzten Tage und Nächte verbrachte. Kein Zweifel, denkt er, die Salbe hat ihre heilende Wirkung.

Ursula wickelt die erschreckt und furchtsam schauende Maria Anna in die Tücher und Decken und trägt sie in das Haus. Auf dem Herd dampft bereits eine ihrer speziellen Mischungen, die Maria Anna unbedingt schlucken muss. Tastend fühlt Ursula, wie stark angeschwollen der Hals bereits ist.

Mit einem Holzspatel zwingt sie Maria Anna, den Mund zu öffnen und sieht das Ekzem. Eine Spülung reicht nicht aus. Kurz entschlossen hält sie eine ihrer langen Nadeln in die Glut des Ofens, schreckt sie im kalten Wasser ab und führt die scharfe Spitze an die Eiterbeule, um dann kurz entschlossen hineinzustechen. Sofort reißt es den Körper von Maria Anna nach oben. Ein Schwall aus Blutklumpen und gelber Flüssigkeit bricht aus ihr heraus. Geistesgegenwärtig ist Ursulas Sohn mit einem Eimer zur Stelle, was ihm ein sanftes Nicken seiner Mutter einbringt.

Ursula lässt das Getränk aus Salbei, Johannisbeerkraut, Eisenkraut und vielen anderen Kräutern etwas abkühlen, bevor sie Maria Anna zwingt, ihren Rachen auszuspülen. Endlich kann sie die Tortur beenden. Ein paar Tropfen ihres Schlafmittels aus Weißdorn und Mohn, und bald wird das Mädchen sanft schlummern. Ursula denkt an die Worte, die die Kranke zu ihr gesagt hat. Kann es wirklich sein, dass eine so behütete Tochter wie die Lechner Magdalena sich auf einen Kerl eingelassen hatte? Sie kann es nicht glauben. Etwas anderes geht ihr schon längere Zeit durch den Kopf. Immer häufiger bekam sie in den letzten Monaten ungebetenen Besuch. Auch der Mönch hatte sie einfach so gefunden, auch wenn er sagt, die Hand Gottes muss im Spiel gewesen sein, denn er sei einfach nur gedankenversunken spazieren gegangen. Es ist an der Zeit, sich einen neuen Ort zu suchen, an dem sie leben können. Sie beschließt, noch tiefer in den Wald zu ziehen und so die Gefahr des Entdecktwerdens auszuschließen. Von diesem Mönch droht ihr keine Gefahr, der war kein Eiferer. Im Gegenteil, er achtet ihre Kunst und lobt ihr Tun, aber es gibt auch andere, die mit ihr und vor allem ihrem Sohn kurzen Prozess machen würden.

Die strahlende Sonne wärmt die blühenden Wiesen. Zwischen den Blüten summen Bienen und bunte Schmetterlinge umkreisen sich selbst. Der Duft von frisch getrockneten Kräutern durchzieht die Luft und Maria Anna greift in den von prallen Früchten leuchtenden Kirschbaum. Aber in ihren Händen bleibt nur klebriger Schaum zurück, der sie ekelt.

Als sie erwacht, ist es noch tiefe Nacht. Sie reibt sich den Traum aus den Augen und befühlt ihren Hals. Es geht ihr besser. Sie steht auf und schleicht in die Dunkelheit hinaus. Wenn sie es nicht schafft, zum ersten Melken am Morgen bei den Kühen zu sein, wird man sie davonjagen. Es ist so dunkel, dass sie ihre Hände nicht sehen kann, die sie zur Vorsicht ausgestreckt vor sich hält, falls sie irgendwo anstößt. Sie orientiert sich nach ihrem Gehör und folgt dem Geräusch der Bachquelle. Egal, wie schwierig es werden würde, sie will dem Bach folgen, der im Tal nicht weit vom Grundstück der Lechners vorbeifließt. Im Mondschein sieht sie den Mönch vor der Höhle stehen. Sie macht einen großen Bogen und bemerkt, dass er mit der Stirn am Felsen lehnt. Zu ihrem großen Erstaunen hört sie durch sein Atmen, dass er schläft.

Sie hat es geschafft. Kurz bevor die Helligkeit den Tag anzeigt, kommt sie an eine Wiese beim Waldrand, die voller Kuhfladen ist. Maria Anna muss noch den Bach und die kleine Wiese überqueren, um auf die zum Wald gewandte Seite des Kuhstalls zu kommen. Dann macht sie fast einen entscheidenden Fehler. An der Stelle, wo sie steht, hat ein

Sturm eine Reihe Bäume geknickt. Beim Darüberklettern sieht sie, wie sich ein Stück Erde bewegt. Sie muss sich doch irren, denkt sie, und sieht sich plötzlich mit dem Teufel konfrontiert. Wieder bewegt sich die Erde ein Stück. Gleich wird er aus seiner Hölle steigen und sie mit sich hinunter reißen. In letzter Sekunde lässt sie sich fallen und kriecht hinter zwei Baumstämme zurück. Wieder bewegt sich die Erde und endlich wird sie ganz zur Seite geschoben. Schon erscheint ein Kopf und dann sieht sie den ganzen Mann. Maria Anna erkennt ihn sofort, weil er vor sich hinflucht.

»Sakrikruzifix!«, hört sie ihn schimpfen und weiß, es ist der Lechnerbauer. Sie weiß auch, was der Lechner in der Erdhöhle getan hat. Es riecht nach Schnaps. Wenn er sie hier erwischt, dann Gnade ihr Gott. Doch der Lechner schlägt den Weg zu seinem Hof ein und beachtet nichts und niemanden. Kurz darauf flitzt Maria Anna über die Wiese und hebt am Kuhstall ein lose hängendes Brett hoch, um zu den Kühen zu kriechen. Sie sieht noch, wie die Mutter des Bauern den Stall verlässt. Jetzt muss sie sich sputen, denn sie weiß, gleich wird der Lechner erscheinen und sehen, dass die Kühe noch nicht gemolken sind. Geübt und mit sicherem Griff befreit sie die muhenden Kühe von ihrer Milch. Sie ist geschickt und nimmt sich zunächst die drei Kühe vor, die am meisten Milch geben. Maria Anna hört, wie die Alte nach dem Bauern ruft. Jetzt kann es nicht mehr lange dauern und sie werden neben ihr stehen. Flugs schüttet sie die Milch aus und hockt schon unter der nächsten Kuh. Mit einer kurzen Handbewegung wischt sie sich den Schweiß vom Gesicht und arbeitet weiter. Noch ist vom Bauern nichts zu hören. Die Alte schlurft zum Wohnhaus und ruft wieder. Maria Anna melkt in einem Tempo, dass sie erschöpft aufatmet, als sie endlich fertig ist. Schnell löst sie die Stricke von den Hälsen der Kühe und öffnet den seitlichen Ausgang zu den Wiesen. Dann reinigt sie den Stall und bringt den Mist hinaus. Als sie zurückkehrt, sieht sie den Bauern im Stall stehen und versteckt sich.

»Was redest du denn?«, schimpft der Lechner. »Hier ist die Milch, die Kühe sind draußen und der Mist ist auch geräumt. Stiehl mir nicht meine Zeit!«

Die Alte steht verdattert auf der Schwelle.

»Gott im Himmel ist mein Zeuge, gerade noch war nichts getan und die Kühe haben geschrien. Das ist ein Weib des Teufels, dieses dürre Gestell. Jage sie fort, Sohn, sie bringt Unglück!«

Die Alte bekreuzigt sich. Der Bauer ist längst gegangen. Maria Anna schleicht um den Stall herum und sieht vor dem Haus den Pfarrer mit Magdalena stehen. Es sieht so aus, als würden die schon eine ganze Weile warten. Der Lechnerbauer würdigt sie keines Blickes und geht ins Haus. Wo ist Marianne? Maria Anna schleicht in den Schweinestall. Sie spürt die Blicke des Hundes, der zu Füßen Magdalenas liegt, in ihrem Rücken. Aus der Scheune wird der große Wagen, mit dem das Heu und das Korn eingebracht werden, in den Hof geschoben. Maria Anna reagiert schnell und fasst mit an. Hinter ihr arbeitet Marianne.

»Wo warst du denn?«, zischt sie. »Wir müssen die Scheune für die Feier einrichten. Morgen soll die Hochzeit sein.«

Der Lechner steht breitbeinig im Hof und stemmt die Hände in die Hüften. Sein jüngerer Sohn zieht den Einspänner, der bereits geschmückt ist, und stellt ihn beim Brunnen ab. Der ältere Sohn bringt ein Pferd. In einem Eisengestell leuchtet die Glut und ein Hufeisen wird vom Lechner weißglühend auf den Amboss gelegt und mit einem Hammer bearbeitet.

Dann hält der Sohn das Pferd ruhig, damit der Bauer das Eisen anpassen kann.

Maria Anna macht sich unsichtbar. Sie verschwindet mit Marianne in der Scheune und reinigt den Boden, scheucht die verbliebenen Hühner hinaus und trägt die störenden Geräte in einen Schuppen. Da weitere Mägde anwesend sind, kann sie nicht mit Marianne sprechen.

Auf dem Hof wird das beschlagene Pferd an den Einspänner angeschirrt und der Lechnerbauer signalisiert dem Pfarrer aufzusteigen.

»Alle sollen morgen in der Kirche sein und dann wird es besiegelt, mehr ist nicht zu sagen!«, ruft er dem Pfarrer zu. »Und du verschwinde!«

Mit den letzten Worten meint er Magdalena, während mit allen ihre zukünftige Familie gemeint ist. Der Pfarrer sitzt verdattert neben dem Lechnersohn, der schnalzend dem Pferd Kommando gibt, das sofort galoppierend anspringt.

Magdalena sieht Hilfe suchend zu Marianne hinüber, die Maria Anna in die Seite bufft.

»Kommt die Ursula? Die Hochzeit ist schon morgen. Niemand hier konnte ahnen, dass es dem Bauern plötzlich so pressiert mit der Hochzeit. Du musst noch einmal zu ihr gehen.«

Das niemals. Maria Anna schüttelt heftig den Kopf, sagt aber nichts. Sie will auf keinen Fall noch einmal durch den unheimlichen Wald gehen und so in ihrem Kopf durcheinandergeraten, wie es geschehen war. Mit der Magdalena war offenbar alles gut gegangen. Der Pfarrer hatte sie zum Lechnerbauern begleitet und der hatte die Kröte geschluckt.

Ihm begegnen wollte Maria Anna lieber nicht, denn sie fürchtet, sich irgendwie zu verraten. Sie arbeitet weiter in der Scheune, während der zweite Lechnersohn einen Bullen in den Hof führt. Man hat ihm die Augen verbunden und um die Vorderbeine einen Strick gedreht. Der Bauer zögert nicht und schlägt dem Bullen mit einem wuchtigen Hieb den schweren Hammer zwischen die Hörner. Dem ersten Schlag folgt ein weiterer und der Bulle knickt ein. Sofort wird ihm der Hals aufgeschnitten und das Blut in einer Holzwanne aufgefangen.

Maria Anna wendet sich ab und geht in die Scheune zurück. Da viele Hände beim Zerlegen des Bullen benötigt werden, trifft Marianne endlich Maria Anna alleine.

»Was hat sie denn gesagt?« Marianne flüstert. »Magdalena meint, der Hund wäre nicht zu ihr zurückgekommen, wenn er dich nicht zur Ursula geführt hätte. Also, was ist nun?«

Maria Anna hebt hilflos die Hände.

»Weiß nicht. Sie hat nichts gesagt.«

»Ich sage ja, du musst noch einmal hinauf. Magdalena ist schon ganz elend.« Marianne sagt es bestimmend und erlaubt keine Widerworte.

Der Nachmittag kommt und der Himmel wechselt ständig seine Färbung.

Einmal ist er hell und weiß wie das Licht auf den Gletschern in den Bergen, dann wieder nimmt er ein hässliches Grau an und lässt den Wind über die Erde fegen.

In der Scheune sind die Tische aufgestellt und Maria Anna steht vergessen neben den Sitzbänken. Gerade haben sich der Bauer und die Bäuerin über die Musikanten gestritten. Der Bauer will nichts bezahlen und argumentiert damit, dass der Tanz eine Erfindung des Teufels sei. Seine Frau kennt ihn nur zu gut und antwortet sarkastisch:

»Seit wann hörst du denn auf den Pfarrer?«

Maria Anna schaut und sieht den Hund am Ende des Hofes an den Suhlstellen der Schweine warten. Sie weiß, der Hund sitzt dort auf Befehl seiner jungen Herrin, und ihr ist klar, was das zu bedeuten hat. Sie geht aber nicht hinüber.

Von der Waldseite kommt ein fröhlicher Trupp junger Männer zum Hof. Sie tragen den zukünftigen Bräutigam und lassen ihn hochleben. Neben dem Brunnen wartet der Pfarrer, der sich nicht einfach so wegbringen ließ und zu Fuß zum Lechnerhof zurückgekehrt ist. Während der Lechnerbauer seinen Beschäftigungen nachgeht, hat sich der Pfarrer bereits heftigst echauffiert gezeigt. Die Bäuerin und die Alte stehen bei ihm und halten die Köpfe gesenkt. Als die jungen Burschen im Hof erscheinen, gerät der Pfarrer endgültig in Rage. Auf keinen Fall wird er einen Polterabend dulden. Heftig gestikulierend beginnt er mit einer Predigt über den Ungeist heidnischer Bräuche. Voller Zorn erinnert er daran, dass Familien dabei erwischt wurden, wie sie nach altem Brauch das Verlobungsfest gefeiert hatten.

»Es ist mir nicht verborgen geblieben, dass beide Familien einen Kreis bildeten und das Paar in der Mitte stand, von wo sie alle um den Segen der Götter gebeten haben. Der Bauer hatte sich zwar mit der Behauptung, sie hätten die Heiligen um den Segen für die Verlobten gebeten, herausreden wollen, aber ich habe ihm kein Wort geglaubt«, schimpft der Pfarrer.

Maria Anna ahnt, dass sich dieses Thema bis in den Abend hinziehen kann und sie deshalb niemand vermissen wird. Schweren Herzens geht sie zu dem Hund hinüber und verschwindet mit ihm im Wald. Kaum läuft sie unter den Bäumen, empfindet sie einen heftigen Druck in der Brust. Vor Nervosität findet sie den Bachlauf nicht und muss einen anderen Weg nehmen, weil auch der Hund zurückgelaufen kommt und sie anknurrt. Völlig außer Atem erreicht sie die Quelle und sieht, dass die Höhle leer ist. Der Mönch hat sie verlassen. Aber nicht nur das. Auch das Haus der Ursula ist leer. Maria Anna ist verzweifelt und beginnt zu weinen. Was soll sie denn nun machen? Sie ist erschöpft und fühlt sich leer. Diesmal bleibt der Hund bei der Quelle liegen und schaut sie an. Dann springt er auf, verbellt Maria Anna und läuft in den Wald. Maria Anna geht ihm nach und sieht, dass er einen völlig anderen Weg eingeschlagen hat. Sie bleibt stehen und der Hund bellt sie wieder an. Im dichten Wald kommt sie kaum vorwärts. Ein gebogener Ast fährt herum und schlägt ihr ins Gesicht. Sie spürt, wie ihr Blut in den Mund läuft und spuckt. Was hat der Hund vor? Sie läuft nur aus Angst, sich zu verirren, hinter ihm her und aus Furcht vor dem Hüter des Waldes, der nur ein Auge mitten in der Stirn hat, zottelig wie ein Bär und groß wie ein Baum ist. Man hat ihr erzählt, einmal habe sich eine Jungfrau im Wald verirrt und der Waldmensch wollte ihr helfen. Die Jungfrau hatte sich aber dermaßen vor dem hässlichen Kerl gefürchtet, dass sie laut aufschrie und ihn mit ihren abwehrenden Gesten tief beleidigte. Daraufhin hob der seine riesige Keule und verwandelte die Jungfrau in eine Trauerweide. Noch immer kann man sie, wenn alles still und einsam ist, in der Nacht leise weinen hören. Maria Anna glaubt an solche gruseligen Geschichten, die sie immer wieder erzählt bekommt, auch wenn sie sich dabei ängstigt.

Plötzlich geht es steil nach unten. Maria Anna will sich halten, doch sie stürzt, rollt einige Meter und kann sich schließlich an einem Farn festklammern. Als sie sich wieder aufrappelt, steht der Hund auf einem schmalen Pfad und wartet. Es riecht verbrannt. Der Hund verlässt den Weg wieder und läuft durch Gestrüpp und umgestürzte Bäume. Hinter ihnen kläfft ein anderer Hund. Maria Anna dreht sich um und sieht durch das dichte Geäst den schwarzen Köhler unbewegt vor seiner Hütte hocken. Sein Kettenhund hat angeschlagen und bellt aus vollem Hals. Sie wähnt sich in einer Ecke des Waldes, der ziemlich weit vom Lechnerhof entfernt ist. Warum macht der Hund einen solchen Umweg? Andererseits war sie bisher noch nie so schnell von der Quelle hinunter an die Kuhwiesen gekommen. Noch immer hat sie Blut im Mund. Mit der Zunge tastet sie die Zähne ab. Der Hund läuft durchs hohe Gras, zieht Kreise und engt damit die Bewegungsfreiheit von drei Hühnern ein, die laut und aufgeregt gackern. Immer wieder passiert es, dass frei laufende Hühner sich in den Wald verirren. Es dauert einige

Zeit, bis Maria Anna begreift, was der Hund ihr sagen will. Wenn sie mit den Hühnern zurück in den Hof kommt, kann sie behaupten, sie hat den Hof verlassen, weil sie die Hennen einfangen und zurückbringen wollte. Wieder ist sie sicher, dass der Hund nicht einfach nur ein Hund ist. Maria Anna packt die drei Hennen und trägt sie zum Hof. Jetzt entdeckt sie auch, weshalb der Hund diesen Weg genommen hat. Hinten bei der Suhlstelle der Schweine späht die Alte unbewegt zum Waldrand hinüber. Offensichtlich hat sie gesehen, wie Maria Anna in den Wald verschwunden ist.

Der Bauer schlägt mit einer Axt Knochen aus dem Gerippe des Bullen.

Als er Maria Anna sieht, lässt er die Axt fallen und geht direkt auf sie zu.

»Wo treibst du dich herum?«

Den Worten folgt eine klatschende Ohrfeige und Maria Anna spürt wieder den Blutgeschmack im Mund. Wie zur Abwehr hält sie die Hühner hoch.

»Das sind nicht unsere Hühner.«

Der Bauer nimmt ihr die Hennen aus den Händen, packt sie kurz an den Hälsen, schleudert sie einmal herum und reicht die toten Tiere einer Magd.

»Ab in die Küche damit, morgen ist Hochzeit.«

Maria Anna muss mit dem Bauern zum ausgeschlachteten Bullen gehen und die abgehackten Knochen auf einen kleinen Leiterwagen legen. Dabei hört sie, wie der Lechner leise über den Pfarrer flucht, der noch immer auf die Burschen und die Bäuerin einredet. Der Bauer hasst alle Menschen, die nichts mit ihren Händen anzufangen wissen und nur herumreden. Als er die restlichen Fleischfetzen auf die umstehenden Eimer verteilt hat, hebt er den Bullenschädel hoch und wirft ihn in Richtung der Gruppe.

»Im Schweiße deines Angesichts sollst du dein Brot essen!«, ruft er.

Der Pfarrer fährt herum und droht ihm mit dem Zeigefinger.

»Versündige dich nicht, Lechnerbauer. Genug ist genug.«

Der Bauer stapft davon und verschwindet im Haus. Die Alte stiert noch immer zum Wald und reagiert nicht auf die Umgebung. Maria Anna nutzt die Gelegenheit und schlüpft in die Scheune, wo sie zu ihrem Erstaunen Marianne mit der Tröscherin vorfindet. Nun muss sie erneut daran denken, dass sie ihren Auftrag nicht erfüllt hat, außerdem schmerzt ihr Gesicht, und sie beginnt zu weinen. Die Tröscherin wischt ihr das Blut von der Wange.

»Es ist gut«, sagt die Tröscherin, »es ist gut. Die Magdalena soll eine schöne Hochzeit haben.«

Zunächst versteht Maria Anna die Worte nicht. Erst als Marianne heftig nickt und breit grinst, begreift sie, dass Ursula die Tröscherin geschickt hat. So getröstet, verrichtet Maria Anna ihre vorabendliche Arbeit und achtet darauf, dass sie keinem der Lechners begegnet. Obwohl der Pfarrer verschwunden ist, halten sich die Burschen mit dem Bräutigam zurück. Ihre gute Laune weist darauf hin, dass sie sich noch einen feuchtfröhlichen Abend vorstellen. Marianne und Maria Anna beschließen, abwechselnd zu schlafen, falls einer der Burschen auf die Idee kommt, ihnen einen nächtlichen Besuch abzustatten. Zunächst bleiben sie in der Scheune und klettern unter das Dach, weil sie von dort den Hof im Auge behalten können. Die Tröscherin hat es sich im Heu gemütlich gemacht und schläft auf ihrem Beutel, den sie auch im Schlaf mit beiden Händen festhält. Zu ihrem großen Erstaunen sieht Maria Anna den Hund Magdalenas, wie er langsam herantrottet und sich auf einen alten Jutesack direkt vor der Scheune legt und die Burschen anknurrt.

»Warum hat der Hund keinen Namen?«

Marianne hält verschwörerisch die Hand vor den Mund.

»Weil Tiere keine Namen tragen dürfen, so wie wir Christenmenschen, sagt der Bauer.«

Die beiden Lechnersöhne zünden neben dem Brunnen ein Feuer an und gleich darauf hebt ein tierisches Gebrüll aus allen Jungmännermündern an. Sie verfluchen alle bösen Geister und beginnen mit Stöcken auf den Boden zu schlagen, um die Dämonen zu vertreiben. Maria Anna macht die geballte Wut der jungen Männer Angst. Sie zieht sich ein wenig zurück und verscheucht eine Taube, die direkt über ihr auf einem Steg hockt.

»Was macht die Tröscherin mit der Magdalena?«

Marianne reagiert nicht gleich, denn sie weiß es nicht.

»Blut braucht sie, viel Blut. Mehr sag ich nicht.«

Mit Schauern denkt Maria Anna an die zitternde Magdalena und blickt wieder zu den jungen Männern hinüber. Die johlen und lärmen, und plötzlich bewegt sich etwas Brennendes über den Hof. In ihrem Todeskampf schreit eine Ratte fürchterlich, während einer der Söhne der Lechners mit einem Eimer Wasser hinter ihr herrennt, um sie abzulöschen, falls sie in ein Gebäude fliehen will. Aber sie schafft es nicht und verbrennt mitten im Hof. »Wir haben das Böse getötet!«, johlen die Burschen, während Maria Anna langsam von ihrem Guckloch rutscht, weil der Schlaf sie überkommt. Den Krach, der die ganze Nacht anhält, hört sie nicht mehr.

Als Maria Anna am frühen Morgen Wassereimer für die Kühe aus dem Brunnen zieht, stehen sich der Bauer und die Tröscherin Auge in Auge an der Hausschwelle gegenüber. Die Tröscherin fixiert den Bauern, der erst gar nicht versucht, ihrem Blick standzuhalten.

»Willst du mir drohen, Lechner?«, fragt die Tröscherin und der Bauer schweigt.

Maria Anna kippt die Wassereimer im Stall in die Sauftröge der Kühe und läuft zum Brunnen zurück. Sie sieht, wie die Alte aus dem Haus kommt und den Bauern von der Tür wegzieht.

»Lass das die Marianne machen«, sagt die Tröscherin zu Maria Anna und zieht sie mit ins Haus. Sie steigen die schmale Treppe hinauf zur Kammer der Magdalena, und die Tröscherin schaut auf das verängstigte Mädchen, das seine Decke fest über ihr Gesicht gezogen hält.

»Steh auf, Magdalena, es wird Zeit«, sagt die Tröscherin. »Achte darauf, dass du zuerst mit dem rechten Fuß den Boden berührst. Hast du mich verstanden? Also los jetzt!«

Kaum steht Magdalena neben ihrem Bett, hat die Tröscherin ihr schon das Hemd über den Kopf gezogen und sie nach vorne gebeugt, um ihr zwischen die Beine schauen zu können.

»Das wird dir nicht wehtun, hörst du? Wir werden es so machen, dass du, kurz bevor ihr in euer Hochzeitszimmer geht, zu dem alten Abtritt hinter den Kuhstall kommst. Dort werde ich auf dich warten und dir das Notwendige einrichten. Danach musst du vorsichtig gehen, damit die Blase nicht vorzeitig platzt, sonst ist alles verloren.«

Die Tröscherin spricht flüsternd und so schnell, dass Maria Anna nicht so recht wusste, hat sie das Gesagte gehört oder es sich eingebildet? Magdalena nickt nur und die Tränen laufen ihr über das Gesicht. Ihr ist nun endgültig klar, dass sie ihre Familie verlassen muss. Statt heiter und fröhlich zu sein, ist sie nur tieftraurig. Auf dem Bauch liegend, setzt ihr die Tröscherin die vorbereiteten Schröpfköpfe an und schnell ist die gewünschte Blutmenge gesammelt. Die Tröscherin hat zunächst die Marianne ausgesucht, sich dann aber für Maria Anna entschieden, weil die in ihrer Kindlichkeit vieles von dem, was sie zu tun beabsichtigte, nicht verraten konnte, weil sie es nicht versteht. Tatsächlich ist es so. Maria Anna sieht aus Angst gar nicht hin. Die Tröscherin steckt die Fläschchen, nachdem sie mit Bienenwachs verschlossen sind, einfach zwischen ihre Brüste. Maria Anna sieht, wie an Magdalenas linkem Oberarm eine Hasenpfote befestigt wird.

»Die Pfote wird dich vor allen Gefahren schützen und dieses Kräutersäckchen wird jedem, der Schlechtes über dich redet, das Maul verbrennen.« Mit diesen Worten hängt die Tröscherin Magdalena das Säckchen so um den Hals, dass es direkt auf ihrem Herzen ruht.

»Nun wird die Braut angekleidet«, sagt die Tröscherin, »und Maria Anna hilft so gut sie es kann, denn von Kleidern versteht sie rein gar nichts. Sie besitzt ja keine.«

Marianne wartet voller Ungeduld bei den Schweinen auf den Bericht Maria Annas. Die Tröscherin hat sie zunächst noch vor der Tür aufpassen lassen, damit keine Lauscher ihr Zwiegespräch mit Magdalena hören konnten und sie dann fortgeschickt.

»So ein Glück für Magdalena«, sagt Maria Anna und schaut ganz verzückt.

Marianne hält von solchen Träumereien nichts.

»Glück? Bist du närrisch? Wenn unsereiner einen Bauernsohn abkriegen würde, das wäre Glück.«

Wie zur Bestätigung von Mariannes Antwort fährt in diesem Moment die neue Familie Magdalenas mit einem geschmückten Wagen in den Hof. Bunte Bänder und grüne Zweige sind rund um den ganzen Wagen drapiert und auch die Pferde tragen rote Bänder und prächtiges Zaumzeug. Die älteren Herren, in gutes Tuch gehüllt, steigen ab, während die Frauen sitzen bleiben. Der Bauer auf dem Kutschbock ruft etwas, das Maria Anna aber nicht versteht, denn sie duckt sich tief hinter die Tür des Schweinestalls, weil der Lechnerbauer vorbeigeht. Er hat eine Sense geschultert und den Wetzstein im Gürtel stecken. Ohne jedes Mienenspiel stapft er vom Hof Richtung Waldwiese, die er offensichtlich am Hochzeitstag seiner Tochter zu mähen beabsichtigt. Um die Rufe des künftigen Schwiegervaters seiner Tochter kümmert er sich nicht. Während Marianne sich keck in den Hof stellt, bleibt Maria Anna ängstlich im Stall. Die Lechners hatten sie bisher nur herumgeschubst, warum soll das heute anders sein? Für einen Moment denkt sie daran, dass sie nur bis zu Magdalenas Hochzeit hier bleiben darf, dann verscheucht sie den dunklen Gedanken schnell und späht zum Hof.

Die geschmückten Pferde stehen ruhig und bewegen nur leicht ihre Köpfe, als sprächen sie miteinander. Ein dicker Mann steht neben dem Wagen, streckt sich und gähnt laut. Jetzt kommen die Burschen aus der Scheune, die dort die Nacht verbracht haben und ziemlich ramponiert aussehen. Der Bauer steigt vom Kutschbock. Seinen Bauch ziert eine pompöse Weste mit Schmuckkette. Sein kugelrundes Gesicht ist gerötet und schweißnass. Die Stiefel glänzen, wie frisch mit Lederfett behandelt. Mit gebieterischen Schritten geht er zum Wohnhaus und verschwindet darin. Zwei kleine Mädchen treiben eine trächtige Sau in den Hof. Maria Anna weiß, sie ist ein Geschenk für die Braut, denn die Zahl der geworfenen Ferkel wird enthüllen, wie viele Kinder das Brautpaar haben wird. Die Kinder binden die Sau fest und stürmen zu ihren Müttern, die noch immer auf dem Wagen sitzen.

Marianne geht zurück zu Maria Anna in den Stall.

»Sie bringen Magdalena ein Glücksschwein«, sagt Maria Anna.

Marianne schweigt. Der Bauer hat fluchend den Hof verlassen, weil er seine Schulden beim Landbesitzer begleichen muss und er keinen Grund sieht, auch noch die versammelten Faulpelze der fremden Sippschaft zu füttern. »Die haben es leicht«, hat er getobt, als Marianne am Küchenfenster lauschte, »die sind Pächter der Kirche, aber unsereins muss ständig bluten.« Marianne wusste in diesem Moment, dass sie sich einen anderen Bauern als Herrn suchen muss und sie will versuchen, mit der Familie des Bräutigams in Kontakt zu kommen, was ihr wegen des allgemeinen Trubels aber noch nicht gelungen ist. Allerdings hört sie, wie die Frau des Bauern vom Wagen aus mit ihrem Mann spricht, der vor Zorn rot anläuft, als er den Lechnerbauern davonstapfen sieht.

»Es ist wegen der Sonnenwendfeier, ich schwör's«, sagt die Bäuerin und hebt die Hände zum Himmel. »Bloß weil dem Pfarrer unser Feuer nicht passte, muss der Lechner sich aufregen. Wir haben immer schon die Sonnenwende gefeiert. Soll es halt Johannisfeuer heißen. Wegen mir, ich habe nichts dagegen. Aber gleich das Feuer löschen, das hätte auch nicht sein müssen. Wie der Pfarrer herumwütet, so soll ein Christenmensch auch nicht reden. Niemand von uns betet einen Sonnengott an. So eine Verleumdung. Und heute macht der Lechner Theater, ausgerechnet an der Hochzeit.«

»Jetzt schweig still«, sagt der Bauer und geht zum Wohnhaus. Daraufhin hat Marianne sich unsichtbar gemacht.

»Es ist schlechte Stimmung«, sagt sie und hockt sich auf den Melkschemel.

Maria Anna bleibt verträumt in ihren Gedanken über die schönen Kostüme der Hochzeitsgesellschaft und in ihrem Denken an das, was es alles für sie niemals geben wird. Aber sie sieht sich dennoch in der Rolle als Braut und stellt sich vor, es sei ihre Hochzeit, auch wenn es ein Trugbild bleiben muss. Marianne sieht die Welt nüchtern. Sie hat die vielen Fußtritte nicht vergessen, die sie in ihrem Leben schon bekommen hat. Einem trotzigen Impuls folgend, schleicht sie hinaus und huscht hinüber zum Beschlagplatz, wo ein Teil des geschlachteten Ochsen am Spieß gebraten wird. Wie ein Marder stibitzt sie ein Bratenstück, das bereits abgeschnitten auf dem Rost liegt, schlägt das heiße Fleisch in ein Tuch und verschwindet wieder im Kuhstall. Triumphierend hält sie es Maria Anna unter die Nase.

»Für uns bleibt nichts übrig, also füttern wir uns selbst.«

Maria Anna bekreuzigt sich erschrocken.

»Du hast gestohlen. Der Bauer wird uns verprügeln und fortjagen.«

Marianne reißt mit ihren Zähnen ein Stück Fleisch ab und beginnt fröhlich zu kauen.

»Keiner hat mich gesehen, und außerdem müssen wir seit Tagen mit dem zufrieden sein, was vom Tisch übrig bleibt. Entweder du bist klug und isst, denn heute gibt es bestimmt nichts für dich, oder du lässt es bleiben.«

Der Braten riecht so verlockend, dass Maria Anna nicht widerstehen kann und sich einen Fetzen abreißt und erst während des Kauens merkt, wie hungrig sie ist.

Magdalena steht neben dem Wagen und wird mit dem jungen Bräutigam zusammengebunden. Frauen umkreisen das Paar und vollführen tänzerisch den Bund fürs Leben, indem sie die Brautleute mit einem Strick zusammenbinden. Danach wird ein weißer Schleier über den Kopf Magdalenas gelegt, der bis zu den Schultern reicht. Er verhindert, dass böse Dämonen die junge Braut durch Ohren, Mund oder Nase befallen können. Anschließend krönen zwei Jungfrauen das Haupt der Braut mit einem Blumenkranz und reichen ihr den Brautstrauß, damit die Fruchtbarkeit der Blüten auf die Hochzeiterin übergehen kann.

Jetzt stehen Marianne und Maria Anna wieder am kleinen Stallfenster und befriedigen ihre Neugier.

»Wenn das der Pfarrer sehen würde«, sagt Maria Anna.

Marianne leckt ihre Finger ab und zuckt die Schultern. Es ist ihr egal. Noch während die Gesellschaft sich zur Abfahrt bereit macht, werden Marianne und Maria Anna von der Alten erwischt, die bereits den ganzen Tag die Gelegenheit gesucht hat, die jungen Frauen des Müßiggangs zu überführen. Mit einem Reisigbesen treibt sie die beiden aus dem Stall über den Hof und lässt sie die Scheune reinigen. Den Rest des Tages werden sie unter ihrer Fuchtel stehen, also Schläge mit dem Besen zu erwarten haben. Erst durch die Rückkehr der Hochzeitsgesellschaft wird die Alte abgelenkt und Marianne verschwindet sofort. Kinder toben über den Hof und die jungen Männer beginnen, mit Hufeisen zu werfen.

Maria Anna muss zwei Eimer Wasser zu den Pferden tragen und hat die Szenerie daher gut im Blick. Sie sieht, wie kreidebleich das Gesicht von Magdalena ist, während ihr Mann seinen Hut in die Luft wirft. Die Mutter des Bräutigams und zwei alte Frauen betreten nach dem jungen Paar das Haus. Nun wird es geschehen. Maria Anna sucht mit den Augen nach der Tröscherin, kann sie aber nicht entdecken. Der bewusste Abtritt befindet sich auf der anderen Seite des Hauses. Die Spannung lässt Maria Anna keine Ruhe. Sie verschwindet schnell im Stall und klettert auf der anderen Seite wieder ins Freie. Lautes Zuprosten und das Knallen von Bierkrügen verraten ihr, dass in der Bauernküche kräftig getrunken wird. Das ist die Gelegenheit für Magdalena, das Haus zu verlassen. Sie eilt die wenigen Meter hinüber zu den Apfelbäumen. Kaum hat Maria Anna erregt ihre Hände zu Fäusten geballt, kehrt Magdalena bereits wieder in das Haus zurück. Verblüfft von der Schnelligkeit des Vorgangs, wagt sie einen Schritt vor und wird sofort von der Tröscherin erblickt, die nun hinter den Bäumen hervortritt. Sie winkt sie herbei.

»Hör mir gut zu. Die Weiber werden vor der Tür und auf der Treppe warten, bis Magdalena zur Frau geworden ist. Wenn ich einen kleinen Schrei ausstoße, dann kommst du die Treppe hoch, stolperst und schüttest eine Schüssel Wasser aus. Hast du das verstanden?«

Maria Anna nickt nur. Sie holt ein Gefäß aus dem Kuhstall, füllt es mit Wasser und betritt das Wohnhaus. Da ihr das Betreten verboten ist, schlägt ihr Herz heftig, aber das Publikum starrt auf die Tür zur Kammer, als könne es durch das Holz hindurchsehen. Zappelig tritt Maria Anna von einem Fuß auf den anderen. Endlich folgt der kurze Schrei der Tröscherin. Der Sprung Maria Annas zur Treppe misslingt, weil sie tatsächlich daneben tritt, stürzt, und die vor ihr Stehenden mit Wasser bespritzt, weshalb alle Augen in ihre Richtung blicken und sie sich eine kräftige Watsche fängt, während die Tröscherin die vor der Tür postierte Mutter des Bräutigams so anstößt, dass sie mitten in die Kammer fliegt. Sofort flieht der heftig erschreckte junge Mann aus dem Bett, die Hände vor sein aufgerichtetes Geschlechtsteil haltend, während Magdalena die Decke über den Kopf zieht. Mit wenigen Handgriffen reißt die Tröscherin das Laken vom Bett und wirft es einfach aus dem Fenster. Vor dem Haus wartet Marianne, die es über eine vorbereitete Leine wirft und sofort verschwindet. Als der Trubel und das Durcheinander endlich ein Ende haben, weht das weiße Laken mit dem großen Blutfleck im Wind und der Jubel will kein Ende finden. Die Burschen tragen den Bräutigam auf Händen zur Scheune und dort kommt Lechners selbst gebrannter Schnaps zum Einsatz. Die Tröscherin ist längst verschwunden, denn die alten Weiber sind nicht ohne Misstrauen, weil die Sache letztlich nicht ordentlich verlaufen ist. Sie stehen zusammen und tuscheln, aber der Blutfleck duldet keine Zweifel. Man fragt nach der Frau mit der bunten Schürze, doch die Tröscherin erreicht bereits den Waldrand und ist nicht mehr zu sehen. Vorher hat sie noch Maria Anna instruiert, sich heute nicht mehr blicken zu lassen, was diese nur allzu gerne als guten Ratschlag befolgt. Der Trubel im Hof und in der Scheune ist so groß, dass man sie nicht vermisst. Einzig die alte Lechner streift herum, den prügelfähigen Reisigbesen fest in der Hand.

Es ist bereits tiefe Nacht, als Marianne die Leiter hinaufklettert und sich neben Maria Anna ins Heu legt.

Durch ihre Müdigkeit bemerkt Maria Anna nicht gleich, wie schweigsam Marianne ist. Erst nach einer Weile, der Lärm vom Hof hat sie geweckt, stellt sie deren Anwesenheit fest und auch, dass sie so still ist. Sonst wird alles von Mariannes Geschwätzigkeit übertönt. Maria Anna weiß nicht, warum sich ihre Lippen bewegen und sie plötzlich eine Geschichte zu erzählen beginnt, die sie einmal als Kind gehört und sich für immer gemerkt hat.

»Es war einmal ein Mädchen, das wollte in den Himmel kommen und weil man ihm gesagt hatte, zum Himmel hinauf müsse man nur immer brav geradeaus gehen, lief es über Stock und Stein, Berg und Tal, bis es eine große Kirche entdeckte und hineinging. Dort saßen viele gut genährte und ordentlich gekleidete Menschen beim Gebet, und als die Menschen die Kirche verließen, blieb das Mädchen sitzen, denn es glaubte ja, im Himmel zu sein. Es schaute auf eine Figur der Mutter Gottes und sprach, du bist aber mager, bekommst du nicht genug zu essen? Von da an brachte es ihr jeden Tag einen Teller Suppe und die Mutter Gottes aß mit gutem Appetit. Die Menschen wunderten sich, weil die Mutter Gottes immer mehr an Gewicht zunahm, fragten aber nicht weiter nach. Eines Tages wurde das Mädchen krank und konnte ein paar Tage kein Essen bringen, und als es wieder gesund war, da sprach es: Liebe Mutter Gottes, nun war ich einige Tage bettlägerig und konnte dir kein Essen bringen, bitte verzeih mir. Da hob die Mutter Gottes die Augen und antwortete: Du hast mir dein gutes Herz gezeigt und dafür sollst du am kommenden Sonntag eine himmlische Hochzeit bekommen. Als der Pfarrer am Sonntag zur Messe erschien, da lag das Mädchen der Länge nach vor der Figur der Mutter Gottes. Er schaute in ein glückliches Gesicht und schloss dem Mädchen die Augen, denn es war tot.«

Maria Anna war dermaßen gerührt von ihrer Geschichte, dass ihr die Tränen über ihre Wangen liefen.

»Nicht der Tod, der Teufel kommt heute Nacht«, zischt Marianne böse. »Ich trug die Bierkrüge zum Tisch, als er mir in den Nacken flüsterte, heute Nacht komme ich zu euch, ich bin der Teufel. Ich zitterte am ganzen Leib und als ich mich umdrehte, war niemand da.«

Maria Anna fehlen die Worte.

»Die Leiter ist hier oben, aber der Teufel braucht keine Leiter«, flüstert Marianne. »Er stank aus dem Maul wie die Kloake hinter dem Schweinestall. Es brannte mir richtig auf der Haut im Nacken. Du weißt, wenn der Teufel einen haben will, nutzt es nicht zu fliehen.«

Maria Anna sucht mit ihrer kalten Hand die Hand Mariannes, die leblos im Heu liegt. Voller Angst wartet sie auf das, was nach Mariannes Aussage in dieser Nacht geschehen soll. Ihre Erschöpfung hilft ihr dabei, immer wieder in einen leichten Schlummer hinüberzugleiten, und wenn sie daraus erwacht, wünscht sie sich, wie das Mädchen in ihrer Geschichte, tot zu sein. Sie ist aber nicht tot. Bei jedem Gelächter der Feiernden aus der Scheune zuckt sie zusammen.

Sie hat eine Kuh und eine Ziege. Neben der Wiese reicht eine Wolke ihre Zunge hinab, taucht in lila Nebelschleier und es beginnt leicht zu regnen.

Ein Traum. Maria Anna schrickt zusammen. Sie spürt, wie Marianne sich aufrichtet. Etwas berührt draußen am Boden das Gestänge ihrer Hütte. Dann keucht es und knurrt. Plötzlich ist es wieder still. Nichts rührt sich mehr. Von der Scheune klingen trunkene Lieder herüber. Maria Anna sitzt im Heu und versteift. Sie denkt, sie wird nie wieder aufstehen und gehen können. In der Dunkelheit sieht sie Marianne nicht, hört nur deren kurzen, hustenden Atem. Dann ist es wieder da. Maria Anna spürt die Bewegung der Hütte.

Eine Leiter wird angelegt. Langsam steigt es hinauf. Maria Anna hört das Geräusch der ächzenden Sprossen. Sie kann sich aus Furcht überhaupt nicht mehr bewegen. Schleppend bewegt das Wesen sich die Leiter hinauf, bis Maria Anna den Atem vor der Tür hört. Mit einem Knall fliegt die schmale Tür aus den Angeln. Deutlich sind das Kreischen der Frauen und das Gelächter der Männer aus der Scheune zu hören. Maria Anna nimmt es nicht wahr. Sie wird herumgeschleudert und fällt auf ihr Gesicht. Dann hört sie das schmerzvolle Jammern Mariannes und flieht in eine Ohnmacht. Der Teufel stinkt nach Schnaps.

Marianne hockt mit bloßem Hintern im kalten Wasser des Bachs und stöhnt. Neben ihr kniet Maria Anna am Ufer und wäscht sich zum ungezählten Mal die Haut ab. Noch immer hat sie den Eindruck, den Geruch von Pech und Schwefel auf ihrer Haut zu riechen. Als sie am Morgen ihre Arbeit im Kuhstall aufnehmen wollten, hat sie der Lechner mit der Peitsche vertrieben. Wie ein tobsüchtiger Stier stand er mitten auf dem Hof und ließ die Peitsche knallen.

Maria Anna wagt es nicht, in den Himmel zu schauen und dazu ihr Gesicht zu heben. Gott hat dich gesehen, denkt sie, nun bist du für alle Zeit eine abscheuliche Hure.

# 4

D︎ie neuen Augengläser lasten schwer auf seinem Nasenrücken, sodass er immer wieder mit dem Finger nachschiebt und versucht, die lästige Druckstelle auf der Haut mit leichtem Reiben zu beruhigen. Aber da ist auch noch etwas anderes, was ihn stark beunruhigt. Er ordnet die Papiere und legt sie ordentlich zusammen auf den kleinen Tisch, an dem er arbeitet. Nun will er erst einmal sorgfältig über das Gelesene nachdenken und das kann er am gründlichsten während eines kleinen Spaziergangs. Also verlässt er seine kleine Stube, läuft über den sehr langen Flur des Klosters, das zu dieser Zeit von einer heiligen Stille getragen wird, und betritt den Weg zu den Gassen, um am Weg an der alten Stadtmauer entlang seinen Gedanken freien Lauf zu lassen. Den gesamten Winter hat er im Kloster von Memmingen verbracht und nun sollte er endlich zu einem Resümee kommen, doch er bleibt ratlos.

Von der Seite kommen schwere Lastenwagen auf ihn zu, die mit Salz aus den Salinen um die Gegend von Hallein beladen sind und zur Weiterfahrt mit anderen Gespannen in die Schweiz umgeladen werden sollen. Die Kutscher fluchen und wünschen sich gegenseitig zum Teufel, während die Fußgänger aufpassen müssen, um nicht überrollt zu werden.

Emmeram spürt eine mutlose Unentschlossenheit und bleibt stehen, während ein dicht an ihm vorbeirollender Wagen seine Kutte mit Kot bespritzt. Er bemerkt es nicht und setzt seinen Weg fort. Wenn es stimmt, was er las, dass Kaiserin Maria Theresia von Österreich den Orden der Jesuiten verbieten wird, dann kann es sein, dass es zu weiteren Maßnahmen auch gegen die Mutter Kirche kommen kann. Zumal der Einfluss Wiens auf Bayern, und somit den gesamten voralpenländischen Raum, nicht ohne Ergebnisse bleiben wird. Nicht, dass er den Orden besonders schätzt. Die Geheimbündelei hatte schlimme Ausmaße erreicht, und er selbst hatte erlebt, wie sie gegen ihn intrigierten, nachdem er seine Zweifel an den Hexenverbrennungen geäußert hatte. Sie bewegten sich häufig in Kleidern, die sie nicht kenntlich machten als Mitglieder eines Ordens, und oft hatten sie es auch nicht offenbart, wenn er zufällig in ein Gespräch mit ihnen geriet. Andererseits wusste er aus Spanien und Frankreich, wie sehr den Monarchien besonders daran gelegen gewesen war, an das Vermögen der Jesuiten zu kommen, die einen ausgesprochen wohlhabenden Orden verwalteten.

Erneut muss Emmeram einem schweren Lastenwagen ausweichen. Die Pferde schnauben und zeigen weißen Schaum auf den Lippen. Mit einem großen Schritt rettet er sich auf die Stufen eines Hauses. Ob es die Kutscher berührt, wenn es keine Jesuiten mehr gibt? Emmeram schüttelt den Kopf. Was für ein einfältiger Gedanke. Wenn sie sich nicht um ihre Pferde kümmern und ihre Lastenwagen, dann schauen sie den Röcken nach oder laufen gleich in die nächste Schnapsbude.

Es duftet nach Frühling. Endlich ist er an der Mauerseite angekommen und hält seine Nase in den Wind. Von der anderen Seite der alten Stadtbefestigung weht die neue Jahreszeit heran. Jedes Frühjahr, wenn die Erde und die Pflanzen wieder atmen, denkt er zurück an seine Zeit an der Isar. Dagegen kann er gar nichts machen. München kommt ihm einfach durch den Duft des Frühlings in den Sinn. Dabei hat er an diese Periode seines Lebens gar keine gute Erinnerung.

Ein reitender Bote prescht dermaßen dicht an ihm vorbei, dass ihm schwindelig wird. Emmeram lehnt sich an die Mauer und atmet tief ein. Dieses Leben in der Stadt gefällt ihm ganz und gar nicht. Lieber wäre er in Ottobeuren geblieben, aber dort hätte er keinen ruhigen Gedanken mehr fassen können. Hier nun kommt ihm der Begriff Rücksichtslosigkeit in den Sinn. Woher ist er gekommen, dieser Eigennutz? Diese Stadt wogt und bebt, die Menschen laufen wie von Sinnen hin und her, doch von Verbundenheit ist nichts zu spüren. Es scheint, als lebe jeder nur noch für sich. Wie abgestumpft laufen die Menschen durcheinander, keiner reicht mehr dem anderen die Hand, jeder fühlt sich nur bedrängt durch den anderen, der ihm im Weg ist und ihn bei seinen Geschäften stört. Wie seelenfern ist dieses Leben.

Emmeram fühlt sich alt und nicht mehr dazugehörig. Weil sie sich nicht mehr lieben, können sie auch niemand anderen lieben, auch Gott nicht, der bei diesen Menschen längst nicht mehr im Zentrum des Lebens steht.

Ihre Barmherzigkeit ist purem Egoismus gewichen, der den Armen nicht mehr bewirtet, sondern ihn mit einem Fußtritt vor die Stadtmauer befördert, damit man das bejammernswerte Geschöpf nicht mehr sehen muss. Wenn sie das Elend nicht mehr sehen, müssen sie auch nicht daran denken, so ist ihre Devise.

Emmeram gibt den Lutheranern die Schuld an der Verrohung der Sitten. Sie erlauben den Bürgern jede Art von habgierigem Reichtum, den sie mit immer prächtigeren Gebäuden zur Schau stellen. Jede Form des Reichtums, der nicht allen Menschen dient, ist Sünde, davon ist Emmeram absolut überzeugt. Es kommt ja nicht von ungefähr, dass Kaufleute und Geldleiher zu den Lutheranern übergegangen sind, damit sie ihren unverschämten Reichtum nicht zu teilen brauchen. Und wenn man sich ihre armseligen Kirchen ansieht, die nur ein paar Stühle haben und ein nichtssagendes Holzkreuz, nur weil diese Familien zu geizig sind, Gott ein Geschenk zu machen, dann hat er seine Antwort.

Die Lutheraner sind schuld. An deren Kränkung der Mutter Gottes will er sich lieber gar nicht erst erinnern.

Memmingen gehört an diesem Tag den Lastenwagen. Emmeram muss sich gedulden, weil vor ihm mehrere Wagen umgeladen werden. Deutlich hört er den Dialekt der Schweizer heraus. Die Arbeiten werden einige Zeit in Anspruch nehmen und so bleibt Emmeram ein Betrachter des Alltags dieser Arbeiter, denen ein wohlgekleideter Kaufmann Anweisungen gibt.

Das macht den Unterschied, denkt Emmeram, und er erinnert sich an die Worte eines Bruders, der ihm im Disput zurief: ›Wenn du ihnen an ihr Geld willst, werden sie sich einen anderen Gott suchen, der ihnen ihren Reichtum erlaubt!‹ Er hatte entsetzt auf die Worte des Bruders reagiert: ›Dann sind sie keine Christenmenschen‹, hatte er erwidert, ›denn die Heilige Schrift lehrt: Ihr sollt keine Schätze sammeln auf Erden.‹ Die Brüder hatten mit den Fingern auf die Kirchen der Lutheraner gezeigt und er hatte gerufen: ›Denkt an Franziskus von Assisi, Armut und Nächstenliebe, das ist die Wahrheit im Namen Jesu Christi, Amen.‹

Die Brüder standen auf und verließen den Raum. Der Prior hatte sich neben ihn gesetzt und gemeinsam schwiegen sie bis zum Abendläuten. Sie aßen auch nichts, und als es zu dämmern begann, erhob sich der Prior und faltete seine Hände.

»Die Feinde der Mutter Kirche haben alles probiert, lieber Bruder Emmeram, den Menschen ihre angeblichen Weisheiten schmackhaft zu machen. Denk nur an ihren Führer Calvin, den sie erst nach Genf riefen und als er ihnen Armut und Barmherzigkeit befahl, da haben ihn die gleichen Bürger wieder davongejagt. Willst du es entscheiden, wer ein Christenmensch ist und wer nicht? Nicht alle Armen sind Heilige, und so sind auch nicht alle Reichen Schurken und Diebe. Emmeram, du verrennst dich.«

Ohne es zu merken, war er losgelaufen und erst die Ache bei der Stadtmauer hindert ihn daran, weiterzugehen. Der kleine Fluss treibt sein Wasser energisch voran und das ist, würde er hineinfallen, durchaus gefährlich. Plötzlich erinnert er sich an diese Geschichte mit einem kleinen Mädchen, von dem erzählt wurde, sie sei von zu Hause fortgegangen und nie wieder zurückgekehrt. Man vermutete, sie sei vom Wasser der Ache fortgerissen worden. Es gab sogar zwei Zeugen, die beschworen, sie hätten das Mädchen wie einen Engel über dem Wasser schweben sehen. Man erzählte sich tagelang solche Geschichten und er war darüber verärgert, dass der zuständige Pfarrer die beiden Frauen nicht zur Ordnung rief. Inzwischen ist die Suche nach dem Mädchen aufgegeben worden und weitere Engelserscheinungen sind auch nicht aufgetreten. Adela war ihr Name. Emmeram erinnert sich, weil der Name einer heiliggesprochenen Äbtissin aus der Gegend um Trier hier im Land doch eher ungewöhnlich ist. Er hatte gehört, der Vater sei ein reicher Mann und handele unter anderem auch mit Wein von der Mosel.

Er bleibt stehen, weil ihm entfallen ist, wie er auf das Mädchen Adela gekommen ist. Emmeram fasst sich an den Kopf. Natürlich, der Weg hier und das Flüsschen Ache haben seine Gedanken abgelenkt. Was wohl aus dem Kind geworden sein mag? So weit er darüber gehört hat, ist sie unauffindbar geblieben.

Emmeram betritt Gassen, in denen viele Leute unterwegs sind. Manche lachen albern oder sie giften sich an. Sie stören seine Konzentration. Warum können Menschen so schwer still sein? Er hebt seine Kapuze von den Schultern über den Kopf und bekommt ein wenig Distanz zwischen sich und das Volk. Sie lärmen, als glaubten sie noch immer daran, dadurch böse Geister fernhalten zu können.

Emmeram biegt ab und steht unerwartet vor dem neu erbauten Westertor. Wie geriet er nun wieder hierher? Er muss kreuz und quer durch Memmingen gelaufen sein, ohne es zu bemerken. Das Bauwerk erinnert ihn an eines der dicken Kräuterweiber, die, prall und aufgeplustert, auf dem Markt zu finden sind, und die nach außen den Eindruck vermitteln, unverrückbar und für immer ihren Platz hüten zu wollen. Der Gedanke an den Markt ließ ihn eben diese Richtung einschlagen, wenngleich er sich eindringlich mahnt, endlich wieder an seinen Arbeitstisch zurückzukehren. Demgegenüber steht noch ein weiterer Gedanke. Immer wenn er das Kempter Tor sieht, erinnert ihn das an seine längst überfällige Pilgerreise nach Rom. Inzwischen befindet er sich in einem Alter, das langes Zögern nicht mehr gestattet. Während einer österlichen Messe hatte er eine Begegnung mit dem Kaufmann Hermann, der in Venedig so gute Geschäfte machen konnte, dass ihn der Reichtum zu einem Prachtbau verführte, vor dem Emmeram steht und sich die Augen reibt. Hermann hatte ihm angeboten, ihn bis Mailand mitzunehmen, wenn er zur nächsten Messe dorthin fuhr, aber er hatte dankend abgelehnt. Diese Kaufleute haben sämtliche verwerflichen Attitüden des Adels übernommen, die der wegen fortschreitender Verarmung nicht mehr zeigen konnte. Emmeram betrachtet das Gebäude dennoch mit Interesse und Neugier, war es doch erst vor wenigen Jahren fertig geworden. Es zeigt, da ist er sich ganz sicher, eine starke Veränderung der Gesellschaft. Er kann sich an keine Zeit erinnern, in der die wohlhabenden Bürger über dermaßen großen Einfluss verfügten. In Memmingen kann er das täglich betrachten, nicht nur am Beispiel der Zünfte, wie am Haus der Gerber, das mit seinen sieben Dächern hervorsticht. Es ist anders in Memmingen als an anderen Orten. Das kann fraglos auch daran liegen, dass die Stadt freie Reichsstadt ist und nicht den Österreichern oder dem bayerischen Kurfürsten untersteht. Emmeram denkt zurück bis zur Zeit der Besetzung durch den General Wallenstein. Die Kirche hat sich in diesen Mauern immer schwergetan, denkt er und schwenkt um. Da sieht er den Zeno Welser auf sich zukommen. Der Welser ist ihm höchst unangenehm, weil ein törichter Schwätzer vor dem Herrn, der mit ihm ständig über theologische Themen sprechen will und Emmeram weiß nicht, was er davon halten soll. Eigentlich ist er kein misstrauischer Mensch, aber dieser Krämer macht ihn ganz konfus mit seiner Fragerei.

Schnell will er in die Seitengasse abbiegen, sieht dabei den Welser schon winken und kollidiert mit einer Magd, die offenbar auf dem Weg zum Marktplatz ist. Emmeram sieht in das Frauengesicht und weiß sofort, dass er sie kennt. Dann erinnert er sich präzise. Sie ist jene junge Frau, die er einmal von Ottobeuren aus zu einem Bauern schickte, um sie den Belästigungen der Arbeiter zu entziehen. Sie war jene, die nicht so vorlaut frech reagierte wie die andere, wie hieß sie noch gleich, Marianne? Ihr Name, er hat ihn nicht vergessen, ist Maria Anna. Als sie seinen Blick erwidern muss, wird ihr Gesicht feuerrot und schnell verschwindet sie ums Eck. Emmeram, noch stolz auf sein gutes Gedächtnis, sieht ihre Kleidung und denkt, weshalb trägt sie die Kleider, wie sie die Lutheraner tragen? Da steht Welser bereits vor ihm und beginnt sogleich zu sprechen.

»Ehrwürden, schenkt mir ein wenig kostbare Zeit.«

So geht das immer los, denkt Emmeram und seufzt. Auch wenn ich ihn nicht mag, so ist er doch Gottes Kind.

»Darf ich Euch auf ein Glas Wein einladen?«

Emmeram ist nun endgültig verwirrt, weil er die Reaktion der Maria Anna nicht verstehen kann, so grußlos und ignorant, wie sie ihn stehen ließ, und weil seine Gedanken noch nicht geordnet sind, was eine freundliche aber definitive Ablehnung des Ansinnens Welsers verlangt, sagt er ja, statt nein.

Welser hüpft neben ihm wie ein kleines Kind und reibt sich zu allem Überfluss auch noch die Hände. Andererseits will er nur zu gern zugeben, dass Memmingen durchaus reizende Weinschenken hat. Ein guter Tropfen gehört zu seinen minimalen Schwächen, da er sich wegen seiner Gelenkschmerzen üppigen Zuspruch zu diesem Getränk gar nicht erlauben darf. Also sitzt er dem Welser gegenüber und wartet, bis der von seiner Bestellung zurückkommt.

»Ich habe mir erlaubt, uns ein Schüsselchen Flusskrebse zu avisieren«, spricht er gestelzt und Emmeram denkt nicht zu Unrecht an Bestechung, denn auch für diese Köstlichkeit hat er eine Schwäche. Woher weiß dieser unmögliche Mensch so etwas?

»Nun zu meinem Anliegen, wenn es erlaubt ist. Ehrwürden, wie viele Himmel über uns gibt es?«

Emmeram lässt den Wein lange auf seiner Zunge ruhen, weil er so nicht antworten muss. Was ist das? Worauf will dieser Mensch hinaus?

»Speziell, wenn ich so sagen darf, denke ich an den siebenten Himmel.«

Emmeram stellt das Glas vorsichtig vor sich auf den Holztisch, schmeckt dem Wein noch einmal nach und sieht den Welser an.

»Die Sieben ist nun in der Tat nicht irgendeine Zahl«, antwortet er. »Unser Herr Jesus Christus sprach sieben Worte am Kreuz und Noahs Taube war sieben Tage fort von der Arche, als sie mit einem Zweig zurückkam. Ihr solltet dennoch nicht zu viel auf die Zahlen geben. Die Wirklichkeit ist Gott.«

Welser schüttelt den Kopf.

»Der siebente Himmel, Ehrwürden, was bedeutet der?«

Nun ist es aber genug. Emmeram faltet die Hände und überlegt. Ihm ist diese Art des Ausforschens seiner Autorität nicht nur unangenehm, er empfindet sie als ausgesprochen ehrfurchtslos.

»Wollt Ihr meine Belesenheit prüfen oder mich examinieren, mein Herr? Ich werde mit Euch nicht über den Talmud und den Arabath disputieren, denn Ihr seid kein Jude. Wenn Ihr ein Lutheraner seid, so fragt in Euren Häusern nach. Die Mutter Kirche kennt diese Zahlenspielereien nicht und deshalb wollen wir es nun gut sein lassen.«

Emmeram nimmt noch einen guten Schluck Wein und will sich erheben. Welser winkt die Küchenmagd mit den Flusskrebsen heran und wirbelt mit den Armen und Händen in der Luft herum.

»Gott ist mein Zeuge!«, ruft er, »niemals will ich sein Haus verleugnen. Doch wie steht es in Korinther 12 geschrieben, Ehrwürden? Da wurde derselbe entrückt bis in den dritten Himmel! Wenn es drei gibt, warum nicht auch sieben?«

Nun ahnt Emmeram etwas von den Nöten dieses Mannes, der sich Zeno Welser nennt. Das ist kein Krämer, der sich ein paar Geldstücke verdient und ihn mit unsinnigen Fragen behelligt. Emmeram kennt genügend Krämerseelen, deren Hände nur sehr selten gefaltet bleiben, weil sie sonst nicht in die Geldbeutel der Leute kommen. Die haben keine Bildung, um sich in einer lateinischen Bibel zurechtzufinden. Er ist der festen Überzeugung, bei Zeno Welser handelt es sich um einen entlaufenen Mönch, der sich in Memmingens Mauern versteckt hält, weil man hier nicht so genau schaut, was hinter der Maske steckt.

»Ein Krämer als kundiger Lateiner? Ihr solltet einen alten Mönch nicht foppen wollen, Zeno Welser. Welchen Himmel Ihr jemals erreichen könnt, weiß nur der Eine und den solltet Ihr befragen, nicht mich. Ich bin für Eure Fragen ein zu Geringer.«

Daraufhin erblasst sein Gegenüber und bleibt still, während es Emmeram im Gehen nicht unterlassen kann, sich einige zierliche Krebse in den Mund zu schieben.

»Gott befohlen, Zeno Welser!«

Draußen auf den Gassen bemerkt Emmeram, wie ihn die Zahlen doch beschäftigen. Man stelle sich vor, die üblichen

Menschen würden in der Bibel lesen dürfen, welch eine babylonische Verwirrung dies zur Folge haben musste. Gottes Zorn wird offenbart über alle gottlosen Wesen und die Ungerechtigkeit der Menschen, schrieb Paulus an die Römer. Den Glaubenden die Sünde der Ungerechtigkeit beizubringen, war bereits schwer genug.

Emmeram gerät in die Nähe des Stadtbaches, der penetrant unangenehm riecht. Drei Männer sind in Streit geraten und unterbrechen ihre wüsten Schimpfereien auch nicht, als Emmeram sie passiert. Das ist ihm auch schon über längere Zeit übel aufgefallen, wie wenig respektvoll in dieser Stadt miteinander umgegangen wird.

In der Nähe der Schranne sieht er den Schreiber Ripple. Emmeram gibt ihm ein Zeichen zu warten, denn er will ihm einige Bögen Papier abkaufen. Ripple ist ein feiner alter Herr, zu dem das Leben nicht immer gut gewesen ist und der dennoch immer sanft und scheu lächelt. Eine Gruppe junger Burschen, offenbar aus betuchten Häusern, lachen aus vollem Hals über den alten Mann, der etwas linkisch wirkt und dessen Kleidung schon bessere Tage gesehen hat. Er ist ausgesprochen hochgewachsen und dazu asketisch dünn, um ihn nicht als dürr zu bezeichnen, was Emmeram als unhöflich empfunden hätte.

»Gut, Euch zu sehen«, beginnt Emmeram das Gespräch in leutseligem Ton.

»Soeben kamen mir einige zauberhafte Verse in den Sinn«, antwortet der Angesprochene. »Seht nur, wie hübsch die Tauben sich im Flug bewegen. Es ist so erlösend, die Gnade zu besitzen, Tag um Tag die Schöpfung zu erleben. Ich bin auf dem Weg zum Bauern Dreyer, der eine Eingabe geschrieben haben möchte.«

Emmeram kennt den Bauern nicht. Durch die Gesten Ripples versteht er, dass der Hof draußen vor den Stadtmauern liegt.

»Erlaubt Ihr mir, Euch zu begleiten? Ich bin ein alter Stubenhocker, der sich viel zu selten am göttlichen Genuss des Tageslichts erfreut.«

Ripple kräuselt erstaunt die Stirn.

»Ihr seid ein weiser Mann, dessen Zeit kostbar ist und nicht erlaubt, sich mit den banalen Gedanken eines einfachen Mannes zu beschäftigen. Ich fühle mich geehrt.«

Emmeram hebt abwehrend die Hände.

»Nicht so bescheiden, Verehrtester. Ihr seid der belesenere Mann, dessen Kopf gar nichts Banales hervorbringen kann.«

Beim Rossmarkt läuft er fast in die ausschlagenden Hufe eines Hengstes, weil ihn unerwartet die Erinnerung überkommt. Ripple reißt ihn am Ärmel dermaßen heftig zur Seite, dass sie beide fast zu Boden stürzen. Erst mithilfe eines fünften Mannes bringen sie das Pferd zur Ruhe.

»Wie banal man zu Tode kommen kann«, sagt er erschrocken.

»Ihr seid kreideweiß im Gesicht. Wollt Ihr Euch setzen?«

Emmeram winkt ab.

»Oh nein, nur der Schreck, Meister Ripple, nur der Schreck.«

Schweigend umlaufen sie die festgezurrten Rösser, und Emmeram hat dieses Gesicht wieder vor Augen, das ihm die Erinnerung soeben gezeigt hat. Es sind zwei Gesichter, doch das des Wortführers verwischt sich und ist unpräzise, während der andere, jener Jesuit an der Tür, der fast gelangweilt schien über den Streit zwischen Emmeram und seinem Widerpart, deutlich vor ihm ist. Es ist das Gesicht Zeno Welsers. Damals zeigte er einen kühnen, herausfordernden Blick, ganz anders als heute. Emmeram ist sich ganz sicher, auch wenn Welser älter geworden ist und diesen schmächtigen Bart trägt. Sie hatten ihm arg zugesetzt, sogar gedroht, seine Meinung über die Prozesse gegen die Hexen öffentlich zu machen und dafür zu sorgen, dass er aus dem Orden geworfen wird. Nun sind es die Jesuiten, die verfolgt werden. Emmeram gerät nicht in Gefahr, sich darüber zu freuen. Ihm gefällt es ganz und gar nicht, wie sich Regierende die Hände rieben bei dem Gedanken an das Vermögen des Ordens.

Sie müssen stehen bleiben, denn ein Lastenwagen steht quer in der Gasse, weil der Kutscher sich herabbeugt, um sich mit einer Frau zu unterhalten.

Diese Art der Unhöflichkeit wird auch nicht dadurch aufgehoben, dass Emmeram sich vernehmlich räuspert. Der Kutscher plaudert weiter, nur die Frau reagiert. Und erneut schaut Emmeram in das Gesicht Maria Annas. Als sie ihn erkennt, geht sie sofort, ohne sich weiter um den Kutscher zu kümmern. Nein, denkt Emmeram, sie geht nicht, sie rennt vor mir davon. Was mag mit ihr sein, dass sie mich meidet?

Nachdem sie sich beide an dem Wagen vorbeigequetscht haben, hören sie, wie der Kutscher Speichel hochzieht und ausspuckt, dass es hinter ihnen kräftig auf das Pflaster klatscht.

»Sein Pferd ist in diesem Fall wohl der bessere Mensch«, sagt Ripple und lächelt.

Emmeram schüttelt irritiert den Kopf und ist wieder mit seinen Gedanken bei Zeno Welser. Warum sucht der immer wieder seine Nähe, ohne sich zu offenbaren? Er muss doch fürchten, dass ich mich erinnere. Und dann nennt er sich Zeno, ausgerechnet. Der frühe Bischof von Verona war ein Kämpfer gegen alle Arten des falschen Glaubens. An Selbstgerechtigkeit fehlt es dem Welser nicht.

»Wie verbreitet ist der Name Zeno in diesem Landstrich?«, fragt Emmeram seinen Begleiter.

Ripple schaut zum Kempter Tor und zeigt mit dem Finger auf einen Falken am Himmel, beantwortet aber brav die Frage.

»Drüben am Bodensee soll es ihn häufiger geben. In Memmingen hörte ich ihn nur einmal. Ein Krämer, der hier mit seinem Bauchladen über den Markt geht, lässt sich Zeno Welser rufen.«

Emmeram will das Gespräch damit auf sich beruhen lassen, doch Ripple hat noch eine Neuigkeit.

»Mir sagte Welser vor wenigen Tagen, als ich ihn nach einem Leibriemen fragte, sein Geschäft würde er aufgeben, es sei nun bald vorbei für ihn, er ginge in Mission nach Afrika.«

Welch eine Geschichte, denkt Emmeram. Das traut er Welser zu, der ja als Jesuit hierzulande sehr gefährdet sein wird.

»Der Heilige Zeno von Verona stammte aus Afrika«, sagt Emmeram, »vielleicht ist das der Grund seiner Entscheidung?«

Damit soll es aber genug sein mit Zeno Welser. Ripple ist schon abgelenkt, denn vor dem Tor stehen Lastenwagen in langer Schlange. Offenbar gibt es am Tor ein Problem mit dem Durchlass. Seit sie bei der Schranne vorbei sind, haben sie sich kaum nennenswert vorausbewegt. Nun stehen sie erneut und eine Truppe Reiter versucht, an den stehenden Wagen vorbeizukommen. Ein Mann gesellt sich zu ihnen. An seiner Kleidung ist er sofort als Hochzeitslader zu erkennen.

»Oh, auf gutem Weg der Herr«, sagt Ripple, wie immer lächelnd.

Der Hochzeitslader zieht seinen Hut vom Kopf.

»Ehrwürden, mein Herr, auf dem Weg nach Kempten bin ich, um gute Nachricht zu bringen. Nun höre ich soeben, zwischen Salzfahrern aus Tirol und solchen aus der Schweiz habe es eine Prügelei gegeben.«

»Aha, deshalb die Reitertruppe«, folgert Ripple.

»Nein, mein Herr, die Jäger wurden gerufen, weil sich vor den Toren ein Wolf gezeigt hat. Man weiß allerdings nie so recht, ob es der Wahrheit entspricht oder nur ein Märchen ist. Wölfe werden häufig gesehen, auch wenn sie gar nicht da sind. Er soll vor einigen Tagen aus der Stadt ein Kind geholt haben, erzählt man sich. Bei Vollmond habe er es aus dem Bett geholt und in seinem großen Maul davongetragen. Zwei Nachtwächter seien ihm nach, aber er sei wie von Winden getragen über die Stadtmauer geflogen und somit auf und davon. Man ist sich einig, dass es sich nur um einen gehandelt haben kann, der solches vermag, den Teufel nämlich. Und gerufen haben soll ihn einer der Nachbarn aus Neid über den Reichtum der Kindsfamilie. Man denkt an die Mellkfamilie, Lutheraner, und sie sind von anderswoher, oder es waren die Juden Goldstern. Kommt das Kind nicht lebend wieder zurück, so wird einer aus jeder Familie sterben, das hat der Vater von Adela geschworen.«

Das reicht Emmeram, der seinen Zorn kaum bändigen kann.

»In welchem Zustand befinden sich diese Menschen, dass sie solch Heidengeschwätz von sich geben? Ein Teufel im Wolfspelz, der ein größeres Kind im Maul davonträgt? Und gesehen will man das auch noch haben? Gott im Himmel, wozu hast du den Menschen Gehirne gegeben?«

Nun ist der Hochzeitslader ein wenig gekränkt, hat er doch nur das wiedergegeben, was man ihm erzählt hatte.

»Sie glauben es eben«, antwortet er störrisch.

»Glauben! Ihr sprecht von Glauben, junger Mann!«

Der Hochzeitslader rennt erschreckt davon. Das fehlt ihm noch, dass ihn ein Mönch verflucht oder sonst etwas mit ihm anstellt. Wer weiß schon, ob er Kempten überhaupt noch lebend erreicht, wenn sich ein solcher Mann gegen ihn ausspricht. Schnell küsst er sein Amulett und spuckt dreimal auf den Boden, um böse Blicke abzuwehren. Dann zwängt er sich zwischen den Wagen durch und erreicht schweißgebadet das Stadttor.

»Leider nützt es nichts«, sagt Ripple traurig und lächelt.
»Was wollt Ihr damit sagen?«, fragt Emmeram.
Ihr Gespräch wird augenblicklich unterbrochen durch eine Gruppe Kutscher, die ihre unruhigen Pferde kaum noch bändigen können und laut schreiend Durchlass fordern. Der Zorn der Männer kann sich augenblicklich gegen jeden wenden, der sich in ihrer Nähe befindet. Von hinten werden Emmeram und Ripple von nachdrängenden Passanten vorwärts geschoben und gegen die Wagen gedrückt. Es setzt erste Fausthiebe und Ripple holt sich eine blutende Nase. Noch bevor Holzprügel und Peitschen eingesetzt werden, ist es überraschend völlig still. Niemand sagt etwas, keiner bewegt sich mehr. Nur einige Arme strecken sich und zeigen zum Himmel hinauf. Emmeram stützt den torkelnden Ripple und versteht nicht, was in die Meute gefahren ist. Er sieht die langsam über die Stadt ziehenden Wolken, kann aber nicht erkennen, welche Bedeutung ihnen von dieser Bande zugeschrieben wird und was sie zum Schweigen brachte. Auf ein Ergebnis braucht er nicht lange zu warten. Es ist die Trinität der Wolfsgöttin, hört er und mit einiger bildnerischer Fantasie erkennt auch Emmeram in den Wolken drei ausgewachsene Wölfe. Was der Himmel an Zufällen schafft, das nehmen die Menschen als übersinnliches Zeichen. Emmeram ist empört und will Ripple dazu etwas sagen, doch der ist nicht mehr an seinem Platz. Heftig wird erneut von hinten geschoben und von vorne gedrückt, denn auch in die Stadt wird wild hineingedrängt. Als er endlich durch das Tor aus der Stadt hinausgespült wird, wartet Ripple bereits am Rand der Straße auf ihn.
»Hier können wir ungehindert laufen. Da haben sich die Hirten mit ihren Tieren einen Weg gesucht, um den ungeduldigen Kutschern auf der Straße zu entgehen, die recht gern ihre Peitschen einsetzen.«
Emmeram fragt sich indes, weshalb er eigentlich die Stadt verlässt, obwohl er doch den Tisch voller Papiere liegen hat.

Wahrheitsgemäß beantwortet er sich die Frage damit, dass er eine kleine Flucht wagt, fort von dem, was er da wird lesen müssen. Das wahrscheinliche Verbot des Ordens der Jesuiten hat er zur Kenntnis genommen. Auch die Abschaffung einer Reihe von religiösen Feiertagen in Bayern ist ihm bereits bekannt. Über den Einfluss der weltlichen Macht auf die Dinge des Glaubens und der Kirche, davon will er im Moment nichts hören, kann er sich das Ergebnis doch lebhaft vorstellen.

»Die Stadtleute haben keine Ehrfurcht mehr vor der Kutte«, sagt Ripple und als Emmeram schweigt, geht auch er sprachlos weiter.

Emmeram bleibt stehen, um die Gegend zu betrachten. Es ist kein angenehmes Wetter und das Land, durch das sie gehen müssen, wirkt seltsam öde und unangenehm. Es steht uns etwas bevor, denkt er, spricht aber seinen Gedanken nicht aus. Schwere Regenwolken ziehen über den Himmel und es scheint eine Frage der Zeit, wann sie sich entleeren werden. Ein Fuhrmann kommt vorbei und Emmeram sieht, dass sein Gesicht blutet.

»Wolken«, sagt Emmeram nur und Ripple versteht das als Stichwort.

»Nun«, beginnt er mit seiner Rede, »es ist so, dass viele Landmenschen in die Stadt drängen werden, weil sie sich dort ein besseres Leben versprechen, und sie bringen ihren Spuk mit. Dann sehen sie Wolken und Wölfe, glauben an die Trinität der Jungfrau, Mutter und Greisin, an die Verbindung von Vollmond und Werwolf, tragen einen Wolfszahn als Amulett und beten, als hätten sie nie von Gott, Jesus Christus und dem Heiligen Geist gehört. Auf meiner Wanderschaft kam ich hinter Wien einmal in ein Dorf, wo ein neugeborenes Kind über ein Wolfsfell gezogen wurde. Man erklärte mir, damit würde es vor den Hexen geschützt. Ich wusste die Wahrheit und schwieg.«

Emmeram sieht zu den Feldern hinüber, die keine Früchte tragen, sondern schmierig und feucht glänzen.

»Nun ja«, antwortet er, »gut 1000 Jahre kämpfen wir bereits gegen ihren Aberglauben und noch immer tragen sie jede Art von Spuk in sich. Ich fürchte, unsere Geduld wird weiter auf die Probe gestellt werden, auch wenn es keine Hexenprozesse mehr gibt. Es ist bewiesen, dass die Inquisition nicht verhindern kann, dass die Menschen glauben, was sie glauben. Vielleicht wird es so sein, falls die Zeiten sich ändern, dass die Gebildeten und die aufgeschlossenen Bürger Veränderungen fordern und die Mächtigen Einsicht in die Notwendigkeit neuer Ideen zeigen. Das einfache Volk wird immer bleiben, wie es ist. Simpel, naiv und ohne Führung ratlos und böse. Ohne den Glauben werden sie wie die Herde sein, die ihrem erblindeten Bock in den Abgrund folgt.«

Emmeram macht eine Pause, um zu registrieren, wie Ripple auf seine Rede reagiert. Der ist angespannt neugierig und nickt nur.

»Ihr stimmt mir zu, Meister Ripple?«

Der hebt einen Zeigefinger zum Himmel.

»Habt Ihr es nicht gehört? Vorher wurde nach einem Blutopfer gerufen, damit die große Göttin nicht zürnt, sonst gibt es eine Hungersnot. Einige hoffen, dass die kleine Adela dieses Opfer ist.«

Emmeram schüttelt sich angewidert.

»Ist ihnen das Opfer, das unser Herr Jesus gebracht hat, nicht genug? Da kommen mir Zweifel, ob man nicht doch rufen soll, ins Feuer mit ihnen! Herrgott, verzeih mir, es ist nur so manche Stunde unerträglich, unter diesen Geistesarmen leben zu müssen.«

Sie wandern einige Zeit still nebeneinander her und Emmeram spürt den Wunsch, sich zurückzuziehen. Er hätte den Ausflug nicht machen dürfen. Das ist nicht seine Welt. Diese Form der Wirklichkeit verletzt ihn. Aber er kehrt nicht um. Ripple geht flott voran und bald haben sie ein kleines Wäldchen hinter sich gelassen. Von der Straße nach Kempten ist nichts mehr zu sehen. Hinter einer Biegung und der folgenden Aussicht auf weite Felder bleibt Emmeram überrascht stehen.

»Die Äcker sind nass und unfruchtbar. Hat es denn soviel geregnet in den Wochen zuvor?«

Ripple lächelt und spitzt dazu die Lippen.

»Ihr seid ein gelehrter Mann und Eure Bücher sind Euch wichtig, da kann es passieren, dass man nicht häufig aus dem Fenster schaut. Es ist nicht gut bestellt gewesen mit dem Wetter.«

Emmeram schaut zum Himmel, der erneut kräftige Regenwolken zeigt.

Ripple will in einen schmalen Weg einbiegen, der ihn offenbar zu dem Mann führen wird, dessen Brief er schreiben soll. Hinten am Feld entdeckt Emmeram einen Unterstand. Es ist eine schlichte Holzhütte, die auf Steinen aufgebaut wurde, die ihn interessieren. Die Zeichen kann er beim näheren Betrachten nicht gleich entziffern, aber er ist sich sicher, dass sie aus der Zeit stammen, in der die Römer diesen Landstrich besetzt hielten.

»Ich werde hier bleiben«, sagt er zu Ripple, dessen Augen bereits ebenso neugierig auf die alte Schrift schauen, wie es die von Emmeram tun.

»Gut«, sagt Ripple. »Es wird nicht lang dauern, dann werde ich wieder hier sein.«

»Jemand muss die Steine hergebracht und aufgeschichtet haben, das ist sicher. Es sind kleinere Meilensteine und Grabplatten«, stellt Emmeram sinnierend fest.

»Der Mann will seinen Grundherren darum bitten, einen Stall bauen zu dürfen. Das wird gleich geschrieben sein.«

Mit diesen Worten verschwindet er hinter mannshohen Büschen. Emmeram versucht, die Schrift auf den verwitterten Steinen zu lesen. Es beginnt zu regnen und er spürt einen leichten Schwindel. Schnell setzt er sich auf die Schwelle der heruntergekommenen Hütte. Er fühlt einen Zettel in seiner Kutte und nimmt ihn zur Hand. Darauf befinden sich kleinere Notizen. Um zu lesen, muss er die schwere Brille auf die Nase setzen. Am 27. August 1770 werden sich Vertreter der Bischöfe von Freising, Regensburg, Eichstätt, Würzburg, Augsburg und dem Chiemsee in Salzburg einfinden, um eine Position gegen die nationale bayerische Kirchenpolitik zu finden. Dabei sollen endlich auch innere Probleme der Kirche besprochen werden. Am Ende sollen Reformen eingeleitet werden. Es ist eine Entwicklung eingetreten, die Emmeram bereits aus anderen Ländern zugetragen wurde. Der Einfluss reicher Bürger reicht bis an den Thron des bayerischen Kurfürsten, der sie bereits zu seinen Beratern zählt, und die verlangen mehr Unabhängigkeit Bayerns und stärkere Einmischung des Throns in die Kirchenpolitik.

Emmeram wurde nach Augsburg eingeladen, um den Bischof zu beraten, aber davon hat man wieder abgesehen. Er ist sich sicher, dass bestimmte Kreise seine Meinung nicht schätzten und ihn in Augsburg angeschwärzt haben. Man will in München mehr Unabhängigkeit von Rom. Was soll das heißen? Wie kann ein katholisches Land unabhängig vom Stuhle Petri sein? Eine absurde, geradezu ketzerische Meinung, die in München gepredigt wird. Er faltet das Blatt zusammen und steckt es zurück in die Kutte. Gerade setzt er seine Brille ab, um die Schrift auf den Steinen mit den Fingern nachzuziehen, da hebt ein Geschrei an, und gleich darauf kommt Ripple kreischend den Feldweg entlang gerannt. Er scheint völlig die Contenance verloren zu haben. Emmeram versteht sein Winken und geht ihm entgegen.

»Lieber Gott, Meister Ripple, gemach, gemach, Ihr werdet noch stürzen.«

Doch der Angesprochene packt Emmeram am Ärmel und zieht ihn mit sich, dass der fast zu Sturze kommt. Mitten auf einem leeren Feld stehen Pferde. Emmeram erkennt die Reiter wieder, die vor kurzer Zeit erst durch das Kempter Tor geritten sind. Beim Näherkommen sieht er ein verschnürtes Bündel auf dem nassen Boden liegen. Ein wimmernder Mann liegt da, verpackt wie ein Sack Schafwolle. Ein Wilderer, denkt Emmeram, der seine Beute mit einer Fallgrube zur Strecke brachte. Als er einen Blick in das Erdloch wagt, sieht er in einer Ecke ein schwarzes Kind hocken. Es riecht unangenehm aus dem Loch. Das Kind ist nicht schwarz. An der Halsseite sieht er weiße Haut. Er muss nicht nachdenken, um zu wissen, um welches Kind es sich handelt.

»Adela«, stellt Emmeram fest und die Jäger nicken. Dann spricht er ein Gebet und man bekreuzigt sich. »Was geschieht mit ihm?«

Emmeram zeigt auf den Mann am Boden.

»Er wird nach Memmingen gebracht. Das Gericht wird entscheiden.«

Die Antwort des Jägers befriedigt Emmeram nicht.

»Er soll das Kind aus der Stadt hierher gebracht haben? Um was zu tun?«

Einer der Jäger, jung und von hoher Statur, tritt forsch vor.

»Nicht er alleine, Ehrwürden. Sie haben ihrer Göttin ein Opfer gebracht, damit es aufhört zu regnen. Seht auf die Felder.«

Emmeram sieht die ausgelegten Runen und reibt sich das Kinn.

»Dann war es eine heidnische Verschwörung? Warum bitten sie Gott nicht um Hilfe? Nun ja, ich bin kein Richter. Merkwürdig scheint es mir dennoch zu sein, sich einen Ritualmord vorzustellen. Aber unmöglich ist nichts in diesen Zeiten. Seht zu, dass Adela ein christliches Begräbnis bekommt. Wer sind ihre Eltern?«

Die Antwort auf seine Frage wartet er nicht ab und geht. Ripple folgt ihm und sie passieren die verfallene Hütte, ohne noch einmal nach den römischen Inschriften zu schauen. Es regnet intensiver. Der Weg ist morastig und es ist bleiern zu laufen. An der Straße angekommen, sind sie völlig durchnässt und schließlich froh, dass sie die Kemptener Kutsche mit nach Memmingen nimmt. Kein Wort kommt über ihre Lippen. Es ist bereits Abend, als der Wagen vor einer Poststation hält und die Fahrgäste sich auf der Gasse strecken. Emmeram hebt zum Abschied nur die Hand und Ripple stolpert über das unebene Pflaster davon.

Eigentlich schätzt er es sehr, so aufs Geratewohl durch die Straßen zu laufen, doch nun ist Emmeram gar nicht nach spazieren gehen. Nicht nur wegen des kleinen Mädchens, das, so zierlich hockend, tot war. Mehrfach hatte er im Gespräch zweier Mitreisender das Wort Hungersnot hören müssen und nun, beim Überqueren der Schranne, spricht der weiß bestäubte Müller die gleichen Worte.

»Keine Gerste«, dazu hebt er einen Arm, »kein Dinkel«, er hebt den zweiten Arm, »kein Roggen.« Für den Roggen fehlt ihm ein dritter Arm und so hebt er beide Arme in die Höhe.

»Das bedeutet Hungersnot«, antwortet der Angesprochene, und es regnet weiter.

Der Müller tritt einen Schritt vor.

»Vergiss nicht, zu Ostern hatten wir noch mächtig viel Schnee und die Vögel fielen gefroren vom Himmel.«

»Man sagt, die Juden sind schuld.«

Der Müller lacht.

»Für mich sind es die Hexen. Schau dir die Weiber heutzutage an, mehr muss man nicht sagen.«

Emmeram weicht dem Gespräch aus und entscheidet, sofort in seine Kammer zu gehen. Seine Kleidung riecht bereits unangenehm. Er nimmt sich einige Kerzen aus einem Korb und betritt das Zimmer. Nachdem er sich umgekleidet hat, bleibt er eine Weile in der Dunkelheit sitzen und denkt an Adela. Sollte sie tatsächlich Opfer eines Rituals geworden sein, das für eine gute Ernte Kinderblut vergießt? Diese Art der Altaropferung ist ihm nicht unbekannt, aber in einer Stadt wie Memmingen, die ihm offener zu sein scheint als München, auch weil sie lutherisch ist, hätte er dies nicht vermutet. Natürlich, er hat die Felder gesehen, den Regen gespürt und die hasserfüllten Reden gehört. Eine Hungersnot war eine schreckliche Bedrohung, aber ein Kind zu opfern ein zu schrecklicher Frevel, als dass es dafür eine Rechtfertigung gibt. Aber so recht glauben kann er es nicht, dass dieser arme Bauer dafür die Verantwortung trägt. Er sah aber auch das grinsende Gesicht des Müllers von der Schranne, der jetzt schon an die kommende Teuerung denkt und seine Geldschatulle prall gefüllt sieht. Der wird sich keiner Schuld bewusst sein, wenn die Armen am Hunger sterben werden.

Die Mitternacht bringt Sturmwind in die Stadt. Der klappert an den Türen und die Schwärze der Dunkelheit tarnt die Geräusche nicht, die der heftige Regen immer macht. Endlich zündet Emmeram einige schwere Kerzen an und nimmt das Geschriebene zur Hand. Erneut drückt ihn die Brille und er schiebt sie sich zurecht. Tatsächlich ist er gern in Memmingen, denkt Emmeram, bevor er die stille Stunde zur Arbeit nutzt.

Da stehen die Worte des Heiligen Augustinus vor ihm, über die er zu grübeln hat und etwas zu formulieren gedenkt, das den Ansatz zu Veränderungen der Kirche fortsetzt, ohne den Fels, auf dem sie ruht, zu beschädigen.

»Wir Christen glauben und lehren ja, und unser Heil hängt daran, dass Philosophie, das heißt, Weisheitsstreben, und Religion nicht voneinander verschieden sind.«

Streben jene, denen er täglich begegnet und die sich Christen nennen, nach Weisheit? Augustinus legt die Messlatte an und niemand wird die Höhe erreichen. Oder doch? Natürlich, mit Gottes Hilfe. Religion und Weisheit sind die Ideale, nach denen jeder Christ zu leben hat.

Emmeram legt die Feder aus der Hand und liest das Geschriebene.

Würde ein Publikum überhaupt zuhören, würde er den Text vortragen? Nun fügt er doch noch einen Satz aus den Briefen des Paulus an die Römer hinzu. »Denn Gottes Zorn vom Himmel wird offenbart über alle gottlosen Wesen und Ungerechtigkeit der Menschen, die die Wahrheit in Ungerechtigkeit aufhalten.«

Erneut legt er die Feder zur Seite. Während er den Satz schrieb, sah er das schmutzige Kleid und das kleine Mädchen darin. Jemand hatte eine Fallgrube gegraben, um ein Tier zu fangen und damit seinen Hunger zu stillen. Wenn er es recht weiß, bekommen Wilderer die Todesstrafe. Der Hunger ist auch eine Art Todesstrafe. Wenn aber das kleine Mädchen Adela in die Grube fiel, weil sie als Stadtkind keine Fallgrube kannte, wer trägt dann die Schuld? Bekamen denn jene den Zorn Gottes zu spüren, die andere hungern und sterben ließen, oder jene, die die Grube aushoben, in der ein Kind zu Tode kam? Emmeram glaubt immer weniger daran, dass Adela einem Ritualmord zum Opfer gefallen ist. Vielleicht war sie aus Langeweile und Neugier vor die Stadt gelaufen und hatte sich verirrt. Ihm wird bei diesem Gedanken bewusst, dass das Ende der Hexenprozesse nicht das Ende der Verfolgung von Unschuldigen sein wird. Die arme Kreatur, die die Jäger gebunden hatten, wird ein Opfer sein, gleichgültig, ob er Schuld am Tod des Mädchens trägt oder nicht. Hatte er nicht vorhin gehört, die Juden seien schuld am vielen Regen? Das Volk will einen Sündenbock bluten sehen.

Müde wischt Emmeram sich über die Augen und macht sich bereit für ein letztes Gebet, bevor er sich ein wenig auf der Liege ausruhen wird. Warum ist es nur so schwer mit den Menschen? Was wird passieren, wenn man ihnen keine Sündenböcke mehr gewährt? Emmeram gibt sich die Antwort selbst. Sie werden immer daran festhalten. Jahre hat er das Konkordat des Heiligen Stuhls mit Bayern von 1583 studiert. Es war eine Vereinbarung zugunsten Bayerns gegen den weiteren Einfluss der Lutheraner im Land. In Wahrheit war es das Eingeständnis des Versagens der Kirche, die dem Volk wahrhaftig nicht das vorgelebt hat, was Jesus Christus verlangt hatte. Auch die Bildung der Priesterschaft ließ sehr zu wünschen übrig. Er hat einige erlebt, wie sie in ihren Gemeinden mit am Biertisch saßen und Karten spielten. Emmeram erhebt sich und tritt einen Schritt auf sein Nachtlager zu, als ihn ein Geräusch von draußen ablenkt. Sein kleines Fenster bietet nicht viel an Ausblick, aber er glaubt dennoch, den Schein einer kleinen Laterne erkennen zu können. Wer könnte ihn zu so später Stunde aufsuchen wollen und das bei diesem Regenwetter? Er tritt näher an die Scheibe heran, doch seine Augen sind nicht mehr jung genug, um in der Finsternis etwas zu erkennen. Nun denn, denkt er und begibt sich zu seinem Bett. Erneut hält ihn ein Geräusch am Fenster fest und dann kann er sehen, wie jemand davoneilt. Wer mag das sein? Ripple wird vielleicht wegen des toten Mädchens nicht schlafen können, aber der würde ihm niemals auf diese Art und Weise zu nahe treten. Wer aber dann? Emmeram denkt an Zeno Welser und ist sich sicher, der geflohene Jesuit steht draußen in der Regennacht. Also öffnet er die Tür und steht sogleich im Freien.

Der Regen hat aufgehört. Vom fernen Gebirge rollen Donnerschläge herüber. Schwere Wolken ziehen schleppend am Mond vorbei, dessen Licht die Umgebung nur dürftig ausleuchtet. Diese Nacht hat etwas Schauerliches und Emmeram ist unsicher, ob er dem einen Schritt weitere folgen lassen soll. Es gibt keine Gewissheit, dass der Regensturm ein Ende hat. Als er sich suchend umschaut, sieht er an einer Hausecke die Laterne hin und her schwanken. Ein Mensch ist in Not. Mutig geht er auf ihn zu, noch immer festen Glaubens, dass der Zeno Welser ihm gleich seine seelische Not offenbaren wird. Doch kaum hat er die Gassenecke erreicht, ist das Licht verschwunden. Nun zögert er mit dem Weitergehen. Hat er sich durch eine Reflexion in einer der vielen Pfützen irritieren lassen? Emmeram schaut hinauf zum Mond. Das Licht leuchtet gelb und weiß. Der Stand des Mondes im Westen zeigt ihm, dass der frühe Morgen nicht mehr weit ist. Er will umkehren, da sieht er abermals die Laterne hin und her pendeln. Diesmal flackert ihr Schein vom Ende einer langen Gasse herüber. Das ist nicht Zeno Welser, denkt Emmeram. Dieser Jemand versucht ihn zu locken. Angst befällt ihn nicht, schließlich befindet er sich in Gottes Hand und außerdem geht er mitten durch eine Stadt, die bald erwachen wird. So will er nun diesen Menschen zur Rede stellen und läuft die Gasse hinunter. Kann es sein, dass ihm dieser Jemand eine geheime Nachricht zustecken will, die einen heimlichen Ort zur Übergabe notwendig erscheinen lässt? Ausschließen kann er das nicht, denn die Zeit verlangt immer wieder Schweigsamkeit und stilles Tun, will man nicht Opfer von Denunzianten und der Inquisition werden. Leicht ist etwas gesagt, was später nur schwer zu erklären ist.

Emmeram, der zu eremitisch gelebt hatte, um die Schlechtigkeiten mancher Streuner der Nacht einschätzen zu können, folgt dem Licht weiter und entfernt sich dabei fortwährend von seiner Studierstube. Er ist zwar immer und immer wieder durch die Stadt gelaufen, aber dabei war er jedes Mal so in seine Gedanken vertieft, dass er Memmingen nie richtig kennen lernte. Ohne weiter nachzudenken, tritt Emmeram in die Pfützen, scheut nicht davor zurück, einer Ratte zu begegnen oder einem streunenden Hund, der hinter ihm herläuft. Da belfert es gedämpft aus dem Gebirge, ein Blitz fährt über den Himmel, Wolken türmen sich und ein Windstoß fegt durch die Gasse, dem ein Donner folgt und noch ein Blitz, der einen Moment am Himmel stehen bleibt. Durch die momentane Helligkeit sieht er ein schwarzes Gespenst am Ende der Gasse stehen. Ist es nicht klein wie ein Kind? Einen Wimpernschlag lang denkt er an Adela, aber das kann nicht sein. Wahrscheinlich ist er übermüdet und beginnt, Gespenster zu sehen. Jetzt ist es wieder pechschwarz und er muss stehen bleiben, weil die Hand vor Augen nicht zu sehen ist. Der Mond wird von einer Wolke verhüllt und Emmeram wartet, bis sie vorbeigezogen ist. Schnell ist er dann am Ende der Gasse und wieder ist niemand zu sehen. Der Teufel treibt sein Spiel mit ihm. Ein Blick um die Ecke des Hauses genügt, um diesen Gedanken zu vertreiben. Nun ist die schwankende Laterne ganz in seiner Nähe zu sehen. Emmeram hört die rauschende Memminger Ach und kann sich ungefähr vorstellen, wo er sich befindet.

Ein falscher Schritt und er rutscht auf dem glitschigen Untergrund aus und stürzt in das dahineilende Wasser. In der Nähe müssen Pferde stehen, denn er riecht den scharfen Urin der Tiere. Voller Neugier schaut Emmeram auf die dunkle Gestalt.

»Nicht näher kommen!« Mit diesen Worten streift die Person einen dunklen Schal vom Kopf und hält die Laterne etwas höher, damit Emmeram ihr Gesicht identifizieren kann. Doch der matte Lichtschein genügt nicht, um zu erkennen, wer dahinter steckt. Jetzt hilft kein Zögern mehr. Emmeram beugt sich vor und sieht im flackernden Licht ein geradezu dämonisches Gesicht, vor dem er erschreckt zurücktritt. Befindet er sich am Rand der Wirklichkeit? Schaut er dem schauerlichen Tod in das Antlitz? Die Dunkelheit ist eine Schwester des Abgrunds, und so schwebt das Leben, nur gehalten von einem seidenen Faden, kurz über dem Sturz in das lodernde Feuer der Hölle. Emmeram muss sich zur Ordnung rufen, um dem übermächtigen Zwang, sich zu ängstigen, zu entkommen. Die Wirklichkeit erlaubt keine fantastischen Ausflüge in eine unreale Welt. Weder Teufel noch Hölle sind hier zu fürchten.

»Gott sei mit dir«, sagt Emmeram und seine Stimme klingt fest.

Die Laterne flackert und wankt, und just in diesem Augenblick sieht er das Messer im schmächtigen Lichtkegel blinken. Emmeram hebt wie um zu segnen die Hände und er nimmt eine Zeile aus dem Salomon.

»Wer aber an mir sündigt, der verletzt seine Seele; alle die mich hassen, lieben den Tod.«

Der Mond hellt auf und beleuchtet die Gasse nun mit heftiger Kraft. Emmeram erkennt, dass die Messerklinge gegen den Körper der Person gerichtet ist, die ihm gegenübersteht. Das Gesicht, fälschlich von ihm als dämonenhaft gesehen, ist blutverkrustet.

»Helft mir«, sagt eine zitternde Stimme, »oder ich sterbe.«

Emmeram denkt an die verschlungenen Wege des Lebens, die ihn doch letzten Endes immer den wahren Pfad finden ließen. So Gott will. Jetzt weiß er, dass er richtig gehandelt hat, als er sein Zimmer verließ und die Nacht durchschritt, um dieser armen Seele zu folgen, denn nun hat er sie an ihrer Stimme erkannt. Es ist Maria Anna, jene Schwegelin, die er noch von Ottobeuren in Erinnerung hat.

»Folge mir schnell«, sagt Emmeram, »deine Wunden müssen versorgt werden. Danach ist Zeit genug, damit du mir erzählen kannst, was mit dir geschehen ist.«

Emmeram nimmt das Messer und wirft es in hohem Bogen in das Wasser, greift dann nach der Lampe und schiebt Maria Anna vor sich her. Es gibt nur eine Person, die ihm in dieser Situation zur Hand gehen kann und Hilfe leisten wird, und das ist Ripple. Der wohnt nicht weit vom Ulmer Tor, das sie beide soeben passieren. Zu sich nehmen kann er die junge Frau selbstverständlich nicht. Aber er muss suchen, um den Eingang zum Hof zu finden und erst hinter einem Schneiderschild entdeckt Emmeram den Zugang. Der Hof ist zugestellt mit Körben und Fässern. Es riecht nach saurem Wein und Ziegen. Das winzige Zimmer des Schreibers befindet sich direkt neben dem Pferdestall. Es vereinfacht die Erfüllung von Emmerams Wunsch, weil Ripple schreibend an seinem Pult steht und sich verwundert die Augen reibt, als der Mönch an das minimale Fenster klopft. Sofort steht er im Hof, sodass Emmeram gar nicht sieht, wie ärmlich Ripple hausen muss.

»Sie ist verwundet«, sagt Emmeram.

Gemeinsam führen sie Maria Anna in die Kammer, setzen sie auf einen Stuhl und Ripple eilt hinaus, um mit einem Gefäß Wasser zu holen. Emmeram betrachtet die Wunden und sieht, dass es sich an Armen und Händen nur um oberflächliche Verletzungen handelt. Die Kopfwunde ist bereits stark verkrustet. Kaum hat er mithilfe Ripples das Blut abgewischt und das Tuch im Wasser ausgedrückt, ist Maria Anna bereits auf dem Stuhl eingeschlafen.

»Ein Schreck in den Morgenstunden«, sagt Ripple. »Was ist geschehen?«

Emmeram drängt Ripple in den Hof.

»Ich fürchte, sie wollte sich versündigen und in den Tod gehen. Gott sei Dank klopfte sie an meine Tür. Es scheint mir allerdings dringend geboten, mich hier weiter aufzuhalten, bis sie mir ihre Geschichte gebeichtet hat, sonst kann man für nichts garantieren.«

Ripple nickt und reibt sich die überstrapazierten Hände.

»So früh schon bei der Arbeit, Meister Ripple?«

»Oh«, lächelt er, »nur kleine Spielereien mit Worten, für die ich ansonsten keine Zeit finde. Während meiner Tage in Frankreich habe ich ein Werk Voltaires entdeckt und übe mich darin, ihn zu kopieren. Ein Spiel ohne rechten Zweck.«

Emmeram schaut durch das Fenster auf Maria Anna, die wie angebunden auf dem Stuhl sitzt.

»Voltaire«, antwortet Emmeram, »war ein fleißiger Schüler bei den Jesuiten. Dort lehrt man eine scharfe Zunge und einen wachen Verstand. Die Frage bleibt, zu wessen Interesse die Klingen geschärft wurden?«

Ripple ist verlegen und kann darauf auch nichts antworten. Aber er hat eine Neuigkeit in petto.

»Gestern Abend erfuhr ich, dass Zeno Welser fluchtartig Memmingen verlassen haben soll. Angeblich suchte man ihn wegen des Todes der kleinen Adela.«

Emmeram wischt das Gehörte beiseite.

»Jemand soll geteert und gefedert werden? Gott im Himmel erleuchte diese hohlen Köpfe. Kann ich hier warten, bis sie ansprechbar ist? Ihr könnt durchaus an Euer Pult zurückkehren zu Voltaire. Ich werde mich auf einen der Körbe setzen und den Himmel beobachten.«

Ripple, froh, einer Debatte entkommen zu sein, nimmt die Gelegenheit wahr und verschwindet in seine Kammer.

Emmeram meditiert gerne unter freiem Sternenhimmel. Einmal durfte er bei einem gelehrten Priester durch einen Tubus den Himmel betrachten. Die Sterne und der Blick auf die Milchstraße hatten ihn demütig gemacht. Jede Form menschlicher Hybris muss doch am Ende angelangt sein, wenn sich einem die Schöpfung offenbarte.

Die Helligkeit verdrängt die Sterne und eine Frau schaut vom ersten Stock aus in den Hof. Sie hat sich erneut etwas zuschulden kommen lassen, das ihr Mann niemals erfahren darf. Nun schwört sie abermals, in Zukunft fest zu bleiben, da sieht sie einen Mönch im Hof sitzen. Da ist es also geschehen, dass Gott sie nicht nur erwischt hat, sondern auch gleich ihre Sünden öffentlich macht. Was wird ihr Mann denken, wenn er alsbald in den Weinkeller geht und diesen Mönch in seinem Hof sitzen sieht? Schnell eilt sie hinüber an sein Bett, um ihn dort noch ein wenig festzuhalten. Ein Vaterunser kann nicht schaden, sagt sie und betet.

Emmeram denkt an Zeno Welser. Geflohen ist er also. Da kommt ihm der Gedanke, dass er selbst kurz an eine Gruppe von Menschen gedacht hat, die dieses Mädchen Adela auf ihr Gewissen nehmen könnten. Und Maria Anna? Ist sie nicht vollauf mit Blut besudelt? »Unsinn«, sagt er und geht zu Ripple, um Maria Anna zu wecken. Es ist inzwischen hell und an der Zeit, den Tag zu loben. Emmeram kniet im Zimmer Ripples und spricht sein Gebet.

Und er hat Lust am Leben; den Abend lang währet das Weinen, aber des Morgens die Freude. Amen.

# 5

Die traurige Prozession kommt still die Straße herauf und Maria Anna klemmt sich neben die Eingangstür, damit niemand sie sieht. Es gibt keine Veranlassung, dass sie ihrer Herrschaft die Zeit stiehlt, aber was sie zu sehen bekommt, lässt sie erschauern. Ein Jäger trägt die in Tücher gewickelte Leiche Adelas zu ihrem Vaterhaus, das sich schräg gegenüber der Stelle befindet, an der Maria Anna steht. Man lebt nur eine Quasi-Nachbarschaft, weil die Familien nichts miteinander zu tun gehabt hatten und auch nichts miteinander zu tun haben wollen. Adelas Familie ist katholisch. Anlass genug für Maria Annas Herrschaft, den Tod Adelas zu ignorieren. Die Jäger führen ihre Pferde an den Zügeln und vor ihnen geht ein Priester mit versteinerter Miene. Wenn Maria Anna einen Priester sieht, bekommt sie ein schlechtes Gewissen. Sie löst sich aus ihrem Versteck und eilt in den hinteren Bereich des Hofes, um im Schuppen Feuer zu machen und Wasser für die Wäsche zum Sieden zu bringen. Mit dem Weißzeug wird sie den ganzen Tag beschäftigt sein. Einerseits ist ihr der Ort ganz recht, kann sie hier doch sicher sein, dass niemand sie stört. Auf der anderen Seite fürchtet sie ihre Erinnerungen und ihre Traurigkeit, denn in Wahrheit ist auch ihr Leben vorbei. »Ich bin tot«, sagt Maria Anna, »so tot wie Adela.« Sie stellt die Körbe mit der Wäsche in eine Reihe und setzt sich, um zu warten, bis das Wasser heiß genug ist.

Maria Anna war nur einmal fröhlich. An jenem Tag stand sie auf und begann heiter den Morgen. Sie wusste nicht warum, es war einfach so. Sehr früh holte sie einige Eimer Wasser vom Brunnen, als der Wagen eines Tandlers anhielt, der dem Bauern einige Hühner abschwatzte und sie immerfort ansah. Daneufen sagte er etwas zu seiner Frau, die mürrisch auf dem Kutschbock saß und sich kaum umdrehte, um Maria Anna zu betrachten.

»Du kannst für mich arbeiten«, hatte der Tandler gesagt, und damit war die Angelegenheit besprochen, denn der Bauer war froh, sie loszuwerden, denn der Hunger war ein ständiger Gast in seinem Haus. Auf diesem Hof war sie sehr ungern, und so stieg sie auf den beladenen Wagen und verließ den Ort mit unbekanntem Ziel, denn wohin es ging, hatte man ihr nicht gesagt.

Verfluchte Erinnerungen. Maria Anna legt Holz nach und richtet einen Zuber her, den sie später benutzen will. Sie denkt an Adela. Am Markt wurde über ihr Verschwinden geflüstert. Sie äußerte keine Meinung, weil sie nie eine eigene Ansicht hat, die steht ihr nicht zu. Wenn sie etwas sagte, wurde sie in der Regel sofort zurechtgewiesen. Sie setzt sich wieder und nimmt ein Betttuch zur Hand, dessen Rand sie ausbessern muss. Gesehen hat sie Adela häufig. Meist auf dem Weg zum Markt oder in der Kutsche ihres Vaters. ›Der Teufel hat sie geholt‹, sagten die Leute, ›oder die Hexen vom Berg.‹ Maria Anna ist es einerlei, denn sie muss eine Entscheidung fällen und das viele Nachdenken darüber macht ihr Mühe. Sie hat ja niemanden zum Reden. Jemand rumpelt im Hof und sie springt erschrocken hoch. Du stiehlst Gott die Zeit, heißt es gleich, wenn sie einmal verschnaufen will.

Gemütlich zockelte der schwer beladene Wagen über die unebenen Wege, bis angehalten wurde und Maria Anna helfen musste. Sie sah die Mauern einer Stadt, wagte aber nicht zu fragen, wo sie sich befanden. Der Markthändler erklärte ihr, dass sie vor der Stadt blieben, weil er nicht die Wucherpreise der Halsabschneider in der Stadt bezahlen wollte. Sie verstand nicht, wovon er sprach, und machte das, was man ihr abverlangte. Für sich nannte sie ihn einen Tandler, wie es bei ihr daheim üblich war, wenn man über diese fahrenden Leute sprach. Weil er sich aber selbst Händler nannte, widersprach sie selbstverständlich nicht. Die Gespräche zwischen ihm und seiner Frau konnte sie nicht verstehen. Maria Anna kannte ihre Sprache nicht und arbeitete dort, wo er sie mit einem Fingerschnippen hinwies. Da das Ehepaar auf dem Wagen schlafen würde, wurden die schweren Körbe neben das Gefährt gestellt. Die zwei Hütehunde des Tandlers, die sie zunächst knurrend begrüßt hatten, lagen im Gras und spitzten die Ohren. Der Mann gab Maria Anna eine Hacke und gemeinsam lockerten sie den nassen Boden. Danach wurden die Hühner mit Fäden an den Füßen angebunden, damit sie nicht fortlaufen konnten, und auf das lockere Erdreich gesetzt, wo sie sofort anfingen zu picken. Für die in Körben dahindämmernden Hasen musste sie am Waldrand grüne Blätter pflücken, und als es richtig dunkel wurde, legte das Paar sich auf den Wagen, während für Maria Anna der Kutschbock blieb. Falls sich Diebe oder sonstiges Gesindel anschleichen sollte, würden die Hunde reagieren. Hart war es auf dem Bock und die Furcht vor dem schwarzen Waldmann ließ Maria Anna immer wieder hochschrecken. Erst als ihr das Sitzen Schmerzen bereitete, stieg sie ab und gesellte sich zu dem Baum, an den der Tandler das magere Pferd gebunden hatte. Beim Herankommen der ersten Helligkeit war sie wach, ohne richtig geschlafen zu haben. Da saß sie unter einem mächtigen Baum auf dem freien Feld und bekam den Mund nicht mehr zu beim Anblick dieser fremden Stadt. Seit Ottobeuren hatte sie keine hohen Kirchtürme gesehen. Viel Zeit, um sich ihrem Staunen und der gleichzeitig aufkommenden Unsicherheit zu widmen, was sie dort in der Stadt erwartetete, blieb ihr nicht. Zwei Hühner, die sich losgerissen hatten, waren einzufangen und beim Anschirren des Pferdes hatte sie zu helfen. Die Frau hockte sich, ohne ein Wort an sie zu richten, wieder auf den Kutschbock und schon ging die Fuhre los. Bald darauf fuhren sie in die Stadt ein und Maria Anna war überwältigt. Das mächtige Stadttor und die vielen betriebsamen Menschen schüchterten sie ein. Doch zum Denken blieb ihr keine Zeit. Kaum hatten sie den Markt erreicht, bekamen sie die Ablehnung der Händler zu spüren. Für sie gab es keinen Stellplatz. Maria Anna hatte keine Erklärung, warum das so war, aber das hemmte den Tandler nicht, sie mit zwei schweren Körben voller Hühner die Gasse hinabzuschicken.

»Brauchst nichts zu sagen«, schärfte er ihr ein. »Wenn man dich anspricht, nimm einfach ein Huhn und halte es hin. Wenn sie dir das Geld gegeben haben, legst du es unter die Hühner. Du darfst nicht alle verkaufen, verstehst du. Es sind drei ganz dunkle Hühner dabei, die bleiben.«

Schon schob er sie in die nächste Gasse. Sie war alleine in der fremden Stadt und lief die Gasse entlang. Tatsächlich dauerte es nicht lange und sie hatte eines der weißen Hühner verkauft. Dann geschah das Wunder. Sie sah ihn die Straße herabkommen. An seiner Hand führte er ein elegantes Ross. Er war fesch gekleidet, mit einer bunten Weste und guten Reithosen, wie sie von den Kutschern aus den besseren Häusern getragen wurden. Das hatte Maria Anna mit einem Blick über den Markt erfasst. Es gab gut gekleidete Bedienstete und andere, die geflickte Kleidung trugen, so wie sie selbst. Kaum hatte sie ihn entdeckt, sah sie in ein herzliches Gesicht und ein freudiges Lächeln. Sie schaute sich um, völlig ungläubig, dass dieser Blick ihr gelten sollte. Sofort senkte sie ihre Augen zu Boden und lief schnell an ihm vorbei. Als drehten Geisterhände ihren Kopf, schaute sie über die Schulter und genau das tat auch er, und so trafen sich ihre Blicke. Maria Anna schämte sich und eilte davon. Beim nächsten Torbogen verkaufte sie ein weiteres Huhn, und als sie das Ende der nächsten Straße erreicht hatte, wusste sie nicht mehr, wo sie sich befand und wohin sie später zurück musste. Dort stand sie ihm erneut gegenüber. Als sie an einem vornehmen Haus vorbeikam, trat er aus dem Tor, mit Eimer und Besen in der Hand, und fegte die Pferdeäpfel auf, die direkt vor dem Haus lagen. Er lachte laut auf, als sie wie versteinert stehen blieb.

Der Teufel legt mir die Gedanken in den Kopf. Maria Anna erhebt sich und häuft die Wäsche zu einem großen Wäscheberg. Dabei geht ihr Blick zum kleinen Fenster und sie sieht den neuen Knecht bei der Remise stehen. Dort stand auch er häufig und sie sieht ihn, wie er die Pferde vor den Wagen spannt und sie hört sein Lachen. Sie muss sich die Ohren zuhalten, damit sie es nicht mehr hören muss. Und jetzt? Manchmal sehnt sie sich nach der kleinen Hütte ihrer Eltern zurück, wo sie sich in der Nacht an den Rücken der Mutter drücken konnte und ihre Wärme spürte. Hier ist sie alleine. Sie nimmt ihre Hände und presst sie gegen die Schläfen, damit sie aufhört, zu denken. Sie lügt sich an. Nie hat sie bei der Mutter liegen dürfen. Ein Bursche bringt weitere Ziegen in den Hof, die direkt neben dem Pferdestall einquartiert werden. Maria Anna beobachtet seit Wochen, wie die Herrschaft die Vorratsschuppen und Ställe füllen lässt. Man sagt, es wird eine furchtbare Hungersnot geben.

Die Bilder kehren wieder. Sie hatte noch zwei weiße Hühner übrig, als sie zum Tandler zurückkehrte, der sich sofort das Geld nahm, während die Frau greinte, weil die faule Marie nicht alle Hühner verkauft hatte. Der Tandler stellte alles Verkaufbare unter den Wagen, versteckte es dort, während die Frau auf dem Wagen lag und jammerte. Maria Anna begriff, dass sie, so wie die Schauspieler am Markt, eine Kranke spielte, damit sie nicht verjagt wurden. Der Tandler lud ihr einen Sack mit Zwiebeln und einen Beutel Hirse auf den Rücken, gab ihr einen Zettel und sagte, da gehst du hin und gibst das ab.

Maria Anna schämte sich, weil sie nicht lesen konnte, und ging los. Sie würde jemanden fragen müssen, was ihr schwerer fiel, als dem Tandler die Wahrheit gesagt zu haben. Jetzt hielt sie die Augen auf und bestaunte die schönen Gebäude und die großen Kirchen der Stadt. Inzwischen hatte sie aufgeschnappt, dass sie sich in der Reichsstadt Memmingen befand. Maria Anna versuchte, sich möglichst unauffällig und lautlos zu bewegen, damit sie nicht auffiel und Probleme bekam. Letztlich fürchtete sie sich vor allem und jedem. Sie blieb stehen, drehte sich um und konnte sich nicht entscheiden, in welche Richtung sie gehen sollte. Es wird ihr nichts anderes übrig bleiben, als umzukehren und dem Tandler die Wahrheit zu sagen. Dann wird er mich davonjagen, denkt sie und bleibt lieber stehen. Gerne würde sie in ihrer Not eine Kirche aufsuchen, aber hier in dieser Stadt war das anders. Die Menschen beteten nicht zur Mutter Gottes und sie wollte so gerne die Heilige Jungfrau Maria um Beistand bitten. An keinem der Häuser hatte sie bisher eine Statue der Mutter Gottes entdecken können. Als sie sich umdrehte, traf sie etwas in den Rücken, dass es schmerzte. Eine Gruppe Burschen warf mit Kieseln nach ihr, riefen: »Du verdammte Zigeunerin!«, als sie um die nächste Ecke floh. Sie hörte nicht auf zu rennen, bis sie völlig außer Atem war.

Maria Anna will die Erinnerung nicht. Sie nimmt einen Holzstecken und rührt in dem heißer werdenden Wasser. Wäre sie doch niemals in diese Stadt gekommen. Nun ist alles zu spät und kein Leben mehr in ihr und dieser Hundslump ist schuld daran.

Zaudernd lugte sie um die Ecke des Hauses. Sie spürte den Geruch von Kräutern in der Nase und es duftete nach einer kräftigen Suppe. Maria Anna lehnte sich an die Mauer und dachte, den Duft darf ich wohl genießen, das ist bestimmt nicht verboten. Schon stand ein alter Mann mit einem derben Reisigbesen neben ihr und sah sie scharf an. Sofort war sie voller Furcht und es verschlug ihr die Sprache. Sie bewegte die Lippen, aber kein Wort kam über sie. Stattdessen hielt sie, wie zur Abwehr von Dämonen, dem alten Mann den Zettel vor die Augen. Der war nicht gerade mit hoher Intelligenz gesegnet, irrte sich völlig in den Gesten Maria Annas und hielt ihre Reaktion für die einer Stummen. So nahm er den Zettel aus ihren Fingern, hielt ihn hoch und machte eine Geste, die Maria Anna nicht verstand. Sie konnte ja nicht wissen, dass der alte Mann auch nicht lesen konnte. Er verschwand mit dem Zettel im Tor des Hauses, kam aber nach wenigen Atemzügen zurück, in seiner Begleitung ein jüngerer Herr, dessen dunkle Kleidung ihn älter wirken ließ, als er wohl in Wahrheit war. Maria Anna blickte zu Boden, und der Mann erklärte ihr mit einer trockenen und sehr tiefen Stimme, dass sie die nächste Straße rechter Hand abbiegen müsse. Zur Verdeutlichung seiner Worte hob er seinen rechten Arm.

»Es ist das zweite Haus«, sagte er und als Maria Anna nicht reagierte, wies er den alten Mann an, sie zu begleiten. Der stellte seinen Besen ab und zog Maria Anna am Arm, damit sie ihm auch folgte. Vor dem besagten Haus angekommen, schob er sie durch die Pforte. Maria Anna verbeugte sich aus Dankbarkeit, was den alten Mann zum Lachen brachte, denn noch nie hatte sich jemand vor ihm verneigt, und so musste sie in einen völlig zahnlosen Mund schauen, als sie sich erhob.

Im Hof des Hauses arbeiteten drei Männer an einem Lastenwagen, an dem zwei Räder fehlten. Maria Anna, die sich in ihrer Rolle als Stumme wohlfühlte, reichte dem Ältesten, einem Mann ohne Haare und breit wie ein Bär, den Zettel, worauf der nur kurz einen schrillen Pfiff ausstieß. Sofort erschien eine Magd, die Maria Anna Sack und Beutel abnahm, in einem flach gebauten Stall verschwand und mit einem Korb zurückkam, in dem zwei magere Hasen hockten.

»Verschwinde!«, knurrte der Bär und Maria Anna eilte davon.

Auf der Gasse rannte sie hin und her, schaute um Ecken, bis sie endlich einen Kirchturm erkannte, der sich ganz in der Nähe des Platzes befand, an dem sich der Tandler mit seiner Frau aufhielt. Sie muss sehr lange fort gewesen sein, denn diesmal greinte nicht nur die Alte, sondern auch der Tandler schimpfte wie ein Rohrspatz. Längst wollte er den Platz vor der Stadt erreicht haben, um erst am nächsten Tag wiederzukehren und den Rest der Waren zu verkaufen.

Hundsfott. Maria Anna nimmt zwei volle Arme mit Wäsche und wirft sie in das kochende Wasser. Warum nur ist es so eingerichtet, dass man sich ständig erinnern muss? Wenn sie sich an schöne Stunden erinnern will, gibt es die nicht. Dann kommen ihr nur wieder die schlimmen Tage vor die Augen. Sie streicht über die schöne Wäsche und denkt daran, dass sie am Abend nicht nur knallrote Arme haben wird, sondern durch die scharfe Lauge auch die Haut an Händen und Armen aufplatzen wird.

Kurz bevor sie das Stadttor erreichten, hielt der Tandler an und gab ihr ein Zeichen abzusteigen. Dann reichte er ihr den Korb mit den beiden elenden Häschen.

»Geh nur voraus, ich hole dich alsbald wieder ein.« Mit diesen Worten schickte er sie fort und so lief Maria Anna geradewegs auf das Tor zu, als ihr aus der Seitengasse ein vornehmer Wagen entgegenkam. Sie musste warten und schaute auf die gepflegt gekleideten Damen in der offenen Kutsche, die sich unterhielten und nicht weiter auf die Umgebung achteten. Maria Anna stellte wieder einmal fest, dass sich die Ketzer dunkel kleideten, dafür aber keineswegs billige Stoffe wählten. Die Karosse hatte sie fast passiert, als sie ihren Blick auf den hoch sitzenden Kutscher richtete und wieder sah sie sein Lächeln und seine strahlenden Augen. Augenblicklich wurde sie rot und senkte ihren Blick. Er macht sich über dich lustig, dachte sie. Der hat gut lachen bei dieser reichen Herrschaft und einer Uniform, die bestimmt nicht aus billigem Tuch gefertigt worden war. Sogar Stiefel aus Leder trug er. Sie musste sich gedulden, ehe man sie aus der Stadt ließ. Man amüsierte sich reichlich über ihre zwei verhungerten Hasen und fragte sie scherzend, ob sie für die lebenden Knochen mit Fell ihre Unschuld verkauft habe? Die Männer konnten gar nicht genug an derben Scherzen finden und so ließ man sie warten. In einiger Entfernung sah sie den Tandler voller Ungeduld die Hände ringen. Was sollte sie denn tun? Sie war froh, dass keiner der Männer nach ihr fasste. Als sie endlich die Landstraße erreichte, brach sie in Tränen aus. Warum wurde sie ständig so schrecklich schlecht behandelt? Nur Häme und Spott hatte man für sie. Während sie lief, hatte sie den Eindruck, die Hasen hätten an Gewicht gewonnen. Wie von unsichtbaren Fäden gezogen, lief sie und fand tatsächlich den Platz wieder, auf dem sie vor dem Markttag übernachtet hatten. Maria Anna hockte sich unter den Baum und wartete. Bald schon fuhr der Tandler mit dem Wagen vor und nahm ihr den Hasenkorb ab. Das Pferd musste ausgeschirrt und auf ein Stück Wiese geführt werden, wo es, fest angepflockt, dürre Halme fressen konnte. Die Frau verließ den Wagen nicht und schaute sie mit einem Blick an, als hätte Maria Anna etwas gestohlen. Als die Dämmerung über das Land kam, lehnte sie sich an den Baum und schlief sofort ein.

Die Sonne schien und endlich gab es sommerliche Wärme. Kleine Mädchen in weißen Kleidern mit Blumenkränzen in den Haaren tanzten Ringelreihen. Aus dem gleißenden Licht der tief stehenden Sonne kam ein Reiter direkt auf sie zu. Maria Anna musste die Hand über die Augen halten, um etwas sehen zu können. Er trug einen roten Wams und schwarze Hosen mit dunkelbraunen Lederstiefeln. Sein Lachen wurde als Echo von den Bergen zurückgeworfen und im hellen Licht sah sie, dass er kein einziges Haar auf dem Kopf hatte. Neben einer Weide stand ein schwarzer Engel mit brennendem Schwert und vor ihm hockte die Jungfrau Maria im Gras. Sie zeigte mit dem Finger auf Maria Anna und weinte blutige Tränen. Maria Anna wurde es kalt und kälter, bis die Mutter Gottes begann, sich in Luft aufzulösen.

Maria Anna wachte auf und musste sich die Tränen aus dem Gesicht wischen. Warum träumte sie so schrecklich? Zum Denken blieb keine Zeit, denn neben sich spürte sie einen Schatten, der an ihr vorbeihuschte. Sie rutschte um den Baum herum und versuchte in der Dunkelheit etwas zu erkennen. Endlich lugte der Mond neben einer Wolke hervor und sie sah den Tandler, der neben einem großen Stein etwas vergrub. Sie erkannte den Korb, in dem sie die Häschen getragen hatte, die drüben verloren im Gras saßen und sich nicht rührten, obwohl sie von den Hunden angeknurrt wurden. Zunächst dachte sie, der Tandler vergrub das eingenommene Geld, aber sie täuschte sich.

»Still jetzt!«, herrschte er die Hunde an und warf einen Stein nach ihnen.

Mit einem Fuß stand er in dem Loch und schaufelte mit heftigen Armbewegungen. Neben ihm am Boden lagen zwei alte Decken und ein hellerer Leinenbeutel und auf diesem Arrangement stand eine Statue. Maria Anna wartete, bis der Mond erneut seine Helligkeit zeigen konnte, und lugte wieder hinter dem Baum hervor. Ein Blick genügte ihr, um zu sehen, dass es eine Marienstatue mit dem Jesuskind war, die vergraben werden sollte. Sie selbst war es, die mit den Hasen die Mutter Gottes zum Tandler getragen hatte. Maria Anna war sich sicher, dass man sie aus einer Kirche gestohlen hatte. Weshalb sonst vergrub der Tandler die Statue? Jetzt bekam sie ein schlechtes Gewissen, weil sie an dem Diebstahl beteiligt gewesen war. Aber wie konnte sie so etwas ahnen? Die armen Hasen hatten nur der Täuschung gedient und sie hatte an dieser Täuschung ihren Anteil. Dummheit schützt vor Strafe nicht, dachte sie und faltete ihre Hände. Still bat sie die Mutter Gottes um Verzeihung, und in diesem Moment begann sie zu bluten. Maria Anna spürte, wie ihr das Blut am Bein hinunterlief. Sie hob die Beine an, schob den Rock etwas zur Seite, legte ihren Kopf auf die Knie und blutete auf den Boden. Ihre Mutter hatte ihr davon erzählt, dass die Großmutter immer bei Vollmond die Heilige Mutter Erde beschworen hatte und ihr das Monatsblut gegeben hatte. An Zauber durfte sie nicht glauben, aber sie wünschte sich trotzdem etwas von der großen Göttin. Natürlich konnte sie in dieser Nacht nicht schlafen. Außerdem spürte sie die bösen Blicke der Tändlerfrau auf sich gerichtet. Die war sich nicht sicher, ob sie das Graben ihres Mannes beobachtet hatte. Am nächsten Morgen war die Laune der Alten noch schlechter als sonst. Die beiden beklagenswerten Hasen lagen totgebissen im Graben. Die Hunde hatten sie nicht einmal gefressen. Maria Anna war traurig. Der Tandler hätte die Hasen in den nahen Wald jagen können, statt sie zerreißen zu lassen.

An diesem Tag war ein großer Viehmarkt in der Stadt und Maria Anna hatte lange genug bei Bauern gearbeitet, um sofort zu sehen, dass sehr viele Tiere aus der Not heraus verkauft wurden. Es gab kein Gras auf den Weiden und Futter kaufen konnten die Bauern nicht.

Kaum waren sie in der Nähe der Kreuzherrenkirche angekommen, warf ihr der Tandler einen großen Sack mit Lumpen in die Arme und schickte sie zu einem Schneider mit dem Namen Johann Luprecht, der beim Lindauer Tor seine Werkstatt hatte. Sofort machte sie sich auf den Weg, um endlich den bösen Blicken der Tändlerfrau zu entkommen. Der Sack war nicht so schwer, aber unhandlich und so stolperte sie mehr vorwärts, als dass sie lief. Ein alter, abgerissener Mann kam ihr entgegen, mit schorfigem Glatzkopf und von der

Krätze zerfressenen Armen und Händen. »Der Teufel ist in der Stadt«, keuchte er mit kratziger Stimme immer wieder, woraufhin Maria Anna sich bekreuzigte, was einige Kinder dazu brachte, sie mit kleinen Steinen zu bewerfen. So gut es eben ging, rannte sie davon und hielt erst am Bach wieder an, um durchzuatmen. Sie wusste, dass sie sich gefährdete, wenn sie sich öffentlich bekreuzigte und damit den Ketzern zeigte, dass sie eine römische Katholikin war. Maria Anna schaute auf die Ach und dachte, wenn ich nur auch so fröhlich und flink davonschwimmen könnte.

Sie ist zurück aus ihrem Kopf. Maria Anna nimmt eine lange Holzstange und dreht mit ihr die Wäsche im Wasser um. Das Wasser schlägt keine Blasen mehr und sie geht hinaus, um Holz zu holen und nachzulegen. Sie denkt daran, wie sie den alten Mann mit der Glatze mit dem Tod gleichgesetzt hatte, und damals hatte sie ihn, den Verräter, in einem Traum auch mit einer Glatze gesehen. Sie greift nach einigen trockenen Ästen und will sie zum Hackblock tragen, nimmt bereits die Handaxt in ihre Rechte, als der Hauptmann aus dem Haus gestürmt kommt.

»Willst du dem Herrn das Holz stehlen? Mach, dass du in deinen Stall kommst! Du hast deine Zuteilung bekommen, damit wirst du auskommen, und wehe dir, die Wäsche wird nicht rein wie das Herz eines Säuglings.«

Mit diesen Worten nimmt er ihr die Axt und das Holz aus den Händen und schubst sie in Richtung des Wäschezubers.

Gott wird dich eines Tages strafen, denkt sie und geht zurück. Der Hauptmann heißt eigentlich Streller. Er ist der Stellvertreter des Hausherrn und niemand darf ihm widersprechen. Maria Anna schöpft mit einem Kescher tote Flöhe und einige Krabbeltiere aus dem Kochwasser und setzt sich wieder. Mit ihrem Kopf ist sie absolut nicht mehr anwesend.

Hinter der Ach führte eine Gasse in Richtung des Lindauer Tores. Dort lief sie entlang und sah sich vor. Ihr schien, als sei sie gefährdet. In der Nähe des Baches befand sich eine Abdeckerei. Der Schinder stand auf der Gasse und band Stricke um ein totes Pferd, das am Boden lag. Sie hätte es nicht ansehen sollen. Diese weit aufgerissenen Augen mit einem Blick, aus dem das Elend und die Not der geschundenen Kreatur sprachen, wurde sie nun nicht wieder los. Wie gerne wäre sie zur Beichte gegangen, aber sie wagte es nicht. Wenn sie doch nur einmal einem Priester ihr Herz ausschütten könnte. Aber wenn sie aufrichtig beichten sollte, dann musste sie auch über den Verräter sprechen und das, darüber hatte sie längst entschieden, würde sie bestimmt nicht tun. Es begann leicht zu regnen und der Sack wurde immer schwerer. Die Straße war längst aufgeweicht und die vorbeifahrenden Wagen hatten tiefe Spuren in ihr hinterlassen, als Maria Anna das Stadttor erreichte und nicht wusste, wo sie hin sollte. Da sah sie ihn, wie er mit einem anderen Mann Säcke von einem Wagen hob und umlud. Als sie so da stand, ganz verloren und nass bis auf die Haut, drehte er sich um und schaute sie an. Der letzte Sack flog auf einen Wagen und er schnalzte laut, worauf sich sein Pferd in Bewegung setzte. Er lief, die Zügel fest in den Händen, neben dem Wagen, der sich tief in den schlammigen Weg eingrub. Neben Maria Anna blieb er stehen.

»Was ist mit dir? Willst du hier anwachsen?« Er lachte kurz und sah, wie arm und hilflos sie war. »Wo soll es denn hingehen? Ich werde dir helfen.« Er sagte es und es klang ehrlich. Maria Anna sagte: »Ich heiße Maria Anna.« Warum sie das tat, wusste sie nicht. Sie sagte es einfach.

»Und wohin?«

Er war nicht mehr jung, das sah sie nun, weil er so dicht vor ihr stand, aber das war ihr egal. Seine Stimme war sympathisch und sie befürchtete auch nicht, gleich mit der nächsten Antwort eine Watsche zu bekommen.

»Ich muss den Sack bei einem Schneider abgeben, der hier am Tor seine Werkstatt hat. Das ist doch das Lindauer Stadttor?«

Er wischte sich den Regen aus der Stirn.

»Schon, aber die Schneider haben ihre Werkstätten alle in der Nähe des Marktplatzes. Hier draußen gibt es nicht einmal Lumpenhändler.«

Maria Anna konnte sich das nicht erklären und resignierte, wehrte sich aber nicht, als er den Sack nahm und ihn auf den Wagen warf.

»Wo sind denn die Herrschaften von dir?«

Sie trat zur Seite, weil sie fürchtete, in seiner Nähe kein Wort mehr herauszubringen.

»Bei der Kreuzherrenkirche.«

»Das ist nicht weit«, antwortete er und ließ das Pferd antraben. »Nur ein kleiner Umweg. Dein Herr wird sich in der Gasse geirrt haben.«

Sie schwieg.

Bald hatten sie den Bach erreicht und hinter dem Weinmarkt hielt er seinen Wagen an. Maria Anna hatte es nicht gewagt, neben ihm zu gehen und war lieber hinter dem Wagen hergegangen. Das fiel nicht weiter auf, denn die Straßen waren schmal und es gab immer wieder Schimpfereien mit anderen Kutschern, die den Weg für sich beanspruchten. Sie betrachtete seinen kleinen, gedrungenen Körper, der muskulös und kräftig wirkte. Er trug eine feste Kleidung, die dem Regen zu trotzen schien. Als Kutscher war er jede Witterung gewöhnt und reagierte wahrscheinlich deshalb überhaupt nicht auf das Wetter.

»Ich muss mich sputen, mein Herr reagiert sehr unfreundlich aufs Zuspätkommen.« Mit diesen Worten zog er den Lumpensack vom Wagen und legte ihn ihr auf die Schulter.

»Zu schwer? Er ist ganz durchnässt.«

Als er den Arm hob und ihr den Turm der Kreuzherrenkirche zeigte, hatte sie ihn bereits selbst entdeckt und verschwand schnell und wortlos, wie eine kleine Maus in ihr Mauerloch. Sie war verwirrt und blieb es, denn der Wagen des Tandlers war verschwunden. Maria Anna lehnte den schweren Sack an eine Mauer, hockte sich darauf und wartete. Nachdem auch der Nachmittag vorüberging und nichts geschah, entschloss sie sich, zu dem nächtlichen Rastplatz zu laufen. Vielleicht hatten die Stadtleute den Tandler vertrieben? Sie war aufgestanden und seltsam abwesend. Trotzdem lief sie, wie von fernen Kräften gelenkt, erneut vor die Stadt, sich fremd fühlend im eigenen Kopf, als wären es nicht ihre Gedanken, die sich wiederholten und sie strapazierten. Sein Gesicht war da, seine Bewegungen auch, besonders seine Freundlichkeit, die für Maria Anna so ungewohnt war, dass sie daran zu zweifeln begann, dass es ihn gab.

Sie bildete sich ihn nur ein, weil sie so schrecklich alleine war und es noch nie jemanden gab, der auch nur ein einziges Mal ihre Hand halten wollte. Ihr Kopf zeigte ihr nur falsche Bilder und sprach die Unwahrheit. Ihre Wirklichkeit war eine Scheinwirklichkeit, und wenn es ihn doch geben sollte, dann hatte er nur Mitleid mit ihr, mit dieser mageren Gestalt in ihren geflickten und schäbigen Kleidern. Nicht einmal Gott konnte sie leiden, der doch alle Menschen liebte. Trauer ließ sie über die nassen Wiesen fliehen und sie wünschte sich, dass sie einfach verloren ging. Aus dem Himmel sollte eine Hand nach ihr greifen und schon war sie verschwunden von dieser Welt, in der es nichts gab für sie. Maria Anna kam erst zurück in die Realität, als sie am hinteren Waldrand drei Gestalten herumlungern sah, die sie bereits entdeckt hatten. Sie erkannte das an deren Haltungen und an den Köpfen, die direkt in ihre Richtung zeigten. Hatte sie sich verlaufen? Diesmal war sie nicht direkt zu dem Lagerplatz gelaufen, sondern war, in Gedanken versunken, in die Irre gegangen. Eine einsame Frau auf offenem Feld, das galt manchen Männern als Angebot, geradeso, wie sie sich eine Taube griffen oder einen Hasen fingen. Maria Annas Instinkt war, was die Männer betraf, entsprechend ausgeprägt, sodass sie nicht den Fehler machte, zu rennen. Das würde nur deren Jagdinstinkt wecken. Sie ging seitlich auf ein kleineres Waldstück zu und redete laut, als warteten dort hinten ihre Leute auf sie. Erst zwischen den Bäumen begann sie zu rennen und fand, ohne dafür eine Erklärung zu finden, den Baum ihrer Nächtigung und nach einigem Schauen auch den großen Stein, bei dem der Tandler die Statue der Mutter Gottes vergraben hatte. Die Erde war aufgewühlt worden und das Loch zeigte ihr, dass der Tandler mit seiner Frau verschwunden war. Zornig warf sie den Lumpensack auf das Loch und schaute zur Stadtmauer hinüber. Was war zu tun? Wäre er doch da!

Sie durfte auf keinen Fall alleine die Nacht hier verbringen. Wehe dem, der sich in seiner Bedrücktheit und Leere aufgibt, sich fallen lässt und liegen bleibt, der ist schon tot und wird auch noch zerrissen von den Bestien in Menschengestalt. Maria Anna hatte diese Worte irgendwann gehört. Ihre Angst wollte sie in eine Ohnmacht gleiten lassen, sie hielt aber die Ohren gespitzt, und so waren ihr die schlurfenden Schritte nicht entgangen. Ein solches Geräusch macht kein Tier. Da muss ein Mensch in der Nähe sein. Trotz der Dämmerung konnte sie noch klar die Umgebung erkennen. Zwischen den Wäldern sah sie die traurigen Äcker liegen. Neben ihr gab es durchlässige Büsche, auch noch einzelne Baumgruppen, und sie wusste ja, dass die Straße nach Memmingen ganz in der Nähe war, auch wenn sie die nicht sah. Das Land war buckelig und hinter jeder noch so schmächtigen Erhebung könnte sich jemand flach auf den Boden pressen und auf sie lauern. Ein Kiebitz lief durchs flache Gras. Gab es neugierigere Vögel als diesen? Maria Anna huschte in gebückter

Haltung von Busch zu Busch, atmete hinter einer mächtigen Buche tief durch und bekam ihre Furcht nicht unter Kontrolle. War jemand direkt hinter ihr? Wenn einer sie ansprang, wäre es um sie geschehen. Nahe der Straße würde sie keinen Laut von sich geben dürfen. Maria Anna hörte bereits die schwer beladenen Wagen, deren Räder sich mit mahlenden Geräuschen in den Belag der Straße drückten, und die hart atmenden Pferde. Dazwischen flogen einzelne Rufe der Kutscher zu ihr. Als sie endlich die Straße erreichte und sich hinter einen Strauch hockte, sah sie in einiger Entfernung nur noch die baumelnde Laterne des letzten Wagens. Wie zu Eis erstarrt, hockte sie da und vermied es hörbar zu atmen, denn nur wenige Körperlängen von ihr entfernt duckten sich die vier Gestalten in einen tieferen Straßengraben und flüsterten. Jetzt wusste Maria Anna, worauf die aus waren. Immer gab es bei den Wagenkolonnen Nachzügler, so auch bei diesem Treck. Ein einzelner Wagen, hoch beladen und mit Stricken die Ware sichernd, kam die kleine Anhöhe herauf. Der Kutscher marschierte neben dem Gefährt. Hoch oben auf den Waren saß ein Ausgucker und auf dem Kutschbock befand sich eine weitere Person. In diesem Moment war Maria Anna klar, dass neben ihr eine Räuberbande hockte. Häufig schon hatte sie davon erzählen hören und gedacht, Räuber müssten tatsächlich prächtig ausgestattet sein und ihr Anführer einem Fürsten gleichen. Die dort waren nicht weniger abgerissen als sie selbst und ähnelten mehr den Hungerleidern, die von Hof zu Hof zogen und bettelten. Es musste aber schlimm um sie bestellt sein, wenn sie es wagten, so nahe bei einer Stadt einen Wagen zu überfallen. Kaum hatte sie den Gedanken zu Ende gedacht, standen weitere Kerle zwischen den Bäumen. Der Wagen bewegte sich so langsam, dass sie den Eindruck hatte, er stand. Sie erkannte, dass der Ausgucker schlief, als der Wagen näher in ihr Blickfeld geriet. Der Kutscher war mit seinen Pferden beschäftigt und bemerkte die Gefahr nicht. Schnell sprangen die Kerle aus dem Wald hervor, versetzten dem Kutscher einen Hieb und schirrten die Pferde aus. Die Männer mussten sich auf den Boden legen, und auf ihre Rücken setzte jeweils einer der Räuber seinen Fuß. Die anderen zogen ihnen Stiefel und Hosen aus. Auch die Überjacken wechselten den Besitzer. Die Waren auf dem Wagen rührten die Räuber nicht an. Nur zwei Säcke mit Fellen, die auf dem Kutschbock gelegen hatten, wurden heruntergerissen. Maria Anna kam aus ihrer Erstarrung, als sie den Säbel in der Hand eines der Räuber sah und sie glaubte, gleich würden Köpfe rollen. Es folgte ein markerschütternder Schrei. Mit diesem schrillen Geheul aus der Tiefe ihrer verletzten Seele erschreckte Maria Anna nicht nur den Räubertrupp, sondern er machte auch die Bewacher der Kolonne aufmerksam. Aus der Dämmerung heraus sprengte ein Trupp heran und sie hielten Gewehre in den Händen, die man Reiterkarabiner nannte. Es krachte laut, und kurz vor ihr brach einer der fliehenden Räuber zusammen. Ihm fehlte ein Teil seines Kopfes. Wie gebannt starrte Maria Anna auf den Toten. Kurz darauf war es ihr, als hätte es dieses Ereignis gar nicht gegeben. Die Rösser waren wieder angeschirrt, die Männer des Lastenwagens hatten ihre Kleidung an und die Reiter besprachen sich ruhig auf ihren schnaubenden Pferden. Als die Waren festgezurrt waren, fuhr das überfallene Gespann einfach weiter. Der große Mann in dem überlangen Mantel auf dem Kutschbock schaute auf Maria Anna und sie wagte es, seinen Blick zu erwidern. Als der Wagen vorüber war, trat sie hinter dem Gebüsch hervor und lief einfach hinterher. Sie starrte auf die schwankende Laterne und sah den zerschossenen Kopf des Räubers dort schaukeln. Schaudernd stolperte sie vorwärts und bemerkte gar nicht, dass man auf dem hinter ihr fahrenden Wagen über sie flüsterte. Sie rieb sich ihre Augen, um das schreckliche Bild des halben Kopfes endlich loszuwerden.

Maria Anna zieht die kochende Wäsche aus dem Wasser und legt sie auf einen Bock, wo sie mit einem Schlegel gut zuschlagen kann. An den toten Räuber hat sie schon sehr lange nicht mehr gedacht. Sie steht da und lauscht hinaus. Von einem Moment zum anderen kann jemand eintreten, um sie zu kontrollieren, so wie man jeden überwacht, dem kein Vertrauen geschenkt wird. Wegen der Dämpfe fällt es ihr schwer zu atmen und sie hustet. Nichts ist ihr lieber, als alleine zu bleiben. Die Beine ein wenig hochgezogen, hockt sie auf einem umgedrehten Korb.

Den ganzen Tag hat sie Zeit für die Wäsche, warum soll sie sich zu sehr plagen? Sie schaut auf ein Mäuschen, das frech neben der Tür sitzt und sich wohlig mit beiden Pfötchen die Nasenspitze putzt.

Durch das Ereignis waren die Menschen in Aufruhr, und am Stadttor wartete eine Menschenmenge auf die Kolonne. Maria Anna wurde quasi mit in die Stadt hineingespült und niemand fragte sie, ob sie ein Recht zur Anwesenheit hatte. Mit einem Ohr hörte sie die Geschichte der göttlichen Hilfe, als der Himmel einen einzigen Schrei geschickt hatte, der eine ganze Räuberbande zu Salzsäulen erstarren ließ. Die Kaufleute schimpften, weil es immer gefährlicher wurde, Waren von der Schweiz nach Memmingen zu bringen. Eine Frau sprach mit einer anderen darüber, sie wollte es beschwören, dass ein Reiter behauptet hatte, die Jungfrau Maria sei es gewesen, die mit ihrem Schrei die Kaufleute gerettet habe. Sie lachten herzhaft darüber.

Maria Anna war sehr müde und sehnte sich danach, sich einfach irgendwo hinzulegen und zu schlafen, als sie einen Blick auf sich gerichtet fühlte. Ihre Augen sahen eine ältere Frau in einem langen Kleid aus schwerem Stoff aus der Kolonne treten, die eine große Kraxe auf dem Rücken trug. Ihr Haar war grau und dünn, das Gesicht wie Wachs, nur die Augen leuchteten lebhaft.

»Maria Anna!«, rief die Frau.

Die Tröscherin, dachte Maria Anna, das ist die Stimme der Tröscherin.

Sie fiel ihr spontan um den Hals und begann zu weinen. Ganz gegen ihre Art, die Körperberührungen nicht kannte, geschah die Umarmung. Lieber noch wäre sie wie ein Kind unter dem Rock der Tröscherin verschwunden. Sie quetschten sich an den Menschen vorbei und fanden eine Gasse, in der sie hörbar miteinander reden konnten. So erfuhr Maria Anna, dass die Tröscherin in den Bergen Kräuter gesammelt und sich dem Treck in der Nähe des Bodensees angeschlossen hatte. Von der schreienden Hexe, die einige Männer beim Überfall im Gebüsch gesehen haben wollten, erzählte die Tröscherin ihr nichts. Sie war auch ohne dieses Wissen ängstlich wie früher und sie wunderte sich, dass Maria Anna sich überhaupt in eine Stadt wie Memmingen gewagt hatte. Kaum waren sie einige Schritte gegangen, verhärtete Maria Anna sich. Sie war einfach stehen geblieben, sodass die Tröscherin zurückgehen musste. Was hat sie nur, dachte die Tröscherin. Ein Mann lächelte Maria Anna an und die beiden gut gekleideten Kaufleute beachteten sie gar nicht. Erst als der Mann, der hinter den Kaufleuten herging, sich umwandte, glaubte die Tröscherin zu verstehen, sagte aber kein Wort. Sie musste Maria Anna vom Ort der Begegnung fortziehen, damit sie ihr brav folgte.

»Er ist ein Apotheker, den ich aufzusuchen habe«, sagte die Tröscherin, um den Gang zu beschleunigen, »und er ist ein entlaufener Mönch. Der will mir den ganzen Inhalt der Kraxn abkaufen, wenn ich ihm bei einigen Rezepturen zur Hand gehe.« Maria Anna wunderte sich, weil die Tröscherin anders sprach als früher. Ihre Stimme war dieselbe, aber ihre Worte waren anders gewählt. Dann dachte sie an ihn und an seine Augen, die sie bewegungslos machten. Wenn sie nur wüsste, was mit ihr geschah.

»Ein Händler aus Kempten sagte, ich muss am Frauenkirchplatz in die Gasse neben der Kirche gehen, dort finde ich den Apotheker.«

Maria Anna hielt die eilig vor ihr laufende Tröscherin an der Kraxn fest.

»Dann müssen wir zurück, die Frauenkirche steht beim Kemper Tor.«

Wiedererkennen und wiedererkennen sind zweierlei. Die schüchterne, beinahe ängstliche Maria Anna hatte sich, so dachte die Tröscherin, nicht zu ihrem Vorteil verändert. Sie war zu einer Frau gereift, das ja, aber sie zeigte deutliche Spuren des Alterns. Ihre Haut war blass und sie wirkte wie ein Opfer, das ein schlechtes Gewissen hatte, obwohl es unschuldig ist. Maria Anna dagegen staunte über die Wandlung der Tröscherin. Sie hatte gar nichts mehr von einer Bauernmagd an sich. Im Gegenteil, sie wirkte wie die stattliche Frau eines Handwerkers, die selbstbewusst und forsch voranschritt.

Der Eingang zum Haus des Apothekers wurde durch zwei Schweine versperrt. Die Tröscherin klopfte fest an das niedrige Fenster. Es war nur ein kleines Haus und es war an der Zeit, dass sie ihren Füßen eine Pause gönnte, also war es ihr gleichgültig, ob hinter dem Fenster der Apotheker wohnte oder jemand anderer. Es dauerte ein Weilchen, bis endlich ein rundes Gesicht erschien, das zu einem Mädchen gehörte, das keck nach dem Begehr fragte, ohne dabei das Fenster zu weit zu öffnen.

»Der Herr Apotheker erwartet mich«, antwortete die Tröscherin ungeduldig.

»Lieber Gott«, sagte das Mädchen, »Sie sind die Frau Tröscher. Der Vater wartet schon eine Woche auf Sie.«

Über diese vorwitzige Kleine musste die Tröscherin doch herzhaft lachen und kurz darauf standen sie in der Wohnung. Das Mädchen wies in eine Kammer, die eine Feuerstelle besaß, legte einen Strohsack hinein und schaute verlegen auf Maria Anna.

»Der Vater ist drüben«, sie wies mit der Hand zur Kirche hinüber. Dann holte sie noch ein Brett mit Wurst und Speck, ein Brot, und eine Karaffe mit Wasser trug sie auf, bevor sie sich verabschiedete.

»Moment«, sagte die Tröscherin, »ich muss einige Kräuter einlegen und dazu brauche ich einen ganzen Eimer mit Wasser.«

Auch das wurde pflichtbewusst von dem kleinen Mädchen erledigt, das die Tröscherin auf elf Jahre schätzte. Sie ließ sich auf den Strohsack fallen und winkte Maria Anna zu sich.

»Leg dich neben mich.«

In der Dunkelheit hörten sie Gesang, und es waren Kirchenlieder, die so innig gesungen wurden, dass Maria Anna tief gerührt wurde.

»Wie schön«, sagte sie.

»Ein entlaufener Mönch mit einer kleinen Tochter, der in einer Kirche Choral singen lässt. Was für eine verrückte Zeit, in der wir leben«, antwortete die Tröscherin und biss ein Stück von der Wurst ab.

»Irdisch sind wir, irdisch von der Erde genommen sind wir. In Wirklichkeit sind wir Knochengerüste dem Tode geweiht. Unfertig bleibt alles im Leben. Dann fallen die Menschen wie die Blätter im Herbst zur Erde, unauffindbar, nur in unseren Köpfen sind sie noch, die Toten, die vielen Toten. Zwischen all den Toten suchen die Lebenden nach Erklärungen.«

Über dem Tal baute sich ein Gewitter auf. Nicht schnell, ganz langsam brachte der Wind die beladenen Wolken heran. Wer es sah, begann zu beten, wer es sah, begann zu fluchen. Ein heller Tag ging über in die Untiefen eines riesigen Sees, der vom Himmel auf die Erde fiel. Niemals zuvor hatte ein

Mensch so viel Wasser vom Himmel fallen sehen. Schnell waren die Worte dafür gefunden: Die Sintflut war da.

Das Wasser spülte die Felder leer, von den Hängen stürzten Bäume herab und die stillen Bäche wurden brüllende Flüsse. So wie es kam, ging es vorbei. Nach der Flut war es still. Lautlos wie im Totenhaus wurde der Himmel gelb und rot. Dann schlugen die Götter um sich, als würden sie alles hassen, was es auf der Erde gab. Ein Blitz fuhr neben dem anderen in die Erde, die Bäume und die Häuser. Gott hat die Sintflut erfunden, weil er die Menschen, die ihn schmähen und hoffärtig leben, nicht mehr liebt. Er hat sich weggedreht und wird die Erde erst wieder betrachten, wenn es keine Menschen mehr gibt. So sprachen die Leute. Dann war es vorbei.

Die Tröscherin richtete sich auf.

»Einen hatte es besonders getroffen. Dem Lechner ist der ganze Hof abgebrannt. Die Alte war tot, die Bäuerin war tot, der Sohn war tot und das gesamte Vieh auch. Jemand musste schuld daran sein. Wie von Sinnen rannte der Lechner in der Gegend herum und suchte einen Schuldigen. Den er auf der Wiese bei den drei Eichen traf, der kam ihm gerade recht. Mit der scharfen Klinge seiner Sense schlug er ihn in Stücke, zerhackte den Körper, wie ein Mensch es nicht mit einem Vieh tun würde. Er war der Sohn der Ursula. Als sie ihn fand, brach sie in die Knie, und als sie ihr Gesicht wieder zum Himmel hob, da war sie alt und grau. Trauernd sollten wir auf Erden verweilen, weil wir so dumm sind, so niederträchtig dumm.«

Die Tröscherin erhob sich und machte Feuer. Maria Anna krallte ihre Finger in die Decke, die über dem Strohsack lag. Sie hatte ihn im Wald gesehen, den Zwerg mit seinem roten Umhang, und sie kannte auch die weise Frau vom Berge. Sie wollte fragen, was mit dem Lechner geschehen war und mit der Ursula, aber sie wagte es nicht. Nach kurzer Zeit brachten die gebrühten Pflanzen einen peinlichen Geruch in die Kammer.

»So stinkt der Furz des Teufels«, lachte die Tröscherin und legte sich wieder nieder, woraufhin sie augenblicklich einschlief.

Maria Anna dachte an das Schreckliche und dann dachte sie an ihn.

Noch bevor es hell wurde, rüttelte die Tröscherin Maria Anna und kurz darauf standen sie bereits auf der Gasse.

»Am Morgen mache ich bessere Geschäfte«, sagte die Tröscherin, »da sind diese Schlitzohren noch nicht wach genug, um mich übers Ohr zu hauen.«

Maria Anna, die sich fragte, ob sie geträumt oder die Tröscherin ihr tatsächlich vom Tod der Lechnerfamilie und des Waldbuben erzählt hatte, hielt Abstand zu der davoneilenden Frau und wunderte sich, dass die Hunde, die sie regelmäßig im Vorübergehen ankläfften, nun mit eingezogenem Schwanz ruhig blieben. Sie wollte die Tröscherin nichts fragen, denn die Grausamkeit der Geschichte machte ihr Angst.

Maria Anna staunte, wie zielgenau die Tröscherin ihre Händler fand. Bald waren ein besonders scharfes Messer, ein Honigtopf, ein Wetzstein, ein Rehgehörn, Barthaare eines Ziegenbocks und das Fell eines jungen Wolfs in ihrer Kraxn verstaut. Als sie beim Weinhändler warteten, kam er mit einem Pferdewagen voller Wein die Straße vom Rathaus heran. Mit seinem überwältigenden Lächeln brachte er Maria Anna wieder in Verlegenheit. Kreidebleich wich sie der Tröscherin nicht von der Seite. Die erklärte sich die Lage und sprach den Kutscher an, denn Maria Anna würde die Gelegenheit niemals am Schopfe packen.

»Dein Lächeln gilt einer Jungfer. Das schickt sich nicht«, sagte sie zu ihm.

Der Kutscher hob, sichtlich verblüfft, ein kleineres Fass vom Wagen und sah die Tröscherin dabei nicht an.

»Es ist so«, begann er seine Antwort, »meine Herrschaft sucht nach fleißigen Händen und so halte ich Ausschau, ob mir nicht eine arbeitsame Magd über den Weg läuft.«

»Tust du das?«, sagte die Tröscherin spöttisch.

»Genauso ist es«, antwortete er etwas zu schnell. »Die Frau unseres Hauptmannes ist mit einem Knecht nach Amerika durchgebrannt und die Wäscherin hat nach dem Lindauer Tor hinüber geheiratet. Ich spreche die Wahrheit, Frau.«

Die Tröscherin spürte, wie er sein Interesse an Maria Anna mit dieser Geschichte zu tarnen versuchte. Wenn es aber die Wahrheit war, dann könnte das ein Heil sein für die Ärmste. Wenn sie sich recht erinnerte, dann waren seit der Geburt Maria Annas gut 30 Jahre ins Land gegangen. Allerdings fragte sie sich, was der fesche Kutscher von der abgezehrten Maria Anna wollte. Sie war nichts und sie besaß nichts. Einerlei, dachte sie, Männer zu durchschauen ist so schwierig, wie den Floh aus einem Gamsfell zu fangen.

Weil die Tröscherin schwieg, sah der Kutscher sich bemüßigt, seine Rede glaubwürdig zu unterstreichen.

»Morgen früh wäre ein guter Zeitpunkt, sich im Haus vorzustellen.«

»Gut«, antwortete die Tröscherin in gnädigem Tonfall, »wir werden uns das Haus ansehen. Du kannst es finden?«

Mit dieser Frage wandte sie sich an Maria Anna, die nur nicken konnte vor lauter Verwirrung. Dann wurde sie von der Tröscherin angeschoben, damit sie den Weg zum Apotheker fand. Mit gesenktem Blick machte sich Maria Anna davon. Dass sie am kommenden Morgen zu seiner Herrschaft gehen sollte, hatte sie in der Aufregung schon wieder vergessen. Was geschah nur mit ihr, wenn sie ihn sah? Sie hatte keine Antwort, und die Tröscherin lächelte in sich hinein.

Der Apotheker war freundlich und großzügig. Zur Mittagszeit, eine halbe Stunde vor dem Zwölfuhrläuten, gab es eine kräftige Suppe mit gebratenen Speckstücken. Maria Anna hätte ihn auf der Gasse für einen bei der Arbeit krumm gewordenen Schneider gehalten. Sein Kopf war kahl und nur an den Seiten zeigte sich ein grauer Haarkranz. Während er mit der Tröscherin auf dem Fußboden die Kräuter sortierte, sprach er mit sonorer Stimme, die Maria Anna ermüdete, zumal sie auch gar nichts von dem verstand, was der Mann erzählte.

»Um uns tobt ein gottloser Opferwahn, als seien die Heiden zurück mit ihren ungezählten Götzen. Ein kleines Mädchen stirbt den Opfertod, sagte man, was die Lutheraner kalt lässt, die Katholiken in Wallung bringt, und als Ergebnis werden Menschen erst beschuldigt und dann getötet werden. Wer des Nachbarn Haus zerstört, der wird seinen Richter finden. Wer aber jemanden als Hexe denunziert, der wird geschont. Brandstiftung, Opferungen, Mord, alles das zur Ehre Gottes. Das Wissen spielt keine Rolle dabei. Man betäubt sich an der gesäten Zwietracht und spuckt gegen den Lutheraner oder vice versa. Man ist beseelt von einer Vernichtungswut, die schwarze Katzen ebenso trifft wie den Wolf, die Frau als Hexe oder die Juden. Das Mordspiel wird weitergehen, und ich zweifle daran, dass es nur daran liegt, ob man lesen und schreiben lernt oder nicht. Das hilft nicht, wenn man nicht auch selbstständig denken kann. Die in der Not Alleingelassenen schreien nicht. Das Volk verherrlicht das Morden und es begreift nicht, dass Gott sie längst verlassen hat. Die Schöpfung brachte den Menschen das Geschenk des Lebens, aber was machen sie daraus! Unstet und flüchtig sein sollst du auf Erden, sprach Gott zu Kain, den Brudermörder. Wie viel Blut wurde seitdem vergossen? Sie beten um den Schutz ihrer Geschäfte, nicht für die Reinheit ihrer Seelen. Ich stelle Salben her und muss täglich damit rechnen, als Hexer denunziert zu werden. Dem sie hilft, der jammert über ihren Preis, dem sie nicht hilft, der läuft zum Gericht. Ich empfehle Euch, verehrte Meisterin, meidet das Land und geht in Eure Berge zurück, bevor es zu spät ist.«

Die Tochter trat ein, stellte eine Kanne Bier auf den Tisch und zog sich danach sofort wieder zurück.

Maria Anna nimmt die heiße Wäsche und wirft sie in kaltes Wasser. Dann spült sie die einzelnen Teile aus und wirft sie in das heiße Wasser zurück.

Den Apotheker gibt es nicht mehr. Nachdem seine Tochter auf der Straße beschimpft und getreten worden war, sind beide verschwunden. Der wahre Grund dafür wird aber der mehrtägige Besuch der Tröscherin gewesen sein, denn eine Frau, die eine Salbe gegen eine lepröse Erkrankung benutzte und geheilt wurde, beschuldigte den Apotheker öffentlich, sich mit einer Hexe eingelassen zu haben. Maria Anna hatte darüber nur den Kopf schütteln können, denn der Apotheker hatte der Frau geholfen. Die aber stellte sich auf die Gasse und plärrte, sie wolle lieber sterben, als von einem Hexenbuhler geheilt zu werden. Maria Anna hatte allerdings nicht bemerkt, mit welchen Augen die Frau auch sie angesehen hatte. Immerhin war sie eine Nacht mit der Tröscherin beim Apotheker gewesen.

Wie mit dem Kutscher vereinbart, liefen sie am folgenden Morgen zu dem Haus seiner Herrschaft. Gleich nach dem Klopfen wollte die Tröscherin wieder gehen, weil sich niemand blicken ließ. Ein Knecht erschien und mit ihm betraten beide das Haus. Maria Anna bekam ein Bett in der Kammer einer Magd. Der Tröscherin erschien das alles sehr seltsam und sie fragte Maria Anna, ob sie mit ihr nicht in die Berge kommen wolle. Maria Anna wurde rot und die Tröscherin wusste, warum sie ablehnte. »Gott schütze dich«, sagte sie und verließ Memmingen. Wieder bemerkte Maria Anna, dass die Leute zu den Lutheranern gehörten. Die Tröscherin hatte ihr eingebläut, sei dankbar, alles andere wird dein Unglück.

Dass er sie nicht angelogen hatte, machte ihr die Angelegenheit leichter. Du sollst im Schweiße deines Angesichts dein Brot essen, hieß das Prinzip des Hauses, und so begann jeder Tag mit dem Krähen der Hähne und endete beim Untergang der Sonne. Es gab nur eines, was Maria Anna jeden Tag mit Freude erlebte. Vom Waschhaus aus sah sie ihn, wenn er anspannte und ihr ein Lächeln schenkte.

Das Haus war kühl und jeder war darauf bedacht, sich nur keinen Müßiggang ankreiden lassen zu müssen. Der Müßiggang war für den Hausherrn Grund aller bekannten Übel. Maria Anna schaffte es nicht, ihre Furcht zu überwinden. Sie hatte keine spezielle Angst, sie fürchtete sich eigentlich vor allem. Nach einigen Tagen merkte sie, dass ihr Magen nicht mehr knurrte und dass sie keinen Hunger mehr hatte. Sie trug nun Schuhe und ein Kleid mit einer Schürze. Obwohl die Herrschaft höflich und angenehm wirkte, blieb Maria Anna bei ihrer Meinung, dass diese Leute unmöglich an den gleichen Gott glauben konnten, wie sie. Irgendwann einmal musste sich eine Falltür öffnen und der Teufel würde im Hof stehen. Obwohl das Leben streng geregelt war und die Mägde häufig gerügt wurden, wenn der Verdacht des Nichtstuns bestand, wurde es still in ihr, wenn er im Hof einige Worte an sie richtete. Maria Anna vermutete, dass die Herrschaft nichts gegen diesen schüchternen Wortwechsel einzuwenden hatte und sie begann, auf seine Fragen zu antworten.

»Nein, die Tröscherin ist nicht meine Mutter. So etwas wie eine Tante.«

Sie redeten nichts Besonderes, das Übliche eben. Wie geht es? Danke, gut. Einen schönen Tag wünsche ich. Ebenso, danke. So in etwa gerieten ihre Worte. Für Maria Anna wurde daraus ein kleines Morgenritual. Wenn er ausblieb, etwa mit dem Hausherrn über Land fuhr, stand sie im Hof und sprach seine Worte nach, damit sie einen schönen Tag hatte, denn dann vermisste sie ihn. Die Hausherrin, die fortwährend kränkelte, die Kinder oder den Hausherren bekam sie kaum zu Gesicht. Befehle gab der Hauptmann. Dem war es gar nicht recht, weil unüblich, dass Maria Anna mit einer anderen Magd zusammen eines Abends vom Hausherrn zum Bedienen seiner Gäste vom Rat der Stadt ausgewählt wurde. Ein noch heftigeres Kopfschütteln löste bei ihm die Anweisung aus, Maria Anna solle mit dem Kutscher zu dem Bauernhof fahren, den der Hausherr soeben verkauft hatte, weil ihm sein Bauer davongelaufen war und die Erträge sowieso mehr als zu wünschen übrig gelassen hatten. Neben ihm auf dem Kutschbock fühlte Maria Anna sich wie von Gott beschenkt. Sie fuhr durch Memmingens Tor hinaus aus der Stadt und niemand rief ihr Schimpfworte hinterher oder bewarf sie mit Dreck. Wie immer war er sauber herausgeputzt und er sprach mit ihr. Erstmals hörte sie aus seinem Mund Sätze, die mit dem Wort ›wir‹ begannen.

»Bewahre dir die Reinheit deines Herzens und die Dinge werden ihren Lauf nehmen«, sagte er. »Gut Ding will eben Weile haben.«

Maria Anna saß einfach nur da. Manchmal glaubte sie, er spräche mit jemand anderem, denn dass er solche Worte zu ihr sagte, konnte sie nicht glauben. Die Römische, so nannte der Hauptmann sie hinter ihrem Rücken, denn er gehörte, wie das gesamte Haus, zu den Lutheranern.

Es wurde eine lange Fahrt.

»Der Bauer war ein solcher Dummkopf«, erzählte er. »Jedes Jahr holte der eine Schwangere und gab ihr von den ersten Früchten des Jahres zu essen, damit die Bäume übers Jahr ertragreich blieben. Man stelle sich einen solchen Unsinn vor. Gibt es diese Unsitte bei deinen Leuten auch?«

Natürlich, sie hatte davon gehört, aber sie schüttelte lieber mit dem Kopf.

»Ein Hufeisen hatte der auch über der Tür, dieser Strohkopf. Er glaubte, es bringe ihm Glück, dabei ist es das Symbol der Heiden für Tod und Wiedergeburt. Wusstest du das?«

»Nein«, antwortete sie.

Das Bauernhaus war zur Hälfte eingestürzt und es sah nicht so aus, als könnte in ihm noch irgendetwas von Nutzen sein. Die Erde rings herum war nass und roch unangenehm. Er nahm seine überlange Peitsche und ging vorsichtig um das Haus. Mit der Peitsche konnte er umgehen, das hatte sie schon häufiger sehen können, wenn er mit einem Knall die Fußgänger vom Fahrweg vertrieb. Nach einem kurzen Kontrollgang kam er zurück und setzte sich wieder neben sie, fuhr aber nicht an.

»Nichts«, sagte er. »Kein Körnchen am Boden oder etwas Heu unterm Dach. Dafür ein Rattennest neben dem anderen.«

Weil sie zitterte, legte er ihr die gute Decke über die Beine.

»Du warst bestimmt schon auf einer Hochzeit«, begann er erneut mit seinem Fragespiel. »Dann wird dir der Brauch geläufig sein, grünende Büsche vor das Haus Neuvermählter zu stellen.«

Er fragte sie auf eine Art aus, die keine Zweifel aufkommen ließ, wie sehr er bestimmte Riten aus den katholischen Gegenden verachtete. Sie hatte im Haus der Herrschaft noch nie Musik gehört, Bilder gab es auch keine anzuschauen und an jedem Kreuz fehlte Jesus Christus, als habe er nie an einem solchen hängen müssen. Etwas in ihr rebellierte.

»Hochzeiten gab es viele«, antwortete sie.

»Die glauben daran, dass von Bäumen und Büschen ein Geist auf sie übergehen kann, der ihnen Fruchtbarkeit schenkt. In Wahrheit, das sage ich dir, sind das keine Christen. Du solltest darüber nachdenken.«

Eine ganze Weile blieben sie still. Er schaute dabei immer wieder um sich, so als müsse der geflohene Bauer doch noch auftauchen und er könnte ihn für eine deftige Bestrafung in die Stadt mitnehmen. Als er endlich aufgab und das Pferd zum Traben brachte, war ihr zwar wohler, aber nicht leichter ums Herz. Doch welchen Sinn sollte es haben, trübsinnig zu werden? Sie wollte ihre schönen Gefühle nicht stören lassen. Aber tief in sich spürte sie, dass er nicht einfach nur geredet hatte. Um ihren Glauben ging es und sie war mit ihm nicht wohlgelitten im Haus. Schwer war es immer für sie gewesen, sich ihrer inneren Unruhe zu stellen, nur diesmal übersah sie einfach, wie heftig es in ihr rumorte. Sie hätte sich die Warnungen erklären können, aber das wollte sie nicht. Es kam für Maria Anna völlig überraschend, als noch am gleichen Abend der Hauptmann vor ihr stand, ein großes Tuch auf ihr Lager warf und sie anherrschte, alle ihre persönlichen Dinge darin zu verstauen, das Tuch dann zu binden und ihm zu folgen. Nun also warf man sie hinaus, dachte Maria Anna, und folgte dem Mann mit schweren Schritten. Wie hatte sie nur glauben können, dass für sie auch einmal die Sonne schien. Einmal könnte Gott sich doch ein wenig Zeit nehmen und ein wenig Sonne in ihr Leben scheinen lassen. Statt misstrauisch zu bleiben, wie sie es eingeprügelt bekommen hatte, war sie ihren Träumen nachgelaufen und nun bekam sie die Wahrheit serviert. Sie fragte sich, warum es ausgerechnet jetzt sein musste, denn katholisch war sie nicht erst seit heute. Außerdem war es schon dunkel und sie wüsste gar nicht, wohin sie sich wenden sollte. Vom Hof aus nahmen sie den Weg zum Tor, und Maria Anna dachte gar nicht daran zu fragen, was sie mit den Kleidern und den Schuhen machen sollte. Ihre alten Kleider waren verbrannt worden.

»Wohin willst du?« Der Hauptmann schwenkte die Ampel. »Hierhin müssen wir.«

Nach diesen Worten öffnete er eine kleine Seitentür des Hauses und ließ sie eintreten. Maria Anna wusste, dass er selbst in diesem Bereich des Hauses lebte. Er schloss eine Tür auf und zeigte in eine kleine Kammer.

»Die Herrschaften sind der Ansicht, dass du alleine zu leben hast, weil ihr euch versprochen habt, der Schwarze und du.«

Er nannte ihn, aus ihr unbekannten Gründen, den Schwarzen. Gleich darauf stellte er die Ampel auf einen Hocker und ging wortlos hinaus. Maria Anna fiel auf die Knie, weil ihr nun die Angst genommen war. Es machte ihr nichts aus, dass diese Kammer kein Fenster hatte. Sie legte sich auf das neue Bett und schlief.

Maria Anna steht neben dem Zuber und wischt sich die Tränen vom Gesicht. Wenn sie an diesen Abend zurückdenkt, muss sie weinen. Sie erinnert sich noch, wie zwei Tage später der Hausherr nach ihr rufen ließ. Maria Anna nimmt die Wäsche hoch und wuchtet den Korb auf einen Holzbock. Bei einigen Wäscheteilen wird sie nachwaschen müssen. Besonders die Tischdecken machen ihr zu schaffen.

»Lass die Sachen liegen und geh mit«, sagte der Hauptmann und führte sie in das Vorderhaus. Maria Anna wagte kaum, einen Schritt vor den anderen zu tun. Ihr inneres Gefühl glich jenem, das sie überkam, wenn sie in einer Kirche auf ein Heiligtum zuging.

»Rede nicht, wenn du nicht gefragt wirst«, sagte der Hauptmann weiter, »der Herr kommt von der Frankfurter Messe und ist erschöpft.«

Auf den Stufen der Haustreppe blieb er stehen.

»Dabei handelt es sich nicht um die Messe, die ihr Römischen kennt. Der Name hat sich erhalten, weil man früher nach der Kirchenmesse Waren tauschte.«

Maria Anna hörte gar nicht zu. In einem großen Raum mit fast schwarzen Schränken, in dem es nach Kampfer roch, stellte sie sich so auf, dass ihre Schuhe den dunkelroten Teppich nicht berührten. Das Muster konnte sie im Dämmerlicht nicht erkennen. Weil die Flügeltür geöffnet war, sah sie den Lehnstuhl im Nebenzimmer, in dem die Hausherrin, von einer großen Wolldecke fast völlig verdeckt, schweigend im Halbdunkel saß. Es dauerte eine Weile, bis der Hausherr erschien. Er trug schwarze Kleidung und einen hohen Hemdkragen. Als er zu sprechen begann, senkte Maria Anna den Kopf und schloss die Augen.

»Es gibt eine scharfe Trennungslinie zwischen jenen, die Gott heucheln, und jenen, die sich an seine Befehle halten und nichts mehr sein wollen, als es einem Knecht im Glauben zusteht. Die Liebe des Herrn muss man sich verdienen. Von der Ehrlichkeit im Glauben zu sprechen, ist nicht möglich, wenn man den rechten Glauben nicht kennt. Man muss von einem Christenmenschen keineswegs nur sagen können, er sei ehrlich, weil er getreu nachspricht, was ihm die Alten vorplapperten. Das Wesentliche im Leben heißt, Gott zu dienen. Alle Wahrheit braucht die Liebe Gottes, und jene, die er für ihre Unterwerfung reich beschenkt, müssen ihr Geschenk mit denen teilen, die aus den vorher genannten Gründen von Gott noch nicht bedacht werden konnten. So bin auch ich nicht wirklich reich im christlichen Sinne, denn ich habe zu teilen und zu geben. Aber es ist schwer zu entscheiden, wer etwas verdient hat und wer nicht. Bei dir sind wir uns nun sicher, dass Gott dich zu uns ins Haus geschickt hat und dass du ihn finden kannst, damit wir gemeinsam in seinem Sinne handeln. So soll es dann geschehen.«

Maria Anna saß auf dem Schemel in ihrer Kammer und schüttelte den Kopf. Verstanden hatte sie keines seiner Worte. Nur soviel, dass sie nicht mehr für die Schweine und die Hühner sorgen musste. Doch schon der nächste Tag sollte ihr den Sinn der Ansprache eröffnen, denn vom Hauptmann bekam sie den Befehl, den Pastor aufzusuchen. Auch dort verstand sie nichts von dessen langer Rede, und sie kam erst wieder zu sich, als sie auf der Gasse dem Mönch von Ottobeuren gegenüberstand. Wie der Heilige Geist war er aufgetaucht, und voller Panik floh sie in die nächstliegende Gasse. War das ein Zeichen? Sie war auf dem Wege, ihren Glauben zu verraten, und dann stand der Mönch unversehens vor ihr und sah sie mit seinen katholischen Augen an, die sagten, das darfst du nicht tun.

Auf dem Rückweg beruhigte sie sich ein wenig und hörte ihre innere Stimme sagen, wenn du dich nicht fügen wirst, wird die Herrschaft dich nicht in ihrem Hause dulden. Bevor sie durch das Tor in den Hof trat, sprach ihre innere Stimme zu ihr. Ihr Gott ist nicht dein Gott.

Sie hatte sich in ihrer Kammer einen winzigen Altar ausgedacht, auf den sie geistig die von dem Tandler vergrabene Gottesmutter gestellt hatte. So gab es jemanden, dem sie ihr Herz ausschütten konnte. Wenn es still war im Haus und sie nicht fürchten musste, vom Hauptmann überrascht zu werden, dann kniete sie vor ihrem imaginären Altar nieder und flüsterte in der Hoffnung, die Heilige Maria würde sie erhören.

Nach dem ersten Besuch beim Pastor blieben weitere Gespräche aus. Auch im Haus gab es keine Ansprachen mehr. So ging Maria Anna ihrer Arbeit nach und wartete darauf, einmal die Woche mit ihm auf den Markt zu dürfen, um für das Haus einzukaufen. Sie hatte sich als geschickt erwiesen und die Hausherrin hatte ihr diese Aufgabe vollends übertragen. Dann kam der schlimme Tag. Sie waren über den Weinmarkt gefahren und sie war abgesprungen, weil sie für die Hausherrin spezielle Kräuter einkaufen sollte, die es nur bei den Kräuterweibern gab, die sich am Rande des Marktes aufhielten, weil man sie der Hexerei verdächtigte.

Dort sah sie den Mönch aus Ottobeuren erneut und floh in die nächste Straße. Als sie zu ihm zurückkam, nahm der Kutscher sie zur Seite.

»Es ist an der Zeit zu sprechen. Wir haben auf eine Reaktion deinerseits gewartet, aber du reagierst nicht, sprichst nicht und hast die ausgestreckte Hand unserer Herrschaft nicht ergriffen. Sonntag für Sonntag haben wir auf dich gewartet, aber du kamst nie zu unserem Gottesdienst. Nun muss ich es dir auf diese Weise sagen. Eine Hochzeit kann es nur geben, wenn du zu uns gehören willst. Du musst deinem Aberglauben abschwören und zu Gott zurückfinden, sonst kann ich dich nicht zur Frau nehmen.«

Wie betäubt hatte sie danach in ihrer Kammer gehockt und hatte die Mutter Gottes angefleht, ihr die alles entscheidende Antwort zu geben. Von klein auf war sie vor diesen Verführern gewarnt worden, die in diesem Land nichts zu suchen hatten, wie ihr der Pfarrer einmal gesagt hatte. Und nun sollte sie eine von denen werden?

Die Nacht vor dem Morgen der Entscheidung wurde schrecklich. In der Dunkelheit hatte sie mit Dämonen zu kämpfen und es pochte unentwegt an ihre Tür. Sie war aufgestanden, fremdartig gleichgültig, obwohl sie doch im Inneren ihr Gewissen spürte. Maria Anna träumte den Traum von einer guten Zeit mit ihm, und dafür würde sie auch diese Nacht überstehen. Mit inbrünstigen Gebeten flehte sie die Jungfrau Maria an, sie nicht zu verlassen. Sehr früh machte sie sich auf den Weg. Den Kopf gesenkt, schritt sie zum Marktplatz hinüber und lief von dort zur Martinskirche, die sie als nicht so abweisend empfand, weil es einmal eine katholische Kirche gewesen war, bis die anderen sie gestohlen hatten. Zu denen wird sie also ab heute gehören. Liebte Gott ihre Tränen nicht? Sie glaubte an Gott und nicht an diesen Luther, daran wird sich nichts ändern.

Maria Anna kam durch die Seitengasse und lief auf eine kleine Pforte zu. Durch ein winziges Fenster sah sie den Pastor an einem Pult stehen. Sie betrat einen minimalen Vorflur und blieb dort. Anzuklopfen wagte sie nicht. Sie blieb einfach ruhig stehen und rührte sich nicht. Dass sich in ihrer Liebe zu Gott etwas ändern würde, konnte sie sich nicht vorstellen. Der Teufel würde aber immer wieder versuchen, sie zu verführen, so wie jetzt auch. Auch das glaubte sie ganz fest. In diesem Augenblick hob sie die Augen und sah den Mönch in der Mitte der Kirche stehen. Er machte ihr ein Zeichen, dass sie gehen solle. Als sie es nicht tat, begannen seine Augen zu bluten.

Sie sah Gespenster. Maria Anna begann zu zittern.

Die Tür wurde geöffnet und der Pastor stand vor ihr. Er musste sie auffangen, sonst wäre sie zu Boden gestürzt.

»Da bist du ja schon«, sagte er knapp und nahm sie mit in die Kirche. »Wir haben uns besprochen und werden dich auf den Namen Anna taufen. Folge mir nur nach.«

Als sie später vor dem Haustor stand, da hatte sie an den gesamten Vorgang keine Erinnerung mehr. Sie hatte alles geschehen lassen und immer nur die blutenden Augen des Mönchs gesehen. Anna hieß sie nun, nur noch Anna. Auf dem Hocker stand ein kleiner Teller mit einem Stück Kuchen. Nun war sie eine Lutheranerin, und als Lob dafür bekam sie Kuchen. Am Abend kniete sie nieder, betete zur Jungfrau Maria und flehte um Verzeihung.

Der nächste Morgen begann mit einem heftigen Regenschauer. Man schickte sie zur Apotheke am Markt, weil es der Hausherrin nicht gut ging. Dort sah sie den Mönch erneut, wie er schwerfällig, wie ein vom Schicksal gebrochener Mann, die Gasse entlangschlurfte. Daran bist du schuld, hörte sie eine Stimme. Du bist schuldig!

Die Tage vergingen, Wochen verrannen, Maria Anna registrierte es nicht. Im Haus hatte sich ihr gegenüber kaum etwas verändert. Außer der Tatsache, dass sie mit den Mägden zur Kirche gehen musste, wo sie sich noch immer hinknien wollte, und man sie nur noch Anna rief, blieb das Leben scheinbar unberührt. Alles, worauf sie sich konzentrierte, hatte mit ihm zu tun und sie wartete. Sie spürte die Veränderung und er nahm immer stärker Distanz zu ihr. Es gab Wochen, in denen sie ihn überhaupt nicht mehr zu Gesicht bekam. Bis eines Abends der Hausherr in den Hof trat und nach ihr rief, rätselte sie nach den Gründen.

Maria Anna greift nach dem Wäscheprügel und schlägt die Wäsche, bis ihr die Kraft ausgeht. Einfach davon war er. Sie wollte nicht glauben, was ihr der Hausherr da offenbarte, und suchte nach ihm. Der Hausherr hatte ihr die Wahrheit gesagt. Beim Einlass sah sie ihn, wie er mit seinem teuflischen Lächeln Bier in das Gasthaus trug, in dem sich die Tochter des Wirts darüber freute, ihn sich geangelt zu haben. Dem Wirt war nach einem Bruch der Knochen nicht mehr richtig zusammengewachsen und so war er froh, endlich einen kräftigen Mann für seinen Ausschank gefunden zu haben. Maria Anna stand an der Ecke, bis es dunkel wurde, und wünschte dem Haus den roten Hahn aufs Dach. Verbrennen soll alles, was Lüge ist. Sie wischt sich den Schweiß vom Gesicht und betrachtet ihre aufgerissenen Hände. Genug ist. Endgültig genug ist. Sie setzt sich und reist schon wieder in die Vergangenheit.

Einmal war sie dem Mönch gefolgt. Er bemerkte sie nicht und verschwand im alten Augustinerkloster. Dorthin lief sie eines Tages mit dem festen Willen, ihren Verrat wieder rückgängig machen zu wollen.

Der Mönch musste ihr helfen, in den Schoß der Mutter Kirche zurückzukehren. Kurz vor dem Tor hielt sie ein junger Ordensbruder auf, der ihre Kleidung eingehend betrachtete.

»Du wirst dich in der Tür geirrt haben«, sagte er.

Maria Anna atmete zu hastig und hustete deshalb.

»Der alte Mönch aus Ottobeuren, er kennt mich, muss mir helfen. Bitte, lasst mich zu ihm, so kann ich nicht weiterleben.« Der junge Mönch hob die Augenbrauen.

»Bruder Emmeram? Meinst du den? Der kann dir im Moment nicht helfen. Aber vielleicht weiß ich dir einen Rat zu geben. Was bedrückt dich?«

Er führte sie auf die Gasse zurück und sie vertraute dem Gottesmann.

Maria Anna musste sich innerlich befreien und so erzählte sie dem jungen Mönch von ihrem Verrat an Gott.

»Alles war Lüge«, sagte sie. »Zuerst hatte er immer ein Lächeln für mich und dann musste ich in ihre Kirche gehen. Danach hat er sich einer anderen versprochen und mich im Stich gelassen. Ich kann das nicht. Ich will das nicht. Es ist nicht wahr, dass ich zu denen gehöre. Nur unserer Kirche und unserem Gott gehöre ich. Nimm mich zurück, Herr!«

Maria Anna kannte sich selbst nicht mehr. Niemals zuvor hatte sie es gewagt, ihren Schmerz zu offenbaren. Mit geballten Fäusten und hochrotem Gesicht stand sie vor dem Mönch, der erschreckt einige Schritte zurücktrat.

»Nun«, antwortete er irritiert, »man hat ein Eheversprechen gebrochen, das ist schändlich. Aber Gott hat dich nicht verlassen, also mache dir keine Gedanken. Er ist mit dir und alles ist gut.«

Mit diesen Worten schob er sie von sich und ließ sie stehen. Sie war beruhigt, aber nicht getröstet, und an den nächsten Tagen war die bohrende Ungewissheit über die Schande ihres Verrats wieder da. Ihre Arbeit erledigte sie so, wie ein Esel einen Sack Mehl schleppt. Mit ihren Gedanken blieb sie die Gefangene ihrer Schande und sie begann, sich des Nachts fortzuschleichen, um dem Mönch aufzulauern. Doch wenn Emmeram tatsächlich auftauchte, wagte sie es nicht, ihn anzusprechen. So verging die Zeit.

Erst als sie davon reden hörte, dass er nun heiraten würde, bekam sie eine festere Haltung, denn sie wollte seine Hochzeit auf keinen Fall erleben müssen. Sie würde Memmingen verlassen, das stand für sie fest. In den folgenden Wochen nahm sie sich den Schmerz, um festzustellen, ob sie noch lebte. Wieder und wieder ritzte sie sich die Haut auf und leckte ihr eigenes Blut. Für ihre nächtlichen Streifzüge hatte sie sich ein Messer genommen, das sie unter ihrem Überwurf versteckte, denn die dunklen Gassen machten ihr Angst.

Eines Nachts, sie hörte wieder und wieder seine Stimme in ihrem Kopf, sah sein betörendes Lächeln, die Stärke seiner Bewegungen, und spürte seine Kälte, dass sie ganz trübsinnig wurde, da erblickte sie die Umrisse eines Kopfes. Noch bevor sie einen Gedanken an Flucht haben konnte, fühlte sie den heißen Schmerz eines Schlages in ihrem Gesicht, der sie brutal zu Boden stürzen ließ. Auf allen Vieren krabbelte sie zu einem Baum, als suche sie Trost bei einem treuen Freund. Der Fremde trat nach ihr und wollte sich mit offener Kleidung über sie werfen, als sie sich zu ihm drehte und er ihr Messer sah. Die Kraft der Todesangst ließ sie hochschnellen und sie hörte seinen kurzen Schrei, als sie ihm in den Unterarm stach. So schnell, wie er auftauchte, war er auch wieder verschwunden. Torkelnd hockte Maria Anna sich neben den Baumstamm. Sie raffte sich auf und schleppte sich zu einer verwitterten Treppe am Bach, steckte ihre zitternden Hände in das Wasser und musste vorsichtig sein, um nicht in die Ach zu rutschen. Dann legte sie ihren Kopf auf ihre Arme und weinte. Als sie sich mit dem Messer in die Haut der Arme ritzte, spürte sie nichts. Erst als sie Stimmen hörte, sprang sie auf und lief davon. Sie rannte hinüber zum Augustinerkloster und machte auf sich aufmerksam.

Die Nacht war fast schon vorüber, als sie zu sich kam und bemerkte, dass sie in einer fremden Kammer auf einem Stuhl saß.

Emmeram betrat das Zimmer und sah sie an.

»Gott sei mit dir«, sagte er. »Wir haben versucht, etwas für dich zu tun. Was, um Himmels willen, ist geschehen?«

Maria Anna erzählte ihre Geschichte wie in einer Beichte.

»Er verriet mich«, sagte sie, »und nun kann ich nicht weiterleben. Euer Mönchsbruder sagte mir, es sei alles in Ordnung und mein Leben läge in Gottes Hand, doch ich fühle nichts mehr in mir.«

Emmeram ließ sich den jungen Mönch von ihr beschreiben.

»Oh«, antwortete er, »da bist du nun erneut einem Fälscher aufgesessen. Er ist aus dem Kloster verschwunden, und wie ich hörte, hat er sich den Lutheranern angeschlossen. Kein Wunder also, dass er dir diese Antwort gegeben hat.«

Maria Anna sah ihn Hilfe suchend an.

»Es war doch nicht meine Schuld.«

Emmeram versuchte eine Antwort zu finden, was unter diesen Umständen mehr als kompliziert war.

»Nun«, begann er seine Entgegnung zu formulieren, »wir Christen haben in dieser Stadt nicht einmal die Bürgerrechte. Die Lutheraner schließen uns vom öffentlichen Leben aus. Deine Herrschaft müssen wir wohl zu jenen rechnen, die in dieser Stadt Einfluss ausüben. Was geschieht, wenn sie von deinem Sinneswandel erfahren?«

Er hob die Arme zu einer Geste, die ihre Antwort überflüssig machte.

Eine unnötige Frage. Emmeram sah Maria Anna in die Augen.

»Selbst wenn ich davon ausgehe, dass du ehrlichen Herzens bist und du nicht von der lutherischen Zauberei befallen bist, so kann ich dir dennoch nicht einfach den Segen geben. Das liegt nicht in meiner Macht und Befugnis. Nicht einmal unsere Bischöfe oder Kardinäle könnten das tun. Tatsächlich müssen wir in Rom nachfragen, was geschehen soll. Eine ehrlichere Auskunft kann ich dir nicht geben.«

Maria Anna schichtet die Wäsche und stellt die Körbe neben sich auf. Sie beginnt, in dem Raum auf und ab zu gehen, nimmt den Prügel und schlägt um sich. Sie wirft den Hocker um und tritt gegen die Körbe. Dann fällt sie plötzlich zu Boden. Mühsam kriecht sie zum Rand des Bottichs und versucht, wieder aufrecht zu stehen, aber sie schwankt und verliert erneut das Gleichgewicht. Wie in einer Art Trance stolpert sie hinaus, bis sie hinter dem Weinmarkt stehen bleibt. Er, der kalte Betrüger, hängt wie ein Dämon in ihrem Nacken. Sie ist innerlich verletzt, ohne genau zu wissen, wo die Wunde ist. Sie läuft dicht hinter einem Salzwagen her und verlässt die Stadt. Eine ganze Weile trottet sie hinter dem schweren Fahrzeug her, bis sie den Weg sieht, der zu jener Stelle führt, an der sich der Baum ihrer Nacht bei dem Tandler befindet. Sie sucht Trost, den sie noch niemals erhalten hat. Wer, wenn ich stürbe, würde sich grämen, wer um mich trauern? Eine Antwort verlangt sie nicht, denn sie kennt sie: Niemand! Einen geprügelten Hund streichelt man nach den Schlägen wieder. Sie war weniger wert. Sie hält sich ihre Ohren zu, will schreien, und läuft dann nur schweigend weiter, immer weiter, nur fort von hier und weg von der Luft, die auch er atmet.

Maria Anna dreht sich noch ein letztes Mal um und schaut auf die Mauern und die Türme Memmingens. Sie weiß, hierher kommt sie niemals mehr in ihrem Leben zurück. Maria Anna hört auf zu denken, da ihr keiner ihrer Gedanken ihre Würde zurückgibt. Würde, dieses Wort hatte ihr der alte Emmeram beigebracht.

»Gott hat dir Würde gegeben«, sagte er, »die kann man sich nur selbst rauben. Nicht Stolz, nicht Hochmut, die Würde zeichnet den Gläubigen aus.«

So werde ich jetzt die Wege Gottes betreten, sagt sie zu sich, mit Würde.

# 6

Sie hört alles nur noch sehr leise, wie in einem Schlummer, kurz vor dem Erwachen. Sie pflückt einige Feldblumen, bindet sich einen Kranz daraus und legte ihn sich auf das Haar. Aus der Sonne wächst der Mond und es ist unversehens Nacht. Eine Nachtigall singt im lunaren Licht. Fledermäuse fliegen dicht an ihr vorüber. Im nahen Wald brennt ein kleines Feuer und verlöscht wieder.

Maria Anna fürchtet sich nicht mehr. Die Nacht ist ihr mit ihren vielen Nuancen vertraut geworden. Warum hört sie nichts mehr? Sie schließt die Augen und geht auf die Stadt zu. Das Gewühl am Stadttor ist groß, weil die Bauern ihre Feldfrüchte auf dem Markt feilbieten wollen. Sie betrachtet die mannigfaltigen Gesichter in der glühenden Sonne und fühlt sich in den Kissen einer französischen Equipage gut aufgehoben. Ihr Kutscher führt die Rösser mit Umsicht, auch wenn ihm der Kopf fehlt. Sie ist von der Hitze sehr müde geworden und sehnt sich nach ihrem weichen Bett. Die Sonne steht im Zenit und die Glocken läuten zum Mittagsgebet. Hinter den Wäldern am Bergrand weiß sie ihr Schloss. Die Hände des Gärtners zauberten ihr dort einen wundervollen Garten voller fremdländischer Blüten und auf ihrem See wartet ein Kahn, der sie zu einem erfrischenden Ausflug einlädt.

»Bete!«

Maria Anna sieht die Borte eines weißen Kleides, mehr kann sie nicht erkennen, aber sie weiß, dass sie selbst es ist, die auf den See zugeht.

»Bete!«

Sie hört das Wort und will sich umdrehen, aber sie kann es nicht, schafft es nicht, ihr fehlt die Kraft dazu. Sie setzt sich ins Gras, um zu träumen.

Sie riecht den Duft blühender Lindenbäume. Schwarze Schwäne rauschen fliegend über sie hinweg. Danach dreht sich die Sonne im Kreis, weil der Mond auf sich warten lässt. Es wird kalt. Bete, sagt die Stimme wieder und Maria Anna kommt zu sich. Sie erinnert sich, dass sie in die Baumkrone einer Linde geklettert war und sich zwischen dicht wachsenden Blättern und dem Geäst verborgen hatte. Als die Häscher vorbeigezogen waren, muss sie hinuntergefallen sein. Sie fühlt eine kräftige Beule am Hinterkopf. Das ganze Frühjahr über waren die Wege ein Morast gewesen und nun brachte die kleinste Bewegung auf ihnen kräftige Staubwolken zustande. Dieser Tatsache hatte sie es zu verdanken, dass die Häscher sie nicht erwischt hatten, denn Maria Anna hatte ihre Staubwolke bereits gesehen, als sie noch nicht einmal bei der nächsten Poststation angekommen waren, woraufhin sie sofort in den Baum hinaufgestiegen war. Jetzt will sie sich ein Fleckchen für die Nacht suchen und lugt deshalb zum nahen Waldrand hinüber. Es scheint, als triebe sich im Moment niemand in der Gegend herum. Alle Streuner, deren sie habhaft werden konnten, hatten sie eingefangen.

In Kempten gibt es an diesem Tag einen kleineren Weinausschank in der Nähe der Residenz. Dorthin läuft der Mann, der seine Gedanken bei einem Spaziergang an der Iller geordnet hat und nun in Richtung Hofgarten seinen Weg findet. Er dreht erst den Kopf zur Sonne nach Westen und dann zum aufgehenden Mond nach Osten. Ein Bild am Himmel, das er mochte. Andererseits gehört er nicht zu jenen Herren, die in romantischer Geduld auf ein Gespräch mit den Oberen der Stadt Kempten warten wollten. Immerhin hat ihn die städtische Kaufmannschaft beauftragt, vorstellig zu werden, um endlich eine Lösung für das leidige Problem des Bettlerunwesens zu finden. Er sucht sich einen kleinen Tisch unter einem Baum, um den Gästen nicht zu nahe zu sein. Er grüßt hinüber, das muss genügen. Die junge Tochter des Wirtes tritt auf ihn zu, knickst leicht und stellt ihm ein Glas auf den kleinen Tisch, in dem der Wein fruchtig golden leuchtet. Als Entschuldigung für die Verspätung lässt er es nicht gelten, wohl aber als eine kleine Geste der Wertschätzung seiner Person. Immerhin wartet er auf den Fürstabt der Stadt, der offenbar noch in Geschäften unterwegs ist. Brugger kostet mit gespitzten Lippen von dem Wein und kann ihn sofort den Weinbergen an der Ahr zuordnen, mit denen er besonders innig vertraut ist. Eine feine Geste, ihm eine solche Köstlichkeit kredenzen zu lassen. Allerdings ist nicht der Handel mit Wein sein Gewerbe, vielmehr hat er sich in den Jahren auf den Verkauf venezianischen Glases spezialisiert, was ihn sehr viel reisen lässt. So kommt er gerade erst von einer Tour aus dem Norden zurück, die ihn für das abzuhandelnde Thema besonders prädestiniert, hat er doch viele Gebiete gesehen, aber nirgendwo gibt es so viele Bettler und Sandler wie zwischen Augsburg und Kempten.

»Ah«, sagt Brugger und erhebt sich, »welche Ehre.«

Der Fürstabt Honorius Roth von Schreckenstein kommt aus der Residenz direkt auf ihn zu, in seinem Schlepptau gleich zwei Schreiber, die einige Papiere mit sich tragen. Man kennt sich und ist vertraut im Umgang, wenngleich der Fürstabt selbstverständlich eine gewisse Distanz erwartet und gebührenden Abstand hält.

»Ich bin zu spät. Nehmt den Wein als Pardon. Ich hoffe, er mundet. Wir waren in Hannover?«, fragt der Fürstabt zur Begrüßung auf seine ihm eigene Art, und Brugger bemerkt, dass er das Weinglas noch in seiner Hand hält.

»In Celle, um genau zu sein«, antwortet er. »Sie haben dort ein ganz reizendes Schloss und ich durfte den Herrschaften einige Vorschläge machen, sich mit neuen Lüstern zu versehen.«

Der Fürstabt bleibt stehen, winkt hinüber zu den Honoratioren der Stadt, die entspannt an den aufgestellten Tischen hocken.

»Dann ist ja alles zu unserer Zufriedenheit«, sagt er und lässt sich ein Schriftstück reichen.

»In dieser wirklich leidigen Angelegenheit werden wir nicht ruhen, um eine Lösung zu finden. In der Tat mangelt es uns an Örtlichkeiten, wo wir diese Tagediebe unterbringen können. Aber lasst uns versichern, das Bürgertum wird in allernächster Zeit wieder in Ruhe seinem Tagwerk nachgehen können.«

Nach diesen Worten dreht er sich um und geht zurück in seine Residenz. Brugger ist zufrieden, mehr ist sicherlich nicht zu erreichen gewesen. Er schaut dem Fürstabt nach. Mancher, der ihn nicht kennt, würde die Art des Fürstabtes für schroff halten, aber das ist nun einmal sein Wesen. Eine stattliche Persönlichkeit, gepaart mit Intelligenz, das gibt es nicht in vielen Zentren der Macht, das weiß Brugger von seinen vielen Reisen. Er leert sein Glas und läuft hinüber zu seiner Verabredung mit dem Rosshändler, denn er benötigt für seine nächste Reise neue Pferde. Auch dem Hutmacher will er einen Besuch abstatten und dann ist da noch der gefürchtete Nachmittag beim Zahnbrecher, der ihn endlich von einer schmerzenden Stelle im Oberkiefer befreien soll. In den nächsten Tagen erwartet er seinen Partner Manzani aus Venedig, mit dem er in einer Woche gemeinsam über die Alpen in die Lagunenstadt reisen will. Wie unangenehm werden dem die vielen Bettler im Stiftsland wohl auffallen? Da muss endlich eine Lösung gefunden werden. Dann kommt ihm wieder der Zahnbrecher in den Sinn und dazu der schnelle Gedanke, diesen Besuch lieber zu vermeiden. Nein, denkt er, das geht nicht. Es riecht bereits unangenehm und er kann einem Venezianer das nicht zumuten. Gerne erinnert er sich an die Zeit seiner Lehrjahre in Venedig, obwohl er erst 14 Jahre alt gewesen, ist und sich schrecklich nach seiner Frau Mama gesehnt hatte. Nun konnte er sich nicht nur fließend in der Sprache seiner Handelspartner verständigen, er hatte auch früh genug erkannt, sich in seinen Geschäften nicht festzulegen und ist dadurch ein wohlhabender Kaufmann geworden. Freilich ist es nicht angenehm gewesen von den Kemptener Leinenwebern beschimpft zu werden, weil er früh damit begann, diese Ware günstig auswärts zu erwerben und in die Stadt zu bringen. Das hatte zu bösen Auseinandersetzungen zwischen den Zünften geführt, aber darauf kann er keine Rücksicht nehmen, er hat an das Geschäft zu denken. Wobei sein Großvater ihm täglich einen nachdenklichen Blick schenkte, so wie ihn der Maler eines Porträts gesehen hatte. Das Bild erinnert ihn daran, dass der Großvater früh genug den Salztransport aufgab und das Haus dadurch vor dem Untergang bewahrte. Natürlich ist nicht alles zu einem vernünftigen Geschäft zu machen. So bringen ihm die Fahrten nach Tirol, um aus Lana Wein zu holen, lediglich eine gewisse Sympathie des Fürstabtes ein, denn für dessen Keller holt er die Köstlichkeiten. Der Weintransport ist kein gutes Geschäft mehr, seit sich das Bierbrauen in Kempten so dermaßen erfolgreich etabliert hatte. Wobei er sich süffisant lächelnd eingesteht, dass auch er inzwischen gerne einmal nach dem Krug mit dem Gerstensaft griff.

»Ein so freudiges Gesicht sehe ich gerne in unseren Straßen«, begrüßt ihn Hofrat Leiner, der beim Schlössle, einem der imposanten Gebäude Kemptens, seinen Weg kreuzt.

»Der Herr Hofrat, Gott zum Gruße!«, antwortet Brugger. »Soeben bat ich unseren Fürstabt, noch energischer gegen das Bettlergesindel vorzugehen. Ihr kennt die Befürchtungen der Kaufmannschaft.«

Hofrat Leiner verzieht keine Miene.

»Ich denke, wir haben das Nötige veranlasst. Lasst mich aber noch eines erwähnen. Auch der Ausbau unserer Fernstraßen ist ein Thema, das die Kaufleute immer wieder ansprechen, und da, kann ich Euch versichern, wird in nächster Zeit Erfreuliches zu berichten sein. Die Wege Richtung Kaufbeuren und hinüber nach Augsburg werden bald nicht mehr wiederzuerkennen sein.«

»Das ist eine überraschende und wirklich äußerst erfreuliche Nachricht, denn die schlechten Straßen und die dadurch verursachten Schäden an den Lastenwagen kostet die Kaufmannschaft viel Geld, von der verlorenen Zeit gar nicht zu reden.«

»Das ist zunächst hinter vorgehaltener Hand gesprochen«, sagt der Hofrat, und Brugger versteht.

»Natürlich behalte ich es für mich«, sagt er schnell.

Leiner tritt näher an ihn heran.

»Wie war denn die Stimmung des Fürstabtes?«

»Wie immer«, antwortet Brugger lächelnd, »kurz und eilig.«

Der Hofrat vermeidet einen süffisanten Gesichtsausdruck.

»Nun ja, er ist sehr stark mit den Plänen für den Ausbau des Hofgartens beschäftigt.«

Brugger tritt noch näher an den Hofrat heran.

»Das wird doch um Himmels willen nicht zu weiteren höheren Abgaben führen? Wir sind bereits heute so belastet, dass es kaum zu ertragen ist.«

Der Hofrat zuckt mit den Schultern und eilt davon.

»Alles liegt in Gottes Hand.«

Der hat gut reden, denkt Brugger. Es ist und bleibt ein Problem, dass die Klosterbrüder aus dem Adel kommen, sagt er zu sich. Die wissen nicht, wie schwer das Geld verdient werden muss. Es ist gut, dass überall im Land der Einfluss und die Macht des Bürgertums zunehmen. Nur so wird sich das richtige Denken einstellen können. Wenn er an seine Abgaben denkt, wird ihm ganz schauerlich zumute. Und die

Herrschaften aus dem Klosteradel reiten fröhlich zur Jagd. Schnell wischt er sich mit der Hand über die Stirn, als hätte man dort seine aufrührerischen Gedanken lesen können. Jetzt muss er sich auf den Rosshändler konzentrieren, sonst bekommt er eine alte Schimäre und kein starkes Leitpferd, so wie er es dringend braucht. Diese Rosshändler sind auch ein Lumpenpack, denkt er und sieht freundlich in das Gesicht vom Meyerbert, der ihn unwirsch anspricht.

»Der Brugger war beim Papst und rein ist seine Seele.«

So rotzfrech redeten nur Pferdeschacherer daher, denkt er. Die wissen eben nicht, wie sehr die Trennung in katholisch und lutheranisch unserer Stadt schadet.

»Spotte nicht. Ich brauche ein gutes Ross und keine Debatten, Meyerbert. Du hast vielleicht einen Pferdeverstand, aber von Politik verstehst du rein gar nichts. Also, was willst du mir verkaufen?«

Brugger dreht sich aus dem Sonnenlicht, um dem Meyerbert direkt in das Gesicht schauen zu können.

Maria Anna wendet der Sonne den Rücken zu und schaut auf ihren Schatten, der still neben ihr hergeht. Ihr Kopf ist übervoll von unzähligen Ängsten und sie weiß nicht mehr, wann sie zuletzt richtig geschlafen hat. Sie reibt sich die Hände und fühlt dann wieder die Beule an ihrem Kopf. Über eine Wiese voller Blüten geht sie, denkt sie, und alles, was sie pflücken will, wird augenblicklich welk. Dann steht sie am Rand des Flusses und steckt ihren Kopf einfach in das Wasser. Sie hört Stimmen und sieht am anderen Ufer Kinder, die sich tummeln und herumtollen. Sie bleibt am Boden liegen und kriecht rückwärts zurück. Es geht ihr besser, sie kann wieder richtig sehen und sie hört auch die Kinderstimmen. Wie lange hat sie keine Menschenstimme mehr gehört? Der Boden ist klebrig und von Gräsern und Blumen ist er weit entfernt. Wo ist sie? Maria Anna hebt den Kopf und sieht im Mittagslicht in der Ferne die Mauern einer Stadt. Gut so, denkt sie, dort bekomm ich eher etwas zu essen als in dieser Einöde hinter mir. Der Hunger darf sie nicht unvorsichtig werden lassen. Mit eigenen Augen hat sie gesehen, wie sie die Bettler wegfangen, und gehört hat sie, dass man die armen Menschen in Verliese sperrt, bis sie wahnsinnig werden. Vorsichtig taucht sie im Unterholz ab und bringt lieber gehörig Distanz zwischen sich und die Stadt. Noch ist es besser zu hungern, als in Ketten zu liegen. Maria Anna bleibt in Sichtweite des Flusses und sieht eine verlassene Fischerhütte, die zur Hälfte in den Boden gegraben worden ist. Eigentlich ist nur das kaum noch vorhandene Dach zu sehen, was ihr die Entscheidung, diesen Platz für die kommende Nacht zu wählen, leicht macht, denn wenn sie die Hütte fast übersehen hat, werden andere sie erst recht nicht finden. Sie ist froh, dass sie das Messer bei sich behalten hat, denn so kann sie an einer waldnahen Stelle, um nicht auf sich aufmerksam zu machen, Gras schneiden. Sollte den frisch gemähten Fleck jemand finden, wird er nicht sofort auf die Fischerhütte schließen. Maria Anna nimmt ihre Schürze und füllte das Gras hinein, bindet sie zusammen und legt sie sich auf den Rücken. Als sie wieder bei der Fischerhütte ist, staunt sie selbst, wie weit sie am Flussufer entlanggelaufen ist. Sie verteilt das Gras gleichmäßig, legt ihre Schürze und ein altes Tuch darüber und hockt sich nieder. So bereitet sie sich in einer Ecke der Hütte ihr Nachtlager. Niemals würde sie sich hinlegen. Nur in ihrer Hockhaltung behält sie die nötige Anspannung, um auf eine Gefahr zu reagieren. Da sie mit einem Ohr an der Bodenwand hockt, bemerkt sie jede Erschütterung sofort. Es muss ein ganzer Reitertrupp sein, der sich in der Nähe bewegt. Maria Anna kriecht aus ihrem Versteck und nimmt den kürzesten Weg zum Wasser. Am Ufer legt sie sich flach auf den Boden und schaut zum Rand des Waldes hinüber. Zwischen den Bäumen erblickt sie die ersten Reiter. Sie sieht, dass es eine Jagdgesellschaft ist, die sich auf dem Rückweg zur Stadt befindet. Bei einer solchen Reiterschar gibt es immer Hunde und deshalb lässt sie sich vorsichtig ins Wasser gleiten. Aus dieser Position fällt ihr Blick auf das andere Flussufer und sie erkennt die Häscher wieder, denen sie erst entkommen ist. Die laufen dicht am Ufer und bleiben stehen, als sie die Reiter entdecken.

»Das sind die vornehmen Herren vom Kemptener Stift«, hört sie einen der Fänger sagen.

»Bei den adeligen Familien darf der Zweitgeborene ins Kloster, das war schon immer so«, antwortet ein anderer.

»Nicht mehr lang«, sagt ein Dritter, »dann ist die Zeit auch für diese Müßiggänger vorbei. Kein Landmann darf etwas jagen, nur damit den feinen Herren die Jagd Vergnügen bereitet.«

Maria Anna merkt die Kälte des Wassers nicht. Sie muss aufpassen und sich am Ufer festhalten, um nicht fortgespült zu werden. Vielleicht sollte ich besser ertrinken, als mich von diesen Kerlen fangen zu lassen, denkt sie.

Die Reiter nähern sich und sind hörbar bester Laune. Sie stemmen sich aus den Sätteln und lassen die Pferde Wasser saufen. Sie sind keine vier Menschenlängen entfernt, denkt Maria Anna und hält die Luft an.

»Was habt ihr hier verloren?«, schreit einer der Reiter über das Wasser.

Einer der Häscher bildet mit seinen Händen einen Trichter.

»Wir haben Befehl, das Bettlergesindel einzufangen.«

Die Reiter nehmen ihre Pferde bei den Zügeln und führen sie direkt an Maria Anna vorbei. Sie zieht den Kopf unter Wasser, greift sich zwei starke Wurzeln des am Flussufer stehenden Baumes, die vom Uferboden ins Wasser reichen, und hält die Luft an. Endlich sitzen sie auf und reiten zum Waldrand zurück. Vorsichtig steckt Maria Anna den Kopf aus dem Wasser. Die drei Häscher stehen noch immer am anderen Ufer, also kann sie nicht aus dem Wasser steigen. Einer hebt einen Stein auf und wirft ihn, als hätte er damit gerne einen der Reiter erwischt. Die Gefahr ist nicht vorbei. Der große Kerl mit der Kapuze, Maria Anna sieht ihn genau, hebt den Arm und zeigt in ihre Richtung. Sie wird sich nicht mehr lange halten können, spürt bereits, wie ihre Kräfte schwinden, und die Kerle kommen näher. Aus dem Wasser kann sie nicht, denn die Jägertruppe wartet am Waldrand auf die Treiber, die erst in spärlicher Anzahl aus dem Wald gekommen sind. Maria Anna schmerzen die Finger. Ihr ganzer Körper ist unterkühlt und das Wasser drückt scheinbar immer heftiger gegen sie. Wenn ich loslasse, werde ich ertrinken, denkt sie.

Das Wasser der Iller ist durch die Regenfälle der letzten Wochen stark angestiegen. Brugger ist nicht sehr erfreut. Aber nicht wegen des Wasserstandes, sondern über den Verlauf des Tages, der ihm drei teure Rösser bescherte, einen Hut, den er nicht bezahlen wird und einen Zahnbruch, der ihm ein geschwollenes Gesicht einbrachte. Und nun soll er für Hofrat Leiner nach Augsburg fahren. Natürlich hat der ihn höflich gebeten, aber nein sagen kann er nicht, denn er weiß genau, dass der Fürstabt der eigentliche Auftraggeber ist. So ein Auftrag ist wie ein Befehl. Sie stehen am Ufer und schauen auf das Wasser. Der Hofrat geht gerne zum Ufer der Iller, wenn er etwas zu bereden hat, was nicht für alle Ohren bestimmt ist. Brugger wird schweigen, schon aus geschäftlichen Gründen, das weiß er.

In einiger Entfernung macht der Hofrat einen Reitertrupp aus, der sich langsam der Stadt nähert. Es sind die Herren des Stifts, die von der Jagd zurückkommen. Leiner ist über diese Adelssitte nicht sehr erfreut. Er selbst kommt aus einer Bürgerfamilie und lehnt daher den Dünkel der Herren von blauem Blut ab. Außerdem verbessert deren Auftreten nicht eben die Stimmung in der Stadt, wenn dem einfachen Bürger die Jagd in diesen Zeiten verboten ist. Er sieht, wie Brugger unter seinen Kieferschmerzen leidet, aber er kann ihn nicht gehen lassen. Über das eigentliche Anliegen will er noch nicht sprechen und so beginnt er mit einem anderen Thema.

»Ich erwähnte bereits den bevorstehenden Ausbau der Straßen«, beginnt der Hofrat umständlich. »Als viel gereister Mann kennt Ihr die Wege in alle Himmelsrichtungen. Wie war zuletzt Eure Erfahrung in Hannover? Im Norden soll fleißig gebaut werden.«

Brugger würde sich gerne ein wenig ausruhen und in seinem Haus sein, aber er kann den Hofrat nicht einfach stehen lassen und düpieren. Außerdem ist er neugierig, was die Herren von der Stiftsabtei in diesen Zeiten gejagt haben. Ihn schmerzt jede Kieferbewegung, also versucht er, den Mund beim Sprechen nicht zu weit zu öffnen.

»Vom Königsschloss zu Hannover soll, von einem gewissen Steintor aus, ein breiter Heerweg nach Celle zum dortigen Schloss angelegt werden, wobei die Linden längs des Weges bereits gepflanzt sind. Ein kühnes Projekt dieser Welfen.«

Der Hofrat schaut Brugger fragend an.

»Bäume, Herr Hofrat, sind unabdingbar für den Reisenden und die Pferde. Niemand würde im Sommer eine tagelange Reise in praller Sonne überleben.«

Leiner nickt verstehend.

»Das muss unbedingt bedacht werden«, sagt er und ist mit seinen Gedanken bei den Jägern, die, dem Herrn sei Dank, keines der erlegten Tiere, von deren Existenz der Hofrat ausgeht, dabei haben. Klug bedacht, denkt er, so kann aus der Bürgerschaft niemand Beschwerde führen. Sie werden ihre Beute erst in der Nacht holen lassen. Es hat immer wieder Ärger gegeben, und der Rücktritt des Bürgermeisters im letzten Jahr hatte die Gemüter zusätzlich erhitzt. Er konnte die Bürger verstehen, denen die Privilegien des Adels ein Dorn im Auge waren.

»Ein letztes Wort noch«, sagt der Hofrat. »Wenn Ihr von Augsburg kommt, ist es sicher kein sinnloser Weg, kurz in Memmingen vorbeizuschauen und beim Weinhändler am Markt eine Ladung zu übernehmen. Ihr kennt ihn. Der hat diesen Kutscher aus unserer Stadt in Diensten, den man den Schwarzen nennt.«

Brugger nickt.

»Memmingen liegt auf dem Weg und den Weinhändler kenne ich.«

Dass es ein Umweg ist und der Schwarze nicht mehr in Diensten des Weinhändlers steht, behält Brugger für sich. Wozu das Gespräch unnötig verlängern?

»Sehr schön.« Der Hofrat nickt. »Nun ja, unser verehrter Fürstabt hat noch eine persönliche Bitte. Ein Mönch wird in der Gasse beim Weinhändler Euren Wagen besteigen. Nehmt es hin und bringt ihn in die Residenz. Wir bleiben Euch sehr verbunden, Meister Brugger, Ihr wisst das.«

Damit verabschiedet sich der Hofrat und verschwindet eiligen Fußes.

Was ist das für eine Geschichte? Brugger bekommt ein ungutes Gefühl und der Kiefer beginnt richtig zu schmerzen. Er soll einen Mönch aus Memmingen abholen? Das klingt für ihn, als säße ein Lutheraner auf dem Heiligen Stuhl. Grimmig blickt er auf die Iller und die Reiterschar. Er kann sich nicht verweigern, sonst fehlen ihm die guten Beziehungen, die ein Geschäftsmann in Kempten nun einmal braucht. Auf dem Rückweg zu seinem Haus versucht er noch etwas für die Fahrt nach Augsburg zu organisieren, obwohl der Hofrat ihn zur Diskretion veranlasst hat. Der Rauchwarenhändler Siebl hat zwei Säcke Felle für ihn, mehr wird es nicht. Also wird er auf eigene Kosten nach Augsburg fahren, denn dem Fürstabt kann er keine Rechnung stellen. Endlich liegt er im

Bett und stöhnt laut. In Vorahnung über den Zustand ihres Ehemannes hatte die Gattin einen Salbeisud zurechtgemacht und einen zweiten Kräuteraufguss aus Eibisch, Lavendel, Efeu und einigen anderen Zutaten zubereitet, aber Brugger trinkt eine halbe Flasche Roten und hört nur mit halbem Ohr, dass es dem Sohn in Rom gut geht und er soeben ein göttliches Konzert eines Wolfgang Mozart hörte, dem der Papst daraufhin den Titel eines Ritters verliehen habe. Dieser Sohn, der vom Pferd fiel, sich nicht auf einem Kutschbock halten konnte und von Geld soviel wusste wie eine Kuh von der Jungfrauengeburt, gab sein Geld in Rom aus und hörte sich an, wie ein gewisser Mozart Konzerte gab. Er ist enttäuscht von diesem Sohn.

»Dein Sohn frisst mein Geld«, sagt er und seine Frau schweigt lieber.

Dann ist er eingeschlafen und wird in wenigen Stunden nach Augsburg aufbrechen, mit einem lädierten Gebiss und einem Pferd, das er noch nie geritten hat.

Hofrat Leiner steht an seinem Schreibpult und hört nicht, wie sich die Tür hinter seinem Rücken öffnet und der Fürstabt eintritt. Vom fürstlichen Schlafgemach tritt er direkt in den Saal der Hofkanzlei, was ihm sehr recht ist, bleibt doch dadurch ein Gespräch unter vier Augen unbemerkt, denn würde er über die Flure gehen müssen, würden es viele Augen bemerken. Leiner, gewöhnt an diese Auftritte, bleibt ruhig und dreht sich um.

»Es ist entschieden«, sagt der Fürstabt und stützt sich auf einen Stuhl. Leiner weiß sofort, was entschieden wurde, sagt dazu aber nichts.

»Der Brugger wird Bruder Emmeram aus Memmingen holen. Wolltet Ihr nicht seine Meinung abwarten?«

Der Fürstabt geht langsam auf und ab.

»Das ist geschehen. Wagen der Augsburger Fugger nahmen ihn auf. Endlich konnte er dieses böse Memmingen hinter sich lassen. Nun will er unbedingt nach Rom. Man stelle sich das vor, in seinem Alter.«

Der Hofrat ordnet die Papiere auf seinem Pult.

»Die Stiftsstadt wird erfreut sein über die Wahl, aber wie wird die Reichsstadt Kempten reagieren? Mir ist bekannt, wie sehr in der letzten Zeit die Stimmung schwankte«, sagt der Fürstabt und dreht sich zu Leiner um. »Nun?«

Der Hofrat wägt seine Worte.

»Es ist viel Unruhe in der Stadt. Die Bürger würden gerne sehen, wenn der Pöbel gezüchtigt würde. Auch befürchtet man den Ausbruch von Unruhen unter den Bauern. Die schlechten Ernten bewirken ein Übriges.

Eine weitere Verhärtung zwischen denen in der Reichsstadt und der Stiftsstadt brächte viel böses Blut. Die Finanzen sind zerrüttet und weitere Steuern erlaubt die Stimmung nicht.«

Der Fürstabt hebt die Arme.

»Genug, verehrter Hofrat, genug. Die Kirche gibt nun eine Botschaft hinaus. Die Ernennung Dominikus von Brentanos zum Hofkaplan und geistlichen Sekretär des Fürstabtes ist beschlossen. Man sollte sie als Hoffnung für eine gute Entwicklung nehmen und nicht als Schwäche sehen.«

Der Hofrat hakt ein.

»Was allerdings durchaus geschehen kann, leider.«

Der Fürstabt geht zur Tür und dreht sich noch einmal um.

»Jene werden die Härte der Gesetze zu spüren bekommen, die sich gegen die göttliche Ordnung versündigen.«

Das sagt sich leicht, denkt Leiner und ruft nach seinem Schreiber, um die Ernennung Brentanos bekannt zu machen. Überrascht ist er nicht von der Entscheidung, denn man zählt den Fürstabt allgemein längst zu den Erneuerern der Kirche. Ob aber die Kirche positiv auf diese Humanisten wie Brentano reagieren soll, daran zweifelt er. Das einfache Volk wird bei seiner Art des Glaubens bleiben und die Bürger werden sich erst zufrieden geben, wenn sie selbst bestimmen können. Er geht hinüber zu einem kleinen Zimmer im südwestlichen Eckturm und setzt sich auf einen Stuhl. Wenn Rom nicht mehr der Mittelpunkt der Welt ist, wer soll es ersetzen? Die Fürsten und Kaiser wollen, dass die Völker sie als die höchste Instanz verehren und ihr Land lieben. Wie kann man sein Land lieben? Man hat Jahrhunderte an Zeit gebraucht, um zu erkennen, dass die Menschen nicht ablassen werden von ihrem Glauben an die Mutter Erde, und hat ihnen als Ersatz die Schwarze Madonna gegeben. Was wird man als Ersatz für Rom nehmen? Reformen werden für das Leben der Kirche wichtig sein, aber die Strenge darf nicht fehlen. Man ist hier nicht in Frankreich, wo es Berge von Büchern gibt, die jede Ordnung auf den Kopf stellen. Hier bleiben sie verboten. Leiner ist sich sicher, dass das Bürgertum, alleine schon wegen des vorhandenen Geldes, letztlich die Oberhand bekommt. Inwieweit die Kirche davon betroffen sein wird, weiß er nicht zu sagen. Man wird sich auf Unruhen einstellen müssen, trotz oder wegen der Ernennung von Brentano. Die Lutheraner wird diese Ernennung nicht beeindrucken. Sie werden sie als Kalkül abtun. Leiner vergräbt sich immer tiefer in seine Gedanken und vergisst dabei völlig den Brugger, der in Memmingen nach einem Mönch Ausschau halten wird, der längst in Kempten angekommen ist.

Brugger steht auf und weckt seinen Kutscher. Er kann nicht schlafen, also kann man auch im Morgengrauen aufbrechen. Der Kutscher wird ›der Mailänder‹ genannt, obwohl er ein Franzose und mit einer Kemptenerin verheiratet ist. Der Mailänder schirrt an und sagt, es wird regnen. Er sagt es zu seinem Pferd, nicht zu Brugger. Brugger hört sowieso nichts, denn ihm brummt der Schädel. Außerdem steht seine älteste Tochter im Hof. Sie ist der Kerl, der sein Sohn nicht ist. Der will ein Musikus werden und die Tochter prügelt sich wie ein Kutscher. Eine verrückte Welt ist das, denkt Brugger und versucht, den schmerzenden Kiefer zu ignorieren. Vielleicht hätte er doch zum Bader gehen sollen, statt an das Geld zu denken. Aber erst gestern war der Mailänder beim Wagner, um ein neues Rad anbringen zu lassen. Wo soll er denn die vielen Gulden hernehmen?

Die Tochter sitzt bereits auf dem Kutschbock, sehr zum Verdruss des Mailänders, der aber nichts sagt. Sie sieht aus wie ein Gassenjunge, denkt Brugger und sagt auch nichts. Wie hatte er sich über die Geburt des Sohnes gefreut, und nun klimpert der auf Tasten herum, was die Frau und Mutter in Verzückung geraten lässt, ihn aber in Verzweiflung stürzt.

Brugger sieht zu, wie die Tochter die beiden Säcke mit den Fellen auf den Wagen wirft und sich den Holzprügel greift, falls es auf der Fahrt Ärger geben sollte. Er besteigt sein Pferd und die Reise kann endlich beginnen. Natürlich wird er Richtung Kaufbeuren fahren, denn über Memmingen ist es ein Umweg. Er ist sich sicher, dass der Hofrat weiß, dass er nur zustimmte, weil man sich dem Fürstabt nicht verweigert. Alles in allem bleibt es eine Tour, die für ihn kein Geschäft ist. Sie bewegen sich noch im Schwemmgebiet der Iller, als ihnen ein Reiter im gestreckten Galopp entgegenkommt. In der beginnenden Helligkeit erkennt Brugger, dass es zwei Männer sind, die auf dem Pferd sitzen. Als sie näher kommen, erkennt er den Fuhrmann Beckl samt seinem Kutscher, der schlimm lädiert zu sein scheint.

Statt einer Begrüßung ruft Beckl bereits aus der Entfernung.

»Er ist umgeschlagen und hat den Wagen ruiniert!«

Dem der Vorwurf gilt, der hockt elend hinter Beckl und blutet im Gesicht.

Brugger bleibt ganz ruhig und reagiert gelassen.

»Die Straßen sind zu schlecht, Beckl, das sage ich dir. Schnell bricht der Wagen ein und aus ist es. Bring deinen Mann in die Stadt und lass ihn versorgen.«

Beckl schnaubt ungehalten.

»Na, freilich. Und meine Ware lasse ich noch länger am Weg liegen. Ein Pferd habe ich schon verloren.«

Brugger denkt als Kaufmann und reagiert entsprechend.

»Wohin sollte es denn gehen? Ich bin nach Augsburg unterwegs.«

Beckl ist zu aufgeregt, um den Hintergedanken Bruggers zu erkennen.

»Nach Kaufbeuren mit Tuch und bis Augsburg mit Pökelfleisch«, sagt er.

Brugger reibt sich das unrasierte Kinn und führt sein Pferd dicht neben das von Beckl.

»Ich nehme deine Ladung auf, Beckl, wenn es auch meine Zeit kostet.«

Er stöhnt, als wäre sein Wagen umgekippt.

»Gut«, sagt Beckl. »Ich bringe den Kerl in die Stadt und folge Euch nach. Wartet nicht auf mich, ich hole Euch schon ein.«

Brugger reibt sich innerlich die Hände, denn nun wird er unerwartet doch noch ein paar Gulden verdienen können.

Es dauert fast eine Stunde, bis sie den umgestürzten Wagen erreichen. Was sie zu sehen bekommen, ist kein schöner Anblick. Das Pferd hat sich beide Vorderbeine gebrochen und liegt auf der Seite. Aus seinem Körper sind bereits große Stücke Fleisch herausgeschnitten worden. Der Mailänder schaut sich um und greift nach seinem Säbel, den er seit seiner Militärzeit immer mit sich führt. Doch von den Fleischräubern ist weit und breit nichts zu sehen. Auch Brugger späht über das flache Land und kann nichts Verdächtiges entdecken. Dem Wagen ist die Achse gebrochen und eine Eisenkette ist wohl nach vorne geschlagen und hat das Pferd schwer verletzt. Der Kutscher muss kopfüber vom Bock gefallen sein. Beim Umladen sieht Brugger seiner Tochter zu, wie sie eine verpackte Schweinehälfte schultert und auf seinen Wagen legt. Auch der Mailänder macht große Augen. Brugger denkt, sein Sohn wäre unter der Last jammernd zusammengebrochen.

Endlich geht es weiter und Brugger hält die Augen offen. Die Tochter steht auf der Ladefläche und hat ihren schweren Holzprügel über die Schulter gelegt. Es sieht bedrohlich aus und so ist es auch gemeint. Doch von einer Bettlerbande oder gar Straßenräubern bleiben sie verschont. Nach einer Wegbiegung sieht Brugger zwischen Bäumen hindurch eine Vogelscheuche auf einer Wiese. Wieso steht eine Vogelscheuche auf einer Wiese, denkt er, als die sich plötzlich bewegt. Er sieht genau, dass sie die Arme hebt und ihre Augen zum Himmel blicken. Auch die Pferde sind unruhig, als sie die Stelle passieren müssen. Sie steht in der Nähe des Waldrandes und Brugger denkt nicht daran zu prüfen, um was es sich da handelt. Auch der Mailänder lässt die Pferde laufen, und nach kurzer Zeit ist die Vogelscheuche nicht mehr zu sehen.

»Kreuzteufel noch einmal, das war ein Gespenst am hellen Tag«, sagt Brugger.

Der Mailänder stiert nach vorn und knurrt.

»Hinten nichts, oben nichts, an der Seite nichts. Alles, nur nichts sehen und drüber reden, bringt sonst Unglück.«

Die Männer hätten es dabei belassen, aber das Mädchen hat sich umgeschaut.

»Es ist verschwunden«, sagt sie. »Erst war's noch da, dann ist es verschwunden.«

Brugger hebt die Hand und droht ihr.

»Bist du noch gescheit, dich umzudrehen? Willst du eine Salzsäule werden? Bei allen Heiligen, hoffe nur, dass du nicht erblindest.«

Der Mailänder nickt zustimmend und schweigsam wird die Fahrt fortgesetzt.

Es ist noch früh, die Sonne steckt hinter massigen Wolken, während es im Gras rauscht, ein Wind wie ziehende Düfte, die sich als Nebel über dem Fluss gebildet hatten, nun aber die Aussicht freigeben auf die fernen Berge, eine Landschaft aus Gottes Hand. Ein ergrauter alter Herr sitzt oben bei den Bergspitzen und alle lieben und ehren ihn. Die Düfte ziehen davon und man sieht von unten, wie helle Wolkeninseln von der Morgensonne ausgeleuchtet werden.

Maria Anna bekommt Sehnsucht nach den Bergen. Sie hat sich ins hohe Gras fallen lassen und nun die Augen geöffnet. Neben ihr im Grün liegt ein blutiges Stück Fleisch und ein schönes Stück von dem Pökelfleisch hat sie sich auch abgeschnitten. Sie hat hart kämpfen müssen gegen die Bettlerbande aus dem Wald und wäre beinahe unterlegen, wäre da nicht auf der Straße von Kempten ein Lastenwagen aufgetaucht und hat die anderen zur Flucht getrieben hat. Sie nicht. Sie ist stehen geblieben und hat das Licht begrüßt.

Maria Anna richtet sich auf und hustet. Nach ihrer Flucht in den Fluss lag sie Tage und Nächte in der Fischerhütte, bis sie sich endlich wieder aufraffte und sich vorsichtshalber im Wald versteckte. Seit diesen Tagen hustet sie. Sie kann sich an Träume erinnern, die feuerrote Bilder hatten oder öde Hütten zeigten, halb zerstört, und ihre Mutter sah sie auch. Hinter einem Waldstück hatte sie ein Bauernpaar entdeckt, das nichts mehr besaß. Der Mann vertrieb sie aus dem leeren Ziegenstall mit einem Dreschflegel, aber sie ging nachts wieder zurück. Zwischen dem Fluss und dem Wald hatte sie verwilderte Hühner entdeckt und einen Hahn, der in den Bäumen saß. Sie sammelte Eier und legte sie der Familie auf die Schwelle. Von allem, was sie an Essbarem fand, legte sie etwas für die Bauern zur Seite. Sie hatte deren Kinder gesehen und geweint. Mit den Händen zu fischen, hatte sie sich selbst beigebracht und wenn ihr ein Fang gelang, legte sie davon auch etwas vor die Tür der Bauern. Einmal waren es gleich zwei Forellen, und von da an ließ der Bauer sie in Frieden. Eine alte Decke stahl sie sich von einem Lastenwagen und Gras für ein Bett hatte sie schnell gesammelt. Wie lange sie nun bereits in dem alten Ziegenstall lebte, daran kann sie sich nicht mehr erinnern. Für die Zeit hat sie keinen Bedarf. Die Sonne ging und der Mond kam, und so war es richtig. Nun nimmt sie das Fleisch und bringt es hinüber zu der armen Bauernfamilie.

Am Morgen war sie in einen Lichtstrahl getreten und hatte erwartet, dass es sie in den Himmel hebt. Die Wolken hatten den ganzen Himmel bedeckt, nur ein Bündel Strahlen fielen auf die Erde und zu diesem Punkt war sie gelaufen und hatte sich mit dem Licht umhüllt. Der ferne Kutscher sah sie dort stehen, und als sie den Kopf hob, da ließ er die Zügel schleifen und der Wagen kippte um. Kaum waren die Männer mit dem überlebenden Pferd davongeritten, kamen die Streuner und Bettler aus dem nahen Wald und töteten das gestürzte Pferd.

Maria Anna legt den Batzen Fleisch auf die Schwelle und verschwindet. Sie schneidet sich ein Stück von dem Geräucherten ab und kaut darauf herum, aber sie schmeckt nur ihr Blut im Mund. Immer wenn sie etwas kaut, blutet es in ihrem Mund. Sie spuckt und hustet. Hinter einem dichten Busch am Waldrand verbirgt sie sich und schaut zur Straße hinüber. Ein einzelner Reiter sprengt von Kempten aus über die Fernstraße. Sie erkennt ihn an seinem grünen Wams. Es ist der Mann, der dem Kutscher ins Gesicht schlug, nachdem der Wagen umgekippt war. Was hatte der Kutscher nur in ihr gesehen, dass er sich dermaßen erschreckte und die Pferde scheuen ließ?

Maria Anna schließt die Augen und sieht die Jungfrau mit dem Kinde. Sie irrt. Sie selbst ist es, die mit ihrem Kind umhergeht, weil sie keinen Schlaf finden kann. Am Fenster angekommen, sieht sie, wie der Hirte mit seinen Ziegen zur

Weide geht. Jemand sagt, die Sonne brennt und die Fliegen belästigen das Kind. Maria Anna denkt, die Zeit steht still und sie wird ewig am Fenster stehen und ihr Kind in den Armen halten.

Sie vernimmt das Geräusch leichter Schritte. Sofort verkriecht sie sich im hohen Gras. Nichts ist, sie hat sich getäuscht. Erleichtert schleicht sie zum Ziegenstall. Vor der Tür sieht sie einen Holzteller mit einer Suppe darin. Die Bäuerin hat mit dem Fleisch eine Suppe gekocht. Dadurch haben sie länger etwas zu essen, als wenn sie das Fleisch gebraten hätte. Maria Anna trinkt die Suppe und legt sich auf ihr Lager. Es ist noch Tag, aber in der Nacht will sie aufmerksam sein. Die Fänger sind noch immer unterwegs und sie will nicht im Schlaf überrascht werden. Es gibt noch einen anderen Grund. Wenn sie tagsüber schläft, denkt sie nicht an ihn.

In der Nacht ist sie zu sehr angespannt, um sich mit ihm zu beschäftigen. Sie streckt sich aus und wartet auf den Schlaf.

»Schlaf«, sagt Emmeram, »ist ein hohes Gut, das ich nur mehr spärlich besitze. Der Körper verteilt die Schmerzen und lange liegen kann ich nicht mehr.«

Der Fürstabt schaut auf den Mönch, der auf der Bettkante kauert und sich die alten Hände warmreibt. Emmeram würde lieber in der Kammer bleiben, doch der Fürstabt möchte ihn in seinen Räumen um sich haben.

»Ist es nicht von Erfolg gewesen, wie uns die innere Reform unserer Mutter Kirche zu den Menschen zurückgeführt hat? Vielleicht bist du doch zu skeptisch, lieber Bruder Emmeram.«

Der Fürstabt beginnt das Gespräch und hilft Emmeram, die Treppenstufen hinaufzusteigen.

»Der Skeptiker ist ein Zweifler an allem, das bin ich nicht, und das darf ich nicht sein, sonst wäre kein Platz für mich im Hause des Herrn. Nur ist die Situation, wie sie ist, und mehr habe ich nicht gesagt. Die Lage in Spanien, Frankreich, Österreich, über England müssen wir erst gar nicht reden, ist eindeutig. In allen Ländern wird ein zentrales System installiert und damit sollen die jeweilige Krone und das jeweilige Land wichtiger sein. Man will die Unterwerfung unter die Worte und Schriften des Heiligen Stuhls nicht mehr, und die katholische Welt wird nie wieder mit einer Stimme sprechen.«

Emmeram muss abbrechen, denn ihm fällt das Atmen schwer. Er schaut aus dem Fenster auf das geschäftige Treiben in der Stadt.

»Das Bürgertum wird mit seiner Kaufmannschaft noch mehr an Einfluss gewinnen.«

Der Fürstabt nickt, denn das ist sein tägliches Geschäft. Es ist nicht neu, dass die Kaufleute mehr Geld besitzen als der Adel und sich die Proportionen längst verschoben haben.

Emmeram holt tief Luft, um seine Rede weiterzuführen.

»Wenn also die Dinge so weitertreiben, wird das Bürgertum folgerichtig eines Tages die geltende göttliche Ordnung in Frage stellen. Oh, sei nicht überrascht von meinen kühnen Gedanken. Zwar hat dieser Luther die Fürstenmacht als gottgegeben bezeichnet, aber Calvin schrieb, ein Fürst, der seinem Volk schade, dürfe gestürzt werden. Mit anderen Worten, wenn die Kirche weitere Änderungen zulässt, sind der Willkür Tür und Tor geöffnet. Ich sehe in den Bemühungen der Königshäuser nichts anderes, als Macht und Einfluss zu sichern, wenn es sein muss, auch ganz ohne den Heiligen Stuhl. Sie machen nur das, was ihnen nutzt.«

Der Fürstabt wendet sich der nächsten Tür zu und öffnet sie.

»Dabei gilt Maria Theresia als fromme Frau und Beschützerin der Mutter Kirche in ihrem Reich.«

Emmeram hält den Fürstabt am Arm.

»Sie will sich ihre Kirche so einrichten, wie es ihr nützlich scheint. Man gehorcht dem Papst nicht mehr, man setzt ihn von seinen Entscheidungen nur noch in Kenntnis. Diese Veränderungen der Ordnung werden eines Tages vor keinem Thron mehr haltmachen. Von der Art und Weise, wie die Höfe in Madrid und Paris ein christliches Leben mit Füßen treten, müssen wir nicht sprechen. Aber sie knüpfen damit den Strick, an dem das Bürgertum sie einmal aufhängen wird.«

Der Fürstabt ist irritiert.

»Und wer soll dann eines Tages die Welt regieren? Mein Gott, Emmeram, du versteigst dich.«

»Ach ja?«, erwidert Emmeram. »Wer leiht den Königen und Kaisern das Geld für ihre aufwendigen Leben? Die Geldmacher und Zinsbetrüger, die der Herr einst davonjagen ließ, die werden einmal regieren. Es sei denn, wir besinnen uns und sagen den Menschen, dass sie nach den Worten und Gesetzen der Heiligen Schrift leben müssen. Oh, deine Augen schauen mich an, mein lieber Bruder, und ich kenne deine Frage. Das Elend kommt nicht von den Hexen. Die Schrift sagt, du sollst die Zauberin nicht leben lassen, und alle sagen, die Hexenverbrennungen sind daher nur rechtens. Wer entschied aber darüber, wer eine Hexe war und ist? Es sind Menschen, nicht die Kirche. Und genau die werden es einmal der Mutter Kirche anrechnen, dass so viele Unschuldige sterben mussten. Warum tötet niemand die Geldverleiher und sonstigen Betrüger?«

Der Fürstabt geht grübelnd voran, und Emmeram schweigt nun und bestaunt die prachtvollen Räume der Residenz.

»Es war unsere Kirche, die den Tod der Hexen erlaubte, lieber Emmeram.«

Emmeram bleibt in der Mitte des Saales stehen und hebt seine Stimme.

»Es war ein Papst, der das unterschrieb. Er ist längst tot, und vom jetzigen Heiligen Vater habe ich Gleiches noch nicht vernommen.«

Dem kann der Fürstabt nicht widersprechen und so widmet er sich der Betrachtung der frisch renovierten Säle, nicht ohne Stolz, denn er hatte die Arbeiten angeordnet. Außerdem will er sich den Gedanken, ein Papst habe sich geirrt, nicht erlauben.

»Man wollte die Menschen auf den rechten Weg zwingen, lieber Emmeram, ich fürchte, dabei sind wir nicht recht weit gekommen. Ich las deine Zeilen und bin deiner Ansicht. Nur«, und mit diesem Wort zeigt er auf einen Tisch mit einem Haufen Papieren, »die Realität besteht aus diesen Meldungen und Anzeigen über Dämonen und Hexerei. Von diebischen Kaufleuten und Wucherern ist nicht die Rede.«

Emmeram weiß natürlich, mit wessen Geld der Fürstabt bauen lässt und vermeidet es, weiter negativ über die Kaufmannschaft zu sprechen.

»Man sagt, die Bildung sei dem einfachen Volk der Wegweiser weg vom Aberglauben. So denke ich nicht.«

Er bleibt stehen, weil ihm ein Deckenfresko ausnehmend gut gefällt.

Der Fürstabt bemerkt es und tritt hinzu.

»Die Königin von Saba vor Salomo«, sagt er.

Emmeram nickt und geht weiter.

»Meine Vorgänger haben bereits sehr viel Energie in die Gestaltung des Hauses gesteckt, mein lieber, lieber Emmeram, mir bleibt jetzt die Aufgabe, das zu vollenden.«

»Um meinen Gedanken zu beenden«, sagt Emmeram, während sie den nächsten Raum betreten, »man wird genau beurteilen, wie sich die Schulen der Jesuiten auswirken. Man kommt nicht umhin festzustellen, dass ihre Schüler eher dem Orden gehorchen, als sich Rom zu unterwerfen. Es wird so kommen, dass Wien ein Verbot aussprechen wird.

Bleibt die Frage, was wird man lehren? Die Handwerker und Kaufleute werden ihre Meinung haben und Aufklärer eine andere. Die Ketzerei und den Aberglauben werden wir mit ihnen nicht besiegen.«

Der Fürstabt bleibt erneut stehen.

»Sondern? Welchen anderen Weg soll es noch geben? Ich bin begierig, ihn kennenzulernen.«

Emmeram spürt, wie sich der Fürstabt verändert. Er will Antworten und nicht noch mehr Fragen hören.

»Die Verblendung der Menschen ist die gefährlichste Wirkung ihres Dünkels. Diesen Satz schrieb der französische Moralist Rochefoucauld.

Die Fürsten haben ihren Dünkel, die Bürgerschaft hat ihren Dünkel und die Plebejer haben ihren Dünkel. In ihrer Verblendung sehen sie immer nur das Schlechte am anderen. Du sollst deine Feinde lieben, sagt die Heilige Schrift. Du sollst nicht falsch Zeugnis reden, sagt sie auch.«

Der Fürstabt setzt sich an einen Schreibtisch und stützt sein Gesicht mit seinen Händen.

»Ich brauche etwas für den Tag, lieber Emmeram, nicht für den Himmel. Jeden Morgen legt man mir Anklagen vor, die ich zum Gericht gebe oder nicht. Es wird ständig falsches Zeugnis abgegeben und seine Feinde liebt man nicht, man klagt sie an. Nein, Emmeram, die Menschen brauchen eine feste Ordnung und gleichzeitig Luft zum Atmen.«

Emmeram bleibt vor dem Schreibtisch stehen und setzt sich nicht.

»Wenn das so ist, müssen wir die Gotteshäuser schließen. Solche haben dort keinen Platz. Manches Mal fragte ich mich bereits, ob Gott in diesen Landen überhaupt angekommen ist? Wen beten sie wirklich an, wenn sie Gott sagen? Unsere katholische Aufklärung, mein lieber Honorius, sie steht erst am Anfang. Und sie wird die Klöster ebenso reformieren müssen, wie den Bürger und den gemeinen Mann.«

»Schön, schön«, sagt der Fürstabt und hebt abwehrend die Hände. »Unsere Dummheit vor dem Herrn ist exorbitant. Aber sie sind doch nicht alle auch noch bösartig. Und vergiss nicht, ich habe die Kirche dieser anderen täglich vor Augen. Wer sagt uns denn, dass sie nicht morgen oder übermorgen eine dritte Kirche erfinden, um zu leben, wie es ihnen gefällt? Oder sie kommen zu der Ansicht, sie bräuchten überhaupt keinen Gott mehr. Emmeram, ich bin der Fürst dieses Landstriches, ich muss meine Worte wägen. Die Bettlerscharen nehmen überhand und die Städter befürchten Bauernaufstände oder ähnliche Unbill. Ich muss handeln, sonst werden es andere tun.«

»Wo ist Gott?«, fragt Emmeram.

Der Fürstabt tritt an ein Fenster und wendet Emmeram den Rücken zu.

»In jedem Menschen«, antwortet er.

»Also muss es doch möglich sein, ein Leben als Christ zu führen. Alle gemeinsam sind sie Sünder und die Gnade Gottes erwartet sie.«

Der Hofrat nimmt seinen Kopf von der Tür und schleicht auf den Zehen davon. Erst hinüber zu den Türmen, dann eine Kehrtwendung und noch eine und endlich steht er im Hof, völlig unverdächtig, und er geht hinüber Richtung Schuhmacher, um ein neues Paar abzuholen. Was er gehört hat, kommt ihm ungeordnet, ja zumeist wirr und ohne Zusammenhang vor. Es kann aber sein, dass es nur eine Fortsetzung anderer Gespräche war, von denen er keine Kenntnis hat. Würde man ihn fragen, er hätte geleugnet, gelauscht zu haben. Wenn der Fürstabt ihn nicht mit seinen Gedanken vertraut macht, muss er sie sich eben auf andere Art und Weise besorgen, schließlich werden von ihm Antworten und Entscheidungen verlangt. Leiner biegt in die Gasse der Schuhmacher ein. Er stammt aus einer ärmlichen Bürgerfamilie, im Vergleich zum Fürstabt oder den adeligen Herren des Stiftes. Inzwischen hat er etwas erreicht im Leben und das wird er nicht aufs Spiel setzen. Jüngst überbrachte man ihm ein Druckwerk, das er mit hohem Interesse gelesen hatte und es danach sofort an heimlicher Stelle versteckte. Er las darin über die aufgeklärte Zeit, in der man sich befände, auch wenn man zu den Aufgeklärten höchstens ein Prozent der Menschen zählte. Man versteht sich als neue Elite und das las er gern, denn auch er glaubte, sich dieser zurechnen zu können. Die Freiheit zu denken, so las er, sei unabänderlich verbunden mit dem Willen des Menschen, alles Unbekannte zu entdecken und zu erforschen. Nur wer das Wissen fördert, wird der Menschheit gerecht werden. Mithilfe des Verstandes befinde sich der aufgeklärte Mensch in einem ständigen Lernprozess. Dazu bräuchte es Menschen mit der entsprechenden äußeren und inneren Erscheinung. Nicht dazu zu zählen seien selbstverständlich Menschen der Unterschicht, Frauen und Juden.

Leiner hatte das Pamphlet, dem er weitgehend zustimmte, dem Fürstabt vorenthalten. Für sich selbst hatte er entschieden, es einfach zu vergessen. Der Druck des Heftes war angeblich in Regensburg geschehen und der Name des Autors war selbstverständlich eine Erfindung. Man hätte ihn für diese Zeilen auch gerädert und geviertelt. Der Hofrat lief gerne durch die Gassen, wurde er doch dort regelmäßig untertänigst gegrüßt, was ihm schmeichelte, wenn er sich für diese Eitelkeit auch immer wieder selbst verspottete. Er ist doch kein Philister. Diese rechthaberischen Kleindenker und üblen Ignoranten, die sich ihren Reichtum zusammengestohlen hatten und ihn in lächerlichster Weise zur Schau stellten. Sie fuhren bereits am frühen Vormittag mit der edlen Kutsche, obwohl man auch brav zu Fuß hätte gehen können. Die Damen trugen kostbares Geschmeide, als wären sie auf dem Wege zu einer hohen Festlichkeit. In gewisser Weise tut ihm der aufrichtige und tief gläubige Emmeram leid. Aber der lebt in einem Kloster und nicht in dieser Stadt und unter diesen Bürgern, deren Dummheit nur noch von ihrer Habsucht übertroffen wird. Leiner bleibt einen Moment vor der Tür des Schuhmachers stehen. Es war nicht zu leugnen, das Land braucht eine aufgeklärte Elite und eine frei denkende Kultur.

Die Glocke schlägt an, als er eintritt.

Aus der fernen Stadt tönen die Glocken der Kirchen über das weite Land. Eine tiefe Sehnsucht nach einem Irgendwo durchzieht ihren Körper, so wie sie häufig am Ufer des Flusses saß, auf das Wasser schaute und fragte: ›Wo gehst du hin und wie wird es dir dort ergehen?‹ Sie hatte einmal davon reden hören, dass alle Bäche und Flüsse in ein großes Meer flossen und so empfindet sie ein Verlangen, sich in das Wasser zu legen und sich hintreiben zu lassen zu dem Ungekannten. Sie will hier nicht mehr bleiben. Sie stellt sich auf und breitet die Arme aus, doch die Winde sind zu langsam, tragen sie nicht hinüber ins Irgendwo. In den Ästen der Bäume erklingt ein einfaches Lied, wie es Hirten singen. Einmal träumte sie von einem Unbekannten, der ihre Schönheit pries und unendlich ergreifende Lieder singen konnte. Sie bat ihn, sie zu beschützen, aber er konnte sie nicht hören. Als sie ihn fand, lag er entzweigebrochen am Berg und starb. Mich liebt niemand. Maria Anna hört keine Glocken mehr und läuft zu ihrem Ziegenstall. Mich wird niemals jemand lieben.

Der Bauer schwenkt seine Arme und bekreuzigt sich mehrfach.

Sie sind da! Maria Anna kriecht zurück; vom Wald aus wieder in das hohe Gras und langsam in Richtung des Flussufers. Die Fänger stehen am Stall und diesmal haben sie einen Hund dabei. Gegen den Hund kann sie nicht bestehen. Es sei denn, sie kommt über die Iller. Noch ist sie weit davon entfernt, sich in das Wasser retten zu können. Längst hat sie vergessen, dass es ein Leben gab, ohne gejagt zu werden. Wie ein Wild reagiert sie und schlängelt sich in die Nähe des Ufers. Sie lauscht und kann nichts Gefährliches hören. Einmal sah sie einen Reiter, der sich, auf dem Ross sitzend, in den Fluss begab und sich einfach an das andere Ufer treiben ließ. Maria Anna duckt sich wieder ab und läuft zum Ufer hinab, bis sie die Stelle gefunden hat. Das ist nicht schwer, denn reichliche Hufabdrücke zeigen ihr, dass es viele Reiter gibt, die sich die Strömung zunutze machen. Sie schaut auf das Wasser und sieht, wie sich die Strömung durch die leichte Krümmung des Flussbettes verändert und zum gegenüberliegenden Ufer fließt. Ohne lange zu überlegen, steigt sie in das Wasser und lässt sich einfach treiben. Sofort greift die Strömung nach ihr und reißt sie herum, wirft sie gegen die Fluten wie einen trockenen Ast, zieht sie in einen Wirbel hinab und wirft sie wieder hinauf. Maria Anna hustet Wasser und sieht nicht, wohin sie sich bewegt. Jetzt ist es aus, denkt sie, jetzt ist es endlich aus. In diesem Augenblick höchster Not sieht sie ihn. Er, der ihr nicht helfen wird, lacht ein stummes Lachen. Die Hände des Verräters werden sich nicht rühren.

Ein Tisch ist gedeckt. Weiße Tücher liegen auf, frisches Brot duftet aus Körben, Forellen hängen über der Glut und der Wein funkelt in kostbaren Gläsern. Sie widersteht dem Drang, sich zu setzen und einfach mit dem Essen zu beginnen. Maria Anna ist fort. Sie sieht sich um und sieht sich nicht mehr. War sie nicht soeben noch am Tisch? Man lacht. Um sie herum wird laut gelacht und nun ist sie nicht mehr dort.

Sie kommt zu sich.

Die Stimme ist rau und wird von Hundegebell begleitet. Maria Anna hat diese Stimme schon gehört. Sie öffnet die Augen nicht, spürt nur, wie sie hochgehoben wird und man ihr einen Strick um die auf den Rücken gelegten Arme bindet. Es sind die Stimmen dieses riesigen Kerls und seiner Kumpane, die sie verfolgten, als sie sich in der Iller versteckt hat. Nun ist alles aus. Maria Anna bewegt sich nicht und öffnet auch nicht die Augen. Sie ist tot, seit sie Memmingen verlassen hat. Als er sie verriet, da ist sie gestorben.

Wie ein Tier wird sie von einem der Männer über die Schulter geworfen und über die Wiese am Fluss getragen. Erst hinter dem Waldstück wartet ein Wagen. Man wirft sie auf die Ladefläche und sie spürt, dass da noch andere Menschen sind. Sie bleibt still liegen und rührt sich nicht.

Das Licht wird heller und wieder dunkler, der Tag taucht in die Nacht und wird wieder ein neugeborener Tag. Zuweilen dämmert sie dahin wie nach einer tiefen Ohnmacht. Sie sah sich im Traum. Eine Gestalt, die einen Spiegel im Gras findet, hineinschaut und kein Gesicht hat. Immer wieder verirrte sie sich im Wald und lief und lief, der Weg nahm kein Ende, und dann trat sie an eine Lichtung und dort wartete der riesige Kerl mit einem Strick in der Hand. Und jedes Mal fiel sie vor seine Füße und immer sah sie den einen Fuß, der kein Fuß war, sondern eine Teufelsklaue. Nur deshalb schrie sie, als man durch Kempten fuhr. Die Menschen in den Gassen schauten entsetzt und einige bekreuzigten sich. Man schaute verstört auf die Elenden auf dem Wagen und einige Bürger forderten den Kutscher auf, die Stadt im Galopp zu verlassen. Maria Anna hat daran keine Erinnerung. Sie hielt die Augen geschlossen. Es war ihr gleich, wohin man sie brachte.

Der Hofrat begleitet Emmeram zu seinem Doktor, weil der alte Mönch kaum noch bewegungsfähig ist. Die schmerzenden Gelenke benötigen eine schnelle Behandlung, und so bekommen sie den Wagen mit den gefangenen Landstreichern zu Gesicht. Vielleicht hätte Emmeram Maria Anna erkannt, aber sie liegt auf dem Wagen und so sieht er nur die Gestalten, die aufgerichtet auf der Ladefläche zu sehen sind.

»Sie vermehren sich wie die Blutsauger in den Tümpeln«, hört er eine Frau sagen und das scheint die Meinung der Bürger zu sein.

Der Hofrat führt ihn in das Haus des Arztes und Emmeram weiß, dass er es hier nicht mag. Auch der Doktor, der zu übereilt aus einem anderen Zimmer hereinkommt, gefällt ihm nicht. Wein wird gereicht und einige Teller mit Brot, aber Emmeram denkt, es ist für den Hofrat angerichtet worden, denn nach seinen Schmerzen erkundigt sich der Arzt nicht. Mit lauter Stimme beklagt er den Verfall der Sitten und verweist auf den Fall des bayerischen Hiasls, den man erst im Jahr 1771 endlich ergriffen und hingerichtet hat. Emmeram hat davon gehört, sich aber nicht sehr dafür interessiert und musste nun, quasi zur Strafe, die Suade des Arztes anhören, den der Fall offensichtlich stark beschäftigt hat.

»Das war und ist nicht die einzige Räuberbande, die das Land durchstreift. Aber nicht nur, dass dieser Hiasl die Bürger ausgeraubt hat, nein, er behauptete, das getan zu haben, um den armen Bauern zu helfen, denen er zugerufen hatte, sie sollten sich gegen ihre Herren erheben. So sieht es aus zwischen Gebirge und Donau, Herr Hofrat. Gott sei Dank hat man in Dillingen kurzen Prozess mit ihm gemacht.« Der Arzt ist ganz außer sich vor Empörung und Emmeram wird es immer unleidlicher. Er glaubt dem Mann die Entrüstung nicht.

Der Arzt verbeugt sich vor Emmeram.

»Ich habe mich zu entschuldigen, denn die Salbe ist leider nicht fertig. Sofort lasse ich sie zu Ihnen bringen, wenn der Tiegel bereitet ist. Es ist mir hochnotpeinlich. Dafür ist es eine uralte Rezeptur, die, nachdem sie aufgetragen wurde, sofort wirkt.«

Emmeram ist sicher, dass der Arzt bei Hexenverhören gut zugehört hat und sich seine angebliche uralte Rezeptur aus dem Wissen der alten Kräuterweiber geholt hat, die man als Hexen verurteilt hat. Aber er will nicht in Unfrieden dieses Haus verlassen, das er sicherlich nie mehr wieder betreten wird, und schweigt.

»Dieser Hiasl war ein Jagdgehilfe, bevor er zum Räuber wurde«, sagt der Arzt. »Das zeigt, wie aufmerksam unsereins sein muss, um diese Schandbuben und Verbrecher dingfest zu machen. Sie hetzen die einfachen Leute gegen uns auf, Herr Hofrat.«

Emmeram ist froh, als er endlich wieder auf der Gasse ist.

»Klostermair hieß er«, sagt der Mann, der Maria Anna um die Hüfte gepackt hat und den Berg zur Festung hochschleift. »Für einige Zeit war ich bei ihm, dem Hiasl, doch er wollte mich nicht.«

Mit einem Fußtritt ist Maria Anna vom Wagen, der den steilen Hang zur Burg hinauf nicht nehmen kann, getrieben worden. Die armen Schlucker müssen hochsteigen und zwei der Aufseher schlagen mit Stricken nach ihnen, wenn es nicht schnell genug vorangeht. Maria Anna hört nichts und hört doch alles. Aber es geht durcheinander in ihrem Kopf und sie kann das Gehörte nicht auseinandersortieren. Sie versucht, selbstständig zu gehen, doch ihre Beine wollen nicht.

»Der Hiasl«, sagt der Mann, »war ein verrückter Kerl. Der hat sich nichts bieten lassen von den Herrschaften. Und ein Mundwerk hatte der, ein richtiges Schandmaul.«

Maria Anna will die Augen öffnen und spürt ihr Fieber. Nun also ist sie richtig gestorben und auf dem Weg ins Fegefeuer. Die Heilige Jungfrau hat ihr Flehen erhört und sie sterben lassen, aber warum muss sie in die Hölle? Oben auf dem Berg sieht sie eine große Burg, die sich für sie zu einem riesigen Schloss ausweitet, und an der Pforte wird Petrus warten, während Gott in diesem Turm wohnt, der wie ein lang ausgestreckter Finger als Warnung an die Christenmenschen in den Himmel ragt. Sie will das Himmelsschloss erreichen und strengt sich an, voranzukommen. Schon kann sie auf den Wiesen um das Schloss herum die weißen Hirsche weiden sehen und die lilienfarbenen Einhörner.

Ihr ungebetener Begleiter sieht, wie sie versucht, die Lippen zu bewegen. Er glaubt, seine Worte hätten sie beeindruckt, also legt er sich die nächsten Sätze zurecht, denn ein guter Erzähler ist er nicht.

Nicht weit hinter dem Ort Martinszell hatte sich der Kutscher geweigert, weiterzufahren. Also wurden die Gefangenen ausgeladen und zum Berg geführt, der hinauf zur Burg Langenegg führt. Dort hat der Mann sich Maria Anna gegriffen und hält sie seitdem fest. Nicht ganz uneigennützig, wie man glauben könnte, denn so sieht es aus, als gehören sie zusammen, und er kann sich in aller Ruhe einen Namen für sich ausdenken, denn er befürchtet, dass man seinen richtigen Namen noch immer mit dem Hiasl in Verbindung bringen könnte und das wäre sein Tod. Die Burg liegt auf einer Bergspitze, die von drei Seiten vom Fluss Iller umspült wird und einen Blick über das Land erlaubt, wie ihn nur Adler kennen. Er wird sich Martin Adler nennen, beschließt der Mann. Auf der Burg war er schon einmal, damals allerdings als Spion für den Hiasl. Nun geht er als Gefangener hinein und denkt, eine Flucht ist nur auf diesem Weg möglich, den er soeben gegangen ist. Er will die Burg nicht erreichen. Schlagen die ihn jetzt nicht tot, wird er in wenigen Minuten wieder frei sein.

»Vater unser«, sagt Maria Anna, »Vater unser.«

Der Mann, der sich Martin Adler nennen will, sieht die sich bewegenden Lippen und hört nur ein unverständliches Brabbeln.

»Du willst die Geschichte zu Ende hören? Also gut«, sagt er.

Damit niemand zuhören kann, schleppt er Maria Anna an den äußeren Rand der Gefangenengruppe. Sie lässt es geschehen.

»Es ist nichts passiert.« Plötzlich ist die Stimme der Tröscherin in ihr. »Es ist ja nichts passiert. Wir sind nur stete Wanderer auf Erden«, hört sie die Tröscherin sagen, »aber keine Sklaven. Du musst kämpfen!«

Der Mann spürt, wie ein Ruck durch die schmächtige Frau geht und sie ihn schroff anschaut.

»Na schön«, sagt er schnell, »ich war kein guter Jäger, deshalb wollte der Hiasl mich nicht mehr haben. Er kam aus Kissing an der Paar, wo der Vater ein Viehhirt war. Dort hatten die Jäger vom Jesuitengut ihrer Jagdleidenschaft gefrönt. Im Kloster Mergenthau hatten sie erkannt, dass der Hiasl eine Gabe für die Jagd hatte. Also wurde er ein Jagdgehilfe. Wie er dann gesehen hat, dass dem Wild alles erlaubt war und den Bauern nichts, nur damit die feinen Herrschaften immer was zum Abschießen hatten, da hat er wilde Reden geführt. Vor allem, wenn das Wild den Bauern die Felder abgefressen hatte und sie dafür hungern durften. Jagen durften nur die Adeligen. Und das hat den Hiasl eben schwer gefuchst. Außerdem wollte er immer gerne selber ein Jäger sein und so fing das an mit ihm und seiner Bande.«

Er hält inne, weil sich einer der Aufseher nähert. Maria Anna spürt ihren Körper wieder und sieht diesen Kerl mit dem Strick, der sich kaum unterscheidet von den zerlumpten Gestalten vor ihr. Sie blickt hinauf zu dem Burgturm und direkt in den Himmel. »Sag mir etwas«, flüstert sie, »sag mir etwas.«

»Ich bin am Lech geboren«, sagt der Mann. »Dort habe ich den Hiasl auch getroffen. Da kam er gerade aus dem Zuchthaus von München zurück. 30 Mann waren wir und haben gejagt, was das Zeug hält. Der Hiasl hat das Wildbret unter den Armen verteilt und war deshalb sehr beliebt. Aber verraten haben sie ihn trotzdem. Dann haben sie ihn gefangen und aufs Rad geflochten. Zuschauer aus dem ganzen Land kamen, um sich anzuschauen, wie sie den Hiasl hinrichten. Ich war auch dabei und keiner hat mich erkannt, weil ich inzwischen diese Narbe im Gesicht habe.

Der Hiasl wurde übers Rad gedreht, bis kein Knochen mehr heil war, und dann hat ihn der Scharfrichter geschlachtet. Sein Kopf wurde auf den Galgen gesteckt und seine Eingeweide darunter vergraben. Die Körperteile haben sie an den Straßen von Dillingen, Schwabmünchen, Oberstdorf und Füssen aufgehängt, damit keiner mehr auf den Gedanken kommen sollte, ein Wildschütz sein zu wollen.«

Maria Anna schreit. Sie schreit auf eine Art, dass alle Gefangenen und die Aufseher entsetzt stehen bleiben und auf das Paar am Rande des Weges starren. Der Mann hält die Frau im Arm wie eine große Puppe. Aber diese Puppe schreit und schreit, bis der Mann sie einfach fallen lässt und sich den Abhang hinunterrollen lässt. Die aufrührerische Bewegung unter den Gefangenen lässt den Aufsehern keine Zeit, sich um den Flüchtenden zu kümmern. Außerdem wird der schnell unten bei der Klippe sein und kopfüber den Fels hinabstürzen und zerschmettert am Ufer der Iller liegen oder ertrinken. Der Mann kennt sich aber aus und rutscht vorsichtig über die Kante, bis er an der Wand hängt und sich seitlich an ihr vorbeischiebt, um dann hinter den Büschen ein Versteck zu suchen. Er muss warten, bis die Gefangenen mit den Aufsehern in der Burg verschwinden. Dann kann er über den Hügel Richtung Martinszell verschwinden. Er will als Martin Adler ein freier Mann sein.

Von seinem Versteck aus sieht er, wie ein Aufseher an die schreiende Frau herantritt und ihr in das Gesicht schlägt. Sie stürzt und bleibt liegen.

Maria Anna hält ihre Hände schützend vor ihr Gesicht.

Das Gesicht von Emmeram verfinstert sich. Er begreift nicht, was der Fürstabt eigentlich von ihm will. Andererseits sieht er, wie der Fürst und der Abt ständig miteinander ringen müssen, um zu einem Ergebnis zu kommen, welches zumeist den Fürsten als Sieger sieht. Die Stiftsstadt Kempten ist ihm näher als die Kirche, denkt Emmeram, und genau das wird das Dilemma der Mutter Kirche werden.

»Wir sprachen über Spanien, Frankreich und Österreich. Ich erwähnte die Entwicklung in München, wo sich der Kurfürst auch bemüht, die Kirche um seinen Thron zu scharen.« Emmeram spricht leise und schaut aus dem Fenster. Das ist zwar unhöflich, zwingt aber den Fürstabt, von seinen Akten zu lassen und aufzustehen.

»Was ist das für eine Metapher?«, fragt er Emmeram.

Der verzieht keine Miene und spricht ruhig weiter.

»Die Kirche in Rom war einmal das Zentrum der Welt. Für alle Menschen galten die Gesetze und alle Christenheit war eins. Man traf sich in der Welt nicht als Spanier, Portugiese, Österreicher, Bayer oder als Mensch des Stiftes Kempten, man war Christ und das verband die Menschen miteinander. Plötzlich begannen die Herrscher, nur noch sich selbst zu sehen und erklärten ihre Länder zum eigentlichen Inhalt des Lebens der Menschen. Schwöre auf den König und die Bibel, heißt es, aber schwöre lieber stärker auf den König, das bringt dir mehr Vorteile. Es ist lange schon kein Frevel mehr, im Krieg einen Katholiken von einem anderen Katholiken töten zu lassen, die beide katholischen Königen dienen. Wir werden nicht nur das Heilige Römische Reich verlieren, wir verlieren das uns verbindende Christsein insgesamt.«

Der Fürstabt hat aufmerksam zugehört.

»Nun ja, die Throne Europas versuchen, ihre Kirchen an sich zu binden und nicht wenige Würdenträger folgten diesem Ansinnen. Aber die Einheit, lieber Bruder Emmeram, die Einheit unserer Mutter Kirche, die wurde längst zerstört, und zwar aus unseren eigenen Reihen heraus. Warum sonst wurde und wird der Jesuitenorden verboten? Viele haben leider versucht, sich einen Vorteil zu verschaffen.«

Emmeram nickt.

»Traurig, aber ich muss dir zustimmen. Doch das ändert nichts an der grundsätzlichen Fragestellung, ob wir Rom damit nicht endgültig in Zweifel stellen. Was gilt dann noch das Wort des Papstes?«

Der Fürstabt winkt ab.

»Wir haben die Zehn Gebote, lieber Bruder Emmeram, aber reichen sie aus? Jeden Tag werden neue Gesetze geschaffen, gegen immer neue Verfehlungen. Ich habe Gottes Werk nicht zu kritisieren, aber lies die Akte mit den Namen der Tagediebe, die wir gerade erst in die Burg Langenegg eingeliefert haben, und erfahre von ihren Schandtaten. Gott hätte uns 1000 Gesetze geben können und wir würden die Probleme noch immer nicht bewältigen können.«

Emmeram nippt an einem Glas Wasser.

»Gott war der Menschen schon einmal überdrüssig, da schickte er die große Flut. Fordern wir ihn nicht heraus, lieber Fürstabt.«

Der Fürstabt blickt ernst und nachdenklich.

»Ständig fordern wir ihn heraus. Es kommt der Tag, an dem der Himmel schwarz wird und die da unten sich niederwerfen, um ihre alten Götzen anzuflehen, sie zu verschonen. Wie soll ich das Stift und die Stadt regieren, wenn kein einziges der Zehn Gebote eingehalten wird?«

Über Mittag verliert sich der Nebel endgültig über dem Fluss und die Sonne wärmt das Land. Emmeram will nicht in seiner Kammer bleiben und auch nicht über den feuchten Boden des Hofgartens laufen. Also nimmt er einen anderen Weg und geht zur Iller hinüber. Auf den kahlen Höhen ferner Berge vermutet er erste große Schneefelder. Vielleicht ist es auch eine optische Täuschung. Gut möglich, beim Zustand seiner Augen. Nach dem letzten Gespräch mit dem Fürstabt, es war wie immer im Unbestimmten geblieben, fand er ein Schreiben seines Münchner Klosters vor, das ihn dorthin zurückrief. Darüber gibt es keine Debatte, also würde er, so bald es ging, sein Bündel schnüren und den Heimweg antreten. Er ist sich, wegen seiner labilen Gesundheit, auch sicher, dass es keine weiteren Reisen von seiner Heimatstadt aus geben wird. Sein Alter würde sie nicht mehr erlauben.

Nach dem Frühgebet hatte er dem Fürstabt einen Zettel geschrieben und ihn neben dessen Teller gelegt. Darauf stand: ›Und da es der Herr sah, ward er zornig über seine Söhne und Töchter, und er sprach: ›Ich will mein Antlitz vor ihnen verbergen, will sehen, was ihnen zuletzt widerfahren wird, denn es ist eine verkehrte Art. Es sind untreue Kinder.‹ 5. Buch Mose.‹

Emmeram geht den Weg hinüber zur Stadt, um von dort zurückzukehren. Er ist sich sicher, dass der Fürstabt einen prächtigen Fürstensitz entstehen lässt. Die das Geld gaben, haben Absichten. Ob dadurch aber die Macht in diesen Mauern zu konservieren ist, daran wagt er dann doch zu zweifeln. Nun betritt er eine belebte Gasse und muss sich vorsehen, von rüpelhaften Passanten nicht umgestoßen zu werden.

Brugger bleibt stehen, um den in Gedanken versunkenen Mönch vorbeizulassen. Erst gestern ist er sehr spät in der Nacht zurückgekehrt mit der traurigen Nachricht, dass der Mailänder samt Pferden und Wagen in der Schweiz in eine Bergschlucht gestürzt ist. Soeben kam er von der jungen Witwe, die nun zu sehen hat, wie sie in Zukunft zurechtkommt. Insgeheim hat er überlegt, welchen Mann er finden könnte, damit ihr Leben und das ihrer Kinder gesichert sind, aber ausgesprochen hat er diesen Gedanken selbstverständlich nicht. Aus Lindau hat er einen neuen Kutscher mitgebracht und damit jede Diskussion mit seiner Tochter unterbunden. Er wollte sie nicht auf dem Kutschbock sehen. Die Geschäfte in Venedig haben ihn nicht zufriedener gemacht, und nun denkt er darüber nach, häufiger in die Niederlande zu reisen, nach Brügge, Brüssel und Amsterdam. Davon verspricht er sich bessere Geschäfte. Man sollte in Gewürze gehen, hatte ihm ein Kaufmann in Verona verraten, aber da ist er sich noch überhaupt nicht sicher. Jetzt muss er zu seinem Kaufmannskollegium gehen und einen Antrag zur besseren Sicherung der Stadt beraten. Immerhin wird seine neue Reise Wochen in Anspruch nehmen, und in dieser Zeit will er seine Familie und sein Haus gesichert wissen. Während er so in seinen Überlegungen rührt, da wird ihm mit einem Mal bewusst, dass es hier in Kempten keine Gasse gibt, die er nicht zusammen mit dem Mailänder befahren hat. Es ist ein schwerer Verlust für ihn und er ist sehr froh, dass er das Unglück nicht gesehen hat. Die Straßen sind noch immer viel zu schlecht, und auch das wird er heute wieder einmal ansprechen. Brugger betritt die Vorhalle des Saales der Kaufmannschaft und atmet tief durch. Er hat in den letzten Wochen sehr viel Geld verloren. Es ist an der Zeit, dass sich grundlegend etwas ändert.

Emmerams Leben geht dem Ende entgegen und er weiß es. Seine Reisen und die notwendigen Auseinandersetzungen mit den Menschen, das ist die Würze seines Lebens. Eine Reise nach Rom wird er wohl nie mehr antreten können. Aber er hat sich häufig daran erinnert, wie ein Bruder einmal zu ihm sagte, wenn du endlich in Rom bist, dann willst du nach Jerusalem. Es ist immer so, man steht an einem Ufer und will hinüber. Immer ist es das Neue und Unbekannte, das uns reizt.

Emmeram erinnert sich an den Morgen mit dem Fürstabt und er sieht sich, wie er kurz die Schriftstücke aus der Burg Langenegg in der Hand hält und sein Blick auf diesen Namen fällt. Er las Maria Schwegele, und er erinnerte sich an diese junge Frau, die in seiner Erinnerung Anna Maria Schwegelin hieß, aber sicher war er sich nicht mehr. Sie war doch eine Magd, dachte er, wieso hatte man sie in die Burg Langenegg gebracht? Es war genug, er ist müde und will zurück in seine Klause. Maria Schwegele oder Schwegelin, denkt er. Es wird eine andere sein.

Maria Anna hebt den Kopf und denkt, das hast du erst einmal geschafft. Sie liegt am Boden einer Zelle und ist alleine. Alle anderen Gefangenen haben sich geweigert, mit ihr zusammen in einem Raum zu sein.

Vor dem Fenster hängt noch ein dichter Schleier Dunkelheit. Sie hört deutlich Schritte, die näher kommen. Die Ungewissheit martert sie und sie beginnt, Geräusche zu machen, um die Schritte zu übertönen. Aber sie weiß, es wird ihr nicht gelingen, weil es ihr bisher noch nie gelungen ist.

Wenn sie dann die Augen aufreißt, weht nur ein roter Umhang vorbei, ohne einen Menschen darin zu verbergen, und immer bleibt ihr ein Schatten an der Wand zurück. Schaudernd kniet Maria Anna vor dieser Wand und fleht: »Es ist genug, es ist genug. Was wollt Ihr von mir, Herr?« Danach riecht sie Bäume und dann läuft sie durch einen einsamen, dunklen Wald. Wenn sie zu sich kommt, hat sie sich die Finger an der Wand blutig gekratzt.

»Nein, zu der Verrückten will niemand, nicht einmal jene, die wirklich verrückt sind. Sie will sich nicht fügen«, sagen die Aufseher, »und arbeiten will sie auch nichts. Wer nicht arbeitet, soll auch nicht essen.«

Maria Anna will, dass endlich das Tageslicht in ihre Zelle leuchtet. Sie legt sich auf den Boden, damit das Licht ihr Gesicht trifft. Sie hat Hunger, aber daran will sie nicht denken.

Für Tage kann sie sich nicht von ihrem Lager rühren. Sie erinnert sich, wie sehr sie einmal die Freuden ihres Lebens genossen hatte. In Gesellschaft fröhlicher Menschen war auch sie fröhlich gewesen. Oder waren das Hirngespinste, die sich nie erfüllt hatten? Sie liegt da und will die Namen jener Menschen aufzählen, mit denen zusammen sie fröhlich war, aber es fallen ihr keine Namen ein.

Eines Nachts kommt sie zu sich und alles scheint anders zu sein. Sie fühlt sich wohler als sonst und es hat den Anschein, als kämen auch ihre Kräfte langsam zurück. Plötzlich erinnert sie sich an den Mann, der sie beim Anstieg zur Burg gehalten hat und der so blitzartig verschwunden war wie ein Geist nach Mitternacht. Da war dann auch wieder sein Bericht über die Hinrichtung des bayerischen Hiasl präsent, der doch nichts weiter getan hatte, als die fettgefressenen Wildtiere zu schießen und den hungernden Landmenschen zu geben. Oh ja, sie weiß, es ist bei Androhung der Todesstrafe verboten, den satten Adeligen und feisten Bürgern das Wild wegzuschießen. Aber sollen die Menschen verhungern? Sie verhungern, Maria Anna weiß es, hat sie das doch selbst mit ansehen müssen. Das Wild war aus den Wäldern gekommen, hatte sich über die mageren Felder hergemacht, und die hungernden Bauern standen daneben und mussten zuschauen. Gott der Gerechte hat geschrieben, du sollst deinen Bruder nähren, wenn er in Not ist. Sie hatte die Geschichte aus der Bibel mit eigenen Ohren gehört, und als sie einen Priester danach fragte, da hatte der den Finger gehoben und ihr zugerufen, versündige dich nicht.

Die dicken Mauern ihrer Zelle sind kalt und feucht. Aus dem Eimer stinkt ihr eigener Urin und steigt ihr ätzend in die Nase. Wie lange wird man sie hier festhalten? Sie hat gehört, dass man Gefangene nach Kempten brachte und die dort beim Gericht ihre Strafen bekommen hatten. Die wussten dann, wie lange sie eingesperrt sein würden, sie weiß es nicht. Vielleicht sollte sie sich doch anders betragen und die Mächtigen freundlich gegen sie stimmen, damit man sie eines fernen Tages wieder gehen lässt, auch wenn sie nicht weiß, wohin sie dann gehen soll. Wenn nur endlich die Nacht vorbei wäre, denkt Maria Anna und krümmt sich am Boden zusammen. Sie wartet auf ihren nächtlichen Dämon.

Der Eisenmeister Klingensteiner sitzt vor seinem Napf mit fader Graupensuppe und löffelt sie so unbeteiligt, wie er sie halt jeden Tag in sich hineinbringt. Er ist daran gewöhnt, denn etwas anderes gibt es nicht zu essen. Nun soll er dafür sorgen, dass seine Gefangenen dem Fürstabt nicht die Haare vom Kopf fressen und gleichzeitig genug Kraft haben, um ihre tägliche Arbeit zu erledigen, die mit dem Frühlicht beginnt und mit anbrechender Dunkelheit beendet wird. Vor ihm steht die Aufseherin Kuhstallerin und klagt und zetert, dass ihm schon der Schädel brummt. Sie ist einfach verrückt, denkt er und nimmt noch einen Löffel.

Gleich will er sich die Vorräte vornehmen und einen Bericht darüber erstellen, damit die Herren in der Stiftstadt Kempten endlich einsehen, dass er so die Vorgaben niemals erfüllen kann. Nein, denkt er, zunächst braucht er einen klaren Kopf und dazu wird er auf den Turm steigen und sich die frische Luft um den Schädel wehen lassen.

»Verschwinde, Kuhstallerin«, knurrt er und streicht sich über den Bauch, der unbefriedigt grummelt.

Manchmal hat er die Verrückte in Verdacht, dass sie ihn bei den Herren in Kempten anschwärzte, und er muss dann darüber nachdenken, wie es wäre, wenn er selbst zu einem Gefangenen gemacht würde in diesem Arbeits- und Zuchthaus. Bei diesen Gedanken verspürt er häufig große Lust, die Kuhstallerin zu verprügeln. Er tut es nicht, denn er hat jetzt schon viel zu wenige Aufseher. Würde er sich eine von den Gefangenen dazu auswählen, bekäme er vielleicht wieder so eine Irre. Die Kuhstallerin ist völlig verrückt, da kann es keinen Zweifel geben. Es ist anstrengend, den Turm der Burg Langenegg zu besteigen, und der Eisenmeister bleibt häufig stehen, um kräftig durchzuschnaufen. Dennoch ist ihm dieses kleine Ritual lieb geworden. Es ist die einzige

Gelegenheit für ihn, einmal für sich zu sein und den Gefangenen und diesem fauligen Geruch in der Burg zu entkommen. Was soll er machen? So kann er wenigstens überleben. Er weiß sehr wohl, dass man ihn ausgesucht hat, weil er als brutaler Kerl verschrien ist. Doch nicht immer kommt man weiter, wenn man die Gefangenen verprügelt. Er hat lernen müssen, dass gutes Zureden häufig besser funktioniert und die Leute danach gut arbeiten.

Das Land liegt tief unter ihm und er kann einen Moment fühlen, wie sich ein Burgherr in früheren Jahren gefühlt haben mag. Als Herr dieser Welt. Die Falken nutzen die Aufwinde am Felsen, und das im Licht des hellen Tages glitzernde Wasser der Iller beschäftigt ihn, weil er sich immer wieder fragt, warum dieser Fluss nicht einfach geradeaus fließt, statt sich in Biegungen zu winden, wie jene, zu denen er versucht, hinabzuschauen. Er kann sich das nicht erklären. Gleich muss er wieder im Elend der Welt stehen. Hier oben aber gibt es nichts als den Wind und die Weite der Welt.

Klingensteiner kehrt um und überlegt, was er mit dieser Schwegele oder Schwegelin, wie sie genau heißt, ist ihm nicht bekannt, anfangen soll. Angeblich ist sie ständig krank oder sie weigert sich, zu arbeiten. Sollte das Letztere zutreffen, wird er sie in Ketten legen lassen. Wird auch das nicht helfen, dürfte eine Tracht Prügel das rechte Mittel sein, sie zur Vernunft zu bringen. Bei Frauen helfen durchaus ein paar Schläge, davon ist er überzeugt, während die Männer nicht gerne in den dunklen Verliesen der Burg hocken. Im Übrigen ist er auch zu Hause nicht zögerlich, wenn die Frau oder eine andere Weibsperson sich widerspenstig zeigt. So wie es eben überall das Züchtigungsrecht der Männer gegen die Weiber gibt, übt auch er es aus. Schließlich sind sie selbst daran schuld, wenn es Prügel setzt. Widerstand kann er nicht dulden. In der kleinen Küche trinkt der Eisenmeister seinen

Krug Dünnbier leer und macht sich dann auf den Weg. An den Tagen, an denen er sich seinen kleinen Ausflug auf den Turm gönnt, empfindet er den Geruch in der Burg besonders eklig. Er darf daran nicht denken. Auch an den Dreck, die Ratten und Mäuse und die völlig überfüllten Zellen darf er nicht denken. Gefangene mit Hautausschlägen oder eitrigen Wunden kann er nicht behandeln lassen. Die Frauen überlässt er der Kuhstallerin. Er hat darauf zu schauen, dass die Arbeit getan wird und die Ware zur Lieferung bereitliegt. Überhaupt hält er sich nicht gern bei den Frauen auf. Die Priester hatten ihm immer wieder eingebläut, dass die Frauen für alles Schlechte in der Welt die Schuld tragen. Ihr Lächeln verbirgt das Gift ihres Betruges. Es gibt keinen Beweis, dass sie Menschen sind, hatte man ihn gelehrt. Sie sind ein notwendiges Übel.

Der Eisenmeister kneift die Lippen zusammen und macht das Gesicht, das bei den Gefangenen Furcht und Schrecken verursacht. Wenn die Schwegelin faul auf ihrem Lager liegt, wird sie ihn kennen lernen.

Nichts von dem, was die Kuhstallerin ihm zugetragen hat, trifft ein.

Klingensteiner sieht die Schwegelin brav am Spinnrad sitzen und die Zelle ist gesäubert. Alles scheint in Ordnung zu sein. Aber noch traut er dem Weib nicht. Also macht er seine Runde und kehrt noch einmal zurück. Nichts hat sich geändert. Die Frau arbeitet und schaut nicht einmal auf, als er vor ihr steht. Der Eisenmeister läuft den Gang entlang und zieht eine Frau an den Haaren zu sich.

»Wann ist die Verrückte aufgestanden?«

Die Frau zittert vor Angst.

»So wie wir alle.«

»Also um vier.« Klingensteiner lässt sie los. »Und bis abends um sieben?«

Die Frau nickt hilflos.

Klingensteiner verlässt die Zellen und geht in den Hof. Zum Mittagsläuten um 12 Uhr muss die Suppe für die Gefangenen auf den Tischen stehen. Er wird nach 20 Uhr, wenn die Leute zur Nachtruhe eingesperrt sind, noch einmal zu der Verrückten gehen. Wie es aussieht, hat die Kuhstallerin wieder einmal gelogen und eine der Frauen angeschwärzt, ohne dass es dafür einen Grund gibt. Er hat nicht schlecht Lust, ihr dafür eine prächtige Watsche zu verpassen. Wo ist die Irre überhaupt? Er steigt die Treppe hinab und sieht Männer, die einen Wagen beladen.

Maria Anna hat den Schweißgeruch des Eisenmeisters noch in der Nase. Sie hat keine Angst vor dem Kerl, so wie die anderen Frauen, die wie die Mäuschen in ihren Löchern verschwinden, sobald sie seine Schritte hören. Sie hat überhaupt vor nichts mehr Angst. Nur die Nacht, die fürchtet sie. Nach der Arbeit, dem Rosenkranzbeten und der Suppe ist sie sofort in ihre Zelle gelaufen und hat sich in die Mitte des Raumes gestellt, so wie sie es jeden Abend tut. Ihre Körperhaare stellen sich auf, und eine leichte Vibration im Boden zeigt ihr an, dass er irgendwann in dieser Nacht zu ihr kommen wird.

Die Kuhstallerin versteckt sich hinter einem Mauervorsprung im Gang und beobachtet die Schwegelin. Sie hat eine große Wut, denn sie spürt den Fußtritt vom Eisenmeister noch immer am Hintern. Fest hält sie den Strick in der Hand, mit dem sie so gerne zuschlägt.

Maria Anna beginnt, leicht mit dem Oberkörper zu wippen. Sie schließt fest die Augen und beginnt flüsternd ein Gebet.

»Heilige Maria Mutter Gottes.«

Mehr will ihr nicht gelingen. Sie versucht es wieder.

»Heilige Maria Mutter Gottes.«

Über die Helligkeit wirft die Sonne ihren Mantel aus Wärme. Die Türen der großen Kirche öffnen sich und Maria Anna geht auf die Mutter Gottes zu. Sie spürt ihre Füße nicht, denn es fühlt sich an, als laufe sie über moosweiches Gras. Sie sieht sich im Glanz des Lichts. Unter einem Schleier ist ihr Kopf verborgen, ihren Körper schmückt ein weißes Kleid und ihre Hände tragen ebenso weiße Handschuhe. Nun ist sie im Mittelgang des Gotteshauses und läuft auf den Altar zu. Sie trägt eine brennende Kerze in den Händen, wie die anderen Jungfrauen, die mit gesenkten Köpfen in den Reihen knien. Würdevoll schreitet sie und sie weiß, dass die Mutter Gottes anwesend ist, auch wenn niemand sie sieht.

Sie wird ihr die Kerze segnen und danach kann Maria Anna mit ihrem Segen kranken Menschen helfen. Sie betet.

»Heilige Maria Mutter Gottes.«

Die Kuhstallerin starrt auf Maria Anna und es wird ihr unheimlich. Warum bewegt die Hexe sich so und mit wem flüstert sie? Niemand ist zu sehen, nichts ist handgreiflich. Sie beginnt sich zu fürchten und sie denkt, mit wem ist das Weib gerade im Bunde? Dann verschwindet sie doch lieber hinüber zur nächsten Treppe.

Maria Anna kehrt aus ihrem Traum zurück. Sie tritt an das Fenster und wischt sich den Schweiß aus dem Gesicht. Es war nur eine Erinnerung. Diesen Traum hat sie vor langer Zeit geträumt und ihn während einer Beichte dem Pfarrer erzählt. Der wurde zornig darüber und schimpfte sie kräftig aus, dabei war sie doch noch ein Kind.

»Du sollst Gott deinen Herrn nicht versuchen. So steht es geschrieben. Die Kerze dient nicht der Magie.«

Sie hatte so lange in einer Ecke stehen müssen, bis sie die Worte nachsprechen konnte. Verstanden hatte sie es nicht, denn alle nahmen die vom Priester gesegneten Kerzen mit nach Hause und leuchteten die kranken Menschen und Tiere damit aus, damit sie wieder gesund wurden.

Maria Anna tritt vom Fenster zurück, um dem Dämon kein leichtes Ziel zu geben. Sie stellt sich in die dunkelste

Ecke und wartet. Die Zeit verrinnt, und da nichts geschieht, glaubt sie sich für diese Nacht verschont. Mit den Füßen schiebt sie sich ihr Lager zurecht, als sie ein leichtes Wehen in der Luft verspürt. Sie verharrt und rührt sich nicht mehr von der Stelle. Vor der Burg beginnt der Wind heftig zu brausen. Der Ast eines Baumes bricht ab und stürzt den Felsen hinab. Nun hört sie schon seinen stampfenden Pferdefuß. Dann ist er da, direkt hinter ihr, mit seinem rasselnden Atem, so wie sie es immer anhören muss, wenn er über sie kommt. Doch diesmal ist es anders. Ohne dass sie es will, hebt sie das Kleid über ihren Hintern und bückt den Oberkörper tief hinunter. Als sie aus ihrer kurzen Ohnmacht erwacht und sich wieder spürt, liegt sie am Boden und hört aus der Ferne sein hämisches Gelächter.

»Maria Mutter Gottes, hilf mir!«

Sie fühlt sich beschmutzt. Wenn der Morgen beginnt und das Tageslicht da ist, wird ihr die Schande jeder ansehen. Ich bin doch nicht schuld, denkt Maria Anna, ich bin doch nicht schuld daran.

# 7

Hofrat Leiner schwillt langsam die Zornesader, aber er muss höflich bleiben, denn der Brugger vertritt die reisende Kaufmannschaft und die gehört zu den guten Steuerzahlern. Also versucht er es noch einmal lammfromm und mit weicher Zunge.

»Aber lieber Meister Brugger, wir haben doch die Gesetze und Verordnungen bereits seit dem Jahr 1770. Dort ist die Bettelordnung niedergelegt und damit unumstößlich.«

Brugger wirkt wie ein störrischer Bub, der gleich mit dem Fuß stampfen wird.

»Schön, schön, Herr Hofrat, aber die Armenkasse wird von uns gespeist, es ist genug nun.«

Gegen seine Absicht hebt der Hofrat drohend den Finger.

»Auf dem Land draußen fressen die Bauern Mäuse, und unsere Zuchthäuser sind völlig überfüllt. Wenn wir die Armenkasse nicht kräftig auffüllen, wie es unser Fürstabt wünscht, werden sich die elenden Massen auf uns zu bewegen, Brugger. Wir haben eine fürchterliche Hungersnot, das ist doch bekannt oder etwa nicht?«

Nach seiner kleinen Eruption wird Leiner sanft und gefällig, denn Brugger erschrickt heftig und geht einige Schritte zurück.

»Selbstverständlich werde ich dem Fürstabt das Anliegen unserer Kaufleute vortragen.«

Brugger ist unzufrieden, sieht aber, dass er heute nichts weiter erreichen wird.

»Mir ist bekannt, dass gehungert wird und Kinder sterben müssen. Aber auch wir haben Kinder und unsere Frauen, die wir beschützt haben wollen. Es ist nicht einfach, sehr lange von daheim fort zu sein und nicht zu wissen, ob alles für den Schutz unserer Familien getan wird.«

Der Hofrat nickt freundlich.

»Auf den Fürstabt ist Verlass, und wer gegen uns das Schwert erhebt, der wird durch das Schwert zu Fall kommen.«

Nach diesen pathetischen Worten erhebt sich der Hofrat und reicht Brugger die Hand.

»Verzeihung, aber der Fürstabt erwartet mich. Ich werde unsere Kaufleute nicht vergessen, bestimmt nicht.«

Brugger will die Geduld des Hofrats nicht über Gebühr strapazieren, denn auch er weiß keine absolute Lösung für das leidige Problem mit den Landstreichern und Bettlern. Außerdem ist er sich sicher, dass Leiner bekannt ist, wohin er seine Burschen zur Schule geschickt hat. Aber es ist nun einmal Tatsache, dass die Lehranstalt der Lutheraner besser ist als alles, was sonst angeboten wird. Zumal die Lateinschule dem Adel vorbehalten bleibt, auch wenn das nicht so deutlich gesagt wird. Trotzdem könnte die katholische Seite ihm das übel anrechnen. Doch eine kleine Replik muss er sich noch erlauben, sonst bekommt er auf dem Heimweg Bauchschmerzen.

»Wenn wir die Armenkasse weiter füllen, kann es dann nicht passieren, dass der Pöbel aus den umliegenden Ländern nach Kempten strömt?«

Der Hofrat sieht ihn an und Brugger weicht erneut einige Schritte zurück.

»Wenn sie kommen und wir sie fangen, dann werden sie ins Arbeitshaus gebracht und müssen alles abgeben, was sie bei sich tragen, nur die Kleidung auf ihren Leibern wird ihnen gelassen, das wissen sie. Vor allem ist ihnen bekannt, dass unsere Zuchtmeister Befehl haben, Ungehorsam mit harten Strichen der Gerte zu brechen. Für Gesindel ist es kein Vergnügen, nach Kempten zu kommen, Meister Brugger.«

Der Hofrat nickt ihm zu und Brugger verlässt eilig die Räume und stürmt über die Treppe hinaus in die Stiftsstadt. Klang das nicht wie eine Drohung? Nein, denkt er, nein, nein, nein, das würden sie nicht wagen, ihn dorthin zu bringen, wo die menschliche Kloake lebt. Andererseits, er darf sich nichts vormachen, der Stiftsabt hat die absolute Macht und auch die Gerichte dafür, ihn einfach verschwinden zu lassen. Brugger beginnt zu schwitzen und beeilt sich, zu seiner Frau zu kommen. In ein paar Tagen wird er wieder nach Amsterdam aufbrechen, dann wird er sich wieder besser fühlen. Auch bei seiner Frau fühlt er sich nicht mehr wohl, seit die sich mit diesem Zauberzeug beschäftigt und unbedingt zu diesem, der Name ist ihm entfallen, gehen will, um sich heilen zu lassen.

Er fragt sich, was ihr fehlt. Sie hat doch alles, mehr, als man täglich essen und trinken kann. Aber nein, sie fühlt sich krank und muss unbedingt zu diesem angeblichen Heiler laufen. Es wird eine Menge Geld kosten und ihn öffentlich in ein schlechtes Licht rücken. Jetzt hat er auch seine Weste durchgeschwitzt.

Der Gartenmeister lässt zwei neue Laternen anbringen und tritt auf den Weg, um ihre Funktion zu prüfen. Dann läuft er, ohne zu zögern, durch den aufkommenden Wind zurück und löscht sie wieder. Mit verschränkten Armen bewundert er still sein Werk, ohne zu ahnen, dass er die ganze Zeit beobachtet wird.

Honorius Roth von Schreckenstein, der Fürstabt von Kempten, steht mit seinem Hofkaplan Brentano in einem Seitenweg des Hofgartens. Er schaut auf die zwei Türme und den Kuppelbau seiner Kirche und den lang gestreckten Anbau, der ihm noch immer nicht so recht gefällt, und er denkt an die Fertigstellung der Gästezimmer, die ihm für die nächste Zeit in Aussicht gestellt wurden. Seit seinem elften Lebensjahr kennt er nun das Stift, und, bei aller kritischen

Einsicht, es hat sich vieles bewegt in den Jahren, auch jetzt, während seiner Regentschaft.

»Die Götzenverehrung hat mit der Furcht der Menschen vor den unerklärlichen Dingen zu tun und mit der Verantwortung, die man für das eigene Leben zu tragen hat. Manchem wird diese Verantwortung so über, dass er sich direkt in den Dämonenglauben flüchtet, gleichgültig, was mit ihm dadurch geschehen wird. Strafen helfen da kaum noch.«

Brentano hält inne, weil er entdeckt, wie intensiv der Stiftsabt die Gebäude und den Hofgarten betrachtet. Hat er ihm überhaupt zugehört?

Er schweigt.

»Bald haben wir die Weihenacht und dazwischen die kurze Zeit noch bis zum Jahre 1775. Und unsere Menschen denken in vielen Dingen noch wie das Volk im Mittelalter. Es schreit zum Himmel, wie sie ihre Dummheit und Ignoranz pflegen, als sei das jenes Fundament, auf dem Gott sein Christenreich errichten wollte. Täglich bitte ich unseren Herrn darum, er möge sie nur ein wenig erleuchten.«

Der Fürstabt klingt resigniert, was er aber nicht ist, wie der Hofkaplan weiß. Dazu ist er zu intelligent und weitaus zu gebildet.

Von der Gebäudeseite eilt Hofrat Leiner mit wehenden Rockschößen heran. Er will dem Fürstabt eine Akte reichen, die der aber dem Hofkaplan überlässt.

»Nun, haben wir die Berichte der reisenden Kaufleute gesammelt?«

Der Fürstabt tritt neben Leiner und sieht ihn an.

»Kurz gesagt«, beginnt der Hofrat mit seinem Report, »es sieht in den anderen Ländern auch nicht gut aus. Aus Kursachsen wird berichtet, dort seien die Menschen erschöpft und die Sterblichkeit hoch. Deutlich hat die Anzahl der Gebärenden abgenommen. Immer ein Zeichen für große Not im Land. Auch Kurmainz zeigt schwere Verluste an

Menschen und allgemein großes Elend. Wir haben einen Bericht aus Hannover, der den Zustand der Landmenschen als kläglich und ihren körperlichen Zustand als gar schauerlich beschreibt.«

Der Hofrat wird durch eine Geste Brentanos unterbrochen.

»Wer schrieb den Bericht?«, fragt der Fürstabt.

»Ein Arzt«, antwortet Leiner.

Der Hofrat darf gehen und eilt im gleichen Tempo davon, wie er gekommen ist.

»Was halten wir davon?«

Brentano hält die Akte in der Hand und denkt, die Frage bezieht sich auf die Papiere.

»Auf die Akte komme ich gleich zurück. Ich meinte den Hofrat Leiner.«

»Oh«, antwortet Brentano, »der Leiner ist ein guter Hofrat und äußerst fleißig und umtriebig.«

»Ist er loyal? Man hatte mir abgeraten davon, einen Hofrat zu benennen, der nicht von Adel ist.«

Brentano wischt diese Bedenken beiseite.

»Gerade das macht ihn zu dem, was er ist. Er hat die Stelle als Hofrat erreicht, trotz seiner Abstammung. Das bindet.«

Der Fürstabt nickt.

»Ich verstehe. Mir schien er auch von Anfang an eine gute Wahl zu sein. Nun also zu dieser unerfreulichen Geschichte.«

Brentano öffnet die Akte und liest vor.

»Er ist ein Pfarrer aus Vorarlberg und Priester seit 1750. Mit seinen Wunderkuren erregte er viel Aufsehen und zeigte zum Beweis seine geheilten Patienten vor.«

Der Fürstabt hebt die Hände.

»Sagt er von sich, er heile mittels Vollbringung von Wundern? Das wäre wohl zu viel des Guten. Andererseits ist es nicht zu verstehen, dass der Wiener Thron ihm die Tätigkeit verbieten will.«

»Nicht nur die Wiener«, ergänzt Brentano, »die Bischöfe von Salzburg und Prag sind der gleichen Meinung.«

Der Fürstabt faltet die Hände und denkt nach.

»Dann sollten wir dem Beispiel wohl folgen. Es ist mir zwar unverständlich, dass der Erzbischof von Regensburg ihn noch in diesem Jahr zu sich rief. Na ja, der ist ein Fugger, mehr ist dazu nicht zu sagen.«

»Wir müssen uns ja nicht offen hinter den Gaßner stellen.«

Brentano wehrt ab und widerspricht gleichzeitig dem Verbot.

»Seine Bücher zu verbieten, wird dazu führen, dass man sie unter der Hand vermittelt. Wirksamer wird es sein, wenn wir genau beobachten, wie sie in der Stadt kursieren und wer sich davon beeinflussen lässt. Sollten wir uns nicht doch darauf verständigen, dass der Exorzismus letztlich besser ist, als Leute als Hexen zu verbrennen?«

Dieser Gedanke gefällt dem Fürstabt.

»Gut so. Lasst uns also genau beobachten, wer dem Exorzismus dieses Johann Gaßner verfallen wird. Wenn der Teufel für alle Krankheiten, die den Menschen befallen können, verantwortlich ist, so trägt er auch die Schuld an den Auswirkungen der Hungersnot. Ist das Gaßners Dialektik?«

Brentano lächelt.

»Nun, wie uns zugetragen wurde, schaut er die Kranken fest an, drückt ihnen ein Kreuz gegen die Stirn und schüttelt sie heftig durch.«

Der Fürstabt ist entsetzt.

»Das ist pures Mittelalter. Ist denn der schwäbische Pöbel wirklich so närrisch?«

Brentano ist noch skeptischer.

»Wenn es nur der Pöbel wäre. Man sagt, wegen Kopfschmerzen und Übelkeit hätten sich ganz andere Herrschaften dem Gaßner anvertraut.«

Der Fürstabt bedeutet Brentano zu warten, weil er alleine mit sich über eine Entscheidung nachdenken will. Denn wenn es stimmt, und er zweifelt nicht an Brentanos Auskunft, dann reicht dieser Zauber bis tief in das Bürgertum hinein. Lang schon weiß er, wie heftig sich der bayerische Kurfürst Maximilian III. Joseph gegen Gaßners Exorzismus geäußert hat.

Wir dürfen nicht wieder in das Mittelalter zurückkehren, denkt er und stimmt dem Bayer damit zu. Es muss doch die Möglichkeit geben, dass die Menschen ihren Verstand endlich über ihre dumpfen Gefühle stellen.

Kein Laut ist im Hofgarten zu hören, selbst die Vögel scheinen Andacht zu halten. Nach jedem Tag im Getöse der Stadt, zwischen den ungehobelten Menschen und den nie enden wollenden Problemen, labt die Weite des Hofgartens die Seele. Wolken verdecken die endlose Ferne des Himmels, erlauben keinen Blick in den Raum, als wollen sie mitteilen, man habe sich mit seiner Welt zu bescheiden, so wie sie ist.

Der Fürstabt hat sich entschieden. In zwei Jahren wird er, so Gott will, sein 50. Jahr erreichen, davon hatte er fast 40 Jahre hier gelebt. Es war ihm Pflicht und Herzensangelegenheit, das Stift Kempten und die Stiftsstadt in die neue, aufgeklärte Zeit zu führen.

»Wir werden es halten wie besprochen«, sagt er zu Brentano. »Wenn Gaßner sich hierher wagt, werden wir ihn gewähren lassen. Es wäre interessant zu erfahren, woher er die Überzeugung nimmt, dass der Teufel in Menschengestalt durch die Gassen spaziert und die Menschen krank machen kann. Sollte sein Einfluss auf die Leute überhandnehmen, werden wir das Nötige veranlassen. Einstweilen soll ein strenger Blick auf das Geschehen genügen. Wenn er tatsächlich über Kräfte verfügt, den Teufel besiegen zu können, umso besser. Wenn nicht, dann werden wir für ihn einen Weg finden. – Was ist das?«

Brentano zeigt dem Fürstabt eine Notiz.

»Das ist der Name des Kemptener Druckers, der das Buch Gaßners hergestellt hat.«

»So ein Spitzbube. Manche bereichern sich an allem, was sie bekommen können. Genug nun, die Andacht ruft!«

Die Kirchenglocken läuten zur rechten Zeit, denkt Brugger und schlägt mit der flachen Hand auf den Tisch. Die Frau wirft sein Geld aus dem Fenster und nutzt seine Gutmütigkeit aus. In die Ecken der Zimmer hat sie irgendwelches Zeug hingehängt, um Dämonen abzuschrecken und das Haus rein zu halten, als würde das geweihte Kreuz nicht genügen. Und dann besitzt sie auch noch die Frechheit und legt ihm dieses Machwerk des Gaßner auf den Tisch. Nützlicher Unterricht wider den Teufel zu streiten, liest er und wirft das Buch zornig gegen die Wand.

»Du willst, dass ich krank bin«, schreit sie hysterisch und schlägt sich mit der flachen Hand gegen die Stirn. »Diese Schmerzen in meinem Kopf, diese unerträglichen Schmerzen!«

Eine Tracht Prügel täte dir gut, denkt Brugger. »Du willst mich glauben machen, der Teufel kommt regelmäßig an meine Tür, um dir in den Kopf zu steigen?«, brüllt er sie an.

Sie betrachtet ihn voller Zorn.

»Er schickt Hexen!«, kreischt sie. »Ich glaube dem Gaßner. Er kann heilen, viele hat er schon geheilt. Du willst, dass ich sterbe.«

Brugger ist hilflos.

Eher noch kann er seinen Pferden erklären, dass sie ihr Heu nur dann bekommen, wenn sie seine Lastenwagen ziehen, als dieser Verrückten ihre Gespensterseherei auszutreiben.

»Geh mir aus den Augen«, sagt er kalt und dreht sich um.

Hat er denn nicht schon genug Sorgen? Der Handel leidet unter den Folgen der Hungersnot, sein ältester Sohn übt in Venedig die Fidel zu spielen, seine Tochter musste er unter Androhung von Gewalt in die Schweiz verheiraten und sein zweitältester Sohn ist ein solch tumber Tor, dass es zum Himmel schreit. Trotzdem wird er ihn auf die Reise mitnehmen müssen. Womit hat er das verdient?

Maria Anna trägt zwei Eimer Wasser vom Brunnen in den Burghof und bleibt stehen, um zuzusehen, wie zwei neu eingelieferte Gefangene vom Zuchtmeister ihre ersten Prügel beziehen. »Das schafft Ordnung in ihren verwirrten Köpfen und für uns ist Ruhe im Haus«, sagt Klingensteiner ohne jede Regung. Er hat die Pflicht, das zu tun, also macht er es. Es sind zwei junge Burschen, die wildern wollten, und froh sein können, dass sie die Tat noch nicht vollbracht hatten, sonst hätte sie der Jagdherr aufhängen lassen. Klingensteiner hat sich eine besonders biegsame Gerte zurechtgeschnitten, mit der er die am Boden liegenden Burschen traktiert, indem er sie vom Hals abwärts bis zu den Füßen schlägt. Erst als sie aufhören zu jammern, hört er auf.

»Trag die Eimer in die Küche«, sagt er zu Maria Anna, denn er ist verschwitzt und will sich mit dem kalten Wasser abkühlen.

Hinter einem großen Haufen Abfall lugt die Kuhstallerin hervor, voller Grimm, weil er wieder die Verrückte zum Brunnen geschickt hat, während sie hier im Dreck die fetten Ratten totschlagen muss. In der letzten Zeit hat er die Schwegelin ihr vorgezogen und sie sinnt darüber nach, wie sie ihn wieder zurückbekommen kann, wobei sie sich insgeheim eingestehen muss, dass seine Annäherungen darin bestehen, sie in seiner Nähe zu dulden und herumzubrüllen.

Erfrischt steigt der Zuchtmeister auf ein Pferd und reitet hinunter nach Martinszell, wo ihn hoffentlich keine unangenehme Befragung erwartet. Die hohen Herren kommen nicht auf die Burg, also muss der Knecht zu ihnen gehen. Klingensteiner beißt sich auf die Lippen. Nichts sagen, nur antworten, nur so lässt es sich überleben, denkt er und lässt das Pferd langsam traben. Gehe nicht zu deinen Herren, wenn du nicht gerufen wirst. Das Ross will nicht recht in Bewegung kommen. Es ist alt und der Abstieg vom Berg hinab fällt ihm schwer. Der Zuchtmeister lässt es gewähren, denn es gäbe nur Ärger, wenn das Pferd verenden und er das melden würde. Ein neues Tier würden sie ihm nicht gönnen, also bleibt er ruhig und zockelt ins Tal hinab.

Zuchthausverwalter Steidele verlässt die Kutsche und geht nur wenige Schritte auf Klingensteiner zu. Wie von unsichtbaren Fäden gezogen, schlüpft ihm sein parfümiertes Schnupftuch in die Hand und er hält es sich unter die Nase. Um den Zuchtmeister nicht unnötig zu kränken, gibt er vor, mit einem lästigen Schnupfen belastet zu sein. Auf einsamen Pfaden möchte er diesem Kerl nicht begegnen, denkt Steidele, denn der Burgherr, wie sie ihn im Amt spöttisch nennen, hat die Figur eines Schmieds. Abgerissen ist er und schmutzig, wie die Zuchthäusler, die er zu bewachen hat. Nun denn, sagt sich Steidele, walte deines Amtes. Mit spitzen Fingern nimmt er die Listen mit den Namen der Gefangenen und eine weitere mit den Abgängen entgegen. Er schaut sich das hilflose Geschmiere gar nicht an, denn die Namen werden nach Gehör eingetragen und entbehren häufig jeder Tatsache. Von drei Gefangenen, die nach Kempten überstellt werden, sind zwei mit falsch geschriebenen Namen ausgestattet. Einmal ließ er den Zuchthäusler Unterstaller zum Verhör holen, der Stein und Bein schwor, er heiße Gutwaller und sei ein Gutsknecht.

»Du musst zusehen, dass die Gefangenen härter arbeiten. Man ist unzufrieden mit den bisherigen Resultaten. Unter den jetzigen Umständen müssen wir die Gelder beschneiden. Die Bürger beklagen sich ständig über die hohen Kosten. Du musst das fester in die Hand nehmen, Klingensteiner, sonst kann ich dich auf deinem Posten nicht halten.«

Steidele reicht seinem Schreiber die Papiere und tritt noch einen Schritt zurück. Er will sich gar nicht vorstellen, welchen Gestank die arme alte Burg zu ertragen hat.

»Es soll Kranke bei dir geben?«

Klingensteiner reagiert nervös und es fällt ihm schwer, zu sprechen.

»Nein«, antwortet er.

»Das fehlte noch, wenn wir für euch einen Arzt bestellen müssten.«

Der Zuchtmeister spürt den Spott, zeigt aber keine Regung. Für niemanden auf der Burg, auch nicht für ihn, würde man einen Mediziner schicken. Steidele hält ihn für einen Kretin. Er gibt sich keine Mühe, Steideles Meinung zu ändern. Er weiß, was er weiß, und das genügt.

»Lass die Kerle härter arbeiten und gib Obacht, dass die Weiber mit ihren Spinnereien nicht die Burg auf den Kopf stellen. Wenn sie Gespenster sehen, hilft eine ordentliche Tracht Prügel.«

Steidele dreht sich um. Der Schreiber öffnet beflissen die Kutschentür.

»Noch ein Wort«, sagt der Zuchthausverwalter und versucht, ein freundliches Gesicht aufzusetzen. »Wer ist die Kuhstallerin?«

Jetzt hat es ihn doch erwischt. Es wird ihm heiß und kalt. Der Zuchtmeister weiß nicht, wie er auf die Frage reagieren soll. Woher kennt Steidele den Namen?

»Nun?«, drängt der Zuchthausverwalter auf eine Antwort.

»Sie ist eine Gefangene, die für mich ein Auge auf ihresgleichen wirft.«

Steidele erkennt die Verwirrung Klingensteiners.

»In unserer Akte ist sie als verrückt eingestuft. Aber du wirst wissen, was gut ist und was schlecht ist für die Burg.« Er macht eine lange Pause.

»Gott zum Gruße.«

Klingensteiner steht noch immer neben dem Pferd, als die Kutsche Steideles längst zu einem dunklen Punkt am Ende der Straße zusammengeschmolzen ist. Was hat das mit der Kuhstallerin zu bedeuten? Ist es möglich, dass sie ihn beim Zuchthausverwalter angeschwärzt hat? Wenn es sein muss, wird er die Wahrheit aus ihr herausprügeln. Lange schon hat er bemerkt, wie sie hinter ihm hergiftet, seit er die Schwegelin in seiner Umgebung arbeiten lässt. Dabei hat die sich gut gemacht, wenn er bedenkt, wie sie war, als sie auf die Burg kam. Sie wusste nicht einmal, dass sie in einem Leprosenhaus untergebracht worden war, bevor man sie für gesund genug hielt, ins Zuchthaus gebracht zu werden. Andererseits besteht auch die Möglichkeit, dass ihn Steidele wie einen Tanzbären am Nasenring herumführt, um ihm auf diese Weise zu sagen, wir haben die Burg und dich unter Kontrolle. Er wird in Zukunft noch aufmerksamer sein müssen, um sich nicht selbst in Gefahr zu bringen. Sollen sie ihn nur für einen einfältigen Klotz halten, ihm kann es nur recht sein.

Maria Anna ist um die Mauer herumgekrochen und sitzt auf einem Felsvorsprung. Sie hat die Gelegenheit der Abwesenheit des Zuchtmeisters genutzt, sich eine Zwiebel stibitzt, und hockt nun über dem Felssturz, der tief hinunter zur Iller zeigt. Es macht ihr nichts aus, sie kauert gerne gern an diesem Ort und schaut zu den Vögeln, die fast greifbar zu sein scheinen. Muss man erwähnen, dass mancher, der sie so in luftiger Höhe sehen könnte, heftig an ihrem Verstand zweifeln würde?

Aber sie war ja schon tot, und zweimal tot, das kann man nicht sein. Sie isst die Zwiebel wie einen Apfel und lässt ihren Blick schweifen. An den Ufern, hinter den Wiesen, stehen die herrlichen Bäume, deren Nähe sie für sich sehnend herbeiwünscht. Einen Baum zu umarmen, ist ihr Paradies, so herrlich, wie die Liebkosung einer Mutter sein muss, die sie nie erlebt hat. Maria Anna stellt sich vor, wie Gott der Iller das Wasser brachte und danach die Bäume aufstellte. Esche zu Esche, Linde zu Linde, Buche zu Buche, Eiche zu Eiche. Und die Jungfrau Maria kam ihm nach und machte die Bäume grün.

Jäh wird sie aus ihren Träumen gerissen, denn aus einem der Fenster über sich sieht sie das pissende Glied eines Mannes. Sie machen es einfach, denkt sie. Es ist verboten, aber sie machen es trotzdem. Schnell entfernt sie sich und versteckt sich beim Burghof hinter einem Berg Brennholz, bis die Luft rein ist und sie in das Arbeitshaus schlüpfen kann.

Hofrat Leiner lässt seine Kutsche anhalten und winkt Steidele zu sich.

»Der Zuchthausbericht ist zu erläutern«, sagt er. »Unser Fürstabt wünscht einige Ausführungen und das übermorgen, zur gewöhnlichen Audienzzeit. Es wird doch möglich sein?«

Auf diese rhetorische Frage erwartet der Hofrat keine Antwort und lässt weiterfahren. Kaum ist Steidele ausgestiegen, kann er gleich wieder in seine Kutsche zurückkehren. Wie unangenehm, denkt er. Gleich nachher muss er mit seinem Schreiber dringend die Kopie des Berichtes über den Zustand der Arbeits- und Zuchthäuser noch einmal durchgehen. Wie immer wird es um Einsparungen gehen. Erschöpft lehnt er sich zurück in die Polster und lässt die Kutsche anfahren. Wie wäre es, wenn ich den Vorschlag mache, dass man die Familien der Delinquenten für deren Aufenthalt in den Zuchthäusern zahlen lässt? Sie werden es nicht können, aber der Gedanke hat etwas für sich. Oder er trüge vor, dass die Familien für das Essen der Gefangenen sorgen müssen. Auch das ist sehr unwahrscheinlich in Anbetracht der allgemeinen Lage, aber es wäre doch eine Möglichkeit zu disputieren. Etwas entspannter lässt Steidele sich nach Hause fahren. Die hohen Herren werden ihm schon nicht gleich den Kopf abreißen.

Brugger ist froh, als der Hofrat endlich im Rathaus verschwindet und er ihm nicht begegnen muss. Er überquert nun den Platz davor und läuft Richtung Iller zu dem Gerber, für den er Felle transportieren soll. Und von dort ums Eck, zum Gürtler, muss er auch noch gehen. Dabei denkt er an die kommende Reise, die in dieser kalten Jahreszeit recht mühsam werden dürfte, aber er hat keine Wahl. Solange ihn kein Schnee behindert, wird er fahren. So in Gedanken, bemerkt er nicht den reitenden Boten, der mit hohem Tempo direkt auf ihn zuhält. Er hört den Ruf: »Geh aus dem Weg!«, bezieht ihn aber nicht auf sich und hat den Platz fast überquert, als er vom Bein des Reiters berührt und zu Boden gerissen wird. Nach dem kurzen Schreck rafft Brugger sich auf und klopft sprachlos den Straßendreck von seinen Kleidern. Glück hat er, dass ihn dieser Rüpel nicht getötet hat. Sichtlich benommen und zutiefst erschreckt, betritt er in der nächsten Gasse die erstbeste Schenke.

Als er die alte Tür hinter sich schließt, verstummen die Gespräche sofort.

Obwohl draußen heller Tag ist, scheint in dieser Saufhöhle immerwährende Dunkelheit zu herrschen. Brugger ist keine stattliche Erscheinung, mit seiner Kleidung aber sofort als guter Bürger zu erkennen, während die Kerle an den zwei Tischen eher den Tagelöhnern zuzurechnen sind, wenn sie überhaupt einer Tätigkeit nachgehen. Und der Wirt, abgerissen und schmierig wie ein Schweinehirte, macht keinerlei

Anstalten, Brugger nach seinen Wünschen zu befragen. Nun sitzt er diesen sechs Männern gegenüber, direkt unter einer Fensterbank, unbequem und auf einem schwankenden Stuhl, und bekommt Angst machende, bleierne Gedanken. Ein Schnitt durch seine Kehle und bei dunkler Nacht ab in den Fluss, das ist seine Fantasie. Viel Geld hat er nicht bei sich, doch was bedeutet das für Leute, die gar nichts haben?

Dann denkt er, es darf nicht sein, dass er sich in seiner eigenen Stadt fürchten muss. Wieso gibt es überhaupt solches Gesindel und solche Orte, wo sie sich treffen und schweigend üble Dinge aushecken können? Ihm war der Widerspruch seiner Gedanken durchaus bewusst, aber er fürchtet sich und da darf er sein Hirngespinst nicht auf die Goldwaage legen. Was wird geschehen, wenn er einfach hinausgibt? Er kann auch eine Runde Schnaps ausgeben, aber das würden diese Straßenräuber sicher völlig falsch verstehen. Genau auf diesen Terminus legt er sich fest. Jawohl, mitten in eine Rotte Straßenräuber ist er geraten. Wenn er um Hilfe ruft, würden sie wahrscheinlich in helles Gelächter ausbrechen.

»Der Teufel soll euch holen«, sagt er. Eine dicke Frau kommt aus den hinteren Räumen, packt ihn am Kragen und stößt Brugger zu Boden. Er muss wischen. Er wischt und wischt und muss danach den Eimer mit dem Schmutzwasser zur Iller tragen und dort ausgießen. Diese stinkende, fette Frau ist dabei ständig direkt hinter ihm. Warum hilft ihm der Gerber nicht? Teilnahmslos legt der Häute zusammen und grüßt nicht einmal, als er an seinem Haus vorüberkommt. Dann ist es die Stille am Wasser, die ihn ängstigt. Warum ist es so still? Das fließende Wasser macht doch Geräusche, warum hört er sie nicht? Er sieht, wie ein Kahn langsam aus dem Nebel auftaucht und auf ihn zuschwimmt. Am Bug steht ein großer Mann mit einem goldenen Helm, der sich mit beiden Händen auf ein Schwert stützt, das ihm bis zur Brust reicht. Während die dicke, stinkende Frau neben ihm sanft in den Fluten versinkt, öffnet sich der Himmel über ihm und ein prächtiger Regenbogen erstrahlt am Firmament. Die Prozession kann beginnen. Weiß gekleidete Menschen gehen wie wankende Halme im leichten Wind, mit hohen Kerzen in den Händen, unhörbar singend, mit blutenden Lippen, während der Himmel einsinkt und hinter ihm dunkle Gesichter aufscheinen. »Ich will schlafen«, sagt Brugger, »ich bin so müde.« Er spürt eine eisenharte Hand in seinem Genick und jemand ruft: »Hörst du mich?« Brugger kann den Kopf nicht drehen und wieder kommt der Ruf: »Hörst du mich?« Nun steht er ein wenig abseits vom Fluss, die Hände auf dem Rücken, die Faust im Genick drückt ihn hinunter, in eine gebeugte Körperhaltung, bis seine Augen hervortreten.

»Das ist ein Irrtum«, stammelt Brugger, »das muss ein Irrtum sein.«

Es wird dunkel um ihn.

Der Zuchtmeister ist fest entschlossen, die Angelegenheit mit dem Amt in Ordnung zu halten. Er denkt darüber nach, wer in der Burg ihm dabei zur Hand gehen könnte. Außer seiner Schwester traut er niemandem. Vielleicht doch die Schwegelin? Die Kuhstallerin ist eindeutig verrückt und besitzt wenig Begabung. Die Schwegelin ist nicht dumm, aber er kann sie schlecht einschätzen. Sie kann arbeiten, doch sie spielt Theater, erzählt überall verrückte Geschichten und ist gleichzeitig geschickt genug, sich nicht in ein Feuer zu setzen. Er wird nur auf sich selbst vertrauen, beschließt Klingensteiner.

Maria Anna kann nicht essen. Es würgt sie, wenn sie in ihren Napf schaut. Während sie die Dunkelheit der Zelle einhüllt, ist ihr Blick starr auf das Fenster gerichtet, in dem jeden Moment das Gesicht des vollen Mondes aufscheinen wird. Sie will ihr Gesicht in das kalte Hell des Mondes halten und warten, bis er kommt. Es ist Vollmond und das ist sein Tag. Die letzten Tage hat sie immer daran denken müssen und ist fest entschlossen, sich ihm diesmal zu verweigern. Aber nun, in der Nacht und in Erwartung des weißen Lichts, ist sie versteinert wie immer.

Sie will etwas sagen und versucht, die Wörter über die Lippen zu bringen.

»Der Herr ist mein Hirte.«

Hinter der Mauer versteckt, lauert die Kuhstallerin bereits, seit Maria Anna in ihre Zelle gegangen ist. Nun sieht sie das Mondlicht in den Haaren der Schwegelin leuchten und durch die Helligkeit erblickt sie auch die Mäuse, die sich im Essnapf zu schaffen machen. Sie hört, wie die Schwegelin sagt, ›der Herr ist mein Hirte‹, und sie ist davon überzeugt, dass sie den Mäusen ihr Essen gibt und mit ihnen spricht. Nicht Gott spricht sie an, sie redet mit Mäusen, die nichts anderes sind, als die behaarte Zunge des Teufels. Das wird sie dem Zuchtmeister melden, und wenn er sie dann wieder nicht bei Gericht anzeigt, wird sie es selbst tun. Die Schwegelin muss weg, sagt sie sich, einfach nur verschwinden.

Maria Anna hat Schmerzen. In ihr krampft es und sie weiß nicht, was es ist. Früher bekam sie solche Schmerzen nach einem Fußtritt oder wenn sie ihre Blutungen hatte. Nach der langen Zeit des Hungers blutet sie nicht mehr und sie will es auch nicht. Wozu auch, es wird kein Leben in ihr entstehen. Manchmal denkt sie an die prallen dunklen Pflaumen in den Bäumen ihrer Kindheit oder an die wilden Erdbeeren in den Wäldern. Wilde Erdbeeren sind die süßen Lippen der Engel. Wer hat ihr das erzählt? Sie erinnert sich nicht. Der Tod sitzt im Apfelbaum, das sagte der alte Bauer, dessen Name ihr auch entfallen ist. Weil der Baum weiße Blüten trug und weiß die Farbe des Todes ist, sitzt der Tod im Apfelbaum und schläft. Er hat nicht viel Arbeit, sagte der Bauer, die Menschen sterben von selbst. Auch er, daran erinnert sich Maria Anna, war eines Tages auf dem Feld tot umgefallen.

»Du bist das Licht«, sagt Maria Anna und wartet.

Aber nicht Gott wird ihr erscheinen. Er wird es sein, in seinem roten Umhang, und ihr seine behaarte Zunge zeigen.

Die Kuhstallerin schaut auf Maria Anna, die Bewegungen mit ihrem Unterleib macht, die sie beurteilen kann. So mancher Kerl hat sie früher einfach umgeworfen oder sie an irgendeine Mauer gedrückt. Heute ist das anders, heute hat sie einen Strick in der Hand und schlägt zu, wenn es ihr passt. Sie streckt den Kopf weit vor und sie sieht nur die Schwegelin, niemanden sonst. Da ist kein Kerl. Nun wird es ihr zu unheimlich und sie verschwindet schnell über die Treppe nach unten, in die Küche und den Wohnbereich vom Zuchtmeister. Wir werden schon sehen, wer hier die Oberhand behält, denkt sie und versucht, sich die Gänsehaut von den Unterarmen zu reiben. Sie bleibt vor der Tür und setzt sich auf den Boden. Was soll sie erzählen? Ihr fehlen die Worte, und wenn sie nur etwas lügt, wird Klingensteiner sie schlagen. Morgen früh, denkt sie, werde ich es ihm sagen.

Brugger sitzt auf einem Stuhl am Fenster und kann sich an nichts erinnern. Erst langsam erkennt er sein Haus und seine Frau. Den Namen des Mannes neben ihm kann er sich nicht merken und die Besuche des Doktors hat er schon wieder vergessen. Der Mann neben ihm spricht ihn an und er muss sich konzentrieren. Das Licht stört ihn und der Verband am Kopf ist ihm lästig.

»Nun ist es bestätigt«, sagt der Mann im feinen Aufzug, »es handelt sich um den jungen Fürsten von Zell zu Zeil, der einen jungen Hengst ausprobierte und ihn leider nicht beherrschte.«

Brugger weiß nicht, was diese Mitteilung bedeuten soll.

»Aha«, antwortet er.

Der Mensch in dem kostbaren Tuch ist noch nicht zu Ende.

»Es war zu hoffen, dass es keiner aus dem Adel war. Jetzt ist eine Verhaftung selbstverständlich ausgeschlossen. Keiner wird einen Adeligen vor Gericht stellen, so ist das nun einmal.«

»Aha«, sagt Brugger wieder.

Der Mann legt seine Stirn in Falten.

»Was also bedeutet, niemand wird für euren Schaden aufkommen, lieber Meister Brugger.«

Die Frau hinter dem Mann, die seine Frau ist, beginnt zu schluchzen. Der Mann geht grüßend hinaus und durch die geöffnete Tür tritt der Pfarrer ein, dem Brugger die Hand entgegenstreckt.

»Hochwürden, welche Freude.«

Auch der Pfarrer ist sichtlich erfreut und erleichtert.

»Wie schön, dass du mich erkennst, mein Sohn. Das war in den letzten Wochen leider nicht so. Danken wir Gott, dass er dich so zurückgebracht hat in unsere kleine Welt.«

Brugger wartet, bis seine Frau den Raum verlassen hat, erst dann wagt er es, seine Frage zu stellen.

»Was ist denn geschehen?«

Der Priester rückt einen Stuhl heran und setzt sich.

»Du hast gehört, dass man dich auf dem Rathausplatz umgeworfen hat. Von dort bist du blutüberströmt in ein Gasthaus getaumelt und vor den entsetzten Männern zusammengebrochen. Seitdem konnten wir nur noch für dich beten. Leider haben die Ermittlungen deines Advokaten nun ergeben, dass die Herren von Zell zu Zeil sich weigern, für deinen entstandenen Schaden aufzukommen.«

Brugger ist darüber verwundert, dass er einen Advokaten hat. Es graust ihn bei dem Gedanken, wie viel dieser Mensch für seinen Dienst verlangen wird, wenn er sich nur an den kostbaren Stoff erinnert, den der Mann am Körper trug. Aber er lächelt. Fast grinsend denkt er, wenn ich an Geld denke, kann ich nicht mehr sehr krank sein.

»Eine erfreuliche Nachricht habe ich aber auch für dich.«

Der Pfarrer erhebt sich theatralisch und breitet wie zum Segen die Arme aus.

»Sofort berichtete ich dem Hofrat Leiner von deinem Unglück, und mit seiner Hilfe und nach einem guten Gespräch hat unser Fürstabt nun entschieden, dass dein jüngster Sohn in das Stift eintreten darf.«

Der Pfarrer deutet das Grinsen im Gesicht Bruggers allerdings völlig falsch, weil er es für Freude über die gute Nachricht hält, aber Brugger ist in seinem Kopf schon einen Schritt weiter und weiß nun wieder, dass er ein Fuhrgeschäft besitzt. Bis zur vorherigen Minute war ihm das entfallen. Nun wird der Priester wieder ernst und rückt nahe an das Ohr Bruggers, welches der Verband nicht zudeckt.

»Deine Frau war, wie soll ich es sagen, doch heftigst zerrüttet durch den Vorfall und sie hatte die feste Überzeugung, jemand habe den Menschenfeind beauftragt, dir das anzutun. Sie ist überzeugt, er sei in die Haut eines Menschen geschlüpft und habe so auf dem Rathausplatz das Ross verleitet, dich umzustoßen und schwer zu verletzen. Und sie sagt, dieser Mensch wäre der Ulmer gewesen.«

Brugger horcht auf und auch an diesen Namen erinnert er sich wieder.

»Mein Nachbar, der Joseph? Gott bewahre, Herr Pfarrer. Lassen Sie das Weib mit ihrem Unsinn.«

Noch einmal nähert sich dieser Bruggers Ohr und flüstert:

»Ja, ja, sicher, sicher, nur leider hat sie den Ulmer Joseph bei Gericht als Hexer angezeigt, und in solchen Dingen müssen die Ämter ermitteln, da hilft nichts mehr.«

Brugger schlägt sich auf die Schenkel, dass es ihn schmerzt.

»Gott verdamm mich, dieses verrückte Weibsbild mit ihrem Teufelszeug!«

»Ich muss dich mahnen, lieber Brugger, auch in der Krankheit wollen wir doch nicht fluchen.«

Brugger nickt demütig.

»Verzeihung. Aber ich bin ganz durcheinander. Der Ulmer Joseph ist so ein herzensguter Kerl und sie zeigt ihn an, weil sie krank ist im Kopf.«

Der Pfarrer legt einen Finger auf seine Lippen und mahnt Brugger zu schweigen.

»Es wird sich alles klären lassen.«

Brugger versucht, sich zu beruhigen.

»Was passiert denn nun?«

Der Pfarrer erhebt sich langsam, als belaste ein Baumstamm seinen Rücken.

»Ulmer ist im Amtshaus, zur Klärung der Beschuldigung.«

»Auch, was das zu bedeuten hat«, erinnert Brugger und schlägt die Hände vor sein Gesicht.

»Armer Joseph«, seufzt er, »so ein armer Kerl.«

Diese Worte fielen in den Wochen häufig, und im Januar des neuen Jahres denkt Brugger, es ist alles wieder gut geworden, weil der Ulmer wieder zurück ist. Nur sieht man ihn nicht. Der Joseph bleibt im Haus und die Familie Ulmer weicht ihm aus. Es belastet ihn, dass seine Frau darauf beharrt, dass der Ulmer mit dem Teufel im Bunde ist, und gleichzeitig die Kaufleute aus seinem Kreis ihm sagen, er soll doch seine Frau an die Kandare nehmen, weil die inzwischen weitere Familien der Hexerei beschuldigt. Brugger denkt so manches Mal, als er in der Ohnmacht lag, ist es ihm besser ergangen. Wie soll er entscheiden? Inzwischen ist die Frau erneut auf einer Wallfahrt und ihm gleitet sein Geschäft langsam aus den Händen, weil er sich noch immer nicht auf Reisen begeben kann. Seine Frau hat sich sogar dahin verstiegen, dass der Fürstbischof und seine Herren die alte Kirche verraten und also auch mit dem Teufel eins sind. Zu seinem Erstaunen lief sie mit einer Gruppe Wallfahrer, die von zwei Priestern geführt wird, die offenbar der gleichen Ansicht sind und die bekannt dafür waren, dass ihnen die erneuerte Kirche absolut nicht gefiel. Sie ist wie besessen davon, dass der große Feind, der Teufel, die Welt regiert und ein wahrer Christ sich dagegen erheben muss.

Brugger wischt die Gedanken zur Seite, weil er keine Antwort hat. Er sieht nur die Ergebnisse und die sind wenig erfreulich. Fürsten und ihre Familien stehen über dem Recht und dem Gesetz und werden ihm seinen Schaden nicht ersetzen. Seine Frau rennt von einer Wallfahrt zur nächsten, seine Kinder sind fort und er läuft wie ein Fremder durch sein eigenes Haus. Morgen wird er seinen treuen Braunen verkaufen, weil er das Geld dringend braucht, um für seine letzten beiden Rösser Winterfutter zu kaufen. Es ist ein Elend zu leben und das Jahr hatte gerade erst begonnen.

Soso, ein neues Jahr, aha. Maria Anna läuft über den Hof und ist auf dem Weg zum Zuchtmeister, als sie davon erfährt, dass man ein neues Jahr geweiht hat. Sie hält das für Unsinn, den sich Menschen ausdenken, die nichts zu tun haben. Ein Tag kommt und er vergeht, wo soll da ein neues Jahr dran hängen? Alle Tage sind Tage und alle Nächte sind Nächte, das kann man unterscheiden, aber wie ein neues Jahr entsteht, das kann niemand sehen und niemand hören, also ist es lächerlich.

»Was redest du mit mir?«, ruft sie über die Schulter. »Ich bin tot!«

Der Mann schüttelt den Kopf und geht hinüber zum Holzlager, wo sich zeigt, dass es bald nicht mehr viel zu verbrennen geben wird. Aber er wird sich hüten, darüber dem Zuchtmeister zu berichten, denn er legt keinen Wert auf kräftige Schläge.

Maria Anna schaut aus einem kleinen Fenster über die verschneiten Wiesen und Auen, wo sie die Heerscharen des Teufels eines Nachts wird kommen sehen. Die Tage sind heiß und die Schnitter schneiden den Menschen die Lebensfäden ab. Über der Iller leuchtet golden und rot die doppelte Sonne und zeigt es an, das kommende Ende der Welt.

»Krepieren sollt ihr alle«, zischt Maria Anna und entkleidet sich.

Die Kuhstallerin verlässt ihre Deckung nicht, obwohl es dort zieht und die Kälte ihr zu schaffen macht. Sie hat davon reden hören, dass der Winter dieses Jahr nicht enden wird. Draußen ist es am Tag schon dunkel und sie hat sich eine alte Decke umgetan, um wenigstens so etwas wie Wärme zu spüren. Angespannt steht sie da, ihren Strick in der Hand, mit dem sie der Schwegelin gleich eine ordentliche Abreibung verpassen wird.

Doch nach dem nächsten Augenaufschlag ist die verschwunden. Die Kuhstallerin traut ihren Augen nicht. Wo ist die Hexe hin? Der Platz, an dem die Schwegelin gerade noch stand, ist leer. Langsam rückwärtsgehend, entfernt sie sich von dem Ort der Zauberei, um dem Zuchtmeister darüber Bericht zu erstatten. Jetzt muss er endlich eine Anzeige machen, denn sie hat es mit eigenen Augen gesehen, wie die Schwegelin nackt im Erdboden verschwand. So etwas geschieht nicht mit Christenmenschen. Die Kuhstallerin verlässt diesen Bereich der Burg und macht sich auf den Weg zur Küche.

Als Maria Anna aus dem Fenster steigt, sieht sie zwei Reiter auf dampfenden Pferden, die querfeldein reiten, auf einen Kirchturm zuhalten und dann in einem kleinen Wäldchen verschwinden. Das sind sie also nicht, die Reiter der Finsternis. Sie sitzt auf dem Felsvorsprung und spürt den kalten

Wind nicht und nicht den Frost im Stein. Jetzt kichert sie in sich hinein, weil sie sich das Gesicht der Kuhstallerin vorstellt, wenn die entdeckte, dass niemand mehr, im Raum ist. Gesehen hat sie das falsche Luder nicht, aber der Gestank der Kuhstallerin verrät sie immer und überall. Die Frauen an den Spinnrädern haben ihr gesagt, dass die Aufseherin auf sie lauert. Maria Anna arbeitet nicht mehr. Sie beklagt sich über das schlechte Essen und darüber, dass nichts getan wird, um die elende Situation der Menschen in der Burg zu verbessern. Weil sie das auch laut und unüberhörbar gesagt hat, gab ihr der Klingensteiner keine leichtere Arbeit mehr. Sie ist schon so lange eingesperrt, sie weiß nicht einmal mehr, wie lange schon, und niemand sagt ihr, wann sie endlich gehen kann. Was eigentlich gleichgültig ist, denn tot ist sie bereits zum Zeitpunkt ihrer Ankunft gewesen. Aber wie sie hier behandelt wird, das reizt ihren Ungehorsam.

»Knödel?«, fragt die Schwester des Zuchtmeisters und lacht. Sie schaut vom Herd auf, in dem ein Feuer brennt, aber sie friert trotzdem. In dieser Woche haben die Hühner ganze drei Eier gelegt.

Klingensteiner blickt finster zur Wand. Es reicht mit der Verpflegung hinten und vorne nicht. Es sind einfach zu viele Menschen in der Burg.

»Schon gut«, sagt er, »schweig!« Dazu ballt er eine Faust und hebt die Rechte wie zur Drohung hoch. Aber wem will er hier drohen? Dass die Kuhstallerin an der Tür lauscht, weiß er nicht. Seine Schwester steht nun still in der Küche.

»Wenn ich keine Ordnung schaff', dann können wir unser Bündel schnüren und Dreck fressen«, sagt er. »Sag du mir, wo wir dann hingehen sollen.«

Sie schweigt.

»Unruhe ist in der Burg. Geschwätz und Aufsässigkeit sind in der Burg und ich muss den Kopf hinhalten. Wer ab morgen nicht Ruhe gibt, der wird mich kennen lernen. An erster Stelle die Schwegelin mit ihrem Geschwafel über den Teufel. Alles nur, damit sie auf der faulen Haut liegen kann. Mir hetzt sie die Weiber auf, weil's friert und nichts Rechtes zum Fressen gibt.«

Jetzt schweigt sie nicht mehr.

»Stimmt ja auch. Es frieren einem vor Kälte die Füße am Boden an und wie die Vorräte aussehen, das weißt du selbst.«

Der Zuchtmeister schmeißt einen Krug gegen die Tür, dass es scheppert.

»Halt's Maul, sag ich. Mehr ist nicht da und fertig.«

Sie sieht ihn traurig an.

»Bruder, hör auf zu brüllen. Wer macht dir einen Vorwurf? Aber die Leut haben gebettelt und gestohlen, weil sie eben nichts hatten. Und jetzt hungern sie hier und wissen nicht, wie lange sie eingesperrt bleiben.«

Der Klingensteiner hockt sich wieder auf den Schemel und stemmt seine Hände gegen das Gesicht.

»Ich habe die Gesetze nicht gemacht. Sie werden sich fügen und arbeiten, egal, wie lange sie hier bleiben werden.«

Die Kuhstallerin hat genug gehört. Sie schleicht zurück in die Burg und denkt, die wird schon wieder aus der Hölle oder wo sie hin ist, zurückkommen, die Schwegelin, und dann ist es soweit. Der Zuchtmeister hat es selbst gesagt, ab jetzt ist es vorbei mit der Faulenzerei und den gruseligen Geschichten vom Teufel.

Maria Anna ist so dünn, dass sie ohne Schwierigkeiten durch den Spalt in der Mauer zurück kann. Nun tastet sie sich durch die Dunkelheit zu ihrer Zelle. Sie holt das gefundene Eschenblatt hervor, das sie neben ihrem Stein gefunden hat, und tastet vorsichtig seine Linien ab. Es stammt aus dem Tal und ist ein wenig schmierig. Sie lauscht in die Finsternis. Zu hören ist nichts, aber irgendetwas stimmt nicht, aber sie kann nicht sagen, was. Maria Anna wischt das Blatt sauber, legt es auf ihr Lager und drückt ihre Stirn dagegen. Sofort sieht sie die alte Mühle, einen Eingang zu einer Höhle im Forst, das weite Feld vor dem dunklen, dicht gewachsenen Wald und zuletzt das zerbrechliche Haus, in dem sie aufwuchs. Sie sieht einen Mann auf dem abgeernteten Feld stehen, aber keine Frau. Sie muss diese Frau in ihrem Kopf nachzeichnen. Der Mann und die Frau laufen über das leere Feld und werfen ein Kind in die Luft, fangen es auf und lachen dazu. Die Mühle wächst und wächst und wird immer größer, und der Bach an der Seite der Mühle schwillt an zu einem großen Fluss. Maria Anna küsst das Blatt, weil sie sich ein sanftes Bild ihrer Kindheit gezeichnet hat. Sie weiß, so war es nie, aber es ist trotzdem schön zu denken, es wäre so gewesen. Jetzt, wo sie tot ist, kann sie sich solche Träume erlauben. Als sie noch lebte, hätten sie solche Träume zerstört. Im wirklichen Leben hat man keine Träume, denkt sie, da ist das Träumen wünschen und sie wünscht sich nichts mehr. Das Blatt wird sie gut verstecken, damit es ihr niemand stehlen kann. Auch nicht er, der immer zu ihr kommt und das von ihr verlangt, was sie eigentlich nur ihm geben wollte, dem Verräter. Sie wird ein Gebet an die Jungfrau Maria richten und sich dafür entschuldigen, dass sie so wenig Zeit für sie hat und außerdem schlechten Umgang pflegt.

Der erste Schlag geht fast an ihr vorbei, streift ihren Rücken und prallt am Boden ab. Der nächste Hieb trifft sie am Kopf und nun weiß sie, dass das kein Scherz ist. Sie hat den Gestank der Kuhstallerin in der Nase und kriecht wie eine große Spinne zur Fensterwand und täuscht die Prüglerin mit einer geschickten Bewegung, sodass die weiter gegen den Boden und die Wand schlägt. Es ist so finster, dass sie am Gang gegen eine Mauer stößt, danach endlich die Treppen in eine andere Abteilung findet und sich in Sicherheit bringt. Maria Anna spürt, sie blutet im Gesicht, und sie wundert sich, wie ihr Körper reagiert, denn ihr Kopf sagt, lass sie schlagen, du bist tot.

Frau Brugger steht am Fenster. Nun ist der Februar fast vorbei. Der Antichrist beherrscht Stadt und Land. Die alte Ordnung ist zerborsten und Gott wird nicht mehr lange auf das Treiben der Menschen schauen. Sie spürt ihr körperliches Elend bis in die Zehenspitzen. Auf dem Weg zur Kirche hatte Lucifer sie einmal gegen die Wand des Treppenhauses geschleudert, auch gegen das Geländer. Sie hatte ihr Kreuz gehalten und gerufen: ›Weiche von mir, Satan!‹, und gelangte danach unbehelligt in den Gebetsraum, der überfüllt war. Sie war so froh, endlich wieder unter jenen gewesen zu sein, die glauben und ihre Kirche nicht verderben lassen wollten. Der Pfarrer sprach, sie lauschte, und es klang in ihrem Ohr nur das eine Wort: Opfer! Als er weiter predigte, hörte sie nur dies Wort. Da wusste sie endlich, was der Herr von ihr verlangte: ein Opfer.

Ein wirkliches Opfer, damit die anderen Menschen sehen und einsichtig wurden, um endlich die Antichristen aus der Stadt zu vertreiben.

Frau Brugger geht zur Kirche und kniet dort lange nieder. Langsam erhebt sie sich und reißt wortlos die Arme in die Höhe. Alle Augen sind auf sie gerichtet, als sie sich erhebt und mit festen Schritten den Gebetsraum verlässt. Je tiefer sie ihren Entschluss bejaht, desto fester wird ihr Gang und mit kräftiger Stimme beginnt sie zu singen. Passanten drehen sich um oder bleiben sogar stehen, wenige folgen ihr nach. Die Frau in dem weiten, langen Umhang verlässt die Gasse und erreicht das Ufer der winterlich vernebelten Iller. Dann ist sie verschwunden. Einige Passanten behaupten später, sie sei singend und betend in den Himmel gestiegen, wo sich eine gleißend helle Wolke geöffnet habe. Andere behaupten, sie sei über das Wasser gegangen und auf der anderen Seite der Iller auf einem weißen Hirsch davongeritten.

Hofrat Leiner hat die Papiere dem Fürstabt zum Studium vorgelegt, und der ist bereits nach wenigen Zeilen zutiefst verärgert.

»Wir haben das Schlechtwetterläuten bereits vor langer Zeit verboten. Ist es den Pfarrern nicht beizubringen, dass Gewitter nicht von Dämonen gemacht werden und Blitze eine erklärbare Ursache haben? Oder läuten sie die Glocken, weil ihre Schäfchen recht blöde Schafe sind, die noch immer an diesen alten Hokuspokus glauben?«

Der Hofrat kommentiert den Ärger des Fürstabtes nicht und legt einen weiteren Bericht auf den Arbeitstisch.

»Ist der Brugger hier?«, fragt der Fürstabt.

Der Hofrat nickt.

»Drüben im Flur wartet er.«

Der Fürstabt liest noch einmal, was er soeben aus der Hand gelegt hat. »Sie ist also in den Himmel aufgestiegen? Vielleicht aber mit einem weißen Hirsch davon? Gott, verzeih mir, aber meine Untertanen sind schreckliche Idioten.«

Der Hofrat schrickt leicht zusammen.

»Selbst wenn wir das konstatieren, so ist die Zusammenrottung dieser Elemente in den Gassen nicht zu übersehen. Um offen zu sein, sie verfluchen die neue Kirche und sie stimmen Hassgesänge an. Leider, so wird berichtet, sind auch Priester unter ihnen, die die Stimmung kräftig anheizen.«

Der Fürstabt erhebt sich, tritt an das Fenster seines Arbeitszimmers und kommt zu einer Entscheidung.

»Wir geben Befehl, mit allen Kähnen nach diesem Frauenzimmer zu suchen, bis sie gefunden ist. Dann lege man sie einen Tag lang auf die Flusswiese, damit ein jeder sie sehen kann.«

Er macht eine Pause.

»Was sagt der Brugger? Müssen wir ihn schärfer vernehmen lassen?«

Der Hofrat nimmt seine Notizen zur Hand.

»Ein kurzes Gespräch hatte ich mit ihm. Er spricht von großen Veränderungen bei seiner Frau, seit sie sich eine andere Gemeinde gesucht hatte. Danach benahm sie sich feindlich gegen ihn und war ihm auch kein Weib mehr. Nach seinem Unfall wurde es immer schlimmer, weil auch die wirtschaftlichen Probleme überhandnahmen und er sich weiter weigerte zu glauben, der Teufel habe ihn umgeritten, so wie es seine Frau von ihm verlangte. Am Tag des Ereignisses sei er ihr im Treppenhaus begegnet, sie habe ihn Satan beschimpft, und danach hat er sie nicht mehr gesehen.«

Der Fürstabt setzt sich wieder.

»Glauben wir ihm?«

Hofrat Leiner nickt nur kurz und damit ist der Fall zunächst vom Tisch. Der Fürstabt reicht Leiner die Akte. Vom Nebenzimmer aus betritt Hofkaplan Domenikus von Brentano die Szenerie.

»Der Brugger schaut aus wie ein Leichentuch. Was ist mit ihm?«

Der Fürstabt unterschreibt ein Schriftstück und winkt Brentano zu sich.

»Die sich ersäuft hat, war seine Frau.«

Brentano schüttelt den Kopf und legt dem Fürstabt eine Liste vor.

»Das sind die Anzeigen der letzten Tage. Bei Gericht machten mich die Herren auf den ersten Fall besonders aufmerksam.«

Der Fürstabt überfliegt die Zeilen.

»Schwegelin? Worin besteht die Dringlichkeit? Solche Vorwürfe der Teufelsbuhlschaft haben wir täglich bei Gericht.«

Der Hofkaplan stellt sich direkt vor den Arbeitstisch des Fürstabtes, was der Hofrat nie wagen würde.

»Besonders sticht hervor, dass sie den Beischlaf mit dem Teufel zugegeben hat. Außerdem meinten die Herren, die Arbeit in der Burg Langenegg sei durch sie fast zum Erliegen gekommen, weil die Teufelsbeschreibung die Gefangenen zu Tode ängstigt und sich niemand mehr dorthin wagt, wo diese Schwegelin sich aufgehalten hat.«

Der Fürstabt will sich damit nicht länger beschäftigen.

»Wir geben den Auftrag an die Aufseher, diese Person scharf zu verhören und uns in zwei Tagen persönlich Bericht zu erstatten. Halt, nein, sie sollen selbst vor Gericht erscheinen, damit jeder sieht, dass mit diesen Dingen kein Spaß zu treiben ist. Bei falscher Anschuldigung sollen sie in Eisen gelegt werden.«

Hofrat Leiner bittet um das Wort und es wird ihm gewährt.

»Die Geschichte der Hexe von Burg Langenegg ist schon in der Stadt. Man munkelt, sie werde nicht belangt werden, weil der Teufel sonst noch mehr wahre Christen in die Hölle schicken wird, nicht nur das Weib vom Brugger.«

Nun ist der Fürstabt entsetzt.

»Die Brugger hat sich ersäuft. Weder ist sie in den Himmel aufgestiegen, noch auf einem weißen Hirsch davon oder vom Teufel geholt worden. Wenn man diesen Unsinn glaubt, dann glauben wir auch, dass Blitze und Donner mit Gebeten und Glockengeläute abgewendet werden können. Gott hilf diesen armen Seelen!«

»Der Pöbel rast und sie werden immer mehr«, sagt der Hofrat leise.

Die Audienz ist beendet. Brentano gibt dem Hofrat ein Zeichen, dass er ihn noch sprechen will. Am Ende des Flures steht Brugger und wartet. Worauf, das weiß er selbst nicht so genau.

Der Fürstabt beginnt, einen Brief zu schreiben und trägt zunächst das Datum ein: 15. Februar 1775.

Es ist just der Tag, an dem in Rom ein neuer Papst gewählt wird, der sich als Pius VI. in die Annalen des Vatikans eintragen lässt. Aber das kann der Fürstabt Honorius Roth von Schreckenstein zu dieser Stunde noch nicht wissen.

»Als der Tag der Geburt kam, begann das ganze Dorf zu singen, und vom Ufer der anderen Welt stieg ein Vogel auf und er brachte das Kind in den Schoß seiner Mutter.
›Maria Anna‹, hörte sie den Wind unter den Flügeln des großen Vogels wispern, ›Maria Anna‹. Und so bekam das Kind seinen Namen und als es die Augen öffnete, fragten die Nachbarn: ›Wo kommst du her?‹ und Maria Anna sprach: ›Ich lag auf dem Grund des Meeres und wenn Gott will, dass eine Frau Mutter wird, kommen die Engel in Gestalt großer Fische und setzen den Kindern Augen ein, die aber erst geöffnet werden können, wenn die Mutter ihre Schmerzen der Geburt in Freude wandelt.‹ Da war große Freude im Dorf und alle küssten Maria Anna und herzten sie. Doch eines Nachts, die Wölfe heulten und die Bären schrien vor Hunger, lief das kleine Mädchen in die Dunkelheit hinaus, weil es das Lachen des Mondes hören wollte. Und wie es so dahinlief, da griffen starke Arme nach ihr und eine unheimliche Stimme sprach: ›Nun gehörst du mir und wirst für alle Zeit meine Dienerin sein.‹«
Maria Anna kniet am Boden und spricht, während im Gang vor der Zelle ihr Publikum gebannt ihrer Erzählung lauscht. Man hält Distanz, denn es ist unheimlich, wie sie spricht, und nicht wenige in der Burg halten sie für die Seherin aus der anderen Welt. Nur eine ist sich sicher, dass nun ihre Zeit gekommen ist, und wie von Sinnen springt die Kuhstallerin in die Zelle und schlägt und prügelt auf die Kniende ein. Wie eine Tobsüchtige und begleitet von hysterischem Geschrei, peitscht die Kuhstallerin auf Maria Anna

ein, bis endlich der Klingensteiner erscheint und die Blutorgie mit einer klatschenden Watsche in das Gesicht der Peinigerin beendet. Das geschieht nicht aus Mitleid. Ein reitender Bote aus Kempten brachte ihm mit grinsendem Gesicht die Ladung. In zwei Tagen muss er vor Gericht erscheinen, und da ist er gut beraten, die Schwegelin am Leben zu lassen. Damit hat er nicht gerechnet. Vielmehr hat er geglaubt, man würde die Schwegelin nach seiner Anzeige abholen und in Kempten verwahren. Nun muss er sich rechtfertigen und der Zuchtmeister weiß nicht, was er den hohen Herren sagen soll. Auf keinen Fall durfte die Aussage lauten, die Schwegelin ist zu Tode geprügelt worden. Noch immer sieht er den grinsenden Boten vor sich stehen, der ihm damit wohl zeigen wollte, dass er weiß, wie es bei strengen Verhören in Kempten zugeht.

Sie liegt am Boden und röchelt. Jetzt ist sie wirklich alleine. Als sie gemerkt hat, dass man sie in Frieden lässt, wenn sie ihre Sache mit dem Teufel erzählt, ist sie froh gewesen. Etwas wie Respekt ihr gegenüber ist entstanden und sie genießt ihn. Mit dem Teufel hat man ihr Ehrfurcht entgegengebracht. Sie liegt am Boden und rührt sich nicht. Maria Anna spürt ihre Anwesenheit auf dieser Welt nicht mehr. Die ersten Schläge brannten noch wie Feuer auf der Haut, später ließ das nach und hörte dann ganz auf. Sie will die Augen schließen und fern sein von hier. Wie schon so oft, will sie sich in die andere Welt begeben, wo niemand ein leidender Mensch ist wie hier unten auf der Erde.

Lindenblüten waren es zunächst, von jenen Bäumen im Wald eben, die strahlen konnten wie die helle Sonne am Morgen. Später im Jahr ein Herbst aus Glas. Eine Einladung zur Nacht, mit köstlichen Erfrischungen, nur für liebende Herzen gegeben, und sie war sozusagen die Prinzessin. Man bewunderte nichts, war gegen jede Eitelkeit eingestellt, hegte gegen niemanden feindliche Gefühle. Keiner durfte sprechen, um nicht durch profane Worte den Duft der Liebe zu zerstören.

Blütenträume und dann das ergraute Jahr im Herbst. Die Prinzessin liebte keinen Prinzen, weil es ihn nicht gab. Sie zweifelte lange schon daran, ein wirkliches Wesen aus Fleisch und Blut zu sein. Wenn sie so etwas wie Leben in sich spürte, rief sie die Mutter Gottes und flehte sie um Hilfe an. Sie schaute in einen Kirschgarten oder lauschte unter Apfelbäumen den Bienen und wusste längst, dass die Bäume besser behandelt wurden als sie. Du bist kein Mensch, du bist ein Weib. Ein kleiner Bach – das Wasser wusch fleißig ihre Füße. Der Atem gehört Gott. Das Leben auch. Tag und Nacht. Wenn sie so völlig alleine in den Wäldern war, gab es ein Leben für sie in ihrem Kopf, hinter den Augen, zwischen den Ohren. Erklären konnte sie es nicht, aber sie wusste ja, dass es noch ein anderes Leben gab, eben jenes in ihrem Hirn.

Sie war nicht allein. Im Gegenteil. In den Wiesen tuschelte es und der Bach sprang aufgeregt von einer Uferseite zur anderen. Es war wie immer, eigentlich konnte nur die Natur lächeln, das war ihre feste Überzeugung. Jetzt war sie froh und konnte gehen. Das Licht gab bedächtig nach und wird gleich der ewigen Finsternis weichen. Ich bin doch schon lange tot, so lange schon.

Maria Anna kommt wieder zu sich. Sie versucht, den Kopf zum Fenster hin zu bewegen, aber es gelingt ihr nicht. Jeder Versuch einer Bewegung scheitert, sie liegt steif am Boden, wie zu Eis erstarrt. Was geschähe, wenn sie schrie? Es ist totenstill um sie herum. Nicht einmal er wird kommen, in seinem roten Umhang und mit seiner haarigen Zunge.

Es ist früh am Tag, als Brentano den Hofrat Leiner trifft, so wie sie es nach der Audienz beim Fürstabt besprochen hatten.

»Nun?«, beginnt Brentano knapp das Gespräch.

Leiner hebt hilflos die Arme.

»Sie wollen nicht. Niemand will. Zunächst einmal will niemand mehr an einem Hexenurteil beteiligt sein und zweitens sagen sie, die Zeit dafür sei vorbei. Auch in Bayern wird niemand mehr verurteilt, warum dann hier?«

»Das wird dem Fürstabt nicht gefallen«, sagt Brentano und bleibt stehen.

Der Hofrat weiß das natürlich.

»Wenn man in Kempten den Franzosen Rousseau zitiert, um sich zu verweigern, bin auch ich machtlos. Möglicherweise liegt es an der zu geringen Entschädigung.«

Der Hofkaplan horcht auf.

»Ach, auf diesem Feld, meint Ihr, sei der Samen noch zu dünn gesät?«

Leiner nickt.

»Ein anderer Weg scheint nicht begehbar zu sein. Wenn wir den Fürstabt überzeugen könnten, dass er seine Schatulle öffnet, dann wird es durchaus möglich sein, den einen oder anderen Freiwilligen für das Gericht zu finden.«

Hörte er da einen Anflug von Spott? Brentano schaut Leiner in die Augen und zwar so lange, bis der ausweicht.

»Nun gut.« Brentano wischt seine Bedenken zur Seite. »Wir brauchen ein Gericht, denn sonst kann der Fall nicht verhandelt werden.«

Der Hofrat hat noch ein weiteres Argument für den Fürstabt.

»Es ist so. Man hat gehört, dass anderswo im Land plötzlich jeder, der früher an solchen Urteilen beteiligt war, Hab und Gut verlor und von höchster Stelle in das Elend gebracht wurde.«

Der Hofkaplan will davon nichts hören.

»Wir haben sehr viele Tumulte und Unruhe unter den Bürgern. Es sind nicht wenige, die wieder mit der alten Kirchenordnung leben wollen. Sie glauben, die neue Kirche bestreite die Existenz des Teufels. Wir müssen ihnen zeigen, dass dem nicht so ist. Das Böse ist in der Welt und somit der Teufel auch. Hinzu kommt, dass das Bettelgesindel endlich erkennen muss, wie wir mit Frevlern und Zauberern umzugehen gedenken. Auch wenn es mir nicht gefällt, wir müssen aus Gründen der zivilen Ordnung ein Exempel statuieren. Also muss ein Gericht eingerichtet werden.«

Brentano zieht Leiner näher zu sich heran.

»Ich denke an Hofrat Feigele. Der wird sich dem Wunsch unseres Fürstabtes nicht verschließen. Nur zu. Tragt ihm unsere Meinung vor.«

Leiner macht sich auf den Weg und weiß, wie sich Feigele winden wird, um dem Gericht nicht angehören zu müssen. Wenn es nur zutreffend wäre, dass ein Prozess gegen den Teufel den Hunger besiegen würde.

Der Hofrat zweifelt daran. Auch den Exorzisten kann er nicht sehr viel abgewinnen. Selbstverständlich wird er seine Meinung für sich behalten. Besonders auch die über den Vortrag Brentanos, der nicht seine Meinung äußerte, sondern die des Fürstabtes.

Als er bei Feigele anklopft, lässt der sich von seiner Magd verleugnen. Leiner wird deshalb etwas lauter.

»Dann bitte ich darum, dass der Herr Hofrat persönlich vor unserem Fürstabt erscheint.«

Wie von unsichtbarer Hand geführt, wird die Tür geöffnet. Feigele sitzt da und stellt den von einer Krankheit Gepeinigten dar.

»Konnte ich ahnen, dass Ihr vor meiner Tür steht?«, hustet er. »Eine unbekannte Krankheit setzt mir so arg zu, dass ich kaum noch das Haus verlassen kann.«

Die unbekannte Krankheit kenne ich schon, denkt Leiner und übergeht die Schauspielerei Feigeles. Als er das Haus des Hofrats Feigele wieder verlässt, kann er sich eine verschmitzte Schadenfreude nicht verkneifen. Die Bürger wünschen Ordnung in der Stadt und Härte gegen die Frevler, aber wenn es zum Schwur kommen soll, dann lassen sie die Hände lieber unten. Ohne jede Absprache hatte er in seine Rede einfließen lassen, dass der Fürstabt bei der Bestellung eines künftigen Hofkanzlers illoyale Personen nicht berücksichtigen wird. Er war sich dabei sicher, dass Feigele den Fürstabt niemals auf diese Aussage ansprechen würde.

»Ich habe eine Anzeige vorzubringen«, hatte Brugger dem Gerichtsdiener gesagt und seitdem wartete er vor der Tür auf Einlass. Zwei Tage haben sie seine tote Frau am Ufer der Iller liegen lassen und für ihn sind das Qual und Demütigung in einem. Und nun hat sich sein Pfarrer auch noch geweigert, sie in geweihter Erde zu bestatten. Für Brugger ist die Idee, seine Frau als Beweis gegen die vielen Gerüchte in der Stadt am Illerufer auszustellen, von vorneherein zum Scheitern verurteilt. Genau so kam es, denn es wurde nicht nur daran gezweifelt, dass die Tote seine Frau sei, man gab sich auch das Wort darauf, bei der Person am Ufer handele es sich um ein fremdes Weib, denn seine Frau habe völlig anders ausgesehen. Nicht wenige glaubten, die hohen Herren hätten diesen Betrug mit der Leiche arrangiert, weil sie mit dem Bösen unter einer Decke steckten. Um sich aus seiner seelischen Zwangslage zu befreien, war Brugger fest entschlossen, den Exorzisten Johann Gaßner als tätigen Hexer anzuzeigen. Für ihn gab es keinen Zweifel, dass Gaßner seine Frau verhext und sie in den Wahnsinn getrieben hatte. Brugger ist nervös und schielt zu den drei Figuren, die schon länger als er im Gang warten. Zwei Frauen und einen Mann sieht er dort stehen, zwischen ihnen sitzt jeweils ein Bewacher. Sie machen auf ihn keinen vertrauenerweckenden Eindruck. Er hält sie für Teufelsanbeter, denn in den Zimmern am Ende des Flures wird wegen Teufelsbuhlschaften und gegen Hexen ermittelt. Das hat man ihm gesagt und deshalb befindet er sich mit seiner Anzeige in diesem Flur. Er atmet kräftig durch und wartet darauf, dass sich endlich eine der Türen für ihn öffnen wird.

»Ich bin Dominik Anton Kajetan von Brentano, studierter Theologe mit anerkanntem Doktorgrad, und deshalb werde ich als Hofkaplan des Stifts Kempten an keiner Untersuchung wegen Teufelsbuhlschaft teilnehmen, weil die in Wahrheit einen anderen Grund hat.«

Fürstabt von Schreckenstein hebt abwehrend die Hände und setzt sich gleich wieder hinter seinen Arbeitstisch. »Die Angelegenheit ist längst außerhalb unserer Reichweite, lieber Bruder.«

»Die offizielle Anzeige gegen die Schwegelin liegt vor, nebst einem soeben von drei Personen bestätigten Geständnis derselben. Wir müssen das Gericht tätig werden lassen, zumal die Geschichte wie ein Lauffeuer durch die Gassen Kemptens fegte. Würden wir nichts tun, bekäme das Lager der Geisteranbeter weiteren Zulauf. Das Ergebnis könnte für uns und das Land verheerend sein.«

Der Hofkaplan wendet sich ab und geht zum Fenster.

»Das ist profane Politik«, sagt er kühl, »ich bin Theologe.«

Diese Antwort kränkt den Fürstabt. »Wollen wir uns jetzt in Spitzfindigkeiten ergehen? Es wird mir schwer genug gemacht, das Stiftsland Kempten als freies Land zu bewahren. Wir wollen nicht vergessen, dass die Wittelsbacher ein Auge auf uns haben. Also vermeiden wir doch die schmerzhaften Sticheleien.«

Brentano kehrt an den Tisch zurück und sieht den Fürstabt fest an. »Mir ist bekannt, dass du mich gegen viele Widerstände als Hofkaplan durchgesetzt hast. Ich halte sehr viel von der Partnerschaft unserer Mutter Kirche mit der weltlichen Macht und noch viel mehr von der christlichen Toleranz, deshalb darf das Mittelalter nicht mehr zurückkommen. Diese Elenden sind Feinde des Glaubens.«

Nun will und muss der Fürstabt doch schärfer formulieren, als er es eigentlich wollte.

»Gottes Weisheit gab uns die Tugend der Geduld, Bruder Dominik. Deine Ernennung hat damit zu tun. Soll ich unsere Brüder mit deinen Thesen überrumpeln? Es gibt nicht nur eine Handvoll Priester, die von uns eine Kehrtwende fordern, und das Volk will deine Aufklärung nicht.«

Es entsteht eine hässliche Pause, die der Fürstabt abbricht.

»Du willst die Wallfahrten nicht und nicht die vielen Andachten. Die Pfarrer sagen mir, wenn wir dem Volk ihren schlichten Glauben nehmen, werden sie sich nicht besinnen, sie werden sich einfach andere Prediger suchen. Willst du das erreichen?«

Brentano ist nach wie vor anderer Ansicht.

»Wir leugnen seit Jahr und Tag, dass so manche der Riten innerhalb dieser angeblichen Volksfrömmigkeit nichts anderes sind als altes Heidentum unter dem Kreuz der Christen. Wir haben Gott zu dienen und nicht dem Pöbel. Die Schwegelin wird zum Tode verurteilt, das ist sicher. Weshalb? Nur weil sie verrückt ist und wirres Zeug redet?«

Diese Debatte will der Fürstabt nicht führen und deshalb gibt er dem Hofkaplan per Handzeichen zu verstehen, dass die Audienz beendet ist.

»Wenn die Gelehrtheit unserer Kirche in Arroganz gegenüber dem einfachen Volk im Land ausschlägt, werden nicht nur wir verlieren, sondern unsere Kirche wird untergehen und unser Glauben auch. Wenn das Volk aus Furcht vor dem Gewitter den Gott des Blitzes und des Donners um Verschonung bittet, dann handeln wir klug, wenn wir sie dafür nur schelten. Wir sind die Hirten und sie sind die Schafe. So steht es geschrieben.«

Brentano fällt beim Hinausgehen auf, dass er sich mit Leiner quasi die Klinke in die Hand gibt. Aus Ärger über das Gespräch denkt er darüber nicht weiter nach. Der Fürstabt möchte alleine sein und schickt Leiner hinaus. Der stört sich nicht daran und legt zwei Akten auf den Tisch.

»Brugger? Was will der?«

Der Hofrat hält sich kurz: »Er zeigt Gaßner wegen Hexerei zum Schaden seiner Frau an.«

Der Fürstabt winkt ab. »Dafür haben wir Gerichte. Was soll das bei mir?«

Leiner verbeugt sich. »Verstehe.«

Der Fürstabt will auch das zweite Schriftstück nicht. »Das Gericht soll zusammentreten und entscheiden, ob es einen Prozess gegen die Schwegelin beginnen will. Das hat hier nichts zu suchen. Wir sind nicht zuständig.«

Leiner eilt hinaus und zerreißt noch auf dem Flur die Anzeige Bruggers.

Wie stellt der Mann sich das vor, denkt er. Einen Priester und angesehenen Exorzisten vor Gericht zu stellen, ist so gut wie unmöglich.

Man könnte ihm richterlich die Ausübung der Teufelsaustreibungen verbieten, aber ihn doch niemals verurteilen. Er wird Brugger so lange auf eine Antwort warten lassen, bis der von alleine wieder Ruhe gibt und die Aussichtslosigkeit seiner Anzeige einsieht.

Im Gericht angekommen, teilt er dem Schreiber mit, dass der Brugger nicht vorgelassen wird. Der Schreiber gibt dem Gerichtsdiener die Anweisung weiter. Brugger wartet und wird ohne Antwort bleiben.

Leiner betritt den Verhörraum und begrüßt Hofrat Feigele, den Landrichter Treichlinger und eine weitere Person, die ihm unbekannt ist.

Wenn diese fremde Person von höchster Stelle dem Verhörgericht zugeordnet wurde, hat man nichts zu fragen. Da der Mann seinen Stand und seinen Namen nicht preisgibt, wird es wohl so sein. Nachdem Leiner sich umständlich gesetzt hat, nimmt Treichlinger das Wort.

»Wenn die hohen Herren nichts einzuwenden haben, will ich auf die vorliegende Anzeige gegen ein Weib mit Namen Maria Anna Schwegelin, auch Schwegele genannt, eingehen. Das Verhör wird, wie besprochen mit der Schwester des Zuchtmeisters Klingensteiner beginnen, dann soll die Gefangene Kuhstallerin eintreten und am Ende muss der Klingensteiner selbst Rede und Antwort stehen.«

Hofrat Feigele hebt den Finger.

»Laut diesem Dokument hier ist die Kuhstallerin von Amts wegen für verrückt erklärt und zur Burg Langenegg überstellt worden. Was ist ihre Aussage für uns wert, meine Herren?«

Der Fremde schwieg bisher und nimmt nun das Wort.

»Deshalb sollten wir sie zuerst anhören.«

Die anderen Herren fühlen sich überrumpelt und schauen pikiert in die Runde, aber niemand wagt, zu widersprechen. Die Kuhstallerin wird in den Saal geführt. Sie macht den Eindruck eines geprügelten Hundes. Leiner sieht ihre Augen und meint, eine Portion Frechheit und Falschheit erkennen zu können.

»Landrichter Treichlinger, beginnen Sie«, sagt der Fremde.

Brugger entscheidet sich, zu gehen. Niemand hat sich um ihn gekümmert und er erwartet auch nicht mehr, dass sich daran etwas ändern wird. Mürrisch quert er die erste Gasse und achtet dabei auf das kleinste Geräusch. Nicht noch einmal will er von einem Reiter niedergestoßen werden. Vor seinem Haus wartet eine elegante Kutsche. Ein versuchter Blick in das Innere führt zu einer heftigen Abwehrreaktion des Kutschers. Im Hof seines Anwesens steht ein Mann und betrachtet die leere Remise. Brugger denkt an einen Käufer für sein Haus. Als der Mann sich umschaut, erkennt er seinen ältesten Sohn. Zwar ist der bunt und merkwürdig gekleidet, aber er nimmt seinen Sohn in den Arm, und Tränen der Freude laufen ihm dabei über die Wangen. Endlich bekommt er einen kleinen Lichtblick in sein tristes Leben.

»Ich hatte doch keine Ahnung.« Der junge Mann schaut entsetzt in den heruntergekommenen Hof. »Der Wagner Stössler hat mir vom Tod der Mutter erzählt. Lass uns zum Grab fahren, Vater.«

Brugger zögert. Er weiß nicht einmal genau, in welcher Ecke des ›Friedhofs der Sünder‹ seine Frau liegt. Er will seinen Sohn nicht anlügen.

»Was tust du in Kempten, mein Sohn?«

Der zieht ihn einfach mit sich fort.

»Auf dem Weg nach Stuttgart bin ich, Vater. Ich bereite Künstlern und Orchestern den Weg zu Konzerten, und in Stuttgart gib es einen Hof, der über genug Geld verfügt, um sehr gute Musiker zu verpflichten.«

Brugger versteht nicht, worum es dabei geht.

»Was ist damit?«

»Nun, es ist so. Wenn ich die richtigen italienischen Musiker an die Höfe oder in die Schlösser bringe und diese bereiten den Herrschaften Vergnügen, geben die Fürsten mir für diese Dienste ein Salär.«

Brugger versteht das zwar noch immer nicht, aber sein Sohn schiebt ihn in die elegante Kutsche, die vor seinem Haus wartet, und lässt den Kutscher anrollen. Wie gestelzt der redet, denkt Brugger und schweigt.

»Nein, es war kein Wispern in der Luft. Hat ein Gottesacker mehr Reinheit und Keuschheit als das Totenbett einer Sünderin? Sie war voller Sehnsucht und Inbrunst in die Fluten gestiegen. War ihr Gott nicht unserer? Hockt sie jetzt in beängstigender Finsternis und versteht es noch viel weniger als zu ihren Lebzeiten, das mit Gott und der Welt? Bezwungen wurde sie von ihrer Angst. Einmal, da war Frühling, die Knospen sprangen auf und es ward grün und gelb und blau und rosa in der Welt. Aus den Bergen ergoss sich sehr viel Wasser in den Fluss und ich ging mit ihr an der Iller spazieren. Wir hatten uns versprochen und damit begann unser gemeinsames Leben.«

Brugger steht mit geballten Fäusten auf dunkler Erde und starrt auf den Fleck, den ihm der Totengräber angegeben hatte, nachdem sein Sohn seine Geldbörse hatte sprechen lassen. Er hat die am Grab vorgelesenen Zeilen mühsam zu Papier gebracht und war von seinen eigenen Worten zu Tränen gerührt.

»Neben Huren und Diebinnen«, sagt Brugger empört, »muss sie ruhen.«

Der Sohn führt ihn zurück zur Kutsche. Als sie am Gericht vorbeikommen, schließt Brugger zornesrot die Augen.

Draußen fährt eine Kutsche vorbei und sie steht noch immer vor den Herren, die nichts sagen. Die Kuhstallerin tritt von einem Fuß auf den anderen. Nun steht sie da und nichts passiert.

Der Fremde gibt dem Gerichtsdiener ein Zeichen, worauf der einen der Bewacher hereinholt. Auch ihm gibt der Fremde ein Zeichen und die Antwort ist eine klatschende Watsche in das Gesicht der Kuhstallerin.

»Du wirst das hohe Gericht nicht mehr angrinsen, sonst geht es in den Kerker.« Der Fremde neigt sich vor. »Und wenn du lügst, dann gnade dir Gott. Wie kannst du behaupten, die Anzeige wäre von dir gekommen, wenn wir eine solche vom Klingensteiner vorliegen haben?«

Die Hofräte Leiner und Feigele sehen sich erstaunt an, während Landgerichtsrat Treichlinger lediglich die Brauen hebt. Er soll das Verhör beginnen und weiß nicht recht, wie er das anstellen soll.

»Kuhstallerin heißt du also. Hm, nun ja. Kannst du lesen und schreiben?«

Sie schüttelt den Kopf. »Wie hast du die Anzeige zu Gericht gebracht?«, fragt er.

»Darum geht es nicht«, antwortet der Fremde barsch.

Feigele fühlt sich nun berufen, einzugreifen.

»Hast du das, was hier zu lesen ist, selbst erlebt oder hast du das nur von anderen gehört? Antworte!«

Die Kuhstallerin schaut zu Boden, denn hinter ihr steht noch immer ihr Bewacher mit der harten Hand.

»Selber«, antwortet sie.

»Was sagt sie?«, fragt Treichlinger.

Feigele reagiert nicht auf den Landrichter und setzt seine Befragung fort.

»Das wollen wir jetzt von dir hören. Was hast du selbst gehört und zur Anzeige gebracht?«

Die Kuhstallerin denkt an die Watsche und weniger an die Herren vor ihr, die sie eigentlich zum Kichern findet. Doch nun sieht sie das Gesicht der Schwegelin vor sich und ihr geballter Zorn ist wieder da.

»Sie hat den Zuchtmeister Klingensteiner verhext und wollte ihn für sich haben, aber der sollte doch nur zu mir freundlich sein. Dann hat der sie alles machen lassen und ich war nichts mehr wert.«

Bis auf den Fremden, der stoisch und kalt dasitzt, sind die Herren nun in Unruhe geraten. Was sollen sie mit diesem Gestammel anfangen? Leiner ergreift das Wort, weil ihm die Angelegenheit zu langsam vorangeht.

»Hat die Schwegelin dir gesagt, sie habe Besuch vom Antichrist gehabt?«

Die Kuhstallerin versteht die Frage nach dem Antichrist nicht. Leiner versucht es noch einmal.

»War der Teufel bei ihr? Hat sie dir das gestanden?«

Das versteht die Kuhstallerin und nickt heftig.

»Sie hat dir gegenüber also gestanden, dass der Teufel bei ihr in der Zelle war?«

Wieder nickt die Kuhstallerin kräftig.

»Um was zu tun?« Leiner sieht, dass sie die Frage nicht versteht. »Was hat die Schwegelin mit dem Teufel getrieben?«

Die Kuhstallerin macht eine eindeutig obszöne Geste.

Jetzt greift der Fremde erneut ein.

»Schreiber, Sie halten fest. Die Zeugin Kuhstallerin sagt vor Gericht aus, dass die Schwegelin ihr ins Gesicht gestanden hat, sich mit dem Teufel versündigt und mehrfach den Beischlaf vollzogen zu haben.«

Nach einer kleinen Pause wendet er sich an die anderen Herren.

»Das Gericht verfügt, die Schwegelin ist sofort dem Kriminalgericht zu überstellen, und die Zeugin Kuhstallerin wird dort ihre Aussage von Angesicht zu Angesicht wiederholen.«

Landrichter Treichlinger stimmt sofort zu, Hofrat Feigele braucht ein wenig länger und Leiner denkt darüber nach, wie er herausfinden kann, wer diesen Fremden eingesetzt hat. Eigentlich gibt es nur einen, der über die Macht verfügt, dies zu veranlassen, aber sicher ist er sich nicht. Sollte es aber so sein, dann wird es nicht nur einen Bericht über die Verhöre geben, sondern auch solche über das Verhalten von Feigele, Treichlinger und ihm selbst. Wie werden danach seine Chancen aussehen, sich mit dem Titel des Hofkanzlers schmücken zu dürfen? Auf keinen Fall darf er dem Hasenfuß Feigele das Feld überlassen.

»Komm!«, sagt das Gemälde zu ihr, und als sie genauer hinsieht, schaut sie in das Bild mit dem Gesicht der Mutter Gottes. Erschrocken richtet sie sich auf und ruft:

»Was ist mit mir? Was ist geschehen?«

»Bist du fromm und keusch gewesen, Maria Anna?«, hört sie die Mutter Gottes fragen. Maria Anna schließt die Augen und antwortet:

»Damit die Sonne nicht erbleicht, ist meine Erinnerung schmerzhaft. Ich bin doch ganz eingetrocknet und bin kein Bild des Lebens mehr. Immer ergriff mich das Entsetzen, als ich erkannte, wie nah mir der Feind gekommen war. Kaum war ich ihm entkommen, wollte man mich vernichten. Nun fehlt mir der Mut, mich aufzuheben und mich gegen das Scheusal zu stemmen. Was soll ich denn tun, wenn der Dämon aus dem unerforschlichen Dunkel gegen mich vorgeht und mich mit seinen gierigen Augen verschlingt? Ich büße mit dem Tod. Heilige Maria Mutter Gottes, hilf mir!«

Helle Stimme, helles Lied. Zuweilen bewegte sich der Mond mit einer silbernen Kutsche, gezogen von den leuchtenden Sternen. Die Kinder der Sonne tanzten in ihren goldenen Rüstungen beschwingt über das Meer. Auf der Wiese lag ein weißes Tuch und darauf standen Körbe mit gutem Essen darin. Sie aß aber nur von dem Obst und nahm sich etwas von dem Gemüse. Die anderen Speisen und den Wein rührte sie nicht an. Nun bin ich gerettet und mein Seelenheil ist wiederhergestellt. Bei der Wiese steht der alte Mönch und schnitzt aus einem Ast ein Kreuz. Kleine Kinder sitzen vor ihm und schauen zu. Sie bleibt hocken, und als sie sich zu der Gruppe gesellen will, kann sie nicht aufstehen. Der Mönch lacht, die Kinder lachen, und alle zusammen werfen ihre Kleider ab und der Geruch ist da, den sie kennt, während mitten aus der Erde die roten Umhänge auf die Schultern der Teufel fliegen. Der Teufel ist der Mönch und die Kinder sind verhext.

Maria Anna öffnet die Augen und sieht zur Mauer hoch. Vielleicht ist heller Tag und noch immer liegt sie bewegungsunfähig am Boden. Doch anders als bei ihrem letzten Erwachen ist es nicht mehr still. Lärm dringt vom Gang in ihre Zelle und schon stehen fremde Männer vor ihr.

Im Arbeitszimmer des Hofkaplans will das Kaminfeuer nicht recht werden. Es riecht nach Qualm.

Brentano legt das Geschriebene zurück auf den Tisch und sieht Leiner freundlich an.

»Das ist die Denunziation eines eifersüchtigen Weibes, verehrter Hofrat. Damit wollen Sie reüssieren? Ich bitte Sie. Diese Kuhstallerin hat die Schwegelin derart verprügelt, dass sie am nächsten Tag alles gestand, was man sie fragte. Das sind keine Methoden, die wir in Kempten akzeptieren sollten.«

Leiner horcht auf. Woher weiß der Hofkaplan, dass die Schwegelin erst verprügelt wurde und dann gestanden hat? Er muss auf der Hut sein, sonst steht er am Ende auf der falschen Seite des Flusses.

»Wir werden bald hören, was sie selbst zu sagen hat.«

Brentano reagiert süffisant auf diese Worte.

»Wer im Kriminalgericht zunächst beim Meister der Torturen vorbeigeführt wird und sich dessen Werkzeuge ansehen darf, der wird vor Gott und der Welt alles schwören, mein lieber Hofrat. Wie steht es denn um die Meinung des Herrn Leiner zu dem Fall, wenn wir einen Moment den Hofrat beiseitelassen?«

Das ist eine Falle. Leiner will diese Frage auf keinen Fall beantworten. Niemand ist so nahe beim Fürstabt wie der Hofkaplan. Keine Entscheidung fällt, ohne dass der Fürstabt Brentano konsultiert hat. Er will sich auf keinen Fall ins Feuer setzen. Leiner bleibt vorsichtig.

»Als vor geraumer Zeit die Kopie der Ansprache des Theatinerchorherren Ferdinand Sterzinger vor der Münchner Akademie über die gemeinen Vorurteile der tätigen Hexerei unserem Fürstabt zugespielt wurde, da gab es keinen Jubel von jener Seite, denn die Überbringer wollten eine Verurteilung Sterzingers erreichen.«

Brentano sieht Leiner an. Er hat durchaus verstanden, weshalb der Hofrat besonders betont hat, dass Sterzinger Theatiner ist. Auch ihm ist bekannt, dass die Auseinandersetzung um einen reformierten Katholizismus innerhalb der Kirche diese an den Rand der Katastrophe führen kann.

Der Hofkaplan schweigt. Er hat seiner Meinung über Leiner nichts hinzufügen müssen. Es ist eine Kunst, eine glitschige Forelle mit der Hand zu fangen. Der Hofrat darf zurück zum Gericht.

»Was sagt sie?« Landrichter Treichlinger schaut Leiner an.

Der antwortet ihm nicht, weil er nicht weiß, ob der alte Herr ihn hört, und außerdem denkt er noch an das Gespräch mit Brentano.

Vor ihnen steht schlotternd die Schwester Klingensteiners und wischt sich die Tränen ihrer Angst aus dem Gesicht.

»Lauter!«, brüllt Feigele, dem die Machtbefugnis eines Inquisitors offensichtlich Spaß zu machen beginnt.

Leiner schielt zu dem Fremden hinüber und wünscht sich etwas wärmere Temperaturen in dem Verhörraum, der allerdings schlecht zu beheizen ist. Der Hofrat hat über Brentano nachgedacht und beschlossen, sich in der Sache Schwegelin möglichst herauszuhalten und deshalb nichts Auffälliges zu tun.

Die Frau hält ihre Hände fest ineinander und zittert am ganzen Körper.

»Es war einmal in der Nacht, da haben die Enten laut gerufen.«

»Die Enten haben gerufen?« Feigele fixiert die Zeugin. »Weiter!«

»Die Gefangenen haben gesagt, oft kommt nachts Lärm aus der Zelle.«

»Aus der Zelle von der Schwegelin?«

»Ja.«

»Was passierte weiter?«, insistiert Feigele.

»Sie wurde geschlagen.«

»Wer hat sie geschlagen?«, fragt Feigele.

»Die Kuhstallerin hat so lange zugeschlagen, bis die Schwegelin nicht mehr aufstehen konnte. Sie kann nicht mehr auf einem Hocker sitzen, die Hände sind verdreht und die Füße auch.«

Feigele hat sein Pulver verschossen, Hofrat Leiner schweigt beharrlich und Treichlinger kämpft mit seiner Altersmüdigkeit. Der Fremde schlägt mit der Hand auf den Tisch, dass sämtliche Herren des Tribunals zusammenzucken.

»Weshalb wurde sie geschlagen? Gab es häufig Schläge für aufsässige Gefangene?«

Die biedere Frau fürchtet sich zutiefst vor diesem unheimlichen Mann.

»Ja«, sagt sie.

Der Fremde steht auf und geht langsam auf die Zeugin zu.

»Schreiber, wir halten fest. Aufsässige Gefangene wurden mit Schlägen bestraft, so wie es in der Zuchthausordnung vorgesehen ist. Die Schwegelin weigerte sich zu arbeiten und war häufig krank. Hinsichtlich dieser Krankheiten sagt die Zeugin aus, dass die Schwegelin nicht wirklich krank war, sondern Krankheiten zeigte, wie sie bekannterweise nur von Dämonen in den menschlichen Körper gebracht werden.«

Er steht nun direkt vor ihr.

»Ist das deine Aussage, Weib?«

Die eingeschüchterte Frau schluchzt und kann nur mit dem Kopf nicken.

»Hinaus mit ihr!«, ruft der Fremde und der Bewacher stößt sie in den Flur zurück.

Leiner schaut zum Fenster, während Landrichter Treichlinger seine Augengläser sucht und Hofrat Feigele endlich wissen will, wer dieser Fremde ist, sich das aber nicht zu fragen traut.

»Wir haben die zwei nötigen Aussagen über die Teufelsbuhlschaft der Schwegelin. Selbst wenn wir diese verrückte Kuhstallerin nicht zur Kenntnis nehmen, bleibt noch die vorhersehbare Aussage dieses Zuchtmeisters Klingensteiner. Ich denke, wir sollten den nächsten Schritt befehlen.«

Der Fremde greift sich seine Unterlagen und geht grußlos. Die drei Herren geben sich über dieses Benehmen verschnupft, laufen aber dann brav hinter dem Unbekannten her.

Im Keller ist es feucht und ein muffiger Geruch hängt in der Luft. Hofrat Leiner schaut auf den unsicheren Gang der Kuhstallerin und denkt, sie geht wie ein kleines Kind. Auch ihre Armbewegungen wirken unkoordiniert, und er stellt für sich fest, dass dieses Weib sicher nicht verrückt ist, sondern nicht lange Zeit nach der Geburt geistig stehen geblieben war. Er beginnt, sich immer stärker von diesem Verfahren zu distanzieren.

Als sie beim Raum mit den Werkzeugen für die zu verabreichenden Torturen ankommen, bleibt die Kuhstallerin stehen und geht nicht mehr weiter. Erst ein mächtiger Fußtritt ihres Bewachers schleudert sie tiefer in den dunkler werdenden Gang.

»Weiber sind grundsätzlich von Übel«, doziert der Fremde. »Man findet sie täglich, diese Kreaturen, die von bösen Geistern schier zerrissen werden. Das Böse sucht sich von Natur aus den Körper von Weibern, um sein übles Geschäft zu betreiben. Wer sich von Weibern bezirzen lässt, ist bereits verloren. Unser Herr Jesus Christus hat die Ehe und die Weiber abgelehnt. Man muss ihnen die bösen Zungen herausreißen, die Köpfe abhacken und sie dem reinigenden Feuer übergeben.«

Der alte Treichlinger versucht angestrengt, auf dem feuchten Boden nicht auszurutschen und empfindet den Geruch und die Dunkelheit als sehr unappetitlich. Er hat nicht zugehört. Hofrat Feigele denkt an seine Frau und an dieses Buch, das vor einigen Jahren in Umlauf war und die Weiber als notwendiges Übel beschrieben hatte. Er schwieg lieber, so wie Leiner, dem diese Replik auf das bisherige Verfahren ziemlich aufgesetzt klang und der es eher für den Versuch einer Provokation hielt als für die wahre Meinung des Fremden. Er beschloss, sich nach diesem Gang durch das Verlies die Aufzeichnungen des Schreibers anzusehen. Er will nicht namentlich in dem Protokoll genannt werden.

Zerfahren sind ihre Gedanken in ihrer zunehmenden Müdigkeit. Aus ihrem verblassenden Umfeld sind die Stimmen verschwunden. Sie läuft auf Stegen über das Wasser, und wenn sie sich umschaut, dann gibt es keine Stege mehr und kein Zurück. Wenn sie wählen dürfte, dann würde sie die Bilder behalten, die sie in tiefem Grün zeigen, mit dem Duft frisch gemähter Gräser und dem Aroma einer blühenden Kräuterwiese. Es kühlt sie der sie streifende Windhauch des Mondes, und am Tage labt sie sich am sich kreuzenden Licht der Sonne auf dem Wasser des Flusses. Taubenblau und leicht, kaum bewegt von ihren leichten Füßen, laufen die Wellen durch das Wasser. Es ist immer friedvoll in ihren Gedanken und sie sieht dabei niemanden, keinen einzigen Menschen. Sie denkt, das ist so, weil sie tot und im Paradies ist. Und dort war sie ein bescheidenes kleines Mädchen, das am Ufer des Wassers wartete, über sich die festliche Tafel des Sternenhimmels, und neben ihr lagen die feinen Schuhe im Gras, die sie sich immer gewünscht hat. Manchmal sah sie sich auf der Burgklippe sitzen, im Jenseits des falschen Todes, von dem es eine Rückkehr ins Leben gab, und Nüsse knackend auf ein sich öffnendes Geheimnis wartend. Sie war doch nur ein kleines Mädchen, das noch nie jemand lieb gehabt hatte. Im Winter fuhr sie mit einem Schlitten, von einem Gespann Hirsche gezogen, das Gebirge hinauf. Die

Kufen ließen den Schnee knirschen und sie raste dahin, immer auf der Suche. Arg durchgeschüttelt, kam sie nirgendwo an und ihre Suche endete nie, denn am Ende des Bildes fiel sie. Sie fiel und schwebte und fiel und griff in die Luft und hielt nichts in den Händen und schwebte und fiel und verlor sich aus den Augen. Ein kleines Mädchen, das einfach im Himmel verschwand, denn sie war nach oben gefallen.

Aus der Traum. Feigele ist ungehalten über den Zwang zum Aufenthalt an diesem Ort und lässt die Schwegele vom Bewacher der Kuhstallerin wecken. Sie liegt im Stroh, dürftig angeleuchtet von der mitgebrachten Fackel. Den Transport hatte sie kaum bemerkt und die Schmerzen in ihrem Körper nimmt sie nicht mehr zur Kenntnis. Wie hinter Rauch stehend erscheinen ihr die Figuren an der Tür, nur als sie die Stimme der Kuhstallerin hört, da zuckt sie kurz zusammen. Ein Reflex auf die erwarteten Schläge. Wieder einmal hat sie den beißenden Geruch von Pferdeurin in der Nase, wie immer, wenn die Kuhstallerin erscheint.

»Sag es«, kreischt die wie besessen. »Sag es! Du hast den Teufel rangelassen! Sag es! Sag es!«

Maria Anna wird ganz übel von dem Gekreische und sie ist es leid, sich schlagen zu lassen. Alleine sein möchte sie, sich in ihrem eigenen Licht befinden.

»Jeden Tag«, antwortet sie. »Jede Nacht. Er kam und er ging.«

Von ihrem Wunsch nach Abwesenheit durchdrungen, fällt sie wieder in ihre Ohnmacht zurück.

Die Herren eilen hinauf zur frischen Luft und der Fremde flüstert mit dem Schreiber. Dann stellt er sich vor Treichlinger, Feigele und Leiner.

»So können wir beurkunden, dass die Schwegelin aussagte und ihre Teufelsbuhlschaft bekannte. Das Gericht kann somit zusammentreten und ein Urteil fällen. Ein Termin wird sich finden.«

Feigele bleibt nachdenklich stehen, während Treichlinger dem Fremden nachläuft. Hofrat Leiner schweigt weiter.

»Sie kann sich nicht rühren«, sagt Feigele. »Mit Verlaub, Herr Hofrat, diese Kuhstallerin ist doch nicht ganz bei Sinnen und die Delinquentin scheint mir durch die angewandten Torturen vollständig gelähmt zu sein. Wenn wir ein paar Tage warten, so stirbt sie von selbst. Unangenehm, die Sache, sehr unangenehm.«

Als Feigele sich umdreht, muss er feststellen, dass Hofrat Leiner sich einfach aus dem Staub gemacht hat.

»Was ist denn das für eine Art?«, fragt er laut und im gleichen Atemzug hat er den Eindruck, die Menschen vermeiden es, ihm auf der Gasse zu begegnen. Sollte sich herumgesprochen haben, dass man ihn zu diesem Gericht bestellt hat? Ausdrücklich ist ihm versichert worden, man würde das gesamte Verfahren geheim halten. Als er sich auf den Heimweg macht, denkt er an das versprochene Geld für seine Tätigkeit, und das wischt ihm die trüben Gedanken ein wenig zur Seite.

Bereits am nächsten Tag finden sich die Herren im Verhörraum wieder, um sich den Klingensteiner vorführen zu lassen. Feigele würdigt Leiner keines Blickes, was diesen absolut kaltlässt. Er hat das Protokoll noch einmal schreiben lassen, sodass jetzt lediglich seine Anwesenheit beurkundet ist. Damit muss er zufrieden sein, und so will er auch weiterhin kein Wort von sich geben. Der alte Treichlinger leidet unter Magendrücken und muss immer wieder hinaus, um seinen Winden ihren Weg zu lassen. Die gedrückte Stimmung unter seinen Nachbarn scheint den Fremden nicht weiter zu berühren. Er lässt den Zuchtmeister hereinführen, an dessen Seiten sich jeweils ein Bewacher befindet. Der Mann wirkt schwerfällig, grob, und seine Haut gleicht der eines Köhlers.

Nicht wie die beiden Frauen vor ihm, ist er gefasst und stabil in seinen Reaktionen. Klingensteiner hat beschlossen, alles dafür zu tun, um seinen Posten zu behalten. Er will daher nicht unsicher wirken, und einige seiner Aussagen hat er die halbe Nacht lang eingeübt, sodass er jetzt gar nicht mehr weiß, ob es so war oder ob es jene Aussagen sind, die ihm die Kuhstallerin und seine Schwester überbracht hatten und von denen er eigentlich kein Wort geglaubt hatte. Allerdings muss er befürchten, dass frühere Aussagen der Kuhstallerin gegen ihn verwendet werden können.

Der Fremde schiebt Feigele einen Zettel zu. Der erkennt die feine Schrift, wie sie von Mönchen gepflegt wird, und steckt das Papier schnell in seinen Umhang, bevor Leiner es sieht. Er versucht, sich gerade zu halten und einen durchdringenden Blick herzustellen.

»Bekommst du etwas dafür, wenn du die Zuchthäusler zu deinen Huren lässt?«

Klingensteiner ist wie vom Donner gerührt. Was ist das? Die Befragung sollte sich doch gegen die Schwegelin richten. Manche Kerle legen ihm etwas vor die Tür, ja, aber er kann auch nicht die ganze Nacht bei den Weibern Wache halten.

»Nein«, antwortet er.

»Hast du jemals einen deiner Spitzbuben zu der Schwegelin gelassen?«

Feigele wächst mit jeder Frage ein Stück. Klingensteiner wird sichtbar nervös und sein Kiefer beginnt zu mahlen.

»Wenn einer zu ihr ist, dann ohne mein Wissen.«

»Du räumst also ein, dass in der Nacht …«

Der Fremde unterbricht Feigele, denn diese Nachfrage geht ihm zu sehr in die falsche Richtung.

»Man sagt, du hast dich mit der Schwegelin eingelassen.«

Klingensteiner schaut den Fremden mit aufgerissenen Augen an.

»Die Kuhstallerin lügt«, stößt er hervor. »Die lügt, wenn sie nur ihr Schandmaul aufmacht.«

Hofrat Leiner schaut auf den Zuchtmeister und sieht, dass der von nun an alles das sagen wird, was der Fremde hören will. Er hat ihn geviertelt mit seinen Fragen und ihn nach seinem Gusto wieder zusammengesetzt.

»Willst du sagen, sie hat uns, das hohe Gericht, angelogen?« Feigele wirkt fast keck bei seiner Frage und er kommt sich nun wirklich bedeutend vor. »Wie kommt es dann, dass du die Berichte über die Teufeleien der Schwegelin nicht sofort gemeldet hast?«

Der Fremde übt Geduld mit Feigele und lässt die letzte Frage zu.

»Ich höre keine Antwort!«, ruft Feigele laut.

Klingensteiner spürt fast körperlich, wie er immer tiefer im Sumpf der Halbwahrheiten und Behauptungen versinkt. Was soll er denn darauf antworten? Er hatte die Beschuldigungen der Kuhstallerin einfach nicht geglaubt.

Hofrat Leiner schaut auf seine Uhr und denkt an die eigenartige Stimmung in der Stadt. Einem Teil der aufgeklärten Bürger wäre ein Hexenprozess in ihrem Kempten mehr als peinlich, zumal dann, wenn es sich quer durch die anderen Länder herumsprechen würde. Sie wollen nicht als rückständige Dämonengläubige gelten, und außerdem ahnen sie, dass es ihren Geschäften schaden könnte. Andere, die ein Todesurteil wollen, befürchten, dass die Hexe ihre Kraft benutzen wird, um ihnen Schaden zuzufügen. Man spricht davon, dass dieser so entbehrungsreiche kalte Winter bereits auf das Konto der Schwegelin geht. Allen gemeinsam ist das öffentliche Schweigen über die Angelegenheit, als habe man sich gegenseitig dazu verpflichtet. Man begegnet sich in den Gassen, nickt sich zu und weiß, was damit gemeint ist. Leiner hat daran mitgewirkt, dass der Wunsch des Fürstabtes nach Vermeidung einer öffentlichen Aufregung erfüllt werden kann. Er muss allerdings zugeben, dass er zunächst nicht daran geglaubt hat, nur mit einer gezielten Flüsterpropaganda die Menschen zum Schweigen zu bringen. Erst als es sich herumsprach, die Hexe könne durch die Mauern Krankheiten über die kommen lassen, die ihre Hinrichtung lauthals forderten, wurde geschwiegen. Erneut sieht er auf die Uhr, und kaum sind fünf Minuten vorbei, öffnet sich der Zuchtmeister, und nur wenige Minuten später kann der Schreiber die Aussage vorlesen.

Klingensteiner steht da, als hätte man ihn mehrfach unter Wasser gedrückt. Er atmet schwer, und aus dem kräftigen Kerl ist ein Häufchen Elend geworden.

Der Schreiber erhebt sich und tritt vor. Zunächst aber muss Treichlinger einmal mehr den Raum verlassen, was den Fremden nicht weiter stört. Er gibt dem Schreiber das Wort.

Der Klingensteiner bestätigt, dass er die Unruhe der Enten ebenfalls bemerkt habe. Auch dass die Mitgefangenen der Schwegelin sich immer wieder beklagten, dass in der Nacht Lärm zu hören war, ist wahr. Besonders auffällig waren die sehr häufigen Krankheiten der Schwegelin, für die es keine Gründe gab, zumal sie sogar einmal die verordnete Medizin zum Fenster hinausgeworfen hat und behauptete, man wolle sie vergiften. Ihre Arbeit hat sie nicht recht machen wollen und ständig über das schlechte Essen und die üblen Lebensbedingungen geklagt und die anderen Gefangenen dadurch aufgehetzt. Einen Diebstahl hat sie frech geleugnet und stattdessen andere Gefangene feige übel belastet.

Treichlinger erscheint wieder und unterbricht den Schreiber. Er hält sich den Leib und hebt hilflos entschuldigend die Achseln. Leiner sieht, dass der Fremde mit dem Gehörten unzufrieden ist. Der Hofrat rückt seinen schweren Stuhl ein wenig zurück und denkt, die Aussage hört sich an wie bei einem Streit unter Nachbarn.

»Lies die Stelle, die sich auf das Feld bei Memmingen bezieht!«, sagt der Fremde zum Schreiber.

Der Klingensteiner sagt aus, dass die Schwegelin, nachdem sie auf ihre Arbeitsverweigerung angesprochen wurde, gebrüllt hat, lieber würde sie beim Teufel sein als in diesem elenden Zuchthaus. Eines Tages erzählte sie, dass sie auf einem Acker einen grünen Jäger getroffen habe, der sie fragte, ob sie nicht mit ihm sündigen wolle. Nachdem sie sich gut dreimal verweigert hatte, stimmte sie dann doch zu und ließ den Jäger in sich eindringen. Danach wurde ihr klar, dass es sich bei dem Jäger um den Teufel gehandelt hatte, und sie schwor Gott und allen Heiligen ab, damit sie sich weiter mit dem Bösen treffen konnte. Auch während ihrer Gefangenschaft auf der Burg Langenegg habe es diese Begegnungen mit dem Teufel gegeben und es sei dabei immer zu weiterem sündhaften Tun gekommen.

Der Fremde hebt die Hand und stoppt den Schreiber.

»Ist das deine Aussage, Zuchtmeister?«

»Ja!«, ruft der voller Inbrunst, als hängt von dieser Antwort sein Leben ab, was nicht ganz von der Hand zu weisen war.

»Hinaus!«, antwortet der Fremde und die Wachen führen Klingensteiner auf den Flur.

Leiner nickt in die Runde und erhebt sich, auch Treichlinger will eilends den Raum verlassen, während Feigele erstaunt den Schreiber anstarrt. Hatte das der Klingensteiner tatsächlich so ausgesagt?

Der Fremde bleibt sitzen und schaut die drei Herren mit kalten Augen an.

Leiner ist inzwischen davon überzeugt, hier einen dieser gefürchteten Jesuiten vor sich zu haben. Aber wer hat das erlaubt? Selbst seine Spione wussten von nichts.

Den Gerichtsraum betritt nun der Eisenmeister des Verlieses, in dem die Schwegelin eingesperrt ist. Hofrat Leiner ist dieser Typ Mensch zutiefst zuwider. Eine Kreatur, die auf Befehl hin alles macht.

»Dein Bericht«, sagt der Fremde knapp.

Der Eisenmeister streckt sich und sucht nach den Worten, die der Frager hören will.

»Ich habe mit dem Weib gesprochen und ihr meine Geräte gezeigt. Besonders die kleine Zwickzange.«

»Lass das«, sagt der Fremde scharf. »Was hat die Schwegelin gesagt?«

Der Eisenmeister schaut in die Runde.

»Sie sagte, sie hat Gott abgeschworen und die Heiligen will sie auch nicht mehr haben. Lieber hat sie mit dem Teufel Unzucht getrieben.«

Bei dem Wort Unzucht horcht Leiner auf. Das Wort gehört nicht zur Sprache eines Eisenmeisters. In seinen Kreisen benutzt man andere Wörter.

»Gut«, sagt der Fremde und gibt dem Eisenmeister das Zeichen, er könne gehen, aber der geht nicht. Er steht da wie ein Baum im Sturm und wiegt seinen starken Oberkörper hin und her.

»Geh!«, herrscht ihn der Fremde an, aber er geht nicht, bleibt mit hochrotem Gesicht im Verhörraum und ringt nach Luft.

»Hast du noch etwas?«, fragt endlich der Fremde.

»Die Schwegelin sagt, sie habe das mit dem Teufel nur eingestanden, damit die Kuhstallerin endlich mit den Prügeln aufhört.«

Nach diesen Worten eilt er davon, als würde für diese Aussage eine Strafe auf ihn warten.

Der Schreiber schaut unsicher von seinem Pult hoch, während die Herren zunächst keine Worte finden. Leiner sieht nun weiteres Elend auf sich zukommen und er braucht auch gar nicht lange zu warten, bis die scharfe Reaktion erfolgt.

»Jetzt werden wir die Lügerei dieser Vettel beenden«, sagt der Fremde. »Wir werden sie unter verschärften Bedingungen befragen, und sie werden alle dabei anwesend sein, meine Herren. Am siebten März beginnt der Prozess, damit wir uns hier recht verstehen.«

Ein fertiger Prozesstermin ohne vollständiges Geständnis? Hofrat Leiner ist sich nun endgültig sicher, dass diese Anordnung nur von höchster Stelle aus gegeben worden sein kann.

Der Hofrat entfernt sich grußlos. Als Erster ist, wie immer, der Fremde verschwunden. Feigele regt sich darüber auf, dass Treichlinger seine Winde nicht halten kann, und Leiner hätte darüber gelacht, wäre da nicht die Grübelei über die Tortur, die er bald würde mit ansehen müssen.

Allein den Gedanken daran empfindet er als äußerst unappetitlich. Als er über die langen Gänge zu seinem Schreibtisch eilt, fällt sein Blick in ein Zimmer und auf einen Tisch, auf dem sich einige Notizen des Fürstabtes befinden. Er erkennt das sofort an der Farbe des Papiers, das der Fürstabt benutzt. Seine Idee, hier möglicherweise die Identität des Fremden aufdecken zu können, wird zwar enttäuscht, doch er wird viel heftiger überrascht. Zum 1000-jährigen Jubiläum der Stiftsabtei in zwei Jahren hat der Fürstabt ihn als Hofkanzler vorgesehen. Welch ein Aufstieg für einen einfachen Bürgersohn! Leiner ist dermaßen überwältigt von dieser Information, dass er erst am Ufer der Iller, wieder zur Besinnung kommt. Doch halt, denkt er, was wird, wenn er seine Vorbehalte gegen den Schwegelin-Fall weiter so deutlich vor sich herträgt? Oder ist das die berühmte Karotte, die dem Esel vors Maul gehalten wird, damit er brav den Karren zieht? Vielleicht lag die Notiz nur deshalb so offen auf dem Tisch, damit er sie findet und entsprechend reagiert?

Es ist kalt und zu einer Antwort wird er nicht kommen, noch nicht. Außerdem steht Brugger mit einem merkwürdig kostümierten jungen Mann am Ufer der Iller und dieser Begegnung weicht Leiner lieber aus.

»Sie hat ihr Geständnis widerrufen.« Hofkaplan Brentano legt den Bericht auf den Tisch und geht zum Fenster. »Ist sie doch nicht die einfältige Dirne, für die sie gehalten wird? Warten wir also, bis die Enten wieder rufen.«

Der Fürstabt hört den Spott, beugt sich verärgert über seine Papiere und sagt kein Wort.

# 8

»Bruder Emmeram!«

Der Fürstabt läuft mit ausgebreiteten Armen auf die im Residenzhof haltende Kutsche zu und umarmt den alten Mönch. »Wie schön es ist, dich gesund wiederzusehen!«

Emmeram hatte von der letzten Poststation aus einen reitenden Boten vorausgeschickt, um den Fürstabt von seiner bevorstehenden Ankunft in Kenntnis zu setzen und ihm zu melden, dass er sich während der Wahl des nunmehrigen Papstes Pius VI. in Rom befunden hatte. Eine kurze Rast soll ihm helfen, auch den restlichen Weg nach München zu überstehen, denn die Reise war nicht nur beschwerlich, sondern wegen des harten Winters auch sehr gefährlich geworden. Emmeram verblüfft die Herzlichkeit des Empfangs. Der Fürstabt wirkt angespannt und Hofkaplan Brentano macht sogar ein griesgrämiges Gesicht. Zunächst will er sich ein wenig ausruhen.

»Gebt einem alten Mann eine Stunde Ruhe, liebe Brüder«, bittet Emmeram und versucht ein Lächeln.

Er liegt, hält die Augen geschlossen, ohne zu schlafen. Er bewegt sich Schritt für Schritt auf den Wegen durch die antike Stadt Rom. Es gibt alte Kreuze, von denen manche beeindruckten, weil sie wie verwelkende Blumen wirkten. Die Christengräber erinnerten ihn an die Vergänglichkeit der Menschen, sie ließen ihn immer wieder darüber nachdenken, weil ihr Sterben so schrecklich sinnlos war. Qualen der Folter unter den Rufen, es gibt ihn nicht, euren Gott. Ist in Zeiten der Not der Glaube wahrhaftiger und der Zusammenhalt tiefer? Alles, was man als Christenmensch tut, muss man immer wieder neu beginnen. Es gibt keinen Stillstand. Wer sich mit seiner Taufe begnügt und seinen Kirchgang für ein Bekenntnis hält, der hat den Glauben nicht begriffen.

Er denkt an den Jesuiten in Pisa, der ihn anschrie mit den Worten: ›Die Menschen sind die Schafe und die Herde braucht scharfe Hunde, damit sie nicht den rechten Weg verlässt.‹ ›Die Inquisition trägt eine schwere Last mit den vielen getöteten Menschen‹, hatte er geantwortet, ›man kann die Kirche nicht mit Blut waschen, ohne dass man es sehen wird. Eines Tages wird man nicht sagen, es seien übereifrige Männer gewesen, die dafür die Verantwortung trugen, sie werden unsere Kirche beschuldigen, Frauen, Männer und Kinder getötet zu haben. Aber die Wahrheit ist, unsere Mutter Kirche hat sich davon ferngehalten. Es waren Menschen, Sünder, die das zu verantworten haben.‹

›Du sollst die Zauberer nicht leben lassen, so steht es geschrieben‹, hatte ihm der Jesuit gesagt. Emmerams Worte blieben ungehört, seine Mühe vergebens. Ja, auch Rom hatte ihn enttäuscht. Der Fels, auf dem die Kirche gebaut sein sollte, wankt nicht nur, es besteht jetzt die Gefahr, dass sie von außen angegriffen wird, und das von Herrschern, die ihre Kardinäle und Bischöfe selbst ernennen wollen oder dies bereits taten, wodurch die Welt der Christenheit auf den Kopf gestellt wird.

Genug, denkt Emmeram, die Gedanken schmerzen. Er hat Durst und ruft nach einem Becher Wasser. Zu seinem Erstaunen erscheint Hofkaplan Brentano und nicht ein Novize des Stifts, der zu seiner Betreuung bestellt wurde. Brentano führt ihn in einen prunkvollen Raum und lässt ihn Platz nehmen.

»Was sollen wir tun?«, fragt Emmeram und Brentano bleibt wie angewurzelt stehen.

»Ich verstehe nicht?«

»Die alte philosophische Frage, lieber Bruder«, sagt Emmeram. »Sie begleitet uns von der Wiege bis zur Bahre.

Was sollen wir tun?« Emmeram ist überrascht von der Reaktion Brentanos. Am Ende des Raumes sieht er den Fürstabt in einem hohen Sessel sitzen. Brentano reicht ihm einen Becher mit Wasser und Emmeram setzt sich.

»Nun, es ist, wie es ist, und wir werden uns daran gewöhnen müssen. Die Zeit des Heiligen Römischen Reiches, mit dem Vatikan als geistigem Zentrum, scheint der Vergangenheit anzugehören. Die Herrscher wollen den Papst nicht mehr als letzte Instanz ihrer Entscheidungen anerkennen. Damit aber wird ein wesentlicher Teil unserer Kirche zerstört.«

Emmeram macht eine Pause und schöpft Luft. Brentano steht am Fenster und sieht hinaus, während der Fürstabt die Hände gefaltet hält und mit geschlossenen Augen dasitzt.

»Manches Mal hatte ich den Eindruck, unser göttlicher Herr hat die Eminenzen mit Verwirrung gestraft. Franzosen und Österreicher balgten sich in ihrer Albernheit und nannten unseren neuen Papst den schönsten Mann Europas. Ihr wisst, dass sie von September bis zum heurigen Februar gebraucht haben, um sich auf einen neuen Oberhirten zu verständigen. Wobei Madrid, Paris und Wien grundsätzlich dagegen waren, wenn es um ihre Pfründe ging. Ich will auch nicht verschweigen, dass Pius geäußert hat, er wisse schon, woran Papst Clemens XIV. gestorben sei. Der französische Kardinal de Bernis teilte seinem König mit, der Papst sei auf nicht natürliche Weise gestorben. Es wurde kolportiert, dass die Jesuiten sich gerächt hätten.«

Der Fürstabt öffnet die Augen.

»Gift?«

Emmeram schüttelt den Kopf.

»Es gab keinerlei Beweise für einen Anschlag. Vermutlich will man das Ansehen des Vatikans unter den katholischen Menschen schädigen, um sein Süppchen kochen zu können. Die Menschen wollen nicht, dass ihre Kirche sich von Rom trennt, so wie es in England geschehen ist. Dennoch gilt für diese Herrscher weiter die Parole, erst kommt der Staat, dann die Kirche.«

Brentano dreht sich zu Emmeram und sieht ihn an.

»Wenn sie den Heiligen Stuhl nicht mehr respektieren, werden sie auch vor katholischen Fürsten keinen Halt machen.«

Emmeram trinkt und stellt den Becher zurück.

»Mir scheint, dass wir uns auf Kriege zwischen katholischen Herrschern nicht nur einstellen müssen, sie sind unausweichlich. Sie denken, mit der Erweiterung ihrer Länder werden sie ihre finanziellen Probleme lösen. Hinzu kommt, dass sich die Völker in tiefstem Elend befinden und Kriege dazu dienen, sie davon abzulenken. Man wird wie Heuschrecken übereinander herfallen und sich gegenseitig die Länder leer fressen.«

Der Fürstabt schaut zur herrlich bemalten Decke, die er jetzt nicht sieht, denn ihm ist ein schrecklicher Gedanke gekommen.

»Du glaubst also, lieber Bruder, sie werden uns und unsere Souveränität gefährden?«

Emmeram ist überrascht und auch wieder nicht. Selbst der Fürstabt denkt nicht zuerst an den Glauben und die Kirche.«

»Ja«, sagt er daher knapp. »Ohne das Römische Reich gibt es keinen Schutz.«

Brentano bleibt kühl und überlegt.

»Es wird darauf ankommen, unsere Bevölkerung nicht im Zweifel darüber zu lassen, wer sie regiert und in wessen Glauben gehandelt wird.«

Emmeram glaubt daran nicht, aber er hat genug gesagt.

Brentano ist noch nicht am Ende.

»Auch der bayerische Kurfürst verfolgt staatskirchliche Tendenzen. Es wird an unserer Diplomatie liegen, wie München und Wien reagieren werden.«

Emmeram erhebt sich und ist erstaunt.

»Bayern ist nicht stark genug, um nicht auch im österreichischen Fleischtopf zu landen. Pius wird sein Augenmerk auf München richten müssen, wenn er ein gewisses Gleichgewicht in der Region erhalten will.«

»Meine Meinung ist, wir müssen Bayern als bedeutende Macht gegen das Lutheranertum stärken. Es gibt schon zu viel einseitige Toleranz gegenüber diesen nicht katholischen Orten.«

Emmeram bemerkt, dass er ein wenig zu heftig reagiert, und legt sich schnell die Hand auf den Mund.

Der Fürstabt überlegt, was das mit ihm und dem Kampf der katholischen Mächte zu tun hat.

Brentano reagiert sofort: »Also geht es um die Stärkung des Papstes?«

Emmeram ist entschlossen zu gehen. Er will mit der nächsten Kutsche nach München aufbrechen.

»Um eine starke katholische Welt geht es, mit dem Vatikan als Zentrum. Daran sollten wir denken, liebe Brüder. Die Konfrontation der Herrscher mit der Kurie schadet nicht nur, sie dient dem bösen Feind.«

Brentano schaut erstaunt.

»Aus deinem Mund diese Worte? Der Aufklärer Emmeram als Ankläger des Teufels?«

Emmeram ist zu alt und zu geübt, um sich von solchen Sticheleien aus der Ruhe bringen zu lassen.

»Ich war und bin ein Mann der zweckmäßigen Aufklärung, lieber Bruder Dominik. Für Übertreibungen jeglicher Art sollte in unserem Denken kein Platz sein, weder in die eine, noch in die andere Richtung.«

Er fasst sich dabei so an das Kinn, als würde er nachdenken.

»Ach, da habe ich noch etwas. Haltet es aber nicht für einen Bonmot. Es wird keine Verfolgung der Jesuiten mehr geben. Pius VI. wird ihre Anwesenheit in Schlesien nicht unterbinden.«

Die Verabschiedung hat mit seiner Ankunft nichts mehr gemein.

Der Stiftsabt bleibt in tiefen Gedanken zurück, während Brentano Emmeram durch die Gassen zur Kutsche begleitet. Als der Mönch die in gehörigem Abstand hinter ihnen gehenden Novizen bemerkt, kommt er sich überwacht vor und ist verstimmt.

Die Wege sind schmierig glatt und Emmeram muss vorsichtig gehen. Er ist froh, als die wartende Kutsche ins Blickfeld kommt und er sich kurz und knapp von Brentano verabschieden kann. Doch kaum hat sich das Fahrzeug in Bewegung gesetzt, kehrt es auch schon wieder um. Es wird keine Reise geben, die Wege sind zu schlecht, heißt es.

Emmeram steht ratlos auf dem großen Platz. Dieser März unterscheidet sich in nichts von der bisherigen Winterkälte, hört er einen Mann sagen.

Dabei stehen wir vor den Iden des Monats, denkt Emmeram. Auf keinen Fall will er in die Residenz zurückkehren. Andererseits sind ihm die Gasthäuser suspekt, und woanders wird er auf eine Weiterreise nicht warten können. Kaum ist er ein paar Schritte gegangen, da wird er fast von einem dicken Mann umgerannt.

»Verzeiht!«, ruft der Mann. »Ich bin untröstlich!«

Emmeram, der sich soeben noch vor einem Sturz bewahren kann, muss fast lächeln, als der Mann einen Kotau versucht, der aber an seiner Leibesfülle kläglich scheitert.

»Ich habe anschirren lassen und muss mich sputen«, sagt er. »Wo hatte ich nur meine Augen?«

Emmeram hört die Worte und überlegt nicht lange.

»Ihr habt anschirren lassen? Man sagte mir, eine Reise sei unmöglich.«

Der Mann grinst über sein ganzes Gesicht.

»Mir steht eine leichte Kutsche mit sechs Rössern zur Verfügung. Wenn es sein muss, dann fliege ich ein Stück.« Er lacht heftig.

»Und wohin fliegt Ihr, wenn ich neugierig sein darf?«

Das bringt den Mann noch mehr zum Lachen und so muss Emmeram noch einmal nachfragen.

»Sagtet Ihr Nymphenburg?«

Der dicke Mann wischt sich über das Gesicht und nickt.

»Wunderbares Porzellan, einfach herrlich. Ich kaufe es und handele damit in ganz Europa. Oh, ich nannte meinen Namen noch nicht. Enoch Wichert aus Augsburg.«

»Ich bin Bruder Emmeram. Nach München zu kommen, das wäre mein Wunsch.«

Der dicke Mann nickt kräftig.

»Gut so. Eine solche Begleitung wünscht man sich. Seid mein Gast!«

Sie gehen über den Platz und in einer Einfahrt wartet die Kutsche. Emmeram hat ein solches Gefährt noch nie gesehen.

»Ganz neu aus Frankreich«, sagt Wichert stolz. »Soeben in Straßburg erworben.«

Emmeram sieht zwei Kutscher bei den Pferden und zwei weitere Männer im Hintergrund. Er ist verdutzt und Wichert bemerkt es.

»Ich bin nicht Krösus«, sagt er lachend, »aber die Rösser vertragen sich nur in den Händen von zwei Kutschern, und die beiden Reiter werden hinter uns aufpassen, damit sich die Räuberbanden fernhalten.«

Die Kutsche ist innen sehr geräumig, und so weich hat Emmeram in einem ähnlichen Gefährt auch noch nicht gesessen. Wichert reicht ihm zwei Decken. Emmeram richtet sich ein und gleich darauf beginnt die Fahrt.

»Ich war am Bodensee und in Zürich«, sagt Wichert, »deshalb musste ich nun in Kempten Station machen.«

»Rom war meine letzte Adresse«, antwortet Emmeram.

Das gefällt dem Kaufmann.

»Oh, dann erwartet mich endlich ein nützliches Gespräch, nach all den Kemptener Moritaten.«

Emmeram ist an diesem Thema nicht interessiert und staunt darüber, wie intensiv sein alter Körper von den Decken durchwärmt wird.

»Morituri te salutant«, sagt der dicke Mann, ganz stolz auf seine italienischen Sprachkenntnisse.

Nun wird Emmeram doch aufmerksam.

»Die dem Tode Geweihten grüßen dich? Was wollt Ihr damit ausdrücken?«

Wichert macht ein überraschtes Gesicht.

»Habt Ihr davon nichts gehört? Ganz Kempten flüstert, dass sie eine Hexe im Verlies gefangen halten, die in den nächsten Tagen auf den Scheiterhaufen kommen muss, sonst wären sie alle verloren.«

Emmeram ringt die Hände. Das also war das Geheimnis, das ihm der Fürstabt und Brentano vorenthalten wollten und weshalb sie ihn so isoliert hatten.

Da er nichts sagt, setzt Wichert das Gespräch auf seine Weise fort.

»Enoch hießen Vater und Großvater«, erzählt er. »Enoch Wichert. Enoch, der Name stammt aus dem Alten Testament.«

Was für einen Fauxpas hat er sich nun wieder geleistet, denkt Wichert, wie kann er es wagen, einen Mönch belehren zu wollen.

Doch Emmeram beschäftigt weiterhin die Information, dass in Kempten eine vorgebliche Hexe verbrannt werden soll. Er ist mehr als erstaunt und verwundert darüber. Keinen Menschen in seinem Tun kennt man wirklich. Er denkt dabei an den Stiftsabt und legt sich in die Kissen zurück. Der Herr möge ihn erleuchten.

Der Himmel funkelt, als sei ein Gewitter mit Blitzen vorbeigezogen. Nicht nur in diesem Licht sind die Engel zu sehen, auch ihre Arbeiter waren dabei, ebenso Kinder mit unordentlichen Haaren. Sie steht neben ihrem Geliebten, der eine Uniform trägt, die nach Teufel stinkt. Gott liebt Verse, rufen die Kinder, aber sie kennt keine Verse. Ein alter Engel beginnt zu erzählen. Er spricht von der Wiederbeschaffung der reinen Seelen, die in einem Turm gereinigt werden. Maria Anna schwankt, sie steht inmitten der Kinder, zwischen einem Tisch mit Stühlen und wehenden Vorhängen. Petrus trägt einen Hut mit dunklen Rosen und er weint lachend. ›Geh‹, sagt er, ›geh.‹ Sie liegt tot am Boden und wird von den Engeln wieder aufgestellt. Jemand streut ihr Erde ins Gesicht. Es macht ihr nichts aus, weil sie ja tot ist. Du sollst Brot backen, sagt eine Stimme, aber sie hat kein Mehl und kein Wasser, gar nichts hat sie. Einen Dorn im Fuß hat sie. Maria Anna will sich erheben, aber es geht nicht. Der Himmel ist so schwarz, so tiefschwarz. Wenn sie doch nur über die Wiese in den See rennen könnte. Über den See geht es in den hellen Himmel, nicht in den dunklen, wo man sie nicht haben will.

»Maria Anna!« Jemand ruft. »Maria Anna! Maria Anna!«

Sie sagt: »Maria Mutter Gottes, hilf mir!«

Es ist still. Sie sind alle fort. Die Engel, die Kinder, alle. Sie ist alleine, so wie sie ihr Leben lang alleine war.

Maria Anna versucht, sich zu drehen. Sie ist für einen Moment zurück in der Realität ihres Kerkers und sie weiß es. Sie versucht, ihre Augen zu öffnen, weil sie schlurfende Schritte hört. Dann ist er direkt vor ihr und hält sein Männerzeug in der Hand und pisst ihr direkt in das Gesicht.

»Wenn du nicht hochkommst, komme ich wieder.«

Sie erkennt die Stimme. Es ist der Kerl, den man den Eisenmeister nennt.

Maria Anna will zurück. Sie will in den schwarzen Himmel und bei Blitz und Donner ihre Furcht leben. Warum nur darf sie nicht endlich gehen? Sie ist doch schon tot. Seit langen Wochen ist sie schon tot, seit Monaten oder Jahren. Sie weiß nicht, wie lange. Wenn sie sich zwickt, sie spürt nichts mehr. »Lass mich zu dir kommen«, fleht sie.

»Was sagt sie?« Treuchlinger legt eine Hand hinter sein Ohr, um besser hören zu können. »Hat sie was gesagt?«

»So geht das nicht«, sagt der Fremde.

Die Hofräte halten Abstand. Feigele ist es zu dunkel und Leiner ärgert sich noch darüber, dass ihn Hofkaplan Brentano einfach abblitzen ließ. Statt sich endlich einmal über die schlechte finanzielle Lage der Stiftsstadt zu unterhalten, muss er sich in dieses Loch begeben.

»So geht das nicht«, wiederholt der Fremde.

Leiner hält sich ein kleines Tuch unter die Nase, das er seiner Frau stibitzt hat. Der Gestank ist infernalisch. Feigele tritt einige Schritte zurück.

»Wir werden den Gestank nie mehr aus den Kleidern bekommen«, sagt er.

Treuchlinger versucht, in der Dunkelheit irgendetwas zu erkennen. Er sieht ein Bündel Lumpen, mehr nicht.

Der Fremde winkt den Eisenmeister heran.

»Willst du das hohe Gericht beleidigen? Uns eine solche Verpestung zuzumuten, ist unerhört. In einer Stunde kommen wir wieder und dann hast du Ordnung gemacht.«

Der Eisenmeister ist sich keiner Schuld bewusst.

Die Hexe frisst ihren Napf aus und danach macht sie einfach neben sich. Der Eimer bleibt leer. »Ich werde der Magd Bescheid geben.«

Der Fremde droht mit dem Zeigefinger.

»Untersteh dich. Außer dir wird diese Zelle niemand betreten, haben wir uns verstanden?« Eine Antwort wartet er nicht ab.

Die Herren ziehen sich zurück. An der Tür erwartet sie eine Überraschung, sie werden nicht hinausgelassen, die Tür bleibt verschlossen. Treichlinger versucht, Worte zu finden, wird aber von dem Fremden in einen präparierten Raum geführt. Dort finden sie auf den Tischen die Abschriften der bisherigen Protokolle und einige Urteile mit gleichlautenden Anklagen.

Hofrat Leiner kümmert sich nicht weiter darum, zieht sich einen Stuhl heran und dreht den anderen seinen Rücken zu. Ihm ist der kommende Prozess längst einerlei, er denkt an die Auswirkung auf das Stiftsgebiet. Er kann nicht bestreiten, dass die Gemüter sich beruhigt haben, seit das Gericht zusammengetreten ist. Ein Resultat gegen die Flüsterer, die mit abenteuerlichen Geschichten durch die Gassen gezogen waren. Die Aufregung der letzten Zeit hat ein Ende. Politisch ist die Situation ruhig, ob aber ein Todesurteil langfristig zu positiven Wirkungen führt, muss bezweifelt werden. Letztlich lässt sich, trotz aller Mühe, die Geschichte der Schwegelin nicht vor aller Welt verbergen. So wenig wie das Urteil, das er bereits kennt. Man muss besorgt sein, dass so mancher Kaufmann das rückständige Kempten meiden wird, wenn er befürchtet, hier zu schnell wegen irgendwelcher Teufeleien angeklagt zu werden. Ihm war es absolut nicht recht, für ewig als zustimmender Richter für dieses Todesurteil dazustehen, aber es ist längst nicht mehr zu ändern. Es geht nicht mehr um das Weib, deren Tod viele wünschen und das die Frauen wieder zur Ordnung rufen soll. Diese üppigen und störenden Eigenheiten vieler Frauen, ihre Schandmäuler oder ihre völlig übertriebene Religiosität stören den Frieden in vielen Häusern. Sie wird sterben müssen, damit es freier und humaner zugehen kann in der Zukunft. Die fortschrittlichen Kräfte um den Stiftsabt, Brentano und ihn selbst müssen Zeit für ihre Philosophie gewinnen, denn mit dem Tod der Schwegelin werden die alten Ideologien der

Kirche und in der Bürgerschaft zum Schweigen gebracht werden. Sie wird eben jener Sündenbock sein, der in die Wüste gejagt wird.

Maria Anna liegt im Folterraum auf dem Tisch. Völlig nackt und bloßgestellt vor dem Eisenmeister, der sie mit dem kalten Wasser quält und beginnt, ihr die Scham zu rasieren. Sie muss fort aus dieser Welt, um nicht zu schreien. Ihren Körper bewegen kann sie nicht. Sie ist ein Tier, ein Gegenstand. Nicht einmal das. Sie ist nichts. Sie erlebt die Demütigung ohne Furcht. Es gibt keine Grenzen mehr. Nichts gibt es in ihrem Gedächtnis, das schön war. Um das zu erleben, dazu müsste sie woanders sein. In den klingenden Fluten des Windes vielleicht? Wer war es, der ihr von der Reinheit und Keuschheit aller Mädchen erzählt hatte? Schon zur Zeit ihrer Kindheit war das eine Lüge. Daran zu glauben, das war schön. Sie lauscht in ihre Sehnsucht und ein Priester sagt: ›Weiber haben keine Seelen.‹ Es beginnt erneut das ungeheure Dröhnen in ihrem Kopf. Wieso hat sie Stimmen im Kopf? Du wirst dich unterwerfen, weil du eine Frau bist. Bezwungen war die Hoffnung. Eingekerkert und ausgelöscht war sie längst. Unwissend war nur ihr Kopf gewesen, der nicht glauben wollte, was Männer mit ihr machen konnten. Früher und jetzt, eigentlich schon immer.

Maria Anna schaut durch die Mauern in den Himmel. Ein tiefblauer Weg führt direkt zu ihm und sie wagt den Gedanken nicht, dass auch er ein Mann sein könnte, der ihr weh tut.

»Heilige Mutter Gottes, ich liege zu deinen Füßen und flehe dich an, lass mich gehen.«

»Was murmelt sie?« Treuchlinger ist mit den Herren zurückgekehrt und schaut auf das weibliche Gerippe auf dem Tisch. »Und nun?«

Der Fremde gibt dem Eisenmeister mit einer Kopfbewegung den Befehl, mit dem strengen Verhör zu beginnen.

Der Hofrat versucht, an etwas anderes zu denken. Feigele tritt näher an die Frau heran und fragt sich, was sie wohl an Torturen aushalten wird.

»Auf keinen Fall darf sie sterben«, sagt er.

Landrichter Treichlinger schüttelt energisch den Kopf und wirbelt mit den Händen in der Luft herum.

»Wo denken Sie hin, Hofrat Feigele. Es werden die Körpermale daraufhin untersucht, ob die Inquisition sich vom Bösen ein Hexenmal hat machen lassen. Blutet sie an den berührten Stellen, so ist dem nicht so, sehen wir keinen Tropfen, haben wir den Beweis.«

Leiner bleibt hinter dem Rücken des Fremden so gut wie unsichtbar und beteiligt sich nicht an der Debatte. Der ist bislang auch ohne Worte geblieben, fixiert die Schwegelin dafür genau.

»Übe dein Handwerk aus«, herrscht Treichlinger den Eisenmeister an.

Zunächst nimmt er Mittel- und Zeigefinger und spreizt damit ihren Mund so weit auf, dass die Herren ihr in den Rachen schauen können. Bis auf Leiner beugt man sich über sie.

»Nichts«, sagt Treichlinger.

Dann bohrt der Eisenmeister der Delinquentin seine Zeigefinger in die Ohren. Die Herren folgen seinem Beispiel und auch Leiner kann sich diesem Vorgang nicht entziehen.

»Auch nichts«, sagt Treuchlinger.

Als der Eisenmeister die Afteröffnung auseinanderzieht, nehmen die Herren sich nur Zeit für einen kurzen Blick. Anders bei der Scheide. Der Eisenmeister muss die Scham eine ganze Weile auseinanderhalten, damit die Herren sie genau mustern können. Feigele steht neben dem Fremden, der sich tief hinunterbeugt, während Treichlinger sich einen Holzstift reichen lässt, mit dem er in die Vagina hineinfährt. Hofrat Leiner winkt den Schreiber heran.

»An den Körperöffnungen lassen sich keine Merkmale eines dämonischen Eindringens erkennen«, diktiert er.

Seine laut gesprochenen Worte lassen die anderen Herren einige Schritte zurücktreten. Am Körper der Schwegelin gibt es einige hellbraune und wenige fast dunkelbraune Male. Der Eisenmeister greift nun nach einer langen, spitzen Nadel und beginnt, in zügiger Reihenfolge in die Körpermale zu stechen. Warzen oder ähnliche Hexenzeichen sind nicht zu entdecken. Auch diese Prozedur bleibt unergiebig, denn aus jeder der kleinen Wunden tritt Blut aus.

Der Fremde wirkt angespannt, während Treuchlinger ein wenig enttäuscht zu sein scheint, Feigele sich erstaunt die Nase reibt und der Hofrat Leiner an seinen nächsten Termin denkt.

»Halten wir fest«, sagt er, »das Böse hat sich bei diesen beiden Untersuchungen nicht offenbart.«

Treichlinger und Feigele stimmen ihm nickend zu, während der Fremde sich an den Eisenmeister wendet.

»Nun ist es deine Aufgabe, sie zu einem Geständnis zu bringen«, sagt er scharf und wendet sich um.

»Sie ist ein Weib«, sagt der Landrichter, »und Weiber sind von Natur aus falsch. Die falsche Schlange windet sich, aber es wird ihr nichts helfen.«

»An die Arbeit, Eisenmeister!«

Während Feigele und Treichlinger das Gebäude verlassen, bleibt der Fremde neben Leiner stehen.

»Ich habe ihr in die Augen gesehen«, sagt er. »Sie ist in der Welt des Bösen. Oder habt ihr eine andere Meinung?«

Der Hofrat schüttelt den Kopf und nickt gleichzeitig. Auf ihn wirkt die Schwegelin wie eine Kreatur, die nicht mehr ganz richtig im Kopf ist und die bereits zwischen Leben und Tod schwebt. Aber das sagt er nicht. Er sagt gar nichts, kein Wort. Das Volk verlangt ein Todesurteil, und dem kann und darf sich ein Hofrat nicht entziehen, auch wenn er das gesamte Prozedere für faulen Zauber hält.

Maria Anna ist hellwach. Sie sieht die Männer und sie spürt das, was sie ihr antun. Sie denkt an die Jagdhunde des Grafen Eckstein, die ein beheiztes Haus für sich haben, und an die Rassepferde der Fürsten von Elz, deren Besitzer einen Knecht haben auspeitschen lassen, weil sich eines der Tiere am Fuß verletzt hatte. Man hat ihr davon während ihrer Gefangenschaft erzählt und sie hat es sofort geglaubt. Sie ist nicht einmal so viel wert wie ein Hund.

Maria Anna sieht den Eisenmeister mit Eisendornen und Knochenzwingen hantieren. Nein, denkt sie, es wird so weit nicht kommen. Sie wird ihn fragen, was sie gestehen soll und dann muss er sie endlich in Ruhe lassen. Eigentlich weiß sie längst, was man von ihr hören will. Sie schließt die Augen und spricht.

»Es ist mir nicht absonderlich vorgekommen, weil ich alle Menschen immer von den Dämonen sprechen hörte. Jeder wollte dies und das erfahren. Diese unsichtbaren und unerklärlichen Geister waren überall. Sie konnten kommen und gehen, wie es ihnen passte. ›Die Götter des Bösen haben keinen Altar, sie heißen Lucifer und Beelzebub und singen nicht‹, sagte der Pfarrer. ›Du musst die Hand vor den Mund halten, damit sie dir keine bösen Dämonen in den Körper bringen‹, sagte die Mutter.

›Man kann sie nicht sehen‹, sagte man. Dann war ich einmal alleine auf dem Feld und hatte zu arbeiten, als ein Jäger querfeldein lief und mir fröhlich zuwinkte. Niemand sah mich fröhlich an und winkte grüßend. Das war ein fescher Kerl. Und ehe ich mich versah, da lag ich schon auf dem Rücken und er lachte nur. Mir fehlte die Luft zum Atmen, und als ich wieder auf die Beine kam, war weit und breit niemand zu sehen, dabei war das Feld riesengroß. Der Teufel war fort und er hieß Hans.«

Der Eisenmeister, der dem Schreiber im dunklen Gang einen versteckten Platz zugewiesen hat, eilt hinaus, geht fröhlich in ein Gasthaus und bestellt sich ein richtiges Bier, kein Dünnbier, wie er es sich sonst nur leisten kann. Der Fremde hat ihm eine Münze zugesteckt, als er gegangen ist, und nun gibt es endlich ein Geständnis der Hexe. Damit hat er seine Pflicht erfüllt.

Brentano reicht das Schriftstück an Hofrat Leiner zurück, der den Schreiber mit einer Handbewegung auffordert, zu gehen.

»Eine naive Frau, die an Dämonen und Luftgestalten glaubt und überall Gespenster sieht, wird von einem Kerl auf freiem Feld angesprochen und missbraucht. Wäre das nicht auch eine mögliche Interpretation, Hofrat?«

Leiner will nicht diskutieren und steckt das Schriftstück in seine Mappe.

»Mir fehlt der Glaube daran, dass unser Fürstabt von mir Sophistereien hören will, verehrter Hofkaplan«, antwortet er.

Brentano geht seiner Wege und lässt Leiner wortlos zurück. Als der in seinen Arbeitsraum kommt, erwarten ihn dort bereits Feigele und Treuchlinger, die den Eisenmeister hereinführen lassen. Der ist wenig erfreut darüber, dass man ihm nicht einmal sein wohlverdientes Bier gönnt.

»Mehr als unerfreulich«, beginnt der Landrichter seine Predigt. »Keine Rede davon, wie der Böse ausgesehen hat, welche Kleidung er trug und wann es geschehen ist. Das ist kein Geständnis, Eisenmeister, das ist das Geplauder eines geschwätzigen Weibes. Das hat sie dir wohl bei einem kleinen Schäferstündchen erzählt?«

Leiner findet es unerhört, dass sie sein Refugium betreten, wie es ihnen passt und es auch noch als Verhörraum missbrauchen.

Feigele tritt vor.

»Ein Urteil kann so nicht gefällt werden«, sagt er. »Das fällt noch auf uns Richter zurück, wenn wir auf solches Gesäusel hereinfallen. Niemand von uns darf Schaden daran nehmen, wenn er den Tod einer Hexe befürwortet hat.«

Leiner sieht Feigele erstaunt an. Der Kollege Hofrat bangt also um seine Reputation.

»Meine Herren!«, ruft er aus. »Hier ist nicht der Ort einer richterlichen Einvernahme. Unser Fürstabt wünscht, dass in diesem Haus die Angelegenheit Schwegelin nicht erörtert wird. Das Gericht wird hier keinesfalls tagen, das verstehen Sie doch?«

Der so heftig gescholtene Eisenmeister eilt zurück in seinen Keller und beginnt sofort damit, die Schwegelin mit seiner Zange zu zwicken. Langsam dreht er an der Schraube, damit die gepresste Haut nicht aufplatzt. Die Stelle schwillt an und wird weiß. Er löst die Zange und beginnt an einer anderen Stelle erneut damit, an der Schraube zu drehen.

Als er die Befragung beginnen will, bemerkt er, dass die Schwegelin ohnmächtig ist. Auch sein Rütteln und heftige Schläge gegen ihren Kopf bringen sie nicht zurück.

Die alte Füchsin streift durch das hohe Gras und sie sieht die Kinder bei den Hütten spielen. Ein Täubchen flattert im Licht der untergehenden Sonne vom Haus zum Baum. Weder der größere Knabe, noch der kleine kümmern sich um das Mädchen am Boden. Sie sitzt neben einem umgehauenen Baum und strahlt mit großen Augen die Burschen an. Dann ruft die Mutter und die Knaben verschwinden im Haus. Die Füchsin sieht, wie das kleine Mädchen versucht aufzustehen, es ihr aber nicht gelingt. Sie nähert sich der Hütte und nimmt das Kind sowie eine fette Ratte ins Visier. Die Ratte huscht hinter einem Verschlag hervor und will zu einem Abfallhaufen, der hinter dem Haus liegt. Die Füchsin verlässt das hohe Gras und steht starr hinter einem Strauch, weil die Ratte die spitze Nase hebt. Das Kind beginnt schneller zu atmen, gleich wird es schreien. Nur einen kleinen Moment ist die Ratte unaufmerksam, und als die Füchsin sie im Genick packt, ist es zu spät. Das Mädchen erschrickt und schaut in die Augen der Füchsin, die mit der toten Ratte im Maul dicht an ihr vorbeihuscht. Die Mutter steht erschrocken auf der Hausschwelle und wirft einen Besen in Richtung der Füchsin, die längst im hohen Gras verschwunden ist. ›Maria Anna!‹, ruft sie entsetzt, ›Maria Anna!‹

»Die Füchsin«, sagt Maria Anna.

Der Eisenmeister öffnet die Schraube und löst die Klemme aus der Haut. Inzwischen haben sich auf der bearbeiteten Haut dunkle Flecken gebildet. Der Eisenmeister hat den Eindruck, dass er ihr einen Zeh gebrochen hat, weil der so sehr schief steht, aber das berührt ihn nicht weiter. Aus der Dunkelheit des Ganges bewegt sich der Fremde vorsichtig in Richtung der Folterkammer.

»Die Füchsin«, wiederholt Maria Anna und diesmal ist es auch deutlich zu hören. »Der Teufel trägt eine grüne Hose.«

Hofrat Leiner geht mit dem Schreinermeister Haslacher und dessen Sohn Eugen über die schweren Teppiche seines großen Salons. Soeben wurde endlich der lang erwartete Sekretär aus Nussbaumholz angeliefert, der nun zwischen den beiden Fenstern zur Gasse seinen Platz gefunden hat. Auch Brugger ist anwesend, denn mit seinem Lastenwagen wurde das schwere Möbel angeliefert.

»Prächtig«, sagt Leiner, »wirklich prächtig. Dafür hast du eine Hand, Eugen.«

Der Hofrat weiß natürlich, dass Haslacher mit seinem Sohn ein kleines Genie in seiner Werkstatt hat, dessen Fähigkeiten in den guten Häusern Kemptens stark nachgefragt werden.

»Ein fester Stuhl fehlt«, sagt Haslacher, immer an das Geschäft denkend.

Leiner lacht, verabschiedet sich von den drei Herren und lässt sie von seinem Diener hinausbegleiten. Dann klopft er bei seiner Frau und tritt ein. Sie hat es sich auf der Chaiselongue bequem gemacht und lässt sich von ihrer Vorleserin unterhalten. Leiner tritt hinzu, nimmt der jungen Frau das Buch aus der Hand und liest den Titel.

»›Werther,‹ von einem Herrn Goethe. Ich darf doch hoffen, dass sich ein solches Werk im Haus eines Kemptener Hofrates schickt?«

Eine Erklärung erwartet er nicht und eilt hinaus, dem Brugger hinterher, der soeben auf den Kutschbock klettert.

»Meister Brugger, auf ein Wort!«

Der Kaufmann greift seinem Kutscher in die Zügel und steigt wieder ab.

»Ich bin heute zur späteren Stunde bei den Kaufleuten. Was wird mich erwarten?«

Brugger ist erstaunt darüber, dass es der Hofrat bereits weiß. Er ist erst jüngst wieder in die Kaufmannschaft aufgenommen worden, nachdem er sein Geschäft, freilich nicht ohne finanzielle Hilfe seines Sohnes, wieder aufgenommen hat.

»Ein gutes Mahl, so hoffe ich«, antwortet Brugger keck. »Aber ernsthaft gesprochen, Herr Hofrat, unsere Straßen sind nach wie vor in üblem Zustand und man beklagt die hohen Abgaben. Ansonsten ist die Ruhe im Volk doch löblich zu nennen, und vor allem wagen sich diese dunklen Elemente nicht mehr in das Stiftsgebiet, seit diese, na ja, Ihr wisst schon, in Gewahrsam ist. Das einfache Volk freut sich auf ein feuriges Spektakel und die Bürger auf ein baldiges Frühjahr. Der Winter hat uns alle hart erwischt.«

Hofrat Leiner reicht Brugger die Hand und geht zurück in sein Haus. Aus dem breiten Gang nimmt er sich einen Stuhl mit und setzt sich an seinen neuen Sekretär. Was er da von Brugger hörte, stimmt ihn zufrieden. So ist es recht, denkt er. Alles bleibt ruhig und friedlich. Viel Zeit an seinem Sekretär hat er nicht, er muss zum Gericht und danach gilt es, den Termin zum Abendessen bei den Kaufleuten wahrzunehmen. Dicht über den Tisch gebeugt nimmt er den intensiven Duft von frischem Holz auf und verlässt in guter Stimmung das Haus. In der Gasse kreuzen zwei Männer seinen Weg. Zufällig hört er ihr Gespräch.

»Dieser strenge Winter ist das Werk des Bösen. Eine Abgesandte des Teufels schmort bereits im Kerker.« Der kleine Mann schüttelt sich angewidert.

»Sie soll im Kerker Feuer und Schwefel spucken und wenn sie kreischt, hört man die Stimme des Teufels durch«, sagt der größere Mann.

»Man spricht davon, dass der Teufel immer so lange in der Stadt bleibt, bis einer seiner Hexen der Kopf abgeschlagen wurde, danach kann auch er nichts mehr ausrichten«, antwortet der kleine Mann.

»Dann wird es damit Zeit, denn diese Kälte bringt uns noch alle um.« Der große Mann dreht sich um und sieht den Hofrat. Sofort wird geschwiegen und stumm weitergegangen.

Leiner kommt zu spät. Treichlinger und Feigele sitzen bereits breitbeinig auf ihren Stühlen, während der Fremde, am Pult stehend, dem Hofrat einen unfreundlichen Blick schenkt.

»Nun also noch einmal. Die Delinquentin wurde vom Eisenmeister streng befragt und sie gab an, dass sie sich vor vier oder sechs Jahren mit dem Teufel eingelassen hat. Geradezu beispielhaft ist ihre Aussage, sie wäre ihm auf lutherischem Feld begegnet, nachdem sie den wahren Glauben verraten und zu diesen Ketzern übergegangen war. Dabei habe sie sich zunächst geweigert, sich unter ihn zu legen, dann aber der Kraft des Satans nicht widerstehen können.

Nach dem Kohabitieren, was dann mehrfach geschehen wäre, habe er sich als Hannes offenbart. Seine Kleidung bestand aus einer feuerroten Hose und grünem Oberkleid. Mehr könne sie nicht aussagen, denn nach diesen schlimmen Träumen hätte sie versucht, das Geschehene schnell zu vergessen.«

Hofrat Feigele glaubt, sich verhört zu haben.

»Sagtet Ihr geträumt? Sie hat es geträumt?«

Landrichter Treichlinger schüttelt den Kopf. »Als Traumaussage ist das Verhör nichts wert. Wann habt Ihr die Aussage denn bekommen?«

Der Fremde erstarrt und muss seinen Zorn besänftigen.

»Ich war dabei, meine Herren. Nur wenige Meter neben dem Weib war mein Platz, und der Hinweis auf ihre Träume ist eine faule Ausrede. In den Verhörakten anderer Prozesse ist nachzulesen, dass sich der Teufel immer wieder Hannes nennt, das konnte die Schwegelin nicht wissen. Auch die roten Hosen sind ein wichtiger Beweis ihrer Schuld.«

Leiner spürt, dass man sich in einer empfindlichen Phase des Verfahrens befindet und heftigst findet er sich in seiner Meinung bestätigt. Aber was macht man mit einem Volk, das ein Opfer will und auf einen brennenden Scheiterhaufen wartet und der Schwegelin die Schuld daran gibt, dass man in diesem Jahr einen ganz furchtbaren Winter erlebt?

Feigele ist recht unschlüssig, während Treichlinger deutlich wird.

»Das ist nichts. Das ist rein gar nichts. Wir haben nichts an ihr gefunden, was eine Schuld beweist. Es gibt keinerlei Hinweise darauf, dass sie irgendetwas zum Schaden von Mensch oder Tier veranlasst hat. Mir scheint eher, das Frauenzimmer ist nicht ganz richtig im Kopf.«

Leiner spürt den Blick des Fremden auf sich gerichtet, aber er schweigt. Einer seiner Vasallen berichtete ihm, der Fremde verschwinde jeden Abend im Fürststift. Ist er also ein

Mönch? Der Hofrat überlegt, ob dieser Fremde der Beweis dafür ist, dass der Fürstabt ihm nicht traut.

Er will Hofkanzler werden, deshalb sagt er kein Wort.

»Also gut.« Der Fremde ballt die Fäuste. »Wenn es nicht genügt, dass wir eine Lutheranerin vor uns haben und ein Weib, das, wie alle Weiber, voller teuflischer Wolllust ist, dann werden wir gemeinsam zusehen, wie der Eisenmeister die Geständnisbereitschaft der Schwegelin fördert. Ich darf dann bitten zu gehen.«

Die Daumenschrauben passen kaum auf die knochigen Finger. Vielleicht hätte er ihr doch wieder etwas zu essen geben sollen? Der Eisenmeister ist nervös, denn er hört die Herren des Gerichts bereits die Treppe hinabkommen. Wenn sie wieder nicht zufrieden sind, ist er im Nachhinein der Dumme. Er zieht die Schrauben an und die Schwegelin zuckt zusammen und reißt die Augen auf. Mitleid hat der Eisenmeister keines. Er versteht die Weiber nicht, die sich mit dem Teufel einlassen. Sie sollen dienen und den Männern untertänig sein, so steht es in der Bibel. Das ist doch nun wirklich nicht schwer.

»Bedenken wir«, sagt Feigele, »dass wir das Beste wollen und unsere Zeit opfern, um nun von den Mittelmäßigen und den üblichen Dummköpfen gemieden zu werden, weil man uns unsere Arbeit schräg auslegt, so will ich gar nicht sagen, was ich von diesem undankbaren Volk halte.«

Der Landrichter stimmt ihm zu.

»Lächerlich. Sie haben keinen Anspruch auf Verstand. Am liebsten würden sie bei jeder Verleumdung die Häuser der Verleumdeten stürmen, aber die eingesetzten Inquisitoren verachten sie.«

In diesem Augenblick erscheint ein Bote auf der oberen Treppe und ruft nach Hofrat Leiner. Da er die Treppe nicht hinabgehen darf, das ist Unbefugten streng untersagt, brüllt er ziemlich laut, sodass es hallt und in diesen Hall hinein beginnt auch Maria Anna Schwegelin zu schreien.

Leiner denkt an das mitgehörte Gespräch auf der Gasse und die Worte von Feigele und Treichlinger. Es wird Zeit, dem Treiben ein Ende zu bereiten. Mit diesen Gedanken eilt er die Treppe hinauf. Der Bote ist aschfahl im Gesicht und reicht dem Hofrat ein Billett des Fürstabtes, der ihn sofort in den Hofgarten befiehlt. Noch am gleichen Tag wird der Bote in seiner Schnapsbude hocken und davon berichten, wie er die Teufelin hat schreien hören.

Der Eisenmeister legt seine schwere Hand auf den Mund der Schwegelin und drückt zu. Sofort ist es still.

»Wir beklagen uns?« Der spöttische Ton ist unüberhörbar. Der Fremde schaut auf Feigele und Treichlinger. »Man hat uns von höchster Stelle als kompetente und unparteiische Männer eingesetzt. Hätte man das Weib dem Pöbel überlassen, sie hätten sie gesteinigt wie eine schwarze Katze.«

»Das Schlechte sitzt in den Menschen und das Gute muss man aus ihnen herausprügeln. Und Schuld am Verfall der Gesellschaft tragen alle, die ihren Weibern Bücher geben und sie wie edle Fürstinnen behandeln, obwohl wir Männer doch wissen, dass sie viele Dinge nicht erfahren sollten und tausende Dinge nie begreifen werden. Wir Männer müssen sie erniedrigen, damit sie sich aus ihrem Schmutz erheben können.«

Feigele denkt an seine über alle Maßen verwöhnte Tochter und an die Schwierigkeit, ihre Jungfräulichkeit zu wahren. Treichlinger will die Sache endlich hinter sich bringen.

»Ich bin völlig Eurer Meinung«, sagt er schnell. »Das Weib kann einem schon manchen Schauer über den Rücken jagen, und ein gewisser Ekel vor ihm bleibt dem Manne für immer erhalten.«

Der Fremde zeigt mit dem Finger auf die Schwegelin.

»Sie soll nun gestehen!«

Der Eisenmeister nimmt seine Hand von ihrem Mund und legt ihre Füße in eine Presse, die er dann ganz langsam zudreht. Maria Anna japst nach Luft und ihre Augen werden immer größer.

Der Hofrat sieht den Fürstabt durch den winterlichen Hofgarten wandeln und erkennt an dessen Bewegungen, dass er in entspannter Stimmung ist. Mit von der Kälte gerötetem Gesicht kommt ihm der Fürstabt entgegen.

»Gott hat uns diese Jahreszeit beschert, damit wir Zeit zur Besinnung haben, verehrter Hofrat. Es ist herrlich, so frei flanieren zu können.«

Er unterbricht sich selbst und setzt ein ernstes Gesicht auf.

»Mir ist zu Ohren gekommen, dass die Kaufmannschaft Bedenken hat wegen der Kosten unserer Gründungsfeier. Sagen Sie mir, dass ich einem dummen Gerücht aufgesessen bin.«

Leiner kennt die Kaufleute und ihre Meinung zu ihrem Anteil an öffentlichen Geldern. Aber die zwei Jahre werden vergehen und es wird ein würdiges Jubiläum geben, dessen ist er sich ganz sicher. »Gibt es eine Stunde am Tag, in der unsere Kaufleute nicht jammern? Sie werden die Verdienste des Stiftes nicht vergessen, da bin ich mir absolut sicher.«

Der Fürstabt geht langsam weiter.

»Gut. Es ist mir auch unvorstellbar, dass die Bürgerschaft sich derart unchristlich verhalten könnte.«

Mit diesen Worten reicht er Leiner ein Buch. Der Fürstabt sagt nichts und geht weiter seinen Weg. Leiner schaut auf den Titel.

»Man hatte gegen Thomasius einen Prozess wegen Gottesleugnung angestrengt«, sagt Leiner und wartet ab. Das Buch ist ihm bekannt, daher will er vorsichtig bleiben. Das Werk ›Über die Hexenprozesse‹ von Christian Thomasius ist über 60 Jahre alt und der Hofrat wundert sich, dass der Fürstabt jetzt damit ankommt.

»Ist es nicht erstaunlich, dass man dieses Buch in christlichen Häusern unserer Stadt findet?«, fragt der Fürstabt.

Leiner kennt die Methode von Bediensteten, sich nach einem Hinauswurf auf diese Weise an ihrer Herrschaft rächen zu wollen, indem sie bei Gericht Anzeige erstatten und solche Bücher als Beweise vorlegen.

»Die Frage ist, ob es tatsächlich gelesen wurde.«

Der Fürstabt bleibt stehen und sieht Leiner an.

»Das ist eine gute Antwort.« Er schlägt willkürlich eine Seite auf. »Einige wurden nichts beschuldigt, als dass sie unter Bäumen tanzten. Ist das so?«

Nun beginnt sich Leiner unwohl zu fühlen. Diese Art der Befragung mag er ganz und gar nicht.

»Ja«, sagt er, »es gibt solche Tanzereien und es gibt andere Tanzereien. Und es gibt auch Tänze um Bäume, die den heidnischen Göttern gewidmet werden. Das müsste genau untersucht werden, gäbe es einen solchen Fall im Stiftsgebiet.«

Der Fürstabt geht nur wenige Meter, um dann erneut anzuhalten.

»Den Tanz haben die Weiber erfunden, um den Männern mit ihren obszönen Gebärden die Köpfe dumm und sie damit willenlos zu machen.

Das ist Teufelswerk. Ist dem so?«

Der Hofrat weiß nicht, worauf diese inquisitorische Befragung hinauslaufen soll und daher bleibt er wachsam.

»Die Tänze sind Schritt für Schritt vorgeschrieben. Es gibt nichts, was den christlichen Sitten zuwiderläuft.«

»Tatsächlich?« Der Fürstabt geht nun zielstrebig auf die Gebäude zu und Leiner muss sich sputen, das Tempo zu halten. »Mir wurde berichtet, dass nicht selten die Röcke fliegen, wenn die Burschen die Weiber hochwerfen. Wir wollen eine Verordnung erlassen, die diese Tanzereien verbietet.«

In der Residenz führt der Weg des Fürstabtes direkt in die große Bibliothek, die vom Hofkaplan Brentano bestens betreut wird. Noch einmal zitiert der Fürstabt aus dem Buch des Thomasius.

»In der Heiligen Schrift wird nichts von Hexen gedacht.«

Hört er eine fliehende Eule schreien? Leiner dreht seinen Kopf in Richtung des ungewöhnlichen Geräusches. Er muss sich getäuscht haben. Der Fürstabt schreitet durch den Saal, an dessen Ende Hofkaplan Brentano vor einem Bücherberg kniet. Brentano nimmt das gereichte Buch entgegen und teilt es einem Stapel zu. Leiner nimmt zur Kenntnis, dass sich der Fürstabt den Thomasius ausgeliehen hatte, um ihn auf eine Probe zu stellen. Welche das genau sein sollte, muss aus seiner letzten Bemerkung geschlossen werden. Es gibt in der Bibel keine Hexen, davon ist auszugehen. Er weiß es nicht besser, aber wenn der Fürstabt zitiert, muss das die Wahrheit sein. Außerdem würde er sich vor Brentano niemals eine Blöße geben.

»Unser Hofrat wird das in seine Überlegungen einfließen lassen, wenn es zum Schwur kommt«, sagt Brentano.

Der Fürstabt schaut auf Leiner.

»Was haben wir zu erwarten?«

Leiner hat das Gefühl, es wird jemand gesucht, der für das Urteil gegen die Schwegelin den Kopf hinhalten soll. Lange kann er hier nicht stumm bleiben. Zu seinem Erstaunen verabschieden sich der Fürstabt und Brentano und sie gehen gemeinsam hinaus.

»Denken Sie an das Besprochene und lassen Sie die Kaufleute nicht ohne Zusagen nach Hause gehen«, sagt der Fürstabt noch beim Hinausgehen.

Leiner hat ein Gespür für Situationen, die ihm schaden könnten. Seine exponierte Stellung zieht Feinde an, aber letztlich gibt es, bei näherer Betrachtung, nichts Ideales. Er fürchtet sich manchmal vor seinem Sinn für Gerechtigkeit, denn Gerechtigkeit gibt es sowenig wie die Wahrheit.

Er vertritt die Macht, und die Macht ist weder gerecht, noch einer Wahrheit verpflichtet, sie ist eben die Macht. Sie schafft ihre eigene Gerechtigkeit und ihre eigene Wahrheit.

Der Hofkanzler hat einen schweren Brocken zu bewältigen, denn er weiß nicht, was der Fürstabt mit dem Zitat, dass es in der Bibel keine Hexen gibt, erreichen wollte. Man wird, so wie es das Volk erwartet, die Schwegelin verurteilen, ob es nun Hexen in der Bibel gibt oder auch nicht. Sie halten die Macht in den Händen, dieses Weib töten zu lassen, egal, ob es gerecht ist oder nicht.

Ein Streifen Licht fällt genau vor seine Füße. Leiner schaut zu dem schmal geöffneten Fenster, durch das das Licht hereinkommt. Hatte er soeben den Schrei einer fliehenden Eule gehört oder doch nicht? Ganz gegen seine gewohnte innere Festigkeit verlässt er die Bibliothek mit sehr gemischten Gefühlen.

Der Landrichter gefällt sich nicht in seiner Rolle. Kaum hebt er die Hand und bittet ums Wort, wird er von dem Fremden zur Seite gedrängt. Auch Hofrat Feigele schwatzt und schwatzt, obwohl er der einzige richtige Jurist bei dieser Angelegenheit ist. Treichlinger ist müde und die Fragerei soll endlich ein Ende haben.

»Wenn sie nicht schreit, dann lügt sie. Vorher hat sie etwas anderes erzählt«, sagt Feigele.

»Sie hat den Pakt mit dem Teufel gestanden. Haben die Herren das zur Kenntnis genommen?« Der Fremde ist ungehalten. »Haben Sie das gehört?«

Feigele gefällt dieser Ton nicht.

»Ist das ein Befehl? Freilich habe ich es vernommen, aber sie hat es auch schon zweimal widerrufen. Einmal kam der Teufel vor fünf Jahren, dann wieder vor sieben Jahren, an was soll man sich halten?«

Treichlinger winkt ab und geht einfach hinaus. Der Fremde wird ihn nicht aufhalten. Es ist genug, längst ist es genug. Das Weib wird dem Henker übergeben, warum soll er sich weiterhin strapazieren? Er wundert sich aber doch, dass der Fremde ihn einfach so gehen lässt.

Maria Anna starrt vor sich hin. Um sie herum gehen überall die Blüten auf. Mit ihrer Nase tupft sie leicht an eine Rose. Ich bin eine Unwirkliche. Nur keine Erinnerungen mehr, nur noch Träume, unwiderstehlich lebt die Sonne in den Blumen. Der Morgennebel bringt die lebensnotwendige Feuchtigkeit. Über den Hügeln wartet der Mond.

Maria Anna sieht den Pinsel eines Malers, der ihre Hände übermalt. Sie sitzt zwischen den Farben und hat keine Hände mehr. Im Klostergarten, neben dem alten Brunnen, hört sie ihre eigene Stimme. Sie erinnert sich wieder, was man sie gefragt hat. Sie erinnert sich wieder an das letzte Mal. Sie trägt ihren eigenen Körper auf ihren Armstümpfen zu Gott.

»Glaube. Ich glaube.«

»Sie murmelt etwas«, sagt Feigele.

In diesem Moment trifft Treichlinger Hofrat Leiner in der Nähe der Residenz und gemeinsam kehren sie in den Torturkeller zurück.

»Das geht so nicht, verehrter Herr Landrichter«, sagt Leiner. »Wir müssen zusammenstehen. Ein falsches Wort und wir sind alle Gescheiterte. Jetzt gilt es, verehrter Treichlinger.«

Leiner ist über das Aussehen der Schwegelin erschrocken. Ihre Haut ist bläulich angeschwollen und ihr Gesicht wirkt eingefallen wie eine Totenmaske.

»Meine Herren, da sind Sie ja wieder. Man muss genau zuhören. Sie sagt, sie glaube an Gott.« Feigele hebt unschlüssig die Hände. »Was soll man dazu sagen?«

Der Fremde spricht, ohne sich zu den drei Männern umzudrehen.

»Sie sagte, ›ich glaube.‹ Von Gott war nicht die Rede. Es bedarf keiner Diskussion, um zu wissen, an wen sie glaubt.«

Das saß. Feigele bekommt einen roten Kopf, denn von Gott hatte sie tatsächlich nichts gesagt. Er hat das so interpretiert. Dennoch empfindet er die Art der Zurechtweisung als völlig unangebracht.

»Sie hat gestanden, dass der Teufel insgesamt zweimal bei ihr war und davon hat sie es einmal einem Priester gebeichtet.«

Sofort reagiert der Fremde.

»Ihr Geständnis bezog sich auf jede Nacht. Sie sagt, der Teufel habe jede Nacht mit ihr Unzucht getrieben.«

Feigele fühlt sich erneut zurechtgewiesen.

»Das werde ich nicht unterschreiben!«, ruft er. »Es zählt nur einmal, denn gebeichtet hat sie es und einem Mönch hatte sie es auch noch erzählt.«

Treichlinger erkennt nicht, dass es hierbei nicht um die Schwegelin geht, sondern um die jeweilige Eitelkeit der hohen Herren.

»Was ist denn los?«, fragt er. »Sophistereien helfen nicht weiter. Ein Geständnis der Teufelsbuhlschaft kann für ein Urteil genügen.«

»Muss aber nicht!«, ruft Feigele dazwischen.

Der Fremde gibt dem Eisenmeister ein Zeichen, seine Arbeit einzustellen.

Es hat den Anschein, als sei die Delinquentin erneut einer Ohnmacht nahe.

»Wer eine Hexe nicht einer Verurteilung zuführt, der steht im zwingenden Verdacht, sich mit ihr gemeingemacht zu haben.«

Das saß. Feigele starrt den Fremden an wie den Henker höchstpersönlich. Treichlinger geht diese Anschuldigung auch zu weit, und er stellt sich zwischen die Streithähne.

»Das Weib sagt aus, sie sei wegen des schändlichen Verlassens und ihrer bitteren Armut unter den Teufel geraten. Es genügt, vor Gericht festzustellen, dass sie sich mit dieser Aussage als Hexe zu erkennen gegeben hat. Dass sie dem Teufel auf lutherischem Gebiet begegnet ist, kann niemanden wirklich verwundern. Lassen Sie uns ein Protokoll anfertigen und danach unser Urteil formulieren.«

Leiner, der bisher immer geschwiegen hat, pflichtet dem Landrichter bei:

»Die Menschen im Stiftsland erwarten ein Urteil und das sehr schnell. Ein weiteres Abwarten würde den hohen Herren als Schwäche ausgelegt.«

Feigele geht mit Leiner langsam, geradezu schlendernd, über den Platz vor dem Rathaus auf das Gebäude zu. Sie bemerken sehr wohl, wie ihnen die Menschen ausweichen, schweigen aber darüber. Man ist mit sich selbst beschäftigt.

»Mir ist nicht wohl«, sagt Feigele. »Natürlich, ich bin als Hofrat des Stiftslandes Kempten der Öffentlichkeit verpflichtet, aber mir ist nicht wohl bei der Sache. Ich würde auch jedes gewünschte Lied singen, wenn der Eisenmeister mir meine Finger zerquetschte. Nun ja, sie ist Lutheranerin und wir müssen den Ketzern beweisen, dass sie sich nicht sicher fühlen sollen, aber sie hat ihre Geständnisse immer wieder aufgehoben und das unter diesen peinigenden Bedingungen.«

Leiner geht langsam, er hat Zeit, das Essen mit den Kaufleuten beginnt erst in einer Stunde.

»Was wäre Eure Empfehlung, Hofrat Feigele? Der Fürstabt will eine Entscheidung hören und zwar von uns, dem zuständigen Gericht. Und außerdem, mein Verehrter, ist es unter den Strauchdieben und Bettlern schon sehr ruhig geworden? Denken wir an das Land, mein Lieber, nicht an die Vernunft.«

Feigele findet diese Antwort nicht sehr tröstlich.

»Meine Frau sagt, es sei besser, sich mit dem Teufel zu vermählen, als mit einem lutherischen Weib. Dieser Luther soll den Satan in seinen Räumen gehabt haben. Man kennt sich nicht aus in der Welt und hofft auf bessere Zeiten.« Treichlinger will sich mit dem Richtergeld endgültig zur Ruhe setzen. Feigele atmet tief ein und verabschiedet sich.

»Gott befohlen, Hofrat Leiner!«

Als Leiner den Saal der Kaufleute betritt, wird er zwar höflich, aber mit kalter Distanz begrüßt. Er hat nichts dagegen, dass man ihn ein wenig unheimlich findet und ihn fürchtet.

Die beiden vermummten Gestalten ziehen von Gasse zu Gasse und streifen vom Illerufer aus quer durch die Stadt. Die Dunkelheit ist ihr Freund, denn dadurch bemerken die anderen Passanten ihre Anwesenheit nicht sogleich. Bald schon ist ihnen das Spiel genug und sie eilen zurück zur Residenz. In der Stiftsstadt, die um diese Zeit noch stark bevölkert ist, schwirren viele Gerüchte. Man spricht darüber, dass es bis in die höchsten Stellen längst schon den Antichrist geben würde und die Gelehrten nichts anderes wären als üble Gottesleugner. Rituale soll es geben, wurde geflüstert, bei denen ein geweihtes Kreuz auf den Boden gelegt und Weiber ihre Röcke soweit hochheben würden, dass ein jeder Mann sehen konnte, wie sie auf das Kreuz urinieren.

Brentano streift seine Kapuze vom Kopf und betritt den Vorraum. Der Fürstabt legt seinen dunklen Umhang über einen Stuhl und stellt sich in seinem Arbeitszimmer vor den offenen Kamin.

»Uns wurde zugetragen, auf dem Land formieren sich Bauernscharen, um den Antichrist aus der Stadt zu jagen.«

Hofkaplan Brentano schüttelt den Kopf.

»Du musst nicht jedes Gemunkel pflegen. Nichts wird geschehen. Sie wollen ein Blutopfer, so wie sie es früher ihren Heidengöttern auf den Altar gelegt haben. Die Wahrheit ist, dass sie die Antichristen sind, mit ihrem Hass auf alles, was sie nicht begreifen können. Alles das, was sie dieser Schwegelin unterschieben wollen, sind Ausgeburten ihrer kranken Hirne. Oh ja, Gott ist groß, doch wenn der Winter zu lange dauert und die Saat zu spät kommt, dann braucht es Blut auf dem Acker, um die alten Heidengötter zu besänftigen.«

Der Fürstabt dreht sich um.

»Es ist genug. Ich habe deine Aussage durchaus verstanden. Leider haben wir keine anderen Menschen im Land, außer denen, die hier leben.«

Brentano setzt sich.

»Du wirst also das Urteil unterschreiben?«

Der Fürstabt wendet sich ab und legt einen Holzscheit ins Feuer.

»Wenn es das Gericht so beschließt, ist etwas anderes nicht möglich.«

Draußen legt die Nacht ihre Dunkelheit über die Stadt, dass es ganz still wird. Das hochschlagende Feuer zaubert dem Fürstabt eine unwirkliche Röte in sein Gesicht. Er bläst die Wangen auf und schreitet hinüber zu dem großen Tisch, wo die Pläne für den Bau einer prächtigen Orangerie liegen.

»Dem Volk verdanken wir keine göttlichen Verse, und die Bürgerschaft würde sich lieber mit dem Teufel verbünden, als Geld für den Bau der Orangerie zu geben. Ich kenne dieses windige Völkchen nur zu gut, mein Lieber, aber genau deshalb kann es keine andere Entscheidung geben.«

Der Fürstabt vertieft sich in die großen Bogen und Brentano weiß natürlich, dass er nun zu schweigen hat. Er denkt an das Wappen des Stifts, in dem das Schwert seine Präsenz zeigt. Das Symbol der weltlichen Macht durfte kein Popanz werden, das würde die Stellung des Fürstabtes desavouieren. Brentano ist nun bewusst, dass es keine weiteren Debatten wegen der Schwegelin geben wird.

Der Hofrat sitzt am Kopfende des Tisches und schaut über die halb leeren Schüsseln der Schlachtplatte und auf die vielen geleerten Krüge. Trotz dieses opulenten Mahls bleibt die Stimmung gedämpft und der Jammer über die schlechte Lage für die Geschäfte der Kaufleute groß. Leiner glaubt ihnen kein Wort. Richtig ist, dass es in vielen Ländern unruhig ist und sie sich häufig nicht auf die gegebenen Versprechen der Regierungen verlassen können, aber das Stiftsgebiet liegt so zentral, dass es für den Warenverkehr aus Italien, der Schweiz, Österreich und Bayern unverzichtbar ist. Der Hofrat nimmt einen winzigen Schluck Wein und wartet auf die Wortmeldungen der ersten Herren, die, vom Alkohol beschwingt, Dinge ansprechen, die sonst nur hinter vorgehaltener Hand geäußert werden. Im Wein liegt Wahrheit, denkt Leiner und lächelt süffisant. Seine Konzentration leidet unter dem schweren Essen und den überaus ermüdenden Gesprächen. Ganz offenkundig ist, dass bestimmte Themen vermieden werden. Nur einmal hört er aus dem Hintergrund die Bemerkung, dass es Richter geben soll, die sich mit Hexenprozessen fett machen. Seine Augen finden Brugger, der aber seine Lippen heftig aufeinanderpresst, und dessen Nachbarn kann er im Halbschatten nicht ausmachen. Leiner hebt das Glas hoch, damit es aussieht, als wollte er einen Trinkspruch ausbringen. Sofort verstummt die Runde.

»Im Stiftsland Kempten werden wieder Respekt und Gehorsam einkehren«, sagt er und schaut dabei in die Augen der Männer, soweit sie nicht seinen Blick meiden. »An erster Stelle steht unsere Pflicht, den Landfrieden zu wahren. Die Aufrechterhaltung von Disziplin und Ordnung wird daher auch in Zukunft nicht ohne Gerichte zu gewährleisten sein. Oder gibt es hier jemanden, der mir nicht zustimmen kann?«

Natürlich wird ihm kräftigst applaudiert.

»Gott schütze und bewahre unsere Heimat.« Leiner ist mit sich zufrieden und stellt seinen Becher wieder ab, ohne daraus getrunken zu haben. Der Fürstabt wäre mit seiner kleinen Rede zufrieden. Wie oft schon hatte der von der monastischen Erziehung zum Gehorsam und zur Disziplin während seiner Schulzeit gesprochen und dabei immer wieder betont, dass ihm das auch als Lehrer im Stift immer wesentlich war. Leiner denkt darüber nach, wie es wohl für ihn gewesen wäre, von Honorius von Schreckenstein Philosophie und Theologie gelehrt zu bekommen. Aber nein, was bildet er sich ein, an der Stiftsschule gibt es nur edle Knaben aus Fürstengeschlechtern und gelehrte Piaristen. Da gibt es für einen Bürgersohn keinen Platz. Noch eine halbe Stunde, dann werde ich mich verabschieden, denkt er und nickt dem Brugger zu, der daraufhin erschreckt zu seinem Hut auf dem Kopf greifen will, den er aber gar nicht trägt.

Maria Anna ist so klar im Kopf wie lange nicht mehr. Sie sieht in die Dunkelheit und lauscht auf jedes Geräusch. Die schweren Schritte des Eisenmeisters sind zu hören, aber er kommt nicht mehr zu ihr. Jetzt hat er ihr etwas zu essen hingeworfen, doch mehr geschieht nicht. Ihre Anspannung wird von Augenblick zu Augenblick stärker. Warum geschieht nichts mehr? Sie hat die Quälereien überstanden, die ewig dauernde Fragerei dieser vornehmen Herren, dann war plötzlich alles vorüber, und seitdem liegt sie auf dem Stroh in der Finsternis und wartet. Sie erinnert sich kaum noch daran, was sie den Herren erzählte.

Sicherlich von ihm, dem Verräter, diesem Teufel, der sie vom rechten Glauben abgebracht hat und sie nach Strich und Faden belog. Aber sonst? Doch ja, von ihren Träumen hatte sie berichtet, die sie ständig quälen, ihr den Atem rauben, häufig schlimmer in ihr brennen, als es die Wunden tun, die ihr der Eisenmeister zugefügt hat. Sie hat etwas gegessen und ihr Magen beginnt zu rebellieren. Manchmal denkt sie, eines Nachts im Schlaf sei ihr eine Ratte durch den geöffneten Mund in den Bauch gekrochen und frisst sie seitdem von innen auf. Sie wünscht sich die Stimme zurück, die nach ihr ruft: ›Maria Anna, hörst du mich?‹ Dann kann sie die Augen schließen und für sich sein. Wenn die Stimme zu ihr spricht, wird es Licht und ganz hell und himmelblau. In den Gärten, die, vom Licht inspiriert, ihr entgegen lächeln, fällt ein Vogel aus den Wolken. Bin ich? Maria Anna sucht sich in diesem Bild und findet ihren Platz nicht. Ich hier? Sie spürt in ihrem Inneren einen Taumel, als würde sie gleich durch die Luft gewirbelt, und über ihr wird die gelbe Sonne so weiß wie der Mond im Frostlicht. Sie hat keine Erinnerung mehr an Gesichter. Marianne! Kein Antlitz. Tröscherin! Kein Antlitz. Vater, Mutter, nichts. Hatte sie einmal Brüder? An ihrer Seite war nie jemand. Doch, einmal, da war ein Schrei auf dem Hügel. Warum hat sie danach nie jemand gefragt? Er war ein Knabe mit weißem Schaum vor dem Mund. Sie haben ihn dann in einen Sack gesperrt und im Fluss ersäuft, weil die Kühe keine Milch mehr gaben. Sie war noch jung und leichtfüßig unter den Birnen, stand singend am Holz, das Glück war grün. Und in dieser Nacht wollte sie fliehen und Sterne sammeln für ihn, der goldene Haare hatte und nicht auf dem Heuwagen fahren durfte. Danach war sie nie mehr sorglos, und als Männer aus der Stadt kamen, um den Gerüchten um ein totes Kind nachzugehen, wisperten die Bauern, wenn du etwas sagst, schlagen wir dich tot. Da hatte sie Kiesel genommen und in den Bach geworfen und geschwiegen. Sie hatte sich mit Glasscherben in die Haut geritzt, um zu prüfen, ob sie lebte. Beweise dafür gab es keine, auch ihr Blut genügte nicht als Antwort. Die Blume der Nacht öffnet ihre Augen und wächst an ihr hoch, bis sie ihre Lippen findet und sie mit einem Kuss schließt. Ein alter Mann hockt vor seinem Grab und wischt sich über den zahnlosen Mund. ›Sage mir, wem wird das Licht gehören, wenn ich nicht mehr bin?‹ Am Ende wird es vielleicht auch im Paradies keine Liebe geben und keinen Gesang. So Gott will, liegt das Paradies in einem großen Meer und wir Menschen müssen für immer schweigen, weil wir sonst ertrinken würden. Maria Anna sieht zu, wie der alte Mann sich verändert und zu einer kleinen Wolke am blauen Himmel wird. Die Lichtung mit Rotwild, daneben der Wolf unter Schafen und Maria Anna als ihre Hüterin. Und wenn es sie gar nicht gab? Wen sollte sie fragen? Die Hand an der Stirn und den Mond als Fächer. Sie liegt nackt und unbeschädigt im Tau. Weit offen hält sie die Augen, ein Adler ruft vom Berg hinab ins Tal, während zwei dunkle Zweige zu Engeln werden. Fassungslos starrt der alte Mann auf sein Grab. In der Ferne erscheint ein galoppierender Reiter. Ein schwarzer Mann mit schwarzem Pferd. Mein Name? Ich lasse mich treiben. Nichts ereignet sich. Mich gibt es gar nicht.

Maria Anna hebt den Kopf. Sie hört die Schritte des Eisenmeisters. Es sind noch andere Schritte zu hören. Zwei Personen. Sie riecht den Schweiß der Männer, so wie ein Jagdhund es kann. Zwei Männer. Das Licht der Laternen blendet ihre Augen. Der fremde Mann riecht anders als der Eisenmeister. Er fasst sie am Kopf und dreht ihn hin und her. Seine Finger tasten ihren Nacken ab und drücken gegen die Halswirbel. Der Mann riecht unangenehm, wie ein junger Fuchs, der sich noch ins eigene Fell pinkelt.

»Der Nacken muss frei sein«, sagt die fremde Stimme. »Die Haare müssen ab.«

Maria Anna versteht den Sinn der Worte nicht.

»Gut«, sagt der Eisenmeister.

Dann ist es wieder Nacht. Maria Anna will zurückfinden in ihren Garten, zu dem Licht und dem hellblauen Himmel.

Sie braucht die Helligkeit in ihrer Blindheit. In die Erde will sie nicht. Sie will mit ihrer Seele fliegen, hinauf in die Klarheit, und nicht versinken im Morast der elenden Menschen, die ihr nur immer Schmerzen zufügen. Junge Burschen lachten sie aus, Freunde hatte sie keine und das Glück war ein Zweig an einem Baum, der ihr nicht gehörte. Ungeschützt flatterte sie umher wie ein Insekt um das Licht. Nun wird sie für immer verschwinden, ausgelöscht werden, verschweigen wird sie ihre innere Stimme und ihre Begegnungen mit den Geistern, die sie trösten konnten. Ich kann nicht. Der Blick fällt tiefer, sie hört ihr Blut rauschen, im Kerker gehen, doch wohin? Wie versteinert liegen, Herz ohne Tür, verschnürt vom dumpfen Traum, wieder erwacht in Mauern, letztlich schaut das Leben immer hinüber zum Tod, schreien, gegen die Stirn schlagen. Sterne zerbrechen vor der Tür. Wer raubte mich? Ich, Maria Anna, am Ufer der Nacht. Die Wolken farbig, ein eiliger Tag, jetzt springe ich endlich.

Hofrat Leiner greift nach dem Buch, das neben seinem Pult liegt, und liest in der aufgeschlagenen Seite mit dem Lesezeichen: ›Du bist nicht zu retten, Unglücklicher.‹ Schon ist er verärgert. Keinesfalls ist es ein Zufall, dass sie das Buch so auffällig hingelegt hat. Er sollte seiner Frau die Bücher endlich verbieten. Was gehen sie ihn an, dieser Werther und der Herr Goethe? Sie verwirren sein Weib.

Leiner bekleidet sich und verlässt das Haus. Heute will er mit der Kutsche zum Gericht fahren, quasi inkognito. Er läuft über den Gerichtsflur zum Vernehmungsraum und wird noch ärgerlicher, weil ein Polizist vor der Tür Aufstellung genommen hat. Man hatte ihn über diese Maßnahme nicht informiert. Soll er das Gerichtsquartett bewachen oder dafür sorgen, dass vor dem Urteil niemand den Raum verlässt?

Begrüßt wird er nicht. Leiner greift sich einen Stuhl und setzt sich unter das Holzkreuz an der Wand. Vielleicht nutzt es. Treichlinger, der ausgesprochen ungepflegt und übernächtigt aussieht, steht am Fenster und hält sich den Magen. Der Fremde hockt neben der Tür und studiert mit grimmigem Gesicht Schriftstücke, während Feigele unglücklich auf das karge Mahl auf dem Tisch schaut, das aus einer Karaffe Wasser, einem Laib Brot und einem Stück hellem Speck besteht. Offenbar hatte es vor seinem Eintreffen einen heftigen Disput gegeben. Nun fällt ihm auf, dass man keinen Schreiber sieht. Das ist doch alles sehr ungewöhnlich. Leiner würde gern beginnen, aber reden will er eigentlich nicht.

Treichlinger setzt sich an das Tischende und nimmt eine Feder zur Hand.

»30. Im März 1775!«, ruft er laut. »Das kann ich ehrlichen Herzens unterschreiben!«

Der Fremde verzieht keine Miene und liest scheinbar ungerührt weiter. Feigele will diesen Raum so schnell es geht wieder verlassen und nimmt sich das Recht eines Vorschlages.

»Unser Fürstabt könnte uns außer Reichweite nehmen«, sagt er.

Da Leiner keine Ahnung hat, was gemeint ist, spitzt er die Ohren und wartet auf Reaktionen. Treichlinger reagiert erregt.

»Ich habe die ganze Nacht danach gesucht und die Schrift gefunden. Erst 1684 dankte der Kaiser dem Fürstabt und befahl, alle in Hexenprozesse inkludierte Richter zu verhaften und ihr Vermögen unter den Hinterbliebenen der Getöteten aufzuteilen. Das können wir nicht einfach übergehen, meine Herren.«

Leiner legt seine Hände zusammen. Das kann die Angelegenheit allerdings in die Länge ziehen, wenn Treichlinger und Feigele befürchten, für ein Urteil einmal in Obligo genommen zu werden. Er selbst hält das für mehr als unwahrscheinlich. Welcher Kaiser sollte die Macht haben, so etwas durchzusetzen? Andererseits bezieht sich der Rückhalt bei den Bürgern nur auf die harten Urteile und den daraus entstandenen Effekt der allgemeinen Ruhe und Ordnung. Für ein Urteil die Verantwortung übernehmen, das will man nicht. Wasch mir den Pelz, aber mache mich nicht nass, heißt die Devise.

»Schlagen wir ihn ab, den Drachenkopf«, sagt der Fremde plötzlich. »Oder den Kopf der Schlange, ganz wie es beliebt.«

Feigele antwortet:

»Ich kann mich nicht erinnern, ein Urteil unterschrieben zu haben.«

Treichlinger bleibt in gebeugter Haltung und starrt auf die Tischplatte. Ihm ist sichtbar unwohl.

»Wo ich herkomme, wird ein Dieb bestraft, wenn er ein Dieb ist. Ein Weib zu bestrafen, weil es ein Weib ist, gehört nicht zu meinem Amt als Landrichter. Ich habe auch noch nicht vernommen, dass unsere Mutter Kirche ein Urteil gegen die Schwegelin verlangt. Ich glaube nicht an die Schuld der Frau.«

Der Fremde richtet nun seine Augen auf die drei Männer und lächelt.

»Vielleicht könnt ihr auch keine Kuh von einem Ochsen unterscheiden?«

Bevor Treichlinger sich empört erhebt, spricht der Fremde weiter.

»Was ich damit meine, ist ganz einfach. Weil sich die Teufelinnen so ausnehmend gut tarnen können und weil sie seit ihrer Existenz die Männer zu betrügen gelernt haben, ist es außerordentlich kompliziert, sie zu überführen. So ist es geschehen, dass diese Hexe uns gestandene Männer gegeneinander ausspielen kann, ohne anwesend zu sein. Die bestehenden Vorgaben sagen, wenn ein Verdacht auf Hexerei besteht, ist die Vollstreckung absolut zwingend vorgeschrieben. Und, meine Herren, genau so weit sind wir bei der Schwegelin.«

Feigele sieht erstaunt in die Runde.

»Wollt Ihr damit sagen, dass das Weib als Hexe nicht existiert, wir der ganzen Untersuchung aber einen Namen geben müssen?«

Der Fremde schaut nun wieder in seine Papiere.

»Nicht ganz, Hofrat Feigele. Ihr könnt ein Weib nicht mehr frei herumlaufen lassen, wenn seit Wochen für die Bürger feststeht, dass sie eine Hexe ist und sie es auch zugegeben hat. Was geschieht mit Euch, verehrter Feigele, wenn wir sie wieder auf die Gasse ließen?«

Treuchlinger findet diesen Gedanken allerdings auch abscheulich.

»Die Frau macht seltsame Geräusche und sie spricht mit unsichtbaren Geistern. Man würde mit den Fingern auf uns zeigen.«

Der Fremde erhebt sich und geht zum Fenster.

»Mit dem Finger? Verehrter Landrichter, der Pöbel wird Euer Haus anzünden, wenn Ihr einer Hexe die Freiheit schenkt.«

Feigele ist nicht überzeugt.

»Man kann sich irren und es den Leuten mitteilen. Wir sind keine Jäger, die wild um sich schießen, weil sie Spaß am Töten haben. Die Geschichte lehrt unzählige Beispiele von frevelhaften Tötungen. Die Konsequenz war, dass die Toten zu Märtyrern und die Richter zu Mördern wurden.«

Der Fremde lacht laut.

»Wenn sie dann auch öffentlich sagen wollen, dass das, was die Gefangenen und die Wärter auf Burg Langenegg gesehen und gehört haben, was der hiesige Eisenmeister gesehen und gehört hat, alles aus Lügen besteht, dann stellen sie sich auf die Stufen des Rathauses und sagen es öffentlich. Wir könnten behaupten, dass alle sich irren, aber die Bürger werden dieses Weib sehen, und sie werden in Zukunft Kälte, Krankheiten, schlechte Ernten und so weiter, auf die Existenz dieser Frau zurückführen und dann braucht man wieder Schuldige, nämlich jene, die sie verschont haben.«

Feigele und Treichlinger sind zusammengesunken und starren vor sich hin. Beide wollen dem Fremden nicht recht geben, aber es ist so, wie er es ausführte. Irgendwann werden sie, was auch immer geschehen wird, für die Freiheit dieser Frau die Schuld tragen.

Der Fremde legt die Urkunde mit dem unterschriftsreifen Todesurteil auf den Tisch und setzt sich wieder auf seinen Stuhl.

»Glauben Sie wirklich, meine Herren, die Schwegelin wird einen Tag in den Gassen von Kempten überleben, wenn wir sie gehen lassen? Man wird sich zusammenrotten und sie umbringen. Und dann? Wollen wir einen Prozess gegen die Täter einleiten? Das müssten wir nämlich tun. Möchten Sie den nachfolgenden Aufruhr in der Stadt verantworten?«

Während Feigele sein Zögern aufzugeben scheint, bleibt Treichlinger in gebückter Haltung und drückt die Hände gegen seinen rumorenden Bauch.

Hofrat Leiner sieht den Fremden frostig an. Diese Art der Polemik ist zu billig, als dass er sich davon berühren lässt. Er schaut auf die eingesunkenen Holzscheite im Kamin, die bald keine Wärme mehr abgeben werden. Es ist schon jetzt recht kalt in dem Raum. Für ihn ist etwas anderes entscheidend. Er wägt ab, wie das Urteil in den anderen Ländern aufgenommen werden wird. Wird man Kempten für ein Land rückständiger Barbaren halten oder die Regierung als hart und konsequent einschätzen? Letzteres könnte einflussreich auf die Absichten Wiens oder Münchens sein, sich das Stiftsland irgendwann einmal einfach einzuverleiben. Hofrat Leiner gibt sich einen Ruck, zupft an seinen Strümpfen und geht dann zielstrebig an den Tisch. Er nimmt die Feder aus der Tinte, streift die überflüssige Flüssigkeit ab und setzt seinen Namen unter das Urteil. Ohne jeden Blickkontakt geht er zurück und setzt sich wieder auf seinen Stuhl. Während der Fremde nicht einmal von seiner Akte hochschaut, sind Treichlinger und Feigele überrumpelt und konsterniert.

»Es gibt Pflichten, die ich nicht ignorieren kann«, sagt Leiner.

Feigele sieht Treichlinger an.

Er spricht: »Dabei ist der verehrte Hofrat recht ins Schwitzen gekommen. Warum spricht unser Fürstabt kein gottgegebenes Urteil, dann wäre das weltliche Gericht überflüssig.«

»Ich hätte es wissen müssen«, antwortet Treichlinger. »Wie gesagt, wir haben keinen eindeutigen Beweis, es gibt nur Indizien und Aussagen von zwielichtigen Gestalten, die eine Schuld ahnen lassen. Ihre Geständnisse klingen nicht wahrhaftig und überhaupt scheint mir die Person doch sehr krank im Kopf zu sein. Deshalb werde ich ein Hexenurteil, Tod auf dem Scheiterhaufen, nicht unterstützen.«

Treichlinger atmet schwer und stützt seinen Kopf in die Hand. Gern hätte er darauf hingewiesen, dass er der einzige Jurist in der Runde ist, aber er will die Atmosphäre nicht noch stärker belasten.

Der Fremde erhebt sich und geht langsam zum Fenster. Leiner schaut demonstrativ auf seine Uhr. Feigele trinkt endlich seinen Becher Wasser leer und schielt auf den Speck. Niemand hat bisher etwas genommen, daher hält auch er sich zurück. Plötzlich beugt sich Treichlinger vor und rutscht, wie von einem Magneten gezogen, mit dem Oberkörper über den Tisch, reißt die Feder an sich und unterschreibt.

»Keinen Feuertod!«, ruft er laut und fällt erschöpft auf den Stuhl zurück. »Ich beuge mich einer höheren Macht!«

Der Raum ist schnell ausgekühlt. Es wird frostig, und ein Ende der Inszenierung ist nicht abzusehen, denn die Unterschriften des Fremden und von Hofrat Feigele fehlen noch. Leiner klebt auf seinem Stuhl, der Fremde scheint weltverloren in den Himmel zu schauen, während Treichlinger mit beiden Händen gegen seinen Magen drückt und Feigele, der während der Unterschriftenaktion des Landrichters aufgesprungen ist, nun doch ein Stück Brot mit Speck verspeist. Der Fremde tritt in die Mitte des Raumes.

»Ein letztes Wort.« Er faltet wie zum Gebet die Hände. »Wir können die Aussagen fallen lassen und das Geständnis der Schwegelin ignorieren. Nach der üblichen und ausgeübten Rechtsprechung genügt für das Urteil die Vermutung des Beischlafs mit dem Bösen. Ein absoluter Beweis, dass ein Weib mit dem Teufel den Koitus durchgeführt hat, ist noch nie erbracht worden, auch wenn die Weiber gründlichst auf die Zufuhr von Flüssigkeiten in ihren Körpern untersucht wurden. Zweifelsfrei festgestellt ist die Tatsache, dass die Schwegelin sich des Verbrechens der Beleidigung unserer göttlichen Majestät schuldig gemacht hat. Gehen die Herren mit mir dahin gehend konform?«

Eine Reaktion wartet er nicht ab.

»Nehmen wir einen minderschweren Fall der Teufelsbuhlschaft an und setzen die Beleidigung der göttlichen Majestät daneben, so könnten wir eine Einschränkung dahingehend beschließen, dass die Delinquentin vor dem Feuer geköpft wird. Mehr an Gnade ist nicht zu gewähren.«

Nun erhebt sich Leiner und schaut Feigele an. Auch der Landrichter will endlich ein Ende herbeiführen und nickt Feigele zu. Der Fremde nimmt die Feder aus der Tinte und hält sie Feigele hin. Dann geschieht es. Hofrat Feigele setzt seinen Namen auf die Urkunde und unterschreibt mit den Worten: ›Ich finde keinen Anstand ex deductis, mich vollkommen zu konformieren.‹

Nun ist der Fremde an der Reihe und auch er besiegelt. Er setzt neben seine Unterschrift die Worte: ›Ich konformiere mich durchgehend.« Also konträr und provokativ gegen Feigeles Zeile gerichtet.

Auch wenn Feigele sich nicht absolut einverstanden erklärt, ist das Gericht nun zu einem Urteil gekommen. Jetzt müssen die Herren zum Fürstabt, denn ohne dessen Unterschrift kann der Richterspruch keine Rechtsgültigkeit erlangen. Vor dem Gebäude erwartet die Herren bereits eine Kutsche, die sie ohne Wartezeit hinüber zur Residenz bringen wird.

Man wird einen Hinrichtungstermin festlegen müssen, denkt Leiner, und er befürchtet, dass dem Fürstabt die Kosten zu hoch sein werden, wenn zusätzlich auch noch der Henker bezahlt werden muss.

Maria Anna kennt sich nicht mehr aus. Ist es Tag oder doch schon Nacht? Manchmal kratzt sie sich, um ein Geräusch zu hören. Nur, wenn es ihr gelingt, in ihren Kopf zu kommen, fühlt sie so etwas wie Wärme. Hat sie den Tod hinter sich gelassen und ist in der Hölle angekommen? Wenn sie hartnäckig daran denken kann, passiert ihr das Paradies. ›Ich würde es gerne gern probieren‹, sagt sie. Sie ist auf einem riesigen Feld, das nach der Ernte wie leer gefegt brachliegt, und sie pickt die liegen gebliebenen Körner auf, die köstlich munden. Der Engel sitzt ihr gegenüber auf seinem Pferd und schaut ihr neugierig zu. Maria Anna versucht sich zu erinnern, wem der Engel ähnlich sieht. Er trägt ein goldenes Kleid, das leuchtende Haar fällt ihm weich auf die Schultern und seine glatten Wangen passen zu seinem zarten Gesicht. Mit leicht schwingenden Bewegungen schweben seine Hände, bevor er spricht.

›Dort, wo das Jenseits keinen Tag und keine Nacht kennt, wo sich endlose Strände aus den Meeren erheben, die Bäume durchschaubar sind wie Glas, wirst du durch Mondlaub wandern und schlaflos bleiben für immer. Zeige dich mir.‹

Maria Anna sieht zu dem nahen Wald hin und erkennt eine Reihe von Leuchtpunkten in den Bäumen. Hinter den Fasanen gibt es Rebhühner, Hasen, Rehe und Wildschweine mit leuchtenden Augen, sie stehen starr und still. Die Welt duftet nach allerlei Köstlichkeiten. Am Himmel zeigt sich der Adler. Einmal, so hatte sie die Tröscherin gelehrt, wirst du sterben und deine Seele wird von einem Adler geholt werden, um sie zu Gott in den Himmel zu tragen. Doch nun öffnen sich die schweren, dicken Wolken und durch die Wolken erscheint ein großes, sonnenumflutetes Auge. Sie dreht ihren Kopf und schaut vom Acker hin zu dem Engel. Jetzt ist sie nackt. Das Pferd wirkt unruhig, und aus dem Unterleib des Engels wächst langsam und stetig ein riesiger Penis. Sie kann sich nicht mehr bewegen. Die Haare des Engels färben sich schwarz, das Kleid wird rot, die Beine grün bestrumpft, das weiße Pferd wird ein Rappe.

›Ich bin es‹, sagt Lucifer, ›ich!‹

Maria Anna beginnt zu schreien. Sie schreit und schreit, bis sie sich völlig verausgabt hat. Dann ist sie zurück. Sie wird geblendet vom Feuer und riecht den Eisenmeister.

»Aus ist es mit dir, du Verrückte! Bald schon schlagen sie dir den Kopf ab, und jetzt halt das Maul, sonst stopf ich es dir«, sagt er, wirft ihr etwas zu essen hin und geht.

»Ich bin nicht auf Erden, ich bin im Himmel und werde jetzt meinen Namen für immer ausziehen«, sagt Maria Anna, schließt die Augen und flieht in eine Bewusstlosigkeit.


Der Fürstabt lässt die Herren warten. Hofrat Leiner betritt als Erster das Zimmer, ihm folgt Feigele und dann kommt der Landrichter, der sich setzt und laut rülpsen muss. Als Leiner sich deshalb umdreht, überrascht von dieser Peinlichkeit in den Räumen der Residenz, ist der Fremde bereits nicht mehr anwesend.

Hofrat Feigele sieht das Gesicht Leiners und schaut zur Tür, aber sie bleibt geschlossen. Schließlich bemerkt auch der Landrichter, dass der Fremde nicht anwesend ist.

»Mag er sein, was er sein mag, aber ein Jurist ist er nicht.«

Feigele findet diese Bemerkung erstaunlich und antwortet:

»Mein Leben wird in den kommenden Wochen ruhiger verlaufen ohne ihn.«

Leiner sieht aus dem Fenster auf eine rote Katze. Hat er jemals eine so im Fell gefärbte Katze gesehen? Zwei Burschen werfen mit Stöcken nach ihr und die Katze verschwindet. Der Hofrat seufzt, denn er hat beschlossen, seiner Frau die Lektüre unpassender Bücher zu untersagen. Er ist davon überzeugt, dass sie Frauen nur auf merkwürdige Ideen bringen und sie für das Leben durcheinandergeraten, wenn sie ständig in die Bücher schauen oder sich etwas vorlesen lassen. Aus der stiftseigenen Druckerei hörte er einmal, dass sich Frauen vor allem auf Bücher stürzen, die von Männern geschrieben werden. Sie wird seine Entscheidung verstehen müssen, es ist nur zu ihrem Besten. Dann überlegt er, ob es auch Bücher gibt, die Frauen verfasst haben, aber er ist sicher, dass das verboten ist.

Er will es dem Fürstabt vortragen, sollte es nicht so sein.

Die zwei Männer sitzen sich seit Stunden gegenüber und disputieren. Sie sind so vertraut miteinander, dass sie nie in Heftigkeiten geraten, auch wenn das Thema komplex und unlösbar scheint. Hofkaplan Brentano sucht nach einer Bibelstelle, während der Fürstabt das Schriftstück, aus dem er gerade zitiert hat, zurück auf den Tisch legt.

»Wenn die Anzeigenstellerin davon spricht, sie habe im winterlichen Frühnebel auf dem Wasser der Iller Frauen tanzen sehen, dann soll sie das um Himmels willen gesehen haben. Aber sie klagt zwei ihrer Nachbarinnen an, die seien über das Wasser gegangen, und damit ist die Sache aktenkundig. Sie wird vorgeladen und sie soll beim Eisenmeister vorbeischauen und danach ihre Aussage überdenken.«

Brentano hält die Bibel fest in der Hand und sieht den Fürstabt an.

»Willst du ihr Angst machen?«

Der Fürstabt wehrt mit beiden Händen ab.

»Sie soll sich vor ihrer eigenen Lüge fürchten. Wer jemanden ohne Beweise beschuldigt, der soll wissen, dass wir das nicht mehr dulden werden. Unser Gericht ertrinkt in solchen Verdächtigungen und üblen Denunziationen.«

Brentano lächelt keusch.

»›Ertrinkt‹ ist eine spaßige Metapher im Bezug auf die Zeugin, die Menschen über das Wasser gehen sah.«

»Für mich ist das keineswegs ein Spaß!«, antwortet der Fürstabt. »Wenn sich jemand anmaßen würde, unseren Herrn Jesus Christus nachzuahmen, dann wäre das eine Sache, die nur dem absolut Bösen möglich wäre.«

Brentano hebt einen Finger. »Wusste ich es doch. Bei Matthäus lesen wir, als Jesus Christus über das Meer ging, hielten ihn die Jünger für ein Gespenst. Die Jünger glaubten also auch, dass es Gespenster gibt. Gespenster können einerseits Trugbilder und andererseits Verlockungen sein, denen man folgen möchte, die aber auch Angst machen. Lass diese Frau mahnen, sie soll niemanden beschuldigen, und damit ist es gut. Was sie auf dem Wasser wirklich gesehen hat, weiß sie wahrscheinlich selbst nicht.«

Der Fürstabt liest die Stelle in der Bibel nach.

»Gibt es das Böse, den Teufel, für dich?«

Brentano sieht den Fürstabt staunend an.

»Welche Frage? Das Böse ist da und es ist als Verführbarkeit in jedem von uns angelegt, weil wir alle Sünder sind.

Aber der Teufel läuft nicht durch die Gassen und schlüpft in Personen.«

Mit einer kleinen Glocke, die er nur kurz anklingen lässt, ruft der Fürstabt einen Boten zu sich und wendet sich antwortend an Brentano:

»Dann werden wir zu beraten haben, wie wir es in Zukunft mit den Exorzisten halten, mein lieber Bruder.«

Der Bote erscheint und verbeugt sich.

»Bring diesen Brief zum Gericht hinüber und dann bitte die Herren und Hofrat Leiner zu mir. Sie warten im Raum an der Treppe.«

»Die Exorzisten sind ein kleines Übel gegen diese heidnische Wallfahrerei. Du solltest sie verbieten.«

Der Fürstabt hält das Urteil und den geschriebenen Bericht des Landrichters in seinen Händen. Auf das unselige Thema Wallfahrerei will er nicht eingehen.

»Hast du es gelesen?«, fragt der Fürstabt Brentano, nachdem der Bote sich entfernt hat.

»Sehr genau«, antwortet Brentano. »Offenbar haben sich die Herren mit ihrer Urteilsfindung keinen Spaß erlaubt. Im Gegenteil, Treuchlinger war als Jurist wenig überzeugt von der Schuld und Hofrat Feigele scheint mir das gesamte Procedere abzulehnen. Übrigens mit Recht, wenn ich das anfügen darf. Leiner war sehr schweigsam. Er ist zu klug, um den Unsinn nicht zu durchschauen und zu ausgekocht, in dem Urteil nicht den politischen Vorteil zu wittern.«

Das geht dem Fürstabt nun doch zu weit.

»Wir können ein solches Weib nicht leben lassen, das geht gegen die Gefühle und das Verständnis der Bürger. Dein Gottesglaube und die reine Menschenliebe ist die eine Sache, lieber Dominik, und die andere Sache ist das Böse in den Gassen und der Frevel in den Häusern.«

Brentano schüttelt den Kopf und nimmt sich selbst das Wort:

»Machen wir ein Ende. Was willst du dem Urteil hinzufügen?«

Brentano räumt den Tisch von Akten frei. Der Fürstabt schaut auf das Urteil und greift zum Schreibgerät. Brentano sieht ihm neugierig über die Schulter und liest die geschriebene Zeile: ›Es lebe die Gerechtigkeit!‹

Das Todesurteil gegen Maria Anna Schwegelin ist besiegelt. Brentano schaut auf das Datum. Am 11. April 1775 soll sie vom Leben zum Tode gebracht werden. Jemand klopft an die Tür.

Nun ist es Sommer geworden und was für ein Sommer. Brugger schaut zufrieden auf seine vollgepackten Lastenwagen. Überall im Lande gibt es außerordentlich gute Ernten und besonders auch der diesjährige Wein soll kaum zu übertreffen sein. Er schreitet durch die erwärmten Gassen hinüber zur Witwe Thaler, die er im Herbst zu heiraten gedenkt. Plötzlich wird er von einem galoppierenden Reiter aus seinen Gedanken geschreckt, der in hohem Tempo direkt auf ihn zuhält. Schnell springt er gegen eine Haustür und schützt sich im Eingang vor einer möglichen Attacke. Er muss schwer atmen. Die Erinnerung an sein Unglück ist sofort wieder da. Und als er an das Unglück denkt, kommt ihm die Schwegelin in den Sinn, die am 11. April geköpft und verbrannt worden sein soll. Gesehen hat die Hinrichtung niemand, nur davon gehört haben alle, weil über ein solches Ereignis natürlich geredet wird. Einige Männer hatten behauptet, sie hätten genau gesehen, wie die Hexe sich mit ihrem Körper in den Erdboden gebohrt hätte und darin für immer verschwunden sei, obwohl man ihr den Kopf abgeschlagen hatte und ihren Körper gerade verbrennen wollte. Sie wird wiederkommen, haben die Leute Stein und Bein geschworen, das Böse kommt immer wieder. Diese Männer gehören allerdings zur Gilde der Schwätzer, denen er nicht glaubt. Brugger war erfreut, dass es noch ein so gutes Jahr geworden ist nach dem harten Winter. Die Menschen glauben, Gott habe sich wohlwollend gezeigt, weil man die Hexe Schwegelin vernichtet hat. Brugger rückt seine Kopfbedeckung gerade und kehrt auf die Gasse zurück. Die Wahrheit ist, was jenseits des Tages ist. Im Diesseits ist der Alltag Herzschlag und Jedertag, mehr nicht.

Hofrat Leiner steht am Ufer der Iller und betrachtet das Licht auf den Steinen. Es wird in 100 Jahren noch Menschen geben, die an diesem Ufer stehen und das Licht betrachten werden. Der Fluss fließt still und paradiesisch weiter und weiter. Über den Bergen erscheint eine Wand aus Wolken. Unerwartet öffnet sie sich und durch ihre Öffnung strahlt ein leuchtendes Auge. Im Himmel hinter den Wolken liegt der ewige Hafen, süß wie eine köstliche Frucht. Einmal wird er dort Rechenschaft ablegen müssen. Bald wird er Kanzler werden, aber die Schwegelin wird er nie vergessen können. Leiner läuft nachdenklich zur Residenz zurück.

*Weitere Titel finden Sie auf den
folgenden Seiten und im Internet:*
**WWW.GMEINER-VERLAG.DE**

# Uwe Gardein
# im Gmeiner-Verlag:

- **- Historische Romane -**

**Die letzte Hexe – Maria Anna Schwegelin**
ISBN 978-3-89977-747-5

**Die Stunde des Königs**
ISBN 978-3-89977-789-5

**Das Mysterium des Himmels**
ISBN 978-3-8392-1075-8

**Die gruseligsten Orte in Hamburg**
ISBN 978-3-8392-2703-9

**- Kriminalromane -**
(als Herausgeber)

**Die gruseligsten Orte in München**
ISBN 978-3-8392-2433-5

**Die gruseligsten Orte in Köln**
ISBN 978-3-8392-2454-0

**Düstere Orte in Nürnberg**
ISBN 978-3-8392-2569-1

WWW.GMEINER-VERLAG.DE
*Wir machen's spannend*

# Teufelswerk

Uwe Klausner
**Die Krypta des Satans**
Historische Romane
378 Seiten; 12 x 20 cm
Klappenbroschur
ISBN 978-3-8392-2555-4
**€ 13,00 [D] / € 13,40 [A]**

Kloster Frauental in Tauberfranken, November 1424. Eigentlich wollte Hilpert von Maulbronn seinen Mitschwestern nur einen Höflichkeitsbesuch abstatten. Doch dann überschlagen sich die Ereignisse. Aus der Krypta sind laute Schreie zu hören. Für die Äbtissin ist die Sache klar: Der Teufel geht um. Glück für den Ermittler im Mönchshabit, dass Berengar von Gamburg, Gefährte bei der Lösung kniffliger Kriminalfälle, zu Besuch auf der nahen Burg Brauneck weilt. Die Jagd nach dem Phantom kann beginnen.

**WWW.GMEINER-VERLAG.DE**
*Wir machen's spannend*

Bernhard Wucherer
**Die Herrin von Syld**
Historische Romane
604 Seiten; 12 x 20 cm
Klappenbroschur
ISBN 978-3-8392-2554-7
**€ 15,00 [D] / € 15,50 [A]**

1331/1332. Im Sultanspalast von Fès bringt Anna Maria, Tochter einer Merinidenfürstin und eines Reichsritters, ein Kind zur Welt. Der Vater des Mädchens ist ein Großwesir aus Marrakech, dessen Ehre von Anna Maria beschmutzt wurde – er sinnt auf Rache. Ihr bleibt nur die Flucht auf ihre Heimatinsel Syld, wo sie Rache für den Mord an Ihren Eltern nehmen will, bevor sie ins Allgäu weiterreist, um das Erbe ihres adeligen Vaters anzutreten – stets verfolgt vom Vater ihres Kindes.

**GMEINER SPANNUNG**

**WWW.GMEINER-VERLAG.DE**
*Wir machen's spannend*

# DIE NEUEN

ISBN 978-3-8392-0154-1 — AM INN

ISBN 978-3-8392-2730-5 — AUGSBURG UND BAYERISCH-SCHWABEN

ISBN 978-3-8392-0155-8 — FÜNFSEENLAND

ISBN 978-3-8392-0158-9 — HARZ

ISBN 978-3-8392-0160-2 — NORDSEEKÜSTE mit Hund

ISBN 978-3-8392-0159-6 — LÜNEBURGER HEIDE

ISBN 978-3-8392-0161-9 — NIEDERRHEIN

ISBN 978-3-8392-0163-3 — OSTSEE MECKLENBURG-VORPOMMERN

ISBN 978-3-8392-0164-0 — OSTSEE SCHLESWIG-HOLSTEIN

ISBN 978-3-8392-2626-1 — SACHSEN

ISBN 978-3-8392-0156-5 — BODENSEE für Senioren

ISBN 978-3-8392-0157-2 — NORDSEE SCHLESWIG-HOLSTEIN für Senioren

ISBN 978-3-8392-0166-4 — SÜDLICHE WEINSTRASSE UND PFÄLZERWALD

ISBN 978-3-8392-0166-4 — SÜDTIROL

ISBN 978-3-8392-2838-8 — USEDOM

ISBN 978-3-8392-0168-8 — WIESBADEN RHEIN, TAUNUS, RHEINGAU

**GMEINER KULTUR**

**WWW.GMEINER-VERLAG.DE**
*Mensch, Kultur, Region*

Zeitfracht Medien GmbH
Ferdinand-Jühlke-Straße 7
99095 Erfurt, Deutschland
produktsicherheit@kolibri360.de